JN311308

めぐりくる春

1

夜が明けて陽《ひ》の光が山の峰から凍《い》てつく大地に降りそそぎはじめると、氷の張っていた小川の表面が少しずつ溶けてきらきらと輝きながら流れだした。土の中で眠っていた植物の種子が目醒め、光を求めて小さな芽をのぞかせている。長い冬が終わり、春が訪れようとしているのだ。

小作人の金基洙《キムギス》は鶏の啼《な》き声とともに目を醒ましたが、暖かい布団から抜け出せずにいた。しかし、板戸の隙間から洩《も》れてくる光が部屋の奥の布団にまで射《さ》し込んできたので、思いきって起き上がった。光は、いわば日時計のようなものだった。隣の布団には八歳になる娘の淳花《スンファ》がまだぐっすり眠っている。

金基洙はぶるぶるっと身ぶるいをして素足で土間に下りると、甕《かめ》に溜《た》めてある水を杓《ひしゃく》で汲み、ひと口ふくんでうがいをした。それから人差し指に塩をつけて歯を磨き、板戸を開けて外に出ると、朝のすがすがしい空気を吸いながら、目の前にひろがる畑と遠くの山を眺めた。その山の中腹あたりから、澄みきった青空に煙がたなびいている。火田民《かでんみん》は旧暦の二月下旬頃から木を切り倒し、火入れをして畑を耕すのである。

一九二九年に施行された「朝鮮総督府農事試験場」の規定により焼き畑耕作は禁止されていたが、火田民たちは監視の目を逃れてあちこちの山の木を切り倒して焼き畑耕作をしていた。特に寒冷地帯である平安南道《ピョンアムナムド》の山間部では焼き畑農業が多かった。

金基洙は山の中腹あたりから立ち昇る煙を苦々しく眺めていた。粟、大豆、稗《ひえ》くらいしか育たない寒冷地帯の痩《や》せた土地に縛りつけられている金基洙にとって火田民は羨《うらや》ましくもあり、憎らしくもあった。

一九一〇年、朝鮮は日本に併合されて植民地となったが、その年の三月から土地調査事業は始まった。そして「朝鮮総督府」は一九一八年までの八年間に、朝鮮の全耕地の三パーセントほどを両班《ヤンバン》（特権的な官僚階級）地主に所有させ、全農民の八割近くが小作人になった。日本人地主や日本の土地会社の所有地は増加の一途をたどり、日本人の土地所有者は七千人、その所有面積は五倍に膨れあがった。特に東洋拓殖株式会社の所有地は朝鮮最大となった。

金基洙が耕している土地も三年前までは、この地域の両班の所有地であった。だが、土地調査事業によって所有地の面積に比例した地税を納めなければならなくなったのである。もともと現金収入の少ない地主は、仕方なく日本の土地会社から借金をして納税していたのだが、一ヶ月に二割から三割という高利に追われ、そのうち物納するようになり、ついに土地を借金のかたに没収されたのだった。昔から、前方の山の麓《ふもと》から右の川の畔《ほとり》あたりまで自分の所有地であると信じ、土地の測量など行ったこともなかった朝鮮の地主たちは、近代農地改革という名の土地調査事業によって所有地の面積を測量し、「朝鮮総督府」に申告することを義務づけられ、期限までに申告されなかった土地は容赦なく没収されたのである。こうして土地を奪われた没落両班は朝鮮全土にひろがった。

金基洙はわけがわからなかった。なぜ地主の両班が追放され、日本人が地主になったのか。それまで収穫の五割程度だった借地料が日本人地主になってから六割、七割に跳ね上がり、一年間、食いつなぐのがやっとだった。今年も残り少ない食糧で収穫の日まで食いつなげるのか不安だった。噂では小作人たちが夜逃げしていると聞く。実際、金基洙も夜逃げしたい心境だった。だが、夜逃げしてどこへ行くのか、まったく当てがない。一年前、妻は娘を残して他界している。妻が健在なときは農作業を手伝ってくれたが、いまではすべてを一人でやらねばならなかった。それが大きな負担だった。

金基洙は鶏舎の扉に掛けてある錠前をはずして鶏を外に出し、餌の粟を地面にまいた。その粟を鶏たちは一粒一粒を嘴《くちばし》で突っついて食べている。続いて金基洙は牛舎に行き、一頭しかいない牛に干し草を与えた。それから一頭曳用犂《すき》の手入れをした。二頭曳用犂で土地を耕せば労力が半分ですむわけだが、牛は地主から一頭しか与えられていない。

畦道《あぜみち》を一人の男がこちらに向って歩いてくる。日本人地主に雇われている見回り役の高炳《コビョン》生《セン》だった。髭《ひげ》もじゃの顔と威圧的な態度で小作人の間では日本人の手先と陰口を叩かれている嫌われ者だった。

「お早《は》ようごぜえます」

金基洙が頭を下げて挨拶すると、返事もせずに鶏舎に入って雌鶏《めんどり》が産んだ卵を籠に入れて数えた。鶏は雄鶏が二羽、雌鶏が十羽いる。

「五個しかないのか」

高炳生は猜疑の眼差《まなざし》を金基洙に向けて睨《にら》んだ。金基洙が卵を猫ばばしているのではないかと疑っているのだ。

「冬はあまり産まねえですだ」

金基洙が弁明すると、

「洪学一《ホンハクイル》の雌鶏は八羽だが、毎日、八個の卵を産んでいる。季節とはあまり関係ない。足りない分は穀物から差し引くから、そのつもりでおれ」

と高炳生は怒鳴った。

弁明を許されない金基洙は頭を垂れてちぢこまった。なんだかんだと難癖をつけられて穀物を削り取られるのである。その削り取った穀物を高炳生が懐にしているのを小作人たちは知っていたが、居丈高な高炳生を恐れて文句を言えなかった。

高炳生は手を後ろに組み、牛舎の前の板の上に並べてある牛糞《ふん》の乾燥具合を目で確認して家の中に入った。乾燥した牛糞はオンドルの燃料になる。高炳生は乾燥した牛糞をオンドルに使っているのではないかと確かめるために家の中に入ったが、薄暗い家の中は冷えびえとしていた。

物色するように薄暗い家の中を見回していた高炳生は、布団にくるまって寝ている淳花を見て、

「娘はまだ寝ているのか。早く起して仕事をさせろ」

と言った。

金基洙はあわてて眠っている娘の淳花に、

「早く起きなさい。高炳生さまがきてるだ」

とゆり動かした。

目を醒ました淳花は、しかしぐずって起きようとしなかった。

「淳花、起きなさい」

再度の父の声にうっすらと瞼《まぶた》を開けた淳花は、両手を後ろに組んで仁王立ちしている高炳生を見て驚き、跳ね起きた。

「いつまで寝ているつもりだ。そんなことで飯が食えると思ってるのか。洪学一の七歳にな

る娘は、とっくに起きて仕事をしておる」

高炳生は何かにつけて洪学一の家族を引き合いに出して金基洙の家族を批難するのだった。

「今日の昼過ぎ、地主の木村信次さまが見回りにくる。落度のないようにしろ。おまえたちの落度は、わしの落度になる。わかったな」

春から農繁期にかけて、週に一度、地主の木村信次は高炳生と二人の下僕をしたがえ、馬に乗って、十五人いる小作人の仕事ぶりと畑の様子を見て回るのだった。ときには小作人を威圧するため、日本人の官憲と一緒に巡察することもある。去年の冬、平南《ピョンナム》地域のある村で、日本人地主の穀物倉庫が十数人の小作人に襲撃され、穀物を奪われる事件があった。それ以来、日本人地主は、ときどき日本人の官憲をともなって畑を巡察していた。

高炳生は土間の隅に置いてある籠に視線を転じた。粟、稗、大豆、大麦などの種子を保管している籠だった。高炳生は、その種子を手ですくい、量を確認していた。小作人の中には食糧が底をつき、冬を越せなくなって、種子まで食べつくして耕作ができなくなると、夜逃げする者もいた。

「あの山を見ろ」

高炳生の指差す山の中腹あたりが、茶色になっている。

「火田民の奴らは山を焼いて畑を耕しているが、夜逃げした連中も火田民と一緒になって山を焼いてる。そのうち朝鮮の山は焼きつくされてしまう。その結果、水害が起こるのだ。奴らは朝鮮を亡ぼす気だ。総督府が奴らを取締るのは当然のことだ。くそいまいましい奴らめ」

高炳生の言葉は金基洙に警告しているのだった。

寝床を離れた淳花は素足で土間に下りた。厳寒の冬には零下十五度まで下がる大地は、春が近いとはいえ、さすがに冷たかった。

淳花はへっついに火を熾《おこ》し、鍋に水を入れて粟を炊きはじめた。その様子を見ていた高炳生は満足したのか、

「あとでまたくる」

と言い残して去った。

「くそったれ！　常奴《サンノム》（相手をののしる言葉）が！」

金基洙は胸の中で高炳生を罵倒した。

昼過ぎ、馬に乗った地主の木村信次が、高炳生と二人の下僕をしたがえてやってきた。馬上から望遠鏡で畑を観察している木村信次に高炳生がかたことの日本語で説明している。馬上で高炳生の説明を聞いていた木村信次は、「うむ、うむ」と頷《うなず》き、五分もするとつぎの小作人の畑に移動して行った。

淳花の仕事は六キロほど離れている山の麓に行って枯枝を集めてくることだった。夏は川で水浴びをしたり洗濯をして身奇麗にしていられるのだが、冬になると入浴も洗濯もしなくなり、髪は鳥の巣のようにボサボサで、着たきり雀の衣服は埃《ほこり》と垢《あか》にまみれてぼろ布のようになるのだった。

淳花はチゲ（荷物を背負う道具）を背負って山の麓に向った。

「寄り道をするでねえ」

父親の金基洙は注意した。

淳花はこっくり頷いた。

以前、淳花は枯枝を集めた帰り道、赤とんぼを追っているうちに日が暮れて迷い子になったことがある。そのときは自力で帰り着いてことなきを得たが、村の祭りなどで大道芸を見物していた子供がついて行き、行方しれずになったりする。人さらいに言葉巧みに誘われて連れて行かれることもある。子供は貴重な労働力なのだ。

淳花は二時間ほど枯枝を集め、適当な量を藁《わら》で結んでチゲに積んでいった。そして自分の背丈の二倍以上の束をチゲにしっかり縛りつけて背負い、帰ってくるのだった。その作業は八歳の淳花にとって重労働であった。

家に帰ってきた淳花はすぐに一キロほど離れた川へ水を汲みに行かねばならなかった。畑の水路にもなっている小川だが、雨が降ったあとはナマズが獲《と》れる。雨が降ったあと、金基洙は必ずこの水路でナマズを三、四匹獲っていた。それが唯一のご馳走だった。

淳花は水路にナマズはいないだろうかと探しながら金盥《かなだらい》で水を汲み、頭にのせて帰ってくる。そして水汲みを三往復すると脚がむくんでくるのだった。

水汲みが終ると今度は干し草を牛舎の前に運ぶ仕事が残っていた。食事は木村信次が見回りにくる少し前に粟を食べただけである。空腹を訴える腹の虫が鳴いていた。夕食はいつも日が暮れてからである。それまで我慢していた。子供ながらに、淳花は秋の収穫日まで食糧が底をつかないよう気を配っていたのだ。

日が暮れてあたりが暗くなっても金基洙は畑を耕していた。凍てつく大地は硬く、一頭曳用犂では時間がかかるのだった。種を蒔《ま》く時期が遅れると、収穫の時期が遅れたり、作物の出来、不出来にも影響する。したがって種を蒔く時期を遅らせるわけにはいかないのである。

金基洙が畑仕事を終えたのは午後八時頃であった。それから金基洙と淳花は夕食をとったが、休むいとまもなく金基洙は牛の世話をして餌を与えた。牛もかなり疲れていた。

それから金基洙はトウモロコシで作った自家製の酒を飲んで就寝することにした。

金基洙が酒を飲んでいると足音がして一人の男が表戸を開けて入ってきた。十二、三キロ離れた村に住んでいる叔父だった。

叔父の突然の訪問に、

「どうしたんですか？」

と金基洙は驚いた。

食後、淳花はすぐに就寝していた。

「ちょっと話があってな……」

叔父の金正万《ジョンマン》は部屋に上がって胡座《あぐら》をかいた。金正万はどぶろくの入った一升瓶を提げていた。

金基洙はさっそくどぶろくを叔父につぎ、自分もつがれて飲んだ。どぶろくを飲むのは久しぶりだった。

どぶろくをひと口飲んだ金正万はひと呼吸間をおいて、おもむろに口を開いた。

「じつはな、おまえに嫁の話を持ってきた」

妻が亡くなってから金基洙は叔父の金正万から後妻をもらうよう勧められていたが、子持ちで貧農の男に嫁いでくる女はそう簡単には見つからなかった。やもめ暮らしの男が一人で重労働の農作業を続けるのは困難であると考えていた叔父の金正万は金基洙の後妻を探し続けていたのだった。そして後妻が見つかったと言うのである。

「火田民の女だが、昨日会ってきた。丈夫で、よく働く女で、子供を沢山産みそうな尻をしておった。歳は二十五歳で、おまえと同じように夫を亡くして一年になるが、幸いというか、子供がいない。条件としてはぴったりだ」

金基洙は浮かぬ表情をした。火田民の女というのが気にくわなかった。それに寡婦《かふ》である。だが、選《え》り好みできる立場ではないのだ。この機会を逃せば、いつ嫁のきてが見つかるかわからない。叔父の金正万もそれを強調するのだった。

「こういう機会はめったにない。相手は火田民の女だが、そんなことはたいした問題ではない。この先、おまえがいつまでもやもめ暮らしを続けると体が持たなくなる。男にはやはり女がいる。女がいないと精力が衰えてくる。それに淳花にも母親が必要じゃ」

叔父の言う通りだった。妻が亡くなって一年になるが、その間、早朝から夜まで働き、夕食のあと酒を飲み、寝るしかなかった。だが、三十一歳の疲労した肉体は性に疼《うず》いていた。暗闇の中で亡くなった妻の肉体を求めて自瀆《じとく》していた。それは空しい行為だった。そして嫁をもらうことは家族を作ることでもあった。家族のいない家は亡びる。

「嫁に息子を産んでもらうのじゃ。娘は他家に嫁いで行けば他人と同じじゃが、息子を産んでもらい、おまえの血筋を絶やさないようにせねばならぬ」

前妻は息子を産むことなく他界した。それが悔まれるのだった。

「よろしくお願《ねげ》えしますだ」

金基洙は叔父の厚意を受け入れた。

「こういうことは早い方がいい。わしは二、三日中に話を決めて嫁を連れてくる」

話が決まった金正万は上機嫌になって酒を飲んでいた。そして二時間ほど話し込んで帰って行った。

翌日、金基洙はいつものように夜明けとともに起床して鶏と牛に餌を与え、仕事に従事した。思いなしか、空気がすがすがしく風景が美しく見えた。山の中腹あたりから立ち昇る木を焼いている煙があまり気にならなかった。火田民の女と言われたが、どんな女だろう……。金基洙は妻になってくれる女の姿を想像したが、思い浮かばなかった。いまでは亡くなった妻の顔も思い出せないのだった。

夕方、金基洙は釜で湯を沸かし、久しぶりに髪と体を洗った。そして娘の淳花にも入浴させた。それから古い木箱にしまってある一着しかない外出着を出して着てみた。何か晴れ晴れとした気持だった。それから家の中を掃除した。二、三日中にくるかもしれない新しい嫁を迎える準備に余念がなかった。急に父が入浴したり、木箱の外出着を着たりするので娘の淳花は不思議に思った。昨夜、大叔父の金正万が訪ねてきたのは知っている。だが、二人の話を聞く前に淳花は眠ってしまったのだ。

二日目になると金基洙は遠くを眺め、家を出たり入ったりして仕事が手につかない様子だった。淳花は気もそぞろな父親を見るのははじめてだった。早ばやと仕事を終えて、金基洙は十キロ離れた町に行き、米と豚肉と魚を買ってきた。淳花がそれらの品を見るのは、母が亡くなったとき以来である。近々、何かがあるにちがいないと淳花はなぜか不安だった。

三日目の午前中、金正万が一人の女をともなって家にやってきた。外出着を着た金基洙は娘の淳花にも大切にしまっているチマ・チョゴリを着せて、叔父の金正万と女を迎えた。いつになく落ち着きがなかったが、嬉しそうであった。

白いチマ・チョゴリをまとい、風呂敷包みをかかえている女は、遠慮がちに少しうつむきかげんになって恥ずかしそうにしている。小柄だが、金正万が言うように血色のよい顔色をしていた。美人ではないが忍耐強そうであった。

部屋に上がった金正万は女を金基洙の正面に座らせ、

「E村の康漢圭《ガンハンギュ》の娘で康順孝《スンヒョ》だ」

と女を紹介した。

「康順孝と申しますだ」

順孝は頭を下げて挨拶したとき、金基洙の隣に座っている淳花をちらと見た。優しい目だった。

「遠路はるばる、よくきてくれた」

膳には金基洙が仕入れてきたご馳走が並べてあった。

金基洙が酒を叔父の金正万につぐと、順孝が金基洙につぎ、今度は金正万が順孝についで、夫婦の契りを結んだ。

「今日から、この女が、おまえの新しいオモニ（お母さん）だ。言うことをよく聞くのだぞ」

大叔父の金正万に諭されたが、淳花は頷かなかった。

「無理もない。そのうちわかるじゃろう」

金正万は楽観的に言って酒を飲んだ。

順孝は優しく微笑《ほほえ》みかけて、自分の膳の餅を淳花の膳に載せてやった。

「めでたい日じゃ。これでわしもひと安心だ」

金正万はしきりに「めでたい、めでたい、ひと安心だ」をくり返していた。

金基洙はなけなしの金をはたいて買ってきた米と豚肉と魚を出した。白米は淳花の目に眩《まぶ》しく映った。白米を食べるのははじめてである。淳花の気持は複雑だった。はじめて会った女の人を、これからオモニと呼ばなければならないのだろうか。一年前に亡くなった母の姿は淳花の記憶に深く刻まれている。寂しいときや仕事で疲れたときは、いつも母を思い出して泣いていた。

日頃、寡黙《かもく》で仏頂面をしている父が終始笑っていた。酒のせいかもしれないが饒舌《じょうぜつ》になっていた。冗談を言って女を笑わせ、ついには歌まで歌いだしたので淳花は驚いた。その歌声は夜明けを告げる一番鶏の啼き声に似ていると思った。

大人たちの宴はえんえんと続く。ご馳走をたらふく食べた淳花は眠くなり、こっくり、こっくりと船を漕ぎはじめた。それに気付いた順孝が床の用意をして淳花を抱き上げて寝かせた。

「わしもそろそろ帰るとしよう」

淳花が寝たので、叔父の金正万はあたりが暗くなっているのに気付いて腰を上げた。

「今夜は泊っていって下さい」

金基洙が引き止めると、

「いや、いや、新婚の初夜を邪魔するような不粋な真似はしたくない。近いうちにまた様子を見にくる。とにかく幸せな家庭をつくることじゃ」

立ち上がった金正万は足を少しふらつかせたが、土間にしっかり立ち、懐からわずかばかりの御祝儀を床の上に置いて、

「何かのたしにしてくれ」

と言って去って行った。

叔父一人、甥一人の関係で、二人はいわば親子のようなものだった。五年前の大飢饉のとき、親類縁者六人が犠牲になり、金正万の家族と金基洙の家族がかろうじて生きのびたのである。

金正万が帰ったあと、順孝はあと片づけをした。台所にしゃがんで洗い物をしている順孝を、金基洙はキセルで葉煙草をふかしながら眺めていた。ほの暗い灯《あか》りの中にしゃがんでいる順孝の白いチマ・チョゴリ姿が妙に色っぽかった。

洗い物をすませた順孝は先に寝床に入った。そして金基洙も服を脱いで寝床に入ると枕元の灯油ランプを消した。部屋の中は真っ暗になり、静寂に包まれた。金基洙は順孝の下着を脱がせ、すべすべした柔らかい体を抱きしめた。二人はお互いの体を温め合うように抱き合った。

三ヶ月もすると淳花は順孝をオモニと呼ぶようになっていた。順孝は本当の母親のように優しかった。金基洙も働き者の順孝に満足していた。

順孝は気のきく愛想のいい女だった。見回りにきた高炳生に順孝は必ず酒とキムチをふるまい機嫌をとっていた。

「いい嫁だ。おまえにはもったいない」

酒をふるまわれた高炳生は気をよくして順孝を褒めるのだった。

働き者の順孝のおかげで耕作面積も増え、農作業は順調だった。そして数ヶ月も過ぎた頃、順孝は妊娠した。順孝は隣村の産婆のところへ行き、診察してもらうと、妊娠四ヶ月だった。

「あまり無理をせずに、仕事をするだ。二ヶ月に一度、わしが様子を見に行く」

五十歳になる産婆のミヨ婆さんは二十キロ四方の村の妊婦の面倒を見ていた。淳花もミヨ婆さんに取り上げられた一人である。

順孝はミヨ婆さんから、あまり無理をせずに仕事をするだ、と言われていたが、農作業は厳しく、手を抜くことはできなかった。それでも体の丈夫な順孝は出産の前日まで畑仕事をしていた。幸いミヨ婆さんは、その二日前から泊り込んで順孝の出産に備えていた。

陣痛がはじまったのは明け方である。順孝が呻《うめ》きだしたので、ミヨ婆さんは金基洙にお湯を沸かすよう命令した。金基洙はへっついの釜でお湯を沸かしはじめた。

順孝の呻き声が一段と高くなった。

「いきむのじゃ！　もっと力を入れていきむのじゃ！」

ミヨ婆さんは順孝を励ました。

ところが呻き声を上げていきんでいた順孝は急に力を抜いてうつらうつらしはじめたのである。

「眠るんじゃない！　眠るんじゃない！　目を醒ましていきむんじゃ！　そうしないと赤ち

ゃんが死んでしまう！」

　ミヨ婆さんは眠りに落ちていく順孝の耳元で叫んだ。

　その声に順孝はわれに返り、またいきむのだった。不思議な現象だが、眠り産だった。こうした現象はまれに起こるのだが、母親が眠りに落ちると、赤ちゃんは窒息死することもあった。非常に危険な状態だった。

　母親の呻き声とミヨ婆さんの叫び声で眠っていた淳花が目を醒ました。父親はへっついに薪《まき》をくべて釜のお湯を沸かし、ミヨ婆さんは呻いている母親に添い寝をして大きなお腹《なか》をさすっている。板戸の隙間から射し込んでいる陽の光が靄《もや》のようにかすみ、淳花は夢を見ているようだった。

「苦しいけんど、おまえは赤ちゃんを産んで母親になって、はじめて一人前の女になるだ。神様から尊い命をさずかるだよ。眠るでねえ。目を醒まして、しっかり赤ちゃんを産むだ」

　ミヨ婆さんは順孝の大きなお腹を撫でながら、母親になることの意味と一人前の女になることの意味を切々と話して聞かせるのだった。

「痛い！　痛い！」

　順孝は激痛に耐えきれず泣いていた。

「痛いべ、痛いべ、女はみんな、この痛みに耐えてきただ」

その言葉に励まされて、順孝は深呼吸をすると力強くいきんだ。

赤ちゃんの頭がのぞいた。

「赤ちゃんが出てきたぞ！　もうひと息じゃ！」

ミヨ婆さんが声を掛けると順孝は渾身《こんしん》の力をふりしぼっていきんだ。羊水とともに赤ちゃんが生れた。

赤ちゃんを取り上げたミヨ婆さんは、

「早くお湯を持ってくるだ！」

と叫んだ。

金基洙があわてて お湯を運んできて金盥の水に入れてお湯加減を調節した。

ミヨ婆さんが赤ちゃんのお尻を軽く二、三回叩くと、赤ちゃんは元気なうぶ声を上げた。

ミヨ婆さんは赤ちゃんをお湯で洗いながら、

「男の子じゃ。立派な物がついとる」

と言った。

「でかしたぞ。よくやった、よくやった」

はじめて男児をさずかった金基洙は妻に慰労の言葉を述べ、大喜びだった。

激痛と睡魔に耐えて男児を出産した順孝は誇らしげであった。これで夫に対して、世間に対して、嫁としての務めを果たしたと思った。

出産を目《ま》のあたりにした淳花は、生命の神秘に驚き、感動した。わたしもいつか赤ちゃんを産むのだろうか？　と漠然と考えた。

男児を出産した順孝は、翌日から働きだした。産後の疲労を理由に休養しているわけにはいかなかった。順孝の母も周りの女たちも出産の翌日から働いていたからである。夫の金基洙も女は出産の翌日から働くものと思っていた。亡くなった妻も淳花を出産した翌日から働いていた。

早朝、見回りにきた高炳生に順孝が出産した男児を見せると、

「男の子か。よくやった。これで金家のあととりもできた」

いつも仏頂面の高炳生が頬の肉をゆるめて言った。

「へえ、ありがとうごぜえます」

金基洙も嬉しそうに礼を述べた。

一週間後、男児の出産の噂を聞いた叔父の金正万が豚肉とどぶろくの一升瓶をぶらさげて訪ねてきた。

そして床に寝ている赤ちゃんをじっと見つめ、満面の笑みを浮かべた。

金正万は寝ている赤ちゃんをそっと抱き上げたが、目を醒ました赤ちゃんが泣きだした。

「おー、よし、よし」

　と金正万は赤ちゃんをあやしたが、泣き止《や》まない赤ちゃんをもてあまし、金正万は赤ちゃんを母親にゆだねた。母親の順孝がすぐさま赤ちゃんに母乳を与えると赤ちゃんはすぐに泣き止み、貪《むさぼ》るように母乳を吸った。

「名前はつけたのか」

　と金正万は訊いた。

「まだです。叔父さんにつけてもらおうと思ってました」

「そうか。道々、二、三考えたが、泰旭《テウク》はどうじゃ。朝日のように大きな気持の人間に育つようにと思っておる」

「わかりました。泰旭に決めます」

　名前が決まると、三人の大人はさっそく「泰旭、泰旭」と何度も名前を呼んでいた。

　三人の大人が弟をいつまでも可愛がっているのを見て、淳花はかすかな嫉妬を覚えた。淳花は周囲から、あんなふうに可愛がられたことはなかった。

　両親が野良仕事をしている間、淳花は弟の子守をさせられた。眠っている間はいいのだが、目を醒ますと、弟はすぐに泣きだすのである。いくらあやしても泣き止まず、手におえなくなった淳花は野良仕事をしている母親のところへ行った。そして母親が母乳を与えると弟は泣き止むのだった。赤ちゃんは空腹になると目を醒まして泣きだし、母乳を与えられて満腹になるとすこぶる機嫌がよくなって笑顔を見せたりする。その笑顔がなんとも愛らしかった。弟とは異母姉弟になるが、淳花はしだいに弟の泰旭をいとおしく思うようになっていた。

短い夏が終り、秋の収穫がはじまった。今年は天候に恵まれて豊作だった。

「四年ぶりの豊作だべ」

金基洙の顔が思わずほころんだ。

食糧がほとんど底をついていたので、妻の順孝もほっとして、よく頑張ったと思った。しかし、来年はどうなるかわからない。安心はしていられなかった。天候は気紛れであり、そのときどきの運次第であった。

子供に下着の一枚も買ってやりたいのだが、現金収入がない。地主に現金を借りると法外な利息を取られる。考えあぐねた末、金基洙は自分たちの取り分の収穫の一部を町で売ることにした。

金基洙は大きな麻袋一杯に詰めた粟をかついで町に行った。町にきたのは二年ぶりだが、町の様子はあまり変わっていなかった。変わったことといえば茅葺《かやぶき》屋根の家の間に、日本式の屋根瓦の家屋が何棟か建っていて、着物姿の日本人が歩いていた。そして守備隊の駐屯所ができていて、六、七人の兵士が門の前にいた。金基洙は、市場を取りしきっている元締めを訪ねて道端で粟を売りたいと申し出た。所場代《しょば》は売上げの一割である。

「久しぶりだな。元気にしてるか」

五十過ぎの元締めは長いキセルで葉煙草をふかし、往来を眺めた。

「最近は倭奴《ウェノム》（日本人の蔑称）どもが変な恰好《かっこう》でわがもの顔で町を歩いてる。この前も道を歩いてた朝鮮人が、日本人とすれちがったとき肩にふれたというだけの理由で、日本の警官に殴る蹴るの暴行を受けた。おまえも気をつけろ」

元締めの金洪富《キムホンブ》の目に憎悪がこもっていた。

「へえ、気をつけますだ」

見回り役の高炳生も日本人地主の前では平身低頭している。

「朝鮮は日本の植民地だ。朝鮮は日本に占領されてる」

金洪富はあらためて朝鮮が日本の植民地であることを強調した。それは金基洙の意識を喚起させるためであった。

僻地の寒村に暮らしている金基洙には、世の中の出来事がわからなかった。金洪富から聞いた「植民地」という言葉も、あまり馴染《なじみ》のない言葉である。なぜ朝鮮が日本の植民地になったのか、無学な金基洙には理解できなかったが、以前から何かおかしいとは思っていた。金洪富の話を聞いた金基洙の目に町を歩いている着物姿の日本人が異様に映った。

金基洙は市場の隅の地面に粟の入った袋を置いて、

「粟はいらんか、粟は……」

と通行人に呼び掛けた。

粟は二時間ほどで完売した。

現金を手にした金基洙は市場の衣料店で、二人の子供の下着と冬用の服を上下買った。

家に帰った金基洙は、さっそく淳花が着ている垢だらけの汚れたぼろぼろの服を脱がせて真新しい服に着替えさせた。赤い服が似合っていた。

「少し大きいけど、来年はぴったり合うようになる」

金基洙は真新しい服を着た娘の姿に満足していた。

「よく似合うだ。気に入ったか?」

母親の順孝が訊《き》くと、

「うん」

と淳花は嬉しそうに大きく頷いた。

順孝はぼろぼろの淳花の服を洗濯して息子の服を作ろうと考えた。

翌日、見回り役の高炳生がやってきた。そして部屋で子守をしている淳花の新しい赤い服を見て驚いた。

高炳生は野良仕事をしている金夫婦を大声で呼んだ。

金夫婦は何ごとかと思って急いで家にもどった。

高炳生が目をぎょろつかせて、

「淳花の着ている服はどこで手に入れた」

と追及した。

考えもしていなかったことを追及されて、金基洙は、あの、その、としどろもどろになった。

「服はどこで手に入れたかと訊いてるんだ」

高炳生は怒鳴るように言った。

「昨日、町で粟を売って買いましただ」

「なんだと、粟を売って買った？　そんなことをして、冬は越せるのか？　ははーあん、収穫量を誤魔化《ごまか》してるな」

猜疑心の強い高炳生に睨まれて金基洙は、

「めっそうもない、収穫の量を誤魔化すなんて、そんなだいそれたことはしてません」

と否定した。

「わしの目を節穴だと思ってるのか。どこかに食糧を隠してるだろう。おまえたち百姓は悪知恵が働くからな。隣村の呉徳舜《オドクシュン》は、五年もの間、食糧を隠し、備蓄しておった」

高炳生の鋭い目があたりを探り、鋭敏な鼻が匂いをかいでいた。そしておもむろに床下にもぐり、しばらく探索していたが、床下にないのがわかると、今度は牛舎におもむいた。金基洙の顔が蒼《あお》ざめている。高炳生はぬかるみの牛舎の土を鋤《すき》で掘りはじめた。

十分もすると土の中から大きな麻袋が三つ出てきた。

「やっぱり隠してたか。このことが地主さまにわかると、おまえは警察に捕まり、罰金を払わされ、鞭《むち》打ちの刑になる。牛の尻尾《しっぽ》で背中を打たれるのだ。牛の尻尾は硬くて、丈夫で、肉に喰い込む。鞭打ちの刑にはもってこいの道具だ。十日は起きられないだろう」

高炳生は残忍な笑みを浮かべた。

「高炳生さま、お許し下さい。どうかお見逃し下さい。この粟は全部、高炳生さまに差し上げます」

順孝は高炳生にすがりついて哀願した。

高炳生は急に優しい声になって、

「わしには役目というものがある。その役目をおこたると馘《くび》になりかねない。だが、わしにも情けはある。おまえたち家族を飢えさせるのが本意ではない。六年前、この地方で数百人が餓死した。そんな惨事をわしは見たくない」

高炳生が何を言いたいのか、金夫婦にはよくわからなかった。少し考えていた高炳生が、

「こうしよう。一袋は残しておく。あとの二袋は今夜、村人が寝静まったあと、おまえたち夫婦が、わしの家に運んでくるのだ。誰にも見つからないようにするのだ。今後、食糧を隠すときは、わしに相談しろ。わしが知恵を貸してやる。おまえたち百姓は人を信用しない。それが結局、自分で自分の首を絞めることになるのだ」

と言った。

なんのことはない、今後は収穫の一部を自分によこせと脅迫しているのだった。

酷薄な季節がやってきた。中国大陸から吹きつけてくる寒気が山おろしとなって大地を凍らせる。強い風にあおられた吹雪は積もるいとまもなく空中に舞い上がり、一段と冷え込むのである。見渡す限り草木もはえない荒涼とした灰色の景色がひろがっている。金基洙の家族は、家に閉じ籠《こ》もって、ひたすら冬が過ぎるのを待つだけだった。

息子の泰旭を産んで二年後に、順孝は二人目の子供を出産した。娘だった。今度もミヨ婆さんが赤ちゃんを取り上げてくれた。十日後に叔父の金正万が一升瓶に入ったどぶろくを提げ、白い布をもってきてくれた。そして一晩、金基洙と飲み明かして帰って行った。

「昨日の夜、虎に襲われる夢を見ただ。山には人喰い虎がいるんだべか」

順孝は遠い道のりを出産祝いにきてくれた叔父の金正万を心配していた。

「このあたりに虎はいないだ。いるとしたら日本人が虎だべ」

金基洙は町で金洪富から聞かされた植民地の話を思い出して言った。

「日本人が虎？」

「そうだ。朝鮮は日本の植民地になってるだ」

「植民地？」

「そうだ。朝鮮は日本に占領されてるだ」

一九一〇年の日韓併合で、朝鮮が日本の植民地になってすでに二十三年たっているというのに、金基洙と順孝は、いまだに植民地の意味がわからないのだった。

2

二人目の子供が生まれて家族は五人になった。ただでさえ食糧不足なのに、この先、子供が成長するにしたがって食糧不足が深刻になるのではないかと金基洙は懸念していた。

順孝は生まれて間もない赤ちゃんをおぶって野良仕事をしていたが、淳花も三歳になる弟の泰旭を子守しながら畑仕事を手伝っていた。しかし、いたずら盛りの泰旭は、ちょっと目を離した隙にいなくなったり、犂につまずいてころび、軽いけがをしたりした。そのたびに淳花は母親から叱られるのだった。そしてしだいに、母親の順孝は淳花がうとましくなってきた。何かにつけて叱られる淳花も母親の目線を気にするようになり、さらに父親まで淳花を見る目が厳しくなってくるのだった。二人の異母弟妹は両親から溺愛されていたが、淳花は一人取り残され、疎外されている感じがした。そして自分は邪魔ではないのか、と思うようになった。

淳花は一人ぼっちだった。隣の農家までの距離は長く、子供と出会う機会がほとんどないからであった。もちろん子供の淳花には、自分の将来がどうなるのかはわからなかったのだが、ときどき空をぼんやり眺めながら、村を出て行きたいと思った。村の外の世界には、自分にできる何かがきっとあるはずだと思ったりした。

ある日、見回りにやってきた高炳生から、

「近くの村の有力者が子守を探している。淳花を子守に出さないか」

と言われた。

父親の金基洙は心配そうにしている淳花を見て戸惑っていたが、

「そうですね、淳花も十二歳ですから、そろそろ外へ奉公に出そうと思ってたんです。願ってもないことですだ」

と断るのかと思っていたら、むしろ積極的にお願いするのだった。

「よし、わかった。三日後に、尹《ユン》さまの屋敷に淳花を連れて行くのだ。二年勤めれば新しい服と靴がもらえる。その間、食べさせてもらえるのだから、こんなありがたいことはない」

「へえ、ありがとうござえますだ」

父親の金基洙は礼を述べた。

その日の夜、淳花は父親から奉公人の心得について教えられた。

三日後の朝、淳花は父親に連れられて尹家の屋敷に赴いた。これまで見たこともない長い塀に囲まれた堂々たる門構えの立派な屋敷だった。二人は裏口から入り、尹家の奉公人の女に案内されて庭先にきた。

部屋の中から二十二、三歳の女が現れ、跪《ひざまず》いている淳花をじっと見て、

「顔を上げなさい」

と言った。

淳花が顔を上げると、

「こちらへきなさい」

と女に誘導されて淳花は部屋の中に入った。

八畳くらいのオンドルパン（床下から暖房をしている部屋）は暖かかった。さすがは金持の屋敷だと思った。

部屋には生後六ヶ月ほどの赤ちゃんが布団の中に寝かされていた。すやすやと安眠している女の赤ちゃんは可愛かった。しかし、淳花は緊張した。どんなふうに子守をすればいいのかわからなかったからである。

その日から淳花は女中部屋に泊って子守役を務めることになった。

翌日の午前五時に、淳花は同じ部屋にいる三十歳くらいの下女に起こされた。実家での起床時間も早かったが、午前七時頃までは寝ていられた。それがこの屋敷では、まだ薄暗い夜明け前の午前五時に起床して仕事をしていた。淳花は下女の金陽子《キムヤンジャ》の指示にしたがって井戸の水を何度も汲み上げて台所まで運び、裏庭から運んできた薪で竈《かまど》に火を熾した。

二時間ほどかけて用意した朝食を金陽子は個別のお膳に載せて、この家の主人、息子、姑、嫁の順に運ぶのである。そして家族の食事が終ってお膳を下げたあと、使用人は残飯と質素なおかずで朝食をすませた。その様子を姑が必ず見にきてチェックしていた。もし使用人が勝手においしい物をこっそり食べていたりすると、きつい罰を受けることになるのだった。

尹家は両班であり、地主であり、屋敷も大きく、表向きは金持に見えたが、実際の生活はかなり厳しかった。尹家の主は毎日読書に明け暮れ、息子は遊び呆《ほう》けていたが、姑と嫁は使用人と一緒に裏庭の畑で野良仕事をしていた。いわば自給自足の生活をしていたのである。

一九一〇年の日韓併合後に土地改革によって尹家の土地の大半は朝鮮総督府に没収され、朝鮮総督府は日本人にただ同然の値で落札させたのである。

淳花は嫁が野良仕事をしている間、赤ちゃんの子守をしていた。地主の両班の女たちが野良仕事をしている現実に、淳花は驚き、理解できなかった。

裏庭の小屋では蚕《かいこ》を飼い、嫁は夜遅くまで機《はた》を織っていた。その厳しい労働に淳花は内心、同情した。もちろん淳花の仕事は子守だけではなかった。食事の用意や掃除、洗濯、そして赤ちゃんが眠っている間は野良仕事を手伝わされた。

こうして二年の歳月が過ぎ、淳花は十四歳になっていた。赤ちゃんも数え年の三歳になり、おんぶをして寝かしつけるような時期は過ぎていた。つまり子守役としての淳花の役目は終ったのである。

年季奉公が終った頃、父がやってきた。父と会うのは二年ぶりだった。

成長した娘を見て、

「大きくなったな」

と父の金基洙は言った。

淳花は嬉しかった。これで家に帰れると思った。異母弟妹がいるが、やはり家が恋しかった。しかし、父が淳花に会いにきたのは別の村で奉公させるためだった。口べらしのために淳花を子守役に出したが、今度は地主から借りた金の返済のために奉公に出さねばならなかった。親の借金を肩がわりして奉公に出るのが親孝行だった。淳花はG村にある洋品店の下女奉公をして働くことになった。G村は子守をしていた村より大きく、何よりも驚いたのは、自転車に乗っている人がいたことだった。

街の通りは結構人通りが多く、飲食店、洋品店、市場があった。淳花にとってもの珍しい店が軒を並べていた。淳花が勤めることになった洋品店は、子供用の衣服や帽子や靴を売っていた。しかし、淳花は店に出ることはなかった。食事の用意や掃除、洗濯、使い走りなどが仕事だった。

街には多くの日本人が暮らしていた。日本人女性はたいがい着物姿だったが、男性は背広に中折れ帽をかぶっていた。むろん朝鮮人の方が多いわけだが、みすぼらしい恰好をしていた。チゲで荷物を背負っていたり、荷馬車を引いていたりしている姿が目だつのだった。店に買い物にくる客の中には朝鮮人もいたが、それはほんの一部で、日本人の客が多かった。日本人の学生や朝鮮人の学生もよく見かけたが、同じ学校に通っていながら歩いているときは別々だった。小学生や中学生が級友とおしゃべりしながら歩いている姿を見ると、学校に通ったことのない淳花は羨ましくなるのだった。どうして自分は学校に通えないのか、それが悔しかった。

街で一番威張っているのは日本の警官だった。肩章をつけた白い詰襟《つめえり》の上着を着て黒い長《ちょう》靴《か》を履き、腰に長いサーベルを下げてカチャ、カチャと音を鳴らしながら胸を張って歩いている。自分の存在を誇示して街を睥睨《へいげい》しながら歩いている姿は恐ろしくもあり滑稽でもあった。朝鮮人はむろんのこと日本人も警官を避けていた。淳花は使い走りの途中、警官に出会うと思わず目を伏せた。

同じ商店街の飲食店に勤めている池恵栄《チヒミ》が淳花の店に訪れた。その日はたまたま淳花が店の留守番をしていた。店主夫婦は昨日から親戚の葬儀に参列していて淳花が留守を言いつかったのである。

店に入ってきた池恵栄は品物を物色しながら、一人で店番をしている淳花をちらと見て、

「一人なの？」

と訊いた。

「ええ、旦那様と奥様は昨日から親戚の葬式に行ってるの」

淳花は自分と同じ年頃の客に親しみを感じて答えた。

「弟の靴が欲しいの。今年十一歳になるんだけど、やんちゃだから、すぐ靴を駄目にして、いま素足で歩いてる」

「素足で？　寒くないのかしら。郷《さと》はどこなの？」

寒村の子供たちが素足で歩いているのは珍しくないが、地方によっては凍傷になるおそれ

があった。

「平安南道江西郡《カンソ》のE村に住んでる」

「えっ、江西郡のE村……わたしの隣村だわ」

偶然のことに、淳花は驚いた。しかし、この街には同じ江西郡の農家から出稼ぎにきている人たちが多かった。

「あなたはD村からきたの？」

「そうよ、D村からきたの。わたしは金淳花」

淳花が自己紹介すると、

「わたしは池恵栄」

と池恵栄も自己紹介した。

初対面の二人は、まるで懐かしい友達にでも会ったように意気投合し、商売を忘れて話し合った。そして話し合ってみると、お互いが同じような境遇だった。家が貧しくて学校に通えなかったこと、口べらしのため奉公に出されたこと、食事はさせてもらえるが、ほとんど無給で働かされていることなど、共通点が多かった。

「たまにチップをくれるお客さんがいるのよ。そのチップをこっそりためて、弟の靴を買いにきたの。お金をためるのに五ヶ月もかかったわ」

チップを隠しているのがわかると、店主にお金を取られるのはむろんのこと、店を馘になるおそれがあり、いつも緊張の連続だったと、それでも池恵栄は微笑みながら言った。

そして二人は、これからも仕事が終ったあと会うことを約束して別れた。淳花は見知らぬ土地で友達ができたことを喜んだ。何かしら自分は一人ではないという気持になった。

その後、淳花と池恵栄は仕事が終ると人目につかない路地裏や郊外の林の中で落ち合い、会話に夢中になり、楽しいひとときを過ごした。そのうち池恵栄は金物店に勤めている同じ年頃の姜英愛《カンヨンエ》という女友達を連れてきた。姜英愛は池恵栄と同じ村の幼友達だった。三人は二日に一度の頻度で会い、故郷のことやその日の出来事や夢を語り合い、励まし合った。

淳花が洋品店に勤めて二年が過ぎた。その間、村は何ごともなく平穏で、淳花はのんびりとした日々を送っていた。しかし、一年前の一九三七年七月七日、盧溝橋《ろこうきょう》事件が発生して日華事変がはじまり、七月二十八日に日本軍は華北方面の総攻撃を開始、天津《テンジン》、北京《ペキン》を占領、日中戦争は上海にまで拡大した。その影響もあってか、たまに日本兵を満載した数十台のトラックが村を通過して朝鮮と中国の国境をめざしていた。この異様な光景を店の経営者である呉昌桂《チャング》は苦々しい表情で見送っていた。

「中国で戦争がはじまってるらしい。ここも安全とはいえない」

店にきていた金物店の主人成順輔《ソンスンフ》に呉昌桂は口をへの字に曲げて言った。

「日本が敗《ま》けるに決まってる。朝鮮は戦わずに併合されたが、中国は広い。五年前、二年ほど中国を旅したことがあるが、あれだけ広い領土といろんな民族を支配することは、そう簡単ではない」

成順輔はそれなりに見識のある人物だった。

「しかし、日本人は狡猾《こうかつ》で残忍で、朝鮮人や中国人を人間とは思っていない。徹底的にやると思う。一九一九年の三・一独立運動のとき、この村の朝鮮人も立ち上がった。わしの親父は無学な人間だったが、民族を思う気持は人一倍強かった。朝鮮人を人間と思っていない日本のやり方に対してはらにすえかねていた。だから運動に参加したんだ。それが運のつきだった。わしの目の前で親父は殺され、十三歳だったわしまで警察に連行されて一週間留置された。この村だけで二百人殺されたんだ。何の関係もない、何の罪もない人間まで殺された。それ以来、わしらは口を閉ざしたままだ。おまえも気をつけた方がいい。日本は敗けるなんてことを不用意に喋ると、警察に連行されて拷問《ごうもん》にかけられるか、行方不明になる。三・一独立運動のとき、二百人の犠牲者以外に行方不明になった人間は八十人以上いるが、いまだに行方知れずだ。たぶん殺されたにちがいない」

呉昌桂は通りを歩いている警官を憎しみのこもった目で見ていた。

淳花は三年目から給料をもらえるようになったが、家にわずかな仕送りをすると、下着一枚買うのがやっとだった。唯一の楽しみは池恵栄が勤めている飲食店で冷麺を食べることだった。池恵栄は淳花の冷麺にこっそり蒸し豚とキムチを少し多めに入れてくれた。

村にきて四年目の夏を迎えた頃、飲食店に行くといつも笑顔で迎えてくれた池恵栄がいなかった。その日は、何か用事があって店を休んだのかもしれないと思って帰ってきたが、仕事が終って落ち合うことになっている場所にもきていなかった。

「どうしたのかしら」

姜英愛が心配そうに言った。

「用事があったのよ」

淳花は楽観的に言った。

「病気で休んでるかもしれない。病気になると薬を買うお金もないのよ。村には医者もいないし」

気が気ではない姜英愛は飲食店の主人に事情を訊いてみようと言ったが、

「明日まで待ちましょ。明日はきっと会えると思う」

と淳花は姜英愛のはやる気持を抑制した。

しかし、一日が過ぎても池恵栄は落ち合う場所に現れなかったので、二日過ぎ、淳花は飲

食店に赴き、思いきって店のアジュモニ（おばさん）に池恵栄の安否を尋ねると、アジュモニは不機嫌な顔をして、

「わたしは知らないよ」

と突慳貪《つっけんどん》な態度になるのだった。

どうやら急に店を辞めたらしかった。店を辞めるなら辞めるで友達にひとこと事情を説明してくれてもよさそうなものだが、と思いながら、淳花は姜英愛に会って店のアジュモニの不機嫌な態度を話した。

「どうして辞めたのかしら。わたしたちにひとことの相談もしないで辞めるなんて、おかしいわ」

姜英愛は首をひねっていた。

それから四日後、今度は姜英愛が落ち合う場所に現れなかった。淳花は二時間以上姜英愛を待ち、待ちくたびれて帰った。腑に落ちなかった。まるで神隠しのようにある日、突然、二人は姿を消してしまったのである。二人の身に何が起ったのか、淳花は考えあぐねた。淳花はまた一人ぼっちになった。池恵栄と姜英愛はどこへ行ったのだろう……。遠い山影と空を眺めていた淳花は寂しさと孤独で涙がこぼれそうになった。

姜英愛がいなくなって三日後、使い走りをしている途中ときどき出会う警官が店にやって

きて主人を表に呼び出し、二、三分話していたが、店にもどってきた警官は急につくり笑いをして、

「金の稼げる仕事をしないか。家に仕送りもできるし、きれいな服も買えるし、飯も腹一杯食えて貯えもできる。こんないい仕事はないぞ」

警官の話を店の主人が朝鮮語で通訳して淳花に聞かせた。店の主人は日本語を少し理解できたのである。

唐突な話だったので淳花は店主の顔色をうかがった。

「心配ない。店主にはわしから話をつけてある」

警官は店主の合意を迫るように圧力をかけた。

店主の呉昌桂は黙って頷いた。

「どんな仕事ですか」

淳花は警官に訊いた。

「紡績工場だ。布を作る糸を生産する仕事だ」

「工場はどこにあるのですか」

「上海《シャンハイ》だ」

「上海？」

「そうだ。上海は大都市だ。いろんな物がある」

淳花と警官とのやりとりを通訳していた呉昌桂も、上海に行けばそれなりの金を稼げるかもしれないと思った。

「どうだ、行ってみるか」

即決を迫る警官に淳花は戸惑ったが、

「はい」

と答えた。

「そうか。そうと決まれば善は急げだ。すぐ仕度をするんだ」

「いますぐですか」

「そうだ、いますぐ出発する」

考えるいとまもなく淳花は警官に急《せ》かされた。

店主の呉昌桂はただ手をこまねいて見ているだけだった。

仕度といっても下着とチマ・チョゴリを風呂敷に包むだけだった。

「よし、出発だ」

先に歩きだした警官の後を淳花はついて行った。店の表に立っている店主を振り返りながら、金が稼げるのなら、一生懸命働こうと思った。

空には雲が低く垂れ込めている。いまにも雨が降りそうな天気だった。淳花は前を歩いている警官の大きな背中を見ながらとぼとぼと歩いていた。警官の腰に下げているサーベルのカチャ、カチャという音が淳花の耳の底で鍵を開けようとしている音に聞えた。鍵を開けた扉の向うに何があるのか。

淳花は首筋と胸に汗をかき、ブラウスが濡れている。蒸し暑い日であった。上海はどこにあるのだろう？　そしてどんな都市なのか？　淳花は不安と期待で心臓の鼓動が高鳴っていた。

連れて行かれたのは警察署だった。古い木造二階建ての警察署の裏に回ると、幌《ほろ》のついた一台のトラックが止っていた。そのトラックの側《そば》に置いてある机の前に背広姿の男が座って書類を書いていた。

その男の前に淳花を立たせて警官が軽く敬礼すると、

「ご苦労さん」

と男は言った。

それから男は淳花を頭の天《て》っぺんから爪先《つまさき》まで見回し、

「名前は」

と流暢《りゅうちょう》な朝鮮語で訊いた。

「金淳花です」

淳花はか細い声で言った。

「キムスンファ……どういう字を書く」

男は意地悪く鉛筆を渡そうとしたが、

「字は書けません」

と淳花は恥ずかしそうに答えてうつむいた。

「どいつもこいつも読み書きができないとは情けない連中だ」

男は軽蔑しきったような眼差を淳花に向けて、

「歳は……」

と訊いた。

「十七歳です」

「十七歳か……」

男はいま一度、淳花の体に視線を這《は》わせて、

「オマンコがついてるだけでいいか」

と日本語で言ってせせら笑った。

男は憲兵だった。

名前と年齢を述べた淳花はトラックに乗せられたが、トラックの中にはすでに六人の若い女性が乗っていた。しかし、顔見知りの女性はいなかった。

淳花は少し驚いたが、同じ年頃の少女が席を詰めてくれたので、淳花は彼女の隣に座った。六人の女性は意外に明るい表情をしていた。これから上海に行って、お金を稼げると思っているからだろう。

席を詰めてくれた少女が、

「わたしは元清心《ウォンチョンシム》」

と自己紹介した。

「わたしは金淳花です」

淳花はみんなに向って挨拶した。

そのとき淳花を連れてきた警官が乗ってきた。

「出発する。私語は禁じる」

満足に学校へ通わせてもらえなかった淳花はカタコトの日本語しかわからず、何を注意されたのかわからなかったが、警官の語気と表情で彼女たちは口をつぐんだ。

狭いでこぼこ道を走っているトラックは荒波に揺れている船のようだった。車酔いした女性の一人が苦しそうに顔を歪《ゆが》めていたが、たまらず嘔吐《おうと》した。

「馬鹿もん！　車の中に吐く奴があるか！」

警官は大声で怒鳴ったが、一度はじまった嘔吐は止らず、二回、三回と吐いた。蒼ざめている彼女は口から糸状の唾液を引き、ぐったりした。

警官はいったん車を停止させて彼女を最後尾の席に座らせ、外へ吐くように指示した。

淳花が彼女の背中をさすりながら、

「大丈夫？」

と心配そうに訊いた。

「もう大丈夫、お腹が空っぽになったから」

と彼女はみんなに迷惑をかけたことをわびた。

雨は降りそうで降らない。ときどき痩せた土地を耕している襤褸《ぼろ》をまとった百姓が見えた。稲妻が空を裂き、雷鳴が轟《とどろ》き、遠くで落雷の音がした。警官が幌から首をのぞかせて空を仰いだ。

トラックは一時間ほど走ってE駅に到着した。

「さあ早く降りるんだ。汽車の時間に間に合わんぞ」

先に降りた警官はみんなを先導して小さな駅構内に入った。

待合い室には十人ほどの客がいたが、車から降りてくる七人の女性を好奇の目で見ていた。

貨物車がゆっくりと駅に入ってきた。四羽の鶏の脚を縄で縛って担いでいる中年の男が真っ先に乗ると、続いて大きな荷物を担いだ中年女が行列に割り込んで乗ろうとした。

警官が、その女を制止して、

「割り込むな！」

と怒鳴った。

日本の警官に怒鳴られた女は逃げるように別の入口に向って走りだした。

車内はかなり混んでいたが、警官に睨まれると、座っていた乗客がおそれをなして席を譲るのだった。

淳花は恐縮して座れないでいたが、警官にうながされて座った。警官にしてみれば、女性たちは大事な商品だったのである。

淳花は汽車に乗るのははじめてだった。しかし、車窓から眺める風景は荒れ果てた土地と藁葺《わらぶき》の貧しい農家であった。

途中停車した列車に小豚を担いだ男や野菜や家財道具を持った客が乗ってきて、車内はますます混雑してきた。背中に赤児《あかご》を負ぶって両手に大きな荷物を持っている女が淳花の前にきた。

淳花は席を譲ろうとしたが、隣に警官が座っていたので女は座ろうとしなかった。

車内にはいろんな匂いが混淆《こんこう》していた。乗客はみんな汗をかいていた。淳花も汗をびっしょりかいていた。汗でべとついたブラウスが肌にへばりつき気持悪かった。他の女性たちも薄暗がりの中で沈黙していた。見知らぬ土地を走っている列車はどこへ行くのだろう。列車は引き返すことのできない時間の不可逆を疾走しているように感じた。少しでもお金を稼いで幸せになりたい。淳花の願いはただそれだけである。それは他の少女たちの願いでもあった。

一時間半ほど走っていた列車の速度が落ちてきた。どこかの駅に近づいてきたのだ。

列車が停車すると乗客がつぎつぎと降りはじめた。

警官が立ち上がり、

「降りるぞ！」

とみんなに声を掛けた。

七人の女性は手荷物を持って、ぞろぞろと降りた。そしていったん駅の外に出た。駅前には大勢の人が集まり、歩いていた。朝鮮人の男は夏だというのに白いツルマギ（コートのような物）を着て、額にマンコン（ヘアバンドのような物）をまき、もとどりを結ってタンコン（かぶり物）を戴《いただ》いていたり、白いチョゴリ（上着）にパヂ（ズボンのような物）を着て、白い布で鉢巻きをしている人夫が荷物を運んでいる。朝鮮人の男のほとんどは民族衣装を着ているのに対して日本人の男は背広姿に中折れ帽をかぶっていた。日本人の男は西洋の影響を反映し、朝鮮人の男は伝統的な衣装を着ていて、差別化が画然としている。

警官は淳花たちを駅の端の建物に連れて行った。そこは治安部隊の建物だった。入口には二人の歩哨兵が銃剣を持って立っていた。建物に入ったとたん淳花たちは数人の憲兵の鋭い視線に晒《さら》されて緊張した。警官でさえ緊張していた。

警官が入口に近い部屋に入って書類を提出すると、書類を受取った憲兵が部屋から出てきて、小鳥のように怯《おび》え緊張している七人の女性を嗜虐《しぎゃく》的な目で睨み、一人ひとりの名前と年齢を確認した。それから別の憲兵を呼んだ。

間もなく銃剣を持った若い憲兵がきて上官に向って敬礼した。

上官は若い憲兵に書類を手渡し、

「おまえは、この者たちを南京《ナンキン》まで連れて行け」

と命令した。

「はい、わかりました」

若い憲兵はまた敬礼して、淳花たちを奥の部屋に連れて行った。

その部屋には十八人の若い朝鮮人女性がいたのである。十畳ほどの部屋に椅子はなく、みんな立たされたままだった。中には疲れてしゃがんでいる者もいたが、憲兵の目線に気付いて立ち上がった。

「このままで待つんだ」

憲兵の日本語を女性の中では年長者と思われる一人が朝鮮語に訳してみんなに伝えた。部屋を出た憲兵は鍵を掛けて去った。

「あなたたちは、どこからきたの」

通訳をした年上の女が言った。

「平安南道からきました」

淳花が答えた。

「わたしたちは平安北道《プクド》からきたの。昨夜《ゆうべ》きたけど、椅子もないし、寝具もないので床に横になったわ。食事は昨夜と今朝いただいたけど」

年上の二十二歳になる申善愛《シンソネ》は不信感を持っているようだった。

「上海の紡績工場に行くんですか？」

と淳花が訊いた。

「そうよ。あなたたちは？」

「わたしたちも上海に行きます」

「みんな上海に行くのね。お互い協力しましょ」

申善愛はやっと笑顔になった。

そこへ憲兵がもどってきて、

「これから出発する」

と命令した。

廊下に出るとみんなは整列させられ、前後を二人の憲兵に挟まれた。厳重に監視されていた。

「前へ進め！」

憲兵の号令にしたがってみんなは歩きだした。そして建物の裏口から外に出て駅に向ったが、プラットホームではなく、プラットホームから少し離れた場所に向った。

複数の線路が交差している車庫のような場所に数台の貨物車が止っていた。数台の貨物車には石油タンクやトラックや戦車、大砲まで積まれている。鈍色《にびいろ》の線路が夏の強烈な太陽を反射し、陽炎《かげろう》がゆらいでいた。

「ぜんたーい、止れ！」

引率している憲兵の号令で淳花たちは有蓋貨車《ゆうがいかしゃ》の前で止った。有蓋貨車の入口が暗い洞窟のように開いていた。

「さっさと乗るんだ！」

憲兵の命令に列の先頭にいた女は臆《おく》して立ちすくんだ。

「もたもたするな！　早く乗れ！」

憲兵は臆している女の腰のあたりを銃床で突いた。女はよろめき、反射的に有蓋貨車に乗ると、あとのみんなもつぎつぎと乗るのだった。そして最後に乗ってきた憲兵が有蓋貨車の戸を閉めると「ガチャン！」という鉄と鉄が嚙《か》み合う音を立て、外からかんぬきが下ろされた。淳花は戸は二度と開かないのではないかと思った。

戸を閉めた窓のない有蓋貨車の中は真っ暗だった。有蓋貨車に乗り込んだ憲兵は懐中電灯を点《つ》けて、隅にかたまっている女たちの様子を見た。

「動くんじゃないぞ！」

憲兵は銃剣を構え、凄《すご》みのある声で言った。

このときはじめて淳花は騙《だま》されたことに気付いた。いや、その前から、おかしいと思っていたが、確かめる勇気がなくて、引きずられてきたのだった。みんなの間にざわめきが起った。

「静かにしろ！」

憲兵は懐中電灯の光を女たち一人ひとりに当てた。

真っ暗闇で懐中電灯を当てられた淳花は殺されるのではないかと怯《おび》えた。逃げたいと思ったが、逃げる術《すべ》はなかった。

「わたしたちは騙されたんだわ」

みんなの中の一人が小声で言った。

「どうなるの？　どこへ連れて行かれるの？」

別の一人が声を震わせている。

「私語は禁じる！」

憲兵が私語を発している女を懐中電灯で照らした。

懐中電灯で照らされた女は恐怖で蒼ざめた。

窓のない有蓋貨車の中は蒸し風呂のようだった。みんなは汗をびっしょりかき、息苦しくなっていた。しばらくすると暗闇に慣れてきた目で有蓋貨車の中の様子を薄ぼんやり認めることができた。憲兵は入口に陣取って銃剣を持っていた。淳花の隣にいる元清心は貨車の車体壁にもたれてぐったりしている。喉《のど》がからからに渇いていた。憲兵が水筒の水を飲んで喉をうるおしていたが、水を下さいとは言えなかった。有蓋貨車に乗せられている淳花は豚や牛と同じあつかいをされていると思った。

何時間走ったのか、どこを走っているのか見当もつかない。淳花は時間の観念と方向感覚を失《な》くしていた。

一人の少女が小用を足したいと言った。それを申善愛が日本語で憲兵に伝えると、

「駄目だ。いちいち列車を止められるか！」

と突っ撥《ぱ》ねられた。

断られた少女は我慢していたが、ついに我慢しきれなくなり、有蓋貨車の隅で小用を足した。すると我慢していた他の少女も同じ場所で小用を足すのだった。みんなにとって排泄は深刻な問題であった。だが、外で排泄できない以上、有蓋貨車の中で排泄するしかなかった。

この生理現象は、ある種の連鎖反応を誘引して少女たちをつぎつぎと小用にかりたて、中には大便をする者までいた。蒸し暑い有蓋貨車の中に糞尿《ふんにょう》の臭いがたちこめた。それは少女たちにとって屈辱と恥辱の臭いであった。まるで糞尿にまみれている気がした。

有蓋貨車は底知れぬ地獄の闇を疾走しているかのようであった。ゴトン、ゴトン、ゴトン……という鈍い単調な音が胸を刻み続ける。それは人間的な感覚を麻痺《まひ》させる音だった。淳花はゴトン、ゴトン、ゴトンという音を数えていたが、一万八千数百回で数えるのを止めた。ゴトン、ゴトン、ゴトンという鈍い音は永遠に続くのではないかと思われた。

淳花は夢を見ているようだった。現実では起りえない現象が夢では起るからである。暗闇の中のみんなは、まるで亡霊のようだった。自分も亡霊だとすれば、この現実は何だろう？現実が夢なのか、夢が現実なのか、淳花はわからなくなっていた。

張り詰めた沈黙の中で、しくしく泣いている者がいた。

「誰だ！　泣いてる奴は！」

憲兵が懐中電灯を照らして泣いている者を探した。泣き声がぴたと止み、重苦しい緊張感が漂った。

数人が眠っている。暗闇を透かして見ると、憲兵も頭を垂れて眠っているようだった。この隙に戸を開けて逃げようかと淳花は一瞬考えたりしたが、外からかんぬきを下ろされている戸は、内部から開けることはできないのである。頭を垂れている憲兵がふとわれに返り、有蓋貨車の隅にいるみんなの様子を見張っていた。

体が揺れるときはカーブを切っているときだった。トンネルに入ると耳をふさがれて何も聞えなかった。一段と高い音を立てて走っているときは鉄橋を渡っているときだった。

淳花は耳を澄まして外の気配を感じとろうとしたが、昼なのか夜なのかさえ判然としなかった。あの警官の口車に乗せられたのが悔まれてならなかった。有蓋貨車には二十五人の女が乗っている。みんな誰かの口車に乗せられたのだ。それは貧しさから少しでも脱《ぬ》け出したいという切実な思いからなのである。

有蓋貨車の速度が落ち、汽笛が鳴った。その汽笛に居眠りしていた者が目を醒ました。上海に到着したのだろうか？　落ち込んでいたみんなの胸にかすかな期待がひろがった。

走り続けていた有蓋貨車はゆっくり止った。おもむろに外からかんぬきがはずされ、戸が開けられた。真っ暗闇の中に強烈な光が射し込んだ。戸の外には二、三人の兵士が立っていた。

有蓋貨車を先に降りた憲兵は、

「みんな降りろ！」

と叫んだ。

みんなは順序よく有蓋貨車から降りて空を仰いだ。太陽は真上に輝き、強烈な日射で物象の影は地面に焼きついていた。三十数時間押しこめられていた、糞尿の臭いが漂う窒息しそうな有蓋貨車から出てきたみんなはさすがしい大気を胸一杯吸い込んだ。

みんなは上海の紡績工場で働けるのかどうか不安だったが、そこは上海ではなく「浦口《プーコウ》」だった。南京の北側を流れる揚子江《ようすこう》沿岸の浦口は、天津と浦口を結ぶ約千キロの津浦線の終点であり、船で両岸を繋《つな》ぐ港町であった。

有蓋貨車から降りたみんなは船着場に集められた。船着場には数十隻のジャンク（中国式手漕ぎの帆船）が所狭しと並んでいて、陸揚げされた川魚が売られていた。泥にまみれた漁師や女、子供が顔や体から汗を噴き出させている。魚の生臭い臭いがあたり一面に充満し、漁港は賑《にぎ》わっていた。

揚子江の川幅は海のように広く、向う岸がうっすらとしか見えない。艦尾に日の丸の旗をかかげた日本の軍艦が、悠然と航行している。その巨大な軍艦に淳花たちは圧倒された。

みんなは向う岸に行くため、船着場から渡し船に乗った。渡し船には鶏、豚、牛、犬、自転車、荷馬車、野菜、果物、雑貨類などが積まれ、人と動物と荷物が渾然一体になっている。エンジンのついた渡し船は向う岸の下関《シャーカン》埠頭まで約三十分で着いた。

一九三七年十二月十日、日本軍は南京攻略の総攻撃をはじめた。そしてわずか二日で中国軍（国民党軍）は壊滅的な打撃を受けてつぎつぎと投降してきた。投降してきた中国軍とパニックに陥った一般市民が揚子江を渡って逃げようと下関埠頭に殺到してきたところを、日本軍は機関銃や手榴弾でつぎつぎと殺戮《さつりく》し、下関埠頭から浦口一帯は数万の虐殺体で埋めつくされた。

その下関埠頭に下りた淳花たちは、待機していたトラックに乗せられた。トラックに乗り汽車に乗り、渡し船に乗り、またトラックに乗って三十時間以上かけて、いったいどこまで行くのか。みんなは疲れ果て、思考力を失くしていた。これから自分たちの身に何が起るのか想像もつかなかった。淳花は不安と恐怖で胸が張り裂けそうだった。

3

やがてトラックは大きな街にさしかかった。街のあちこちには破壊された建物の瓦礫《がれき》の山が目についた。明らかに戦闘の跡だった。多くの中国人が瓦礫の山をかきわけ、掘り起し、何かを探していた。その瓦礫の山の側を隊列を組んだ日本兵が行進している。

トラックは城門をくぐり、中山北路《ちゅうざんほくろ》を走って中央路に出た。威厳に満ちた立派な楼閣《ろうかく》がいくつもあった。商店が軒を並べ、中国人に混じって背広姿や着物姿の日本人が歩いている。数台の大砲を馬に牽引《けんいん》させている日本軍の隊列とも出会った。金陵女子大学を過ぎてしばらく走ったトラックは中山東路に入り、太平路《テピヨンノ》を右折した。太平路に沿って京滬《けいこ》鐵《てつ》路《ろ》が敷かれている。京滬鐵路は揚子江の煤炭港《バイタン》まで続いていた。太平路を行くと日本軍の司令部があった。その司令部の建物は侵入者を防ぐために空き缶を吊るした有刺鉄線で囲まれていた。

トラックはある建物の前で停止した。表通りは小さな商店が軒を並べている。

「トラックから降りろ！　早く降りるんだ！」

いきなり朝鮮語で怒鳴る声が聞えたので淳花たちはびっくりした。

四十過ぎの男が右手に鞭のような物を持ち、嗜虐的な目を光らせ、車から降りてくる淳花たちを急かせていた。

淳花たちは追いたてられるように歩いた。利済巷十八号の建物には日本人慰安婦がいる。そこから数棟離れた利済巷二号に大鉄門があり、その大鉄門をくぐると「キンスイ楼」と呼ばれているひときわ大きな慰安所があった。もちろん淳花たちは、その時点で、それらの建物が慰安所とは知らなかった。

「キンスイ楼」は中国式スタイルと西洋風の趣をとり入れた「中西合壁」造りで、以前は集合住宅だった。その集合住宅だった建物を日本軍が接収して慰安所として使っているのだった。

入口は大きな観音開きの立派な扉である。敷居は外部からの容易な侵入を防ぐために段になっていた。

「キンスイ楼」に到着すると淳花たちは順序よく並ばされた。

大鉄門を入ったとき、それまで見張り役だった憲兵と兵士が入れ替っていた。その兵士たちが今度は見張り役をして、女たちをぐるりと取り囲んでいる。そして朝鮮人と思われる数人の男女がひかえていた。

みんなの前に箱のような物が置かれている。その箱の上に一人の将校が立ってみんなを睥睨した。歩兵連隊の後方担当の松本武彦大尉だった。茶褐色の軍服の上着の胸には勲章がつけられ、腰に軍刀を下げている。日灼《ひや》けのせいか浅黒い顔が半分ほど軍帽の陰になり、その陰の中の目がぎらついていた。

「おまえたちは、かしこくも」

と言って松本武彦大尉は気をつけの姿勢になり、

「天皇陛下に召されたのである。おまえたち外地人は内地人と一体になったのである。おまえたちは天皇陛下の赤子《せきし》として、日本国民の一人として、皇軍のために最後まで粉骨砕身努めなければならない。おまえたちは……」

強烈な太陽の光が照りつける下で、みんなはうつむき加減になって松本武彦大尉の張りのある高い声を聞かされていた。

松本武彦大尉の訓示が終ると、先ほどトラックから降りる淳花たちを急かせた四十過ぎの男が松本武彦の訓示を朝鮮語に訳して大きな声で伝えた。「天皇陛下に召された」とか「天皇陛下の赤子」とか、みんなにとって意味不明の言葉だったが、しかし何か強い抑圧的な響きを感じた。

訓示が終ると、つぎは部隊まで連れて行かれ、性病検査を受けさせられた。そして医務室から出てきた女たちは一様に恥辱《ちじょく》に満ちた表情で小走りになった。中には泣きそうになって両手で顔をおおう者もいた。それを見ていた淳花は部屋で何が行われているのか不安になった。

淳花の名前が呼ばれた。淳花はどきどきしながら部屋に入ると、戦闘帽をかぶり、軍服の上から白衣をまとった三十過ぎの医師がいた。そしてかたわらに白衣を着た看護婦と通訳の若い朝鮮人女性が立っていた。

「そこに座りなさい」

軍医は椅子に座るよう指示した。その言葉を若い朝鮮人女性が通訳する。

椅子に座ると看護婦が淳花のブラウスを脱がせた。恥ずかしかったが診察だと思って素直にしていた。

医師は淳花の胸に聴診器をあて、

「よし、つぎはそこへ横になって」

とベッドを指差した。

淳花が横になると、看護婦がいきなり淳花の下着を脱がそうとした。

淳花は驚いて、

「何するんですか!」

と抵抗した。

「病気があるかないか、調べるの」

通訳の朝鮮人女が言った。彼女は冷淡な目をしていた。

「何の病気ですか?」

「性病よ」

通訳の女が言う。

「性病？　そんな病気はありません」

なぜそんな診察をするのか、淳花は頭の中が混乱した。

「調べないとわからないでしょ！」

通訳の女は強い調子で言った。

看護婦は強引に淳花のスカートを引きずり下ろし、両膝を立てさせると股《また》の間に座った軍医が懐中電灯を照らし、膣《ちつ》の中にクスコ（膣鏡）を突っ込んで押し開けた。淳花はまるで強《ごう》姦《かん》されているようだった。

医務室を出るとき、淳花は恥ずかしくて顔を上げられなかった。

性病検診が終ったみんなは数班に分かれ、淳花は通訳の朝鮮人男性の後について行った。

「キンスイ楼」の正面玄関を入ると受付があり、廊下の両側にいくつもの部屋があった。階段を上がると一階と同じように廊下の両側にいくつもの部屋が並んでいた。長い薄暗い廊下は地獄の底まで続いているように思えた。恐ろしい力で奈落の底へ引きずり込まれていくのを感じた。逃げたい、逃げなければ……と思いながら、淳花はどうすることもできなかった。

「ここが、おまえの部屋だ」

男は朝鮮語で言った。部屋のドアには十九号と書いてあった。

男はドアを開けて淳花の背中を押して部屋に入れると、ドアを閉めて鍵を掛けた。まるで牢獄《ろうごく》に閉じ込められたようだった。事実、牢獄以外の何ものでもなかった。何の罪も犯していないのに、なぜ牢獄のような部屋に監禁されるのか、あまりにも理不尽すぎると思った。

六畳ほどの部屋の壁に沿ってベッドが一つと小さいテーブルがあり、天井から裸電球がぶら下がっていた。

観音開きの朱色の窓は開かれていたが、北側の十九号室は風通しが悪く、空気がこもっていた。

ドアの鍵を開ける音がして男が部屋に入ってきた。男は一階の階段の脇《わき》にある部屋に住み、慰安所の管理をしている朝鮮人だった。検診のとき立ち会っていた通訳の若い朝鮮人女は男の妻であった。

「これを着るんだ」

男はベッドに日本の着物を投げつけた。

なぜ着物を着せられるのだろう。違和感を覚えた淳花は、

「いやです」

と拒否した。

「着ろと言ってるんだ！　言うことを聞かないのか！」

「いやです！」

淳花はかたくなに拒んだ。

「手のかかる女だ」

男は力ずくで淳花の着ている服を脱がせようとして服を破ってしまった。服を引きちぎられた淳花は裸同然になり、その場にしゃがみ込むと、男は淳花の体にまといついている服の切れ端を剝《は》ぎ取った。淳花は完全に裸になった。

「いつまでもそんな恰好でいたいのか。さっさと着物を着ろ！」

裸ではどうすることもできない淳花はやむなく着物を着た。

「それでいいんだ。今日からおまえの名前は『歌丸』だ。わかったな」

男はうむを言わせぬ口調で言った。

「歌丸？　わたしは金淳花です。歌丸なんかじゃない！　わたしは朝鮮人です！」

淳花は全身で抵抗の意思を表わしたが、

「馬鹿野郎！」

と男に怒鳴られて頰《ほお》を思いきりはたかれた。

淳花はたまらずよろめき、床に倒れた。

「朝鮮人はもうどこにもいないんだ！　朝鮮人はみんな日本人になったんだ！」

男は怒りに満ちた表情で言った。それは自分に対する怒りのようでもあった。

ふらつきながら立ち上がった淳花は唇を嚙みしめた。口中を切った血の味がしょっぱかった。

男はズボンのポケットから鋏《はさみ》を取り出して淳花に近づいた。淳花は刺されるのかと思って恐怖を覚えた。

「髪を切れ」

「髪を……どうして髪を切るんですか?」

三つ編みにしている長い美しい髪は淳花の自慢だった。髪は女の命であると亡くなった母から教えられている。

「髪を三つ編みにしていると朝鮮人と思われる。髪を切って日本人になるんだ」

「いやです」

またしても淳花は抵抗した。

「つべこべぬかすな!」

男は淳花の三つ編みの髪を摑《つか》もうとしたが、淳花は素早く逃げた。だが、狭い部屋の中で逃げ場を失った淳花はベッドの下にもぐり込んだ。男が淳花の脚を引っ張ってベッドの下から引きずり出そうとするが、淳花はベッドの脚をしっかり摑んでいたのでベッドごと動くのだった。

「くそったれ！」

もてあました男はいったん部屋を出て助っ人を呼んできた。男の妻である。

部屋に入ってきた妻の辛素玲《シンソリョン》は、

「あまり手を焼かせるんじゃないよ」

とベッドの下にもぐり込んでいる淳花に声を掛けた。

「出てくるんだ。どのみち髪は切られる」

夫の張丁生《チャンジョンセン》は淳花に諦めるよう説得したが淳花は出てこなかった。

張丁生が力まかせにベッドを持ち上げ、辛素玲が淳花の脚を引っ張った。ベッドがひっくり返され、淳花は仰向《あおむ》けになった。

張丁生が淳花を押さえ込み、辛素玲が鋏で三つ編みの髪を切っていった。

「どうして同じ朝鮮人が、こんなことをするんですか」

淳花は涙声で言った。

「あたしたちも日本軍の言うことを聞かなきゃ、生きていけないんだよ。おまえも同じ。日本軍の言うことを聞かないと生きていけないよ」

なおも抵抗しようとする淳花に、

した。

と辛素玲は拳《こぶし》を固めて淳花の腹を二、三回殴るのだった。そして三つ編みの髪を切り落とした。

髪を切り落とされた淳花の目から大粒の涙が溢《あふ》れた。

「どうしてこんなことをするの。どうして……」

悲嘆にくれている淳花に向って、

「これからは朝鮮語を喋るな。日本語を早く覚えろ」

と張丁生は追い打ちを掛けるように言って部屋を出た。

淳花はベッドを元の位置に戻して腰を下ろし、手荷物の中から手鏡を取り出してのぞいた。手鏡の中に短くなった髪に着物を着ているみじめな姿が映っていた。本来の自分の顔ではなかった。恐怖におののき、絶望している見知らぬ顔だった。淳花は胸を叩き、泣き崩れた。

淳花は身の危険をひしひしと感じながら、現実と向き合わねばならないと考えたが、現実はあまりにも巨大であり、圧倒的な力で淳花を押し潰《つぶ》そうとしてくる。淳花は窓際に行き、中庭を見下ろした。兵士たちがひっきりなしに行きかっている。ここから飛び降りようかと思った。だが、二階からの高さでは飛び降りても死にきれないだろう。

建物全体にベルの音が響いた。食事の時間を知らせるベルだった。

間もなく部屋のドアが開き、

「食事だよ」

と辛素玲に声を掛けられた。

二十五歳になる辛素玲は美人だった。しかし、女たちの一挙手一投足を厳しく監視してい
る目は冷酷だった。辛素玲に睨まれると萎縮してしまう。

淳花はドアの前に立たされた。ドアの前に立たされている女たちを見ると、みんな髪を短
く切られ、着物を着せられていた。横に立っている池恵栄は淳花の隣村出身だったが、偶然
「キンスイ楼」でも隣同士だった。

「恵栄」

淳花が声を掛けると、振り向いた池恵栄の顔は不安と悲しみに満ちていた。

「喋っちゃ駄目！」

辛素玲の厳しい声が飛んできた。私語を一切許さなかった。

「気をつけ！　前へ進め！」

辛素玲は日本語で号令を掛けた。

食堂は一階の炊事場の隣で吹きっ晒しだった。一度に六、七人が食事できる広さである。

数班が集合してくるが、それらの班はそれぞれ朝鮮人が管理・監督していた。朝鮮語や朝鮮

の習慣・風習・性格などを熟知している日本語の堪能な朝鮮人に同族を管理・監督・監視させる方法がもっとも効果的であった。そして日本軍は飴《あめ》と鞭を使い分け、管理・監督している朝鮮人にはある程度の自由を与え、優遇していた。その差別化が、管理・監督・監視する側の人間をいっそう冷酷にさせるのである。その冷酷さは自分の身を守るためでもあった。日本軍は人間のエゴを最大限、利用していたのだ。

食事は少量のお粥《かゆ》やとうもろこしやうどんなどの粗末なものだった。故郷での食事も粗末だったが、何よりも育ち盛りの淳花にとって食事の量が少なすぎた。しかし、おかわりはできなかった。

夕食が終って部屋にもどった淳花は、空腹が多少満たされたのでなんとなく気分がなごみ、暮れていく空をぼんやり眺めていた。何もかも忘れて、このままぐっすり眠りたいと思った。

隣の部屋から、コン、コンと壁を叩く音がした。池恵栄が合図を送っているのだ。淳花はすぐに反応して壁をコン、コン、コンと三回軽く叩いた。コン、コン、コンと返事がくる。淳花は嬉しくなってまたコン、コン、コンと壁を叩いて返事をした。

「淳花……」というかすかな声がする。

その声は夢の中の声のようでもあり、幻聴のようでもあった。

「恵栄……」

淳花もかすれた声で返事をした。

池恵栄が必死に何かを伝えようとしている。その気持が痛いほどわかるのだった。

鍵の開く音がして、一人の将校が部屋に入ってきた。中井政隆中尉だった。彼は壁のスイッチを入れて裸電球の灯りを点《つ》けた。それからベッドの隅で体をこごめている淳花にゆっくり歩み寄り、軍服の上着を脱ぎ、腰の軍刀をはずした。金縛り状態になっている淳花は目を大きく開いて中井中尉を見上げた。

中井中尉はズボンを脱ぎ、続いてふんどしをはずした。勃起しているペニスをはじめて見た淳花は驚きといやらしさで目をそむけた。

中井中尉は腕を伸ばして淳花を引き倒し、のしかかろうとする。

「いやです！　いやです！」

淳花は体を海老形に丸め、全身の力を込めて抵抗した。

中井中尉が力ずくで淳花の股《また》をこじ開けようとしたが、淳花はてこでも動こうとしなかった。

「おとなしく言うことを聞くんだ！」

中井中尉は着物の帯を解き、淳花の着物を剝ぎ取ろうとした。

「いや！　いや！」

淳花は悲鳴に近い声で拒んだ。

あくまで抵抗する淳花に手こずった中井中尉は淳花の顔を殴った。淳花の鼻から血が流れた。それでも海老形に丸めた体を解こうとしない。

「きさま、帝国軍人に歯向う気か！」

いきりたった中井中尉は淳花の髪を摑んでベッドから引きずり落とした。

ドスン！という音がして淳花は床に落ちた。その淳花に中井中尉は殴る蹴《け》るの暴行を加えた。それでも淳花は机の脚にしがみついて抵抗した。

そのとき、隣の部屋から、「キャーッ」という池恵栄の悲鳴が聞えた。

池恵栄も自分と同じように暴行を受け、犯されようとしているのだと淳花は思った。

「きさま、あくまで歯向うつもりなら殺すぞ。朝鮮人ピーの一人や二人殺したって、どうってことはない。代りはいくらでもいる」

中井中尉は勃起したペニスを淳花の口に押しつけながら、片手で首を絞めつけた。淳花の顔が紅潮していく。苦しみ、もがいている淳花の表情を中井中尉は唇に笑みを浮かべて観察していた。やがて淳花はぐったりした。だが、まだ息をしていた。首から手を離した中井中尉は、全身の力が抜けてだらりとしている淳花のはじけるような若い白い肌を舐《な》めるように見つめ、淳花を抱きかかえてベッドにのせると、陰部に唾液をたっぷり塗ってペニスを挿入した。意識が朦朧《もうろう》としている淳花は「うっ！」と呻いた。朦朧とした意識の中で淳花は痛みに耐えていた。淳花の目から涙が流れた。

淳花はしばらく放心状態で仰臥《ぎようが》していた。股間《こかん》からぬるぬるした液体が流れている。手でそっと触ってみると、精液の混じった血だった。膣の中に異物が詰まっている感じがする。太い硬い棒のような物を無理矢理押し込まれて、肉の一部が裂けたような痛みが、ずきんずきんと頭にまで疼いていた。起きようとしたが、すぐに起き上がれなかった。

隣の部屋から助けを求める池恵栄の悲痛な叫び声が聞えた。男の怒鳴り声と女の悲鳴が建物全体から聞えてくるのだった。二十数名の女たちがレイプされているのだ。淳花はぞっとして、両手で耳をふさいだ。ここはどこなのか、自分はどこにいるのか、外部と完全に遮断された世界で恐ろしい犯罪が行われている。絶望と恐怖で胸が張り裂けそうだった。朝鮮人は特定の神を信じているわけではなかったが、淳花は両手を合わせ、神様、助けて下さい！と祈らずにはいられなかった。だが、これははじまりにすぎなかった。続いて別の兵士が入ってきた。「いや、いや、やめて下さい！」と哀願し抵抗してみたが無駄だった。淳花はつぎからつぎへと犯されて気を失った。

やがて叫び声や悲鳴はおさまって静かになったが、その静寂の中から女たちのむせび泣く声が聞えた。怒りと悲しみと深い絶望に打ちひしがれた泣き声だった。その泣き声は淳花自身の泣き声でもあった。

足音がして、不意にドアが開き、辛素玲が入ってきた。

淳花はあわてて乱れている着物を直して起き上がった。

「いつまで泣いてるつもりなの。汚れたシーツを替えなさい。おまえはもう子供じゃないんだから」

辛素玲は淳花を睨みつけ、甲高《かんだか》い声で叱責した。

「人を騙して、こんなこと、許されないです！」

気の強い淳花は辛素玲に歯向った。

すると辛素玲はいきなり淳花の頬をぶった。

「生意気な口をきくんじゃない！　ここをどこだと思ってるんだい！」

辛素玲は目を吊り上げ、口をひんまげて恐ろしい顔になった。人間の内奥に巣くっている残忍さが表出した顔だった。人間はこれほど恐ろしい顔になるのかと、淳花はたじろいだ。

辛素玲は血のついたシーツを剝ぎ取り、新しいシーツをベッドに置くと、ドアをばたんと閉めて部屋を出た。その音が頬を打擲《ちょうちゃく》された痛みとともに淳花の耳の奥で疼いた。何か胸をかきむしられる音だった。淳花はベッドにシーツを敷きながら、また日本の兵隊がやってくるのではないかと身震いした。

淳花はベッドに横たわり、泣き疲れてぼんやりしていた。村にいた日が遠い昔のように感じられた。時間はずたずたに切断され、記憶も切断されていた。淳花はどうしても現実を受入れることができなかった。自分の身に何が起きたのか理解できないのだった。だが、体の中に侵入してきた異物の感覚が残っている。勃起したグロテスクな黒いペニスを思い浮かべただけで、淳花は吐きそうになった。胸くそが悪くなり、何度か嘔吐《えず》いたが、空腹な胃袋から出てくる物はなかった。ただ黄色い胃液と唾液が唇の端から糸を引いていた。

他の女たちはどうしているのだろう。隣の部屋から池恵栄の悲痛な悲鳴と泣き声が聞えたが、たぶん自分と同じ目にあわされたにちがいない。淳花は壁をコン、コンと叩いてみた。だが、反応はなかった。淳花は少し強く叩いたが、やはり反応がない。淳花は窓からそっと外の様子を見た。中庭には闇が落ちていた。廊下に灯りが点き、四ヶ所に見張りの兵士が立っている。その後は何も起きなかったが、蒸し暑い寝苦しい夜だった。淳花は何度も寝返りを打ちながらうなされ、目を醒ました。全身に汗をびっしょりかいている。夜明けの光が窓から部屋に射していた。眠りについたのはほんの一瞬のように思われた。

間もなく午前七時の朝食のベルが鳴った。淳花は部屋を出てドアの前に立ち、楼の責任者である張丁生の点検を待った。ドアの前に立っている他の女たちの顔色は蒼ざめていた。目は虚《うつ》ろで、口は固く閉ざされている。隣の池恵栄をちらと見たが、池恵栄は意思のない人間のように突っ立っていた。ひとこと話し掛けようと思ったが、拒否されている感じだった。

張丁生と辛素玲が階段を上がってきた。そして廊下の端からドアの前に立っている女たちを鋭い眼差で点検するのだった。

淳花の前にきた辛素玲は淳花を睨みつけ、

「今度、反抗したら、ただではすまないからね！」

とどすのきいた声で言った。

淳花の尾骶骨《びていこつ》から後頭部にかけて悪寒が走った。

食事は地元の中国人が作っていたが、昨日と同じく、少量で粗末な食事だった。

隣にいた池恵栄が、

「怖くて眠れなかった」

と泣きはらした目で不安を訴えた。

「わたしも」

淳花が小声で応《こた》えると、監視していた辛素玲が、

「話しては駄目！　私語は禁じられているのよ！」

と他の女たちをも牽制するような大声で言った。

その声に食堂の空気が凍りつき、みんなの顔がこわばった。

食事が終ると、食堂に入ってきた者から順番に食堂を出て自分の部屋にもどる。私語は許されず、お互いの顔を見ることさえはばかられた。視線はつねに正面を向き、脇見をすると注意される。もとより朝鮮語は全面禁止されていた。責任者の張夫婦も必要最小限以外は日本語を使っていた。必要最小限とは女たちを叱責するときである。当然、女たちも必死で日本語を覚えねばならなかった。

部屋にもどった淳花はベッドに腰を下ろして何かを考えようとした。何も考えずにただ時間が過ぎるのを待っているのが不安でたまらなかった。目に見えない巨大な力で押し潰されそうだった。叫びを上げて走り、窓から飛び降りようかと思った。

「キンスイ楼」の正面玄関を入ると階段の上り口の左に受付がある。その受付の横は張夫婦の部屋でもあった。張夫婦は受付で日本軍人の応対をしていた。壁には「慰安婦」たちの顔写真が貼ってある。日本軍人は、その顔写真を見て、気に入った女を選ぶのである。そして料金を支払って番号札をもらって選んだ女の部屋に上がり、帰りは番号札を受付に返すことになっている。それによって何号の部屋を何人の日本軍人が利用したかがわかるようになっていた。

兵士は午前十時から午後五時まで、下士官は午後五時から午後九時まで、将校は午後六時から翌朝まで利用できた。将校は酒を飲みながら、一晩、「慰安婦」とゆっくり楽しめるよう優遇されていた。上等兵の給料は八円八十銭、慰安所の利用は一回一円五十銭だったが、その金は楼主である張夫婦の懐に入り、「慰安婦」に手渡されることはほとんどなかった。そういうシステムを、楼に収容されている女たちは知らなかった。

南京は武漢《ウーハン》・重慶《チョンチン》とともに三大竈といわれているが、淳花は額と首筋に汗をかいていた。部屋の中を一匹の蝿が飛んでいる。その蝿の羽音で淳花の思考がかき乱されていた。団扇《うちわ》で蝿を追い払ったが、蝿は開いている窓から外へ出ようとしなかった。

淳花は立ち上がり、蝿を追っているとき、ドアが開き、一人の兵士が部屋に入ってきた。ニーッと笑っている兵士の歯がヤニで黄ばんでいる。淳花は驚き、素早くベッドの隅へ逃げて体をこごめた。

「いい体をしてるのう」

三十過ぎの男は帽子をとり、上着とズボンを脱ぎ、ふんどし一枚の姿になった。欲情しているペニスがふんどしからはみ出し、勃起している。淳花は顔をそむけた。

「そんなに怖がるな。おとなしくしろ」

兵士はベッドの隅で体をこごめて拒否している淳花の腕を摑んだ。

「いやです、お願い、許して下さい」

淳花は泣きそうな声で哀願した。

「世話のやける女だ」

腕を摑んでいた兵士は足首を摑んで力まかせに引きずった。強い力で引きずられた淳花は、たわいもなく仰向けに倒れた。兵士が淳花の上にのしかかり、下着を剝がそうとする。兵士の口から強烈な腐臭が発散していた。淳花は股を閉じ、乳房を鷲摑《わしづか》みしている兵士の手を払いのけ、腕組みをして阻止した。

「この女！　鮮人のくせしやがって！　皇軍にたてつく気か！」

淳花は往復ビンタを喰らった。一瞬、頭がくらくらして気を失いかけたが、全身の力をこめて抵抗した。

「助けて下さい！　お願いです！　許して下さい！」

淳花は泣きながら懇願したが、兵士は情け容赦のない暴力を振うのだった。頭上に降りそそぐ暴力の嵐。凶暴な力の前で淳花は無力だった。唇と鼻から血を流し、抗《あらが》う気力を奪われた淳花は無抵抗になった。

兵士は淳花の股をぐっと開き、いきりたっている一物を押し込んだ。鈍い衝撃が淳花の体を貫いた。兵士は犬のような唾液をたらし、ざらざらした舌を乳房に這わせた。淳花は意思のない人間のように凌辱《りょうじょく》されるがままに体を晒した。

射精した兵士は淳花の体の上でぐったりした。それから起き上がり、そそくさと衣服を着

て、

「またくる」

と言い残して部屋を出た。

体が鉛のように重かった。抵抗した体の節々が痛み、あざになっていた。

淳花が粗末なチリ紙で事後処理をしようとしたとき、ドアが開いてつぎの兵士が入ってきた。淳花は恐怖に怯え、声すら出なかった。むき出しの欲望が淳花を襲ってくる。それでも淳花は抵抗した。抵抗しなければ、あまりにもみじめすぎると思ったのだ。しかし、空《むな》しい抵抗だった。淳花は押さえ込まれ、犯された。その日、淳花は十三人の兵士に犯された。本来は衛生サック（コンドーム）を使用するのを義務づけられているが、衛生サックを使用したのは四、五人だった。

淳花の肉体と精神はばらばらに引き裂かれ、人間としての、女としての誇りや自尊心を打ち砕かれた。

夕食のベルが鳴った。だが、淳花は食事をとる気になれなかった。激しい暴力と恐怖で食欲が減退していた。

しばらくすると様子を見にきた辛素玲が部屋をのぞき、

「食事をとらないのかい。体が持たないよ」

と忠告するように言って去った。

張夫婦にとって女たちは商売道具にすぎないのだ。

汽車の汽笛が聞える。近くを走っている列車の音が、遠い記憶のようだった。あの列車に乗れば、故郷に帰れるかもしれないと淳花は漠然と思った。

明日はどうなるのか。明日も淳花の体を貪るために大勢の兵士が押しかけてくるにちがいない。そう思うと生きたここちがしなかった。

廊下を渡ってくる靴音がドアの前で止った。十三人の兵士に体を弄《もてあそ》ばれた淳花は終りだと思っていたが、終りではなかった。ドアを開けて中井政隆中尉が入ってきた。淳花の体が反射的に硬直した。

ドアを閉めてゆっくり部屋に入ってきた中井中尉は、暴行を受けて目尻や唇のあたりを腫《は》らしている淳花の顔を見て、

「殴られたのか。おまえは強情だから殴られるのだ。帝国軍人に反抗する奴は、どういう目にあうか、おまえはまだわかっていない」

と言った。

それから帽子をとり、軍刀をはずし上着を脱いでベッドに腰を下ろした。

日本語だったので中井中尉が何を言っているのかわからなかったが、声の調子から抵抗は

するなというニュアンスを感じとった。

淳花はベッドの隅でうつむいたまま心を閉ざして警戒していた。抵抗すれば暴行されるのはわかっていたが、心を開くことはできなかった。

中井中尉が長靴を脱いでいるとき、誰かがドアをノックした。

「入れ！」

中井中尉は待っていたように言った。

ドアを開けて入ってきたのは料理を担当している中国人の苦力《クーリー》だった。三つ編みにした長い弁髪を後ろに下ろしている。

中国人は淳花をちらと見て、おそるおそる運んできた盆を机の上に置くと一礼をして部屋を出た。盆の上には徳利とグラスと料理の皿があった。

中井中尉は机の前に座り、独酌で酒を飲むと料理をひと口食べて、

「おまえも一杯飲むか。気持がなごむぞ」

と酒をすすめたが、淳花は口を閉ざしたままかぶりを振った。

「今夜はおまえと、ゆっくり楽しみたいのだ」

中井中尉は独りごちて酒をちびりちびり飲んでいた。そして酒がなくなると、いったん部屋を出て階下に行き、自分で酒を持ってきてグラスになみなみとつぎ、一気に半分ほど飲ん

だ。

「日本は朝鮮を保護してやってるのだ。日本が朝鮮を保護しないと、たちまちロシアや欧米の餌食《えじき》にされる。日本はおまえたち朝鮮人から感謝されこそすれ、怨《うら》まれる覚えはない」

酒を飲み続けている中井中尉の目がしだいにすわってきた。

彼は側にあった軍刀を抜いて空《くう》を斬った。淳花は自分が斬られるのかと思って首をすぼめた。

「ぶった斬ってやる!」

中井中尉は袈裟懸《けさが》けに斬った軍刀を今度は逆袈裟懸けに斬って、その軌跡をじっと見つめ、鞘《さや》に収めた。

淳花を脅しているのかもしれない。

軍刀を鞘に収めた中井中尉は酒に濡れた唇に笑みを浮かべて淳花に近づき、手を伸ばした。

淳花の体が小刻みに震えている。

「怖がることはない。おとなしくしていればいいのだ」

中井中尉は淳花の腕を摑んで引きよせた。淳花の体がずるずると引きよせられた。淳花は恐ろしくて抵抗できなかった。中井中尉は酒に濡れた唇を淳花の唇に重ね、舌を入れた。酒臭い匂いとともにぬるぬるした舌の感触で淳花は吐きそうになった。

中井中尉は淳花の小さな乳房に舌を這わせながら、手で陰部をまさぐっていた。ざらついた手でまさぐられている陰部が、ひりひりして痛かった。やがて中井中尉の一物が淳花の体の奥に侵入してきた。淳花は鋭いメスで真っ二つに切り開かれていく解剖台の上の死体のようだった。耐え難い苦痛と絶望以外の何ものでもなかった。早く終ってほしいと思ったが、酒に酔っている中井中尉の行為はながながと続くのだった。

やっと終って満足した中井中尉は、

「今度、すしでも食べに連れて行ってやる」

と言った。

そして裸のまま仰臥し、鼾《いびき》をかいて眠った。

一日で十四人もの相手をさせられた淳花は疲れきっていた。生皮を剝がされたような胸の痛みを感じた。それでも淳花はいつしか眠りに落ちた。

明け方近く、淳花はまた中井中尉に抱かれた。夜が明けるのが怖かった。夜が明けると大勢の兵士がやってくるのだ。

中井中尉が部屋を出て行ったあと、空腹だった淳花は、机の上の盆に食べ残してあった料理を貪った。われながらあさましいと思ったが、朝食まで我慢できなかった。

淳花が少し安息できるのは朝食後の二、三時間だったが、今日は張夫婦の部屋に呼ばれた。

行ってみると女たちの長い行列ができていた。何だろう？　と思って順番を待った。部屋から出てきた女たちが奇妙な物を持っている。

部屋に入って張夫婦の前に進み出ると、

「いいか、これはコンドームといって、やる前に、兵隊さんのあれにはめてもらうのだ。そうすれば妊娠もしないし、性病にもならない。必ずはめてもらうのだ」

と張丁生はペニスの形をしたゴム製品を見せて説明した。

風船のような形をしているコンドームがあまりにも卑猥《ひわい》すぎて、淳花は赤面しながらも受取らざるを得なかった。性病や妊娠を防げるという張丁生の話に説得力があったからだ。

部屋にもどった淳花は風船のようなコンドームを触って引き伸ばしてみた。弾力性があり、丈夫にできている。しかし、こんなものを使用することに何の意味があるだろう。その前に拒否しなければならないと思った。そう思うと胸が苦しくなってきた。拒否しても力ずくで犯されるのはわかっていた。

他の女たちはどうしているのだろう。抵抗もせずに受入れているのだろうか。淳花は誰かに訊いてみたかったが、訊く相手がいなかった。みんなは各部屋に隔離され、孤立しているのだった。時間は恐ろしい力で過ぎてゆく。間もなく兵士たちが押しかけてくる時間だった。

どうすればいいのか？　逃げ場はどこにもない。いっそひと思いに殺してくれる方が楽だと思った。恐怖と向き合い、恥辱に耐え、奴隷となって生きるしかないのか。死にたいと思った。だが、死ぬためには強い意志が必要だった。

ドアが開いて一人目の兵士が入ってきた。二十二、三になる、まだあどけなさが残っている青年だった。彼は入るなり衣服を脱ぎ、ふんどし一丁になって淳花に迫った。何か急いでいる様子だったが、淳花はこばんだ。

「頼む、我慢できないんだ。あとがつかえてんだよ」

焦りながら兵士は淳花を押し倒した。

「いや、やめて！　お願い、やめて下さい！」

むろん空しい抵抗だった。

まだ、あどけなさを残している青年だったが、淳花がこばむと、たちどころに本性を剝《む》き出しにして、

「この朝鮮人ピーが！」

と怒鳴って拳を振り上げ、淳花の頭を二、三回殴るのだった。

淳花がひるんだ隙に兵士は下着を剝ぎ取ろうとした。淳花は剝ぎ取られまいと抵抗する。

「何やってんだ！　早く交替しろ！」

ドアの外から別の兵士の怒鳴り声が聞えた。

淳花はパニック状態に陥り、暴れた。

「この野郎！　おとなしくしないか！」

兵士は殴る蹴るの暴行を加える。

ドアの外にいた別の兵士が二人入ってきて暴れている淳花を押さえ込んだ。三人の兵士に押さえ込まれた淳花は身動きできなくなった。まだ、あどけなさの残っている兵士が淳花の下着を剝ぎ取り、一物を挿入した。固く閉ざして拒絶している性器の中に無理矢理ペニスを押し込まれたので、柔らかいはずの膣がすり切れたような痛みを覚えて、淳花は「うっ」と呻いた。

「どうだ、気持いいだろう」

若い兵士は自慢げに言ったが、すぐに果てた。

「どけ、つぎはおれの番だ」

淳花を押さえ込んでいた三十歳くらいの兵士がすぐに交替して淳花の上にのしかかった。三人目の兵士に犯されてから淳花は抵抗する気力を失い、諦《あきら》めた。

廊下には兵士たちの長い列ができている。その列は「キンスイ楼」の外にまでえんえんと続いていた。「キンスイ楼」にくるのは輪番制になっていたが、その日は日曜日で、兵士たちにとって休日だった。つぎからつぎへと押し寄せてくる兵士たちに淳花は息つく間もなく犯され続けた。兵士たちは、まるで立小便でもしているかのようだった。そして五十六人目の兵士でようやく終った。

コンドームをつけない兵士もいたので、膣から精液が溢れ、ねばねばしていた。性器は赤く腫れ、裂け、腰に激痛が走り、起き上がることさえできなかった。だが、これで一日が終ったわけではない。このあと将校と、長い夜をともにしなければならなかった。

『わたしは人間だろうか……？　それとも何だろう……？』

これほどまでに凌辱され、蹂躙《じゅうりん》され、動物以下、虫けら以下にあつかわれたわたしは人間ではないのだ。いや、ちがう。これほどまでにわたしを凌辱し、蹂躙した日本兵こそ人間ではないのだ、と自分に言い聞かせたが、何の意味もなかった。わたしは生きる性具と同じなのだと思った。淳花は死ぬことを必死に考えた。どうすれば死ねるのだろう？　淳花は部屋の中を見回し、何か切れそうな物を探したが、見当らなかった。そして無意識に乱れている着物の帯を直そうとして気付いた。結んでいた帯紐をほどき、もう一度部屋を見回した。天井から裸電球が一本ぶら下がっている。ぶら下がっている裸電球のコードに帯紐を結んで首を吊《つ》ろうと考えた。淳花は椅子に乗り、コードに帯紐を強く結び引っ張ってみた。結び目とコードは淳花の体重に耐えそうだった。淳花は帯紐を首に巻き、深呼吸をして乗っていた椅子を蹴った。淳花は一瞬、宙に浮いて首を絞めつけられたが、ソケットがはずれて床に落ちた。同時に裸電球も落ち、パンッと破裂音を発して割れた。その破裂音に見回りをしていた辛素玲が部屋に素っ飛んできた。椅子は机の前にもどされ、淳花は何くわぬ顔でベッドに座っていた。

天井からソケットごと裸電球が床に落ちているのを見て、

「どうしてソケットが落ちてるの？」

と辛素玲は澄ました顔でベッドに座っている淳花を疑い深そうな目で見た。

「勝手に落ちてきました」

「勝手に？」

辛素玲はソケットが固定されていた場所をまじまじと見た。しかし、どう見ても自然に落ちたようには見えなかった。

「引っ張ったんでしょ」

辛素玲は淳花の魂胆を探るように言った。

「引っ張ってません」

「天井が剝がれてるわよ。自然に落ちたとは考えられない」

自殺しようと帯紐のコードに結び首を吊ったことを想像できない辛素玲に対し、淳花はいい気味だと思った。

引っ張ったのか、自然に落ちたのか、証拠のない出来事に辛素玲は、それ以上詮索《せんさく》せずに部屋を出た。淳花はほっとした。もし淳花の意図がわかれば、強いおしおきを受けただろう。淳花はあらためて死ぬこともできない自分を情けなく思った。

翌日、朝食の時間前に、廊下から女たちのただならぬざわめきが聞えた。淳花が廊下に出てみると、数人の女たちが十三号室をのぞいていた。

「あっちへ行け！　部屋にもどるんだ！」

張丁生が女たちを追い返そうとしている。

十五号室の姜英愛が顔をひきつらせている。金物店に勤めていた姜英愛は、淳花より先に、同郷の十六歳になる池恵栄とここへ連れてこられていた。

「どうしたの？　何があったの？」

淳花は両手で顔をおおい、泣いている姜英愛に訊いた。

「元清心が首を吊って自殺したの」

姜英愛は声を震わせて言った。

「なんですって！」

淳花は愕然《がくぜん》とした。

昨日の夕方、淳花は裸電球のコードに帯紐を結んで首吊り自殺をしようとして失敗したが、元清心は深夜、窓の金具に帯紐を結び、首を吊って自殺したのである。元清心は意思を貫徹したのだった。

みんなの間に衝撃が走った。淳花は元清心が羨ましかった。死ぬことで地獄の苦しみから解放されたからだ。終りのない地獄の苦しみから解放される方法は死ぬことしかない。それを元清心は証明したのだった。

元清心の遺体が部屋から運び出されたあと、みんなは急遽《きゅうきょ》、中庭に集められた。松本大尉が箱の上に立って、怒声を張り上げた。

「いいか、よく聞け！　おまえたちの体は自分のものではない。おまえたちは天皇陛下に捧《ささ》げた身である。おまえたちは勝手に死ぬことを許されない。勝手に死んだ者は、その死体を犬か豚の餌にする！」

恐ろしい言葉だった。自殺した元清心の遺体は犬か豚の餌にされたのだろうか。そう思うと、淳花はぞっとした。生きることも死ぬこともできない。生殺しのまま、家畜のように飼いならされるのだ。通訳をしている張丁生の表情がなぜか憤然としている。同じ朝鮮人として義憤を感じたのだろうか。

部屋にもどった淳花はベッドに崩れた。胸に錐《きり》を刺し込まれ、穴を開けられていくようなきりきりとした痛みを覚えた。急に体が震えだし、歯が噛み合わなかった。体は汗ばんでいるのに寒いのである。風邪を引いたのだろうか。淳花は薄っぺらな掛け布団にくるまって体を丸めた。何も考えられなかった。考えたところで何一つ解決しないのだ。

廊下を歩いてくる足音が聞える。淳花は耳を澄まして、その足音がドアの前で止るのを確認した。ドアが開き、一人の将校が入ってきた。淳花は恐怖におののき、叫び声を上げた。

「出て行け！　出て行け！　わたしに触るな！」

淳花は狂乱状態になって暴れだした。将校は啞然《あぜん》として暴れている淳花を見ていたが、あきれ顔で部屋を出ると階下の張丁生の部屋に行き、

「十九号の女は狂ったのか！　何もしていないわしに向ってわめきちらし、暴れておる！何とかせい！」

と怒鳴って去った。

将校の怒りを買った張丁生は怯えた。監督不行き届きによる責任問題になるからであった。

張丁生はすぐさま二階に上がって十九号室をのぞいた。淳花がベッドの上で薄っぺらい布団にくるまって呻いていた。張丁生が近づくと、

「出て行け！　わたしの体に触るな！」

とわめき暴れるのだった。

「このがき、わしを甘く見やがって！　思い知らせてやる！」

張丁生は暴れている淳花に殴る蹴るの暴行を加え、着物を剝ぎ取り、裸にすると腰紐で手足を縛って身動きがとれないようにした。

張丁生は淳花の口にタオルを押し込み、声を封じた。それでも淳花は頭を激しく振り、暴れていた。

「おとなしくしろ！」

張丁生は淳花の脇腹を二、三度強く蹴ると淳花はぐったりした。

張丁生は気絶した淳花を肩に担ぎ「懲罰部屋《ちょうばつ》」と呼ばれている屋根裏部屋に上がった。外から見ると三角形になっている「懲罰部屋」には小窓があった。窓を閉めきった三畳ほどの「懲罰部屋」は竈のように暑かった。

張丁生は淳花を「懲罰部屋」の床にころがし、

「おまえの性根を叩き直してやる！　二、三日、食事はなしだ。便所もなしだ。おまえの置かれている立場をよく考えろ。くい改めないときは、この部屋で死ぬことになる」

と言い残して部屋を出た。

張丁生から激しい暴行を受けた淳花は、自分が生きているのか死んでいるのか判然としなかった。二、三度蹴られた脇腹と鳩尾《みぞおち》あたりに痛みがこもり、苦しかった。それにもまして暑かった。全身から汗が噴き出してきた。意識が朦朧としている。壁や天井が歪《ゆが》んで見えた。

手足を縛られて身動きのとれない淳花は、窓から射し込む太陽の光をまともに浴びていた。炭火で焙《あぶ》られている魚のようだった。このままでは焼け焦げて死ぬのではないかと思った。淳花は朦朧とした意識の中でもがいた。体を動かすと節々に激痛が走ったが、淳花は歯を喰いしばって激痛に耐え、影になっている部屋の隅にゆっくりころがって行った。それでも部屋の中は蒸し風呂のようだった。淳花は意識を失った。

どれくらいの時間が過ぎたのか、意識を回復した淳花はうっすらと瞼を開けた。部屋の中は夜の暗闇に包まれていた。窓から射している月明りが幻想的だった。昼間の猛暑とは反対に、夜は寒いくらいであった。生きているのが不思議だった。死の果てを彷徨《さまよ》い、生の世界へもどってきたような気がした。だが、生の世界は地獄だった。

夜が明けてくる。窓から射し込んでいた青白い月明りが、しだいに白熱光に変化し、部屋の中の温度がみるみる上昇してきた。午前中は部屋の半分だった陽射しが、午後になると部屋全体にひろがり、影がなく、淳花は否応なく太陽の光に晒されるのだった。灼熱《しやくねつ》地獄の中で淳花はひたすらじっとしていた。内臓が煮えたぎり、汗が噴き出してくる。淳花は小便を洩《も》らした。というより小便を洩らしたのか、したたり落ちる汗なのか、わからなかった。顔がほてり、またしても意識が朦朧としてきた。

誰かが部屋をのぞいている。管理人の張丁生だった。

「どうだ、少しは懲りたか」

張丁生は淳花を見下ろして言った。

意識が朦朧としている淳花は、その声が途中で消えてよく聞きとれなかった。

「小便を洩らしたのか。いつまで、こんな無ざまな恰好でいるつもりだ。言うことを聞いて、おとなしくしていれば、小便を洩らすこともない。食事もできる。風呂にも入れる」

張丁生は諭すように言った。

だが、淳花は返事をしなかった。

「まだ懲りないらしいな。強情な奴だ。この暑さだ。明日まで持つかな」

汗を流して衰弱しきっている淳花の容態を危惧《きぐ》しながら、張丁生は見限るように言って部屋を出た。

容赦なく降りそそぐ太陽の光を浴びながら、淳花は歌を口ずさんでいた。なんの歌なのか、自分でもわからなかったが、小さい頃に覚えた歌を無意識に口ずさんでいた。一種の自己防衛本能なのかもしれない。眠りの底へ落ちそうになる自分を淳花はふるいたたせていた。強烈な陽射しを浴びている背中は火傷《やけど》でも負ったように熱がしみ、痛みに耐えかねたが、ひたすら我慢していた。体は熱で溶けてしまいそうだった。

やがて日が暮れ、夜がきた。手足を縛られている淳花の体は麻痺していた。体が生きたまま腐っていくようだった。わたしは死ぬのだろうか、と淳花はぼんやり思った。死の影が忍び寄り、体の中にすーっと入ってくるようだった。淳花は眠りの底に落ちた。

翌日の午前十時頃、様子を見にきた張丁生は、ぐったりしている淳花を見てあわてた。手足を縛っているロープを解き、胸に耳をあてると、心臓はまだ動いていた。淳花は生きていたが危険な状態だった。張丁生は淳花を担ぎ、十九号室に運んだ。それから濡れタオルで体を拭《ふ》いて熱をさまし、急須で水を飲ませた。

危うく淳花を死亡させるところだった。ただでさえ不足している慰安婦を一人失うと、補充するのが大変だった。それに張丁生の実入りも減少するのだった。実際、淳花を「懲罰部屋」に監禁している間、張丁生の実入りは、その分減少していた。

張丁生は中国人の苦力につききりの看病をさせ、そのかいあってか、二日もすると十七歳の若い淳花は自分で起き上がって便所に行き、入浴をした。その回復力と生命力には目を見張るものがあった。

様子を見にきた張丁生が、

「元気になったようだな。もう一度、『懲罰部屋』に入りたいか」

と言った。

淳花は眉間《みけん》に皺《しわ》をよせて、かぶりを振った。

「今度、『懲罰部屋』に入ると、おまえは地獄の苦しみを味わって死ぬことになる。これまで、あの『懲罰部屋』で三人死んでいる。体の水分が蒸発して干し大根のようになって死んでいった」

これまで「懲罰部屋」で三人死んでいるというのは嘘だが、「懲罰部屋」の恐ろしさを体験している淳花にとって張丁生の言葉は現実性をおびていた。

「これからは、こばんだり、暴れたりしないだろうな」

張丁生は念を押した。

淳花は黙って頷《うなず》いた。

「よし、明日から働いてもらう。おまえは六日間、休んでいる。その分を取り返すのだ。おまえが休んでいる間、他の女たちは大いに迷惑した。おまえの分まで働かされたのだ。おまえは他の女たちに借りがある。その借りを返すのだ。わかったな」

張丁生は言葉巧みに恩を売り、淳花に負い目を背負わせるのだった。逃れられない運命だった。淳花は自分の運命を受入れる覚悟をした。

「キンスイ楼」には朝鮮人慰安婦が二十五人いたが、その他、南京のいたるところに妓楼《ぎろう》と呼ばれている慰安所が二百五十数ヶ所ある。その中には朝鮮人慰安所も多数含まれているが、朝鮮人慰安所と日本人慰安所、そして中国人慰安所は棲《す》み分けていて、総体的に南京の慰安所には一千七百人程度の慰安婦がいた。南京陥落のとき、日本軍は約十万人いたと思われるが、その後、二万人程度が前線に送り込まれ、一九三九年頃には約八万人になっていた。そして戦況によって兵士と慰安婦は各地に移動させられたり、あるいは補充されたりしている。

自由に外出できない囚われの身である淳花は「キンスイ楼」に何人の慰安婦がいるのか正確にはわからなかった。したがって南京に何人の慰安婦がいるのか知るよしもなかった。

食事や性病検診では顔を合わせることはあったが、同じ「キンスイ楼」の中ですら慰安婦と話すことを禁じられているため、情報が極度に少なかったのである。情報を得る唯一の方法は兵士や、とりわけ泊っていく将校からであった。しかし、日本語が話せない淳花は兵士や将校との会話が思うように進まない。そこで淳花は日本語を必死に覚えた。若い淳花は日本語を覚えるのが早かった。朝鮮語と日本語は文法が同じである。言葉の意味も似ていたりして、覚え易かったのだ。だが、同時に、言葉を覚えるということは日本将兵を受入れることでもある。

肉体的な苦痛と精神的な苦痛は分離できるものではない。肉体的な苦痛は精神的な苦痛であり、精神的な苦痛は肉体的な苦痛なのである。淳花は肉体と精神の苦痛に耐えることで、生きることを選んだのだった。

「懲罰部屋」から出てしばらくすると、淳花はつくり笑いを浮かべて兵士を受入れるようになった。淳花の変化に、管理人の張丁生はほくそえんだ。

4

どんなに苦しくても、どんなに悲しくても、酷薄な時間は過ぎて行く。時間を止めることができるのなら、兵士を受入れなくてすむのだが、それはできない。それは、つぎつぎとやってくる兵士を受入れることに他ならなかった。

「懲罰部屋」に入れられてから、淳花は、時間を拒絶できないとしても、死を拒絶することはできると考えた。どんなことがあっても生きのびて故郷に帰ることが唯一の希望であった。淳花は希望を失いたくなかった。暗黒の彼方から洩れてくる一条の光を求めていた。希望を失うことは死を意味していた。

淳花が少しずつ兵士を受入れていくと、兵士たちの暴力も減っていった。けれども多くの兵士は、慰安婦を性の対象でしかないと思っていることに変りはなかった。特に酒に酔っている兵士は危険だった。無理難題を押しつけ、執拗《しつよう》に迫ってくるからである。

ある日、三十歳を過ぎている田村軍曹が酒に酔って部屋に入ってきた。それまで二度きているが、酒に酔っていない田村軍曹は、どちらかというと寡黙でおとなしい男だった。五人兄弟の長男であり、結婚していて一男一女の父親でもあった。淳花は田村軍曹から大事にしているセピア色の家族の写真を見せてもらったことがある。写真には五歳の長男と二歳の長女と妻と自分が写っていた。相好《そうごう》を崩し、いかにも父親らしい顔で二人の子供を自慢していた。

その田村軍曹が部屋に入ってくるなり、

「四つん這いになれ！」

と言った。

淳花は拒否しようと思ったが、異様な眼光で淳花を睨みつけている田村軍曹におそれをなして四つん這いになった。

「汚い朝鮮人ピーめ！　おまえの体の中を掃除してやる！」

田村軍曹は、炊事場から持ってきたと思われるゴマすりのすりこぎを淳花の膣に押し込んだ。

「痛い！　何するんですか！」

淳花は跳ね起きて逃げようとした。

「おまえのあそこは腐りきってる！　腐った臭いがぷんぷんする！」

田村軍曹の目は獲物を襲おうとしているけもののようにらんらんと輝いていた。

淳花は恐怖を覚えた。逃げようとしたが、田村軍曹に捕まり、腰紐で両手を縛られそうになったので暴れた。

「きさま、帝国軍人に逆らう気か！」

そう叫んで田村軍曹は腰の銃剣を抜き、淳花を斬りつけた。淳花は首から鎖骨にかけて斬られた。

「ギャッ！」

と悲鳴を上げて淳花は倒れた。血が噴き出し、淳花は血まみれになった。

淳花の異様な悲鳴に両隣の女たちと兵士が淳花の部屋にやってきた。銃剣を持っている田村軍曹が茫然《ぼうぜん》と突っ立っていた。駆け込んできた兵士の一人が、田村軍曹の手から銃剣を取り上げた。

「淳花！　淳花！」

隣の部屋の池恵栄が苦しんでいる淳花に呼び掛けた。

淳花は喘《あえ》ぎながら、

「わたしはどうなってるの？」

と池恵栄に訊いた。

「首から血が流れてる。すぐ医務室に運ぶから頑張ってね」

池恵栄は勇気づけた。

間もなく淳花は医務室に運ばれたが、かなりの重傷だった。軍医は淳花の傷口を十二針縫った。

あとでわかったのだが、田村軍曹は、南京城外の偵察に行き、ある村で五人の中国人女を見つけ、十人の兵士で強姦したあと、殺害したのである。そして兵舎にもどった田村軍曹は酒を飲み、その足で淳花の部屋にきたのだった。田村軍曹は上官から厳重注意を受けたが、それ以上の処罰は受けなかった。

軍の報告書によると、第二次上海事変から南京攻撃にかけて雪崩込《なだれこ》んできた日本軍は、中国人女を二万人以上強姦しているとのことだった。憂慮した軍の上層部は急遽、慰安所の設営を決め、南京に二百数十ヶ所の慰安所を作ったのだが、兵士による強姦はあとをたたなかった。そして慰安所においても淳花の事件は氷山の一角にすぎなかった。軍規によると強姦致死罪は死刑になっているが、上官が部下の行為に対して見て見ぬふりをしていた。それが強姦をエスカレートさせているのだった。

部下から報告を受けた松本大尉は口をへの字に曲げて、

「兵士にも憂さ晴らしが必要だから、やむをえん」

と淳花の事件を黙殺した。

松本大尉自身、強姦や慰安婦に対する暴力は、必要悪と考えている節があった。上官の恣《し》意《い》的な意識は一兵卒にまで反映される。たとえ兵士が個人的に強姦や暴力が反道徳的な行為であると思っていても、軍隊という巨大な組織の中で自らの意思を貫く者はほとんどいない。人間を人間として認識するのは至難の業なのである。

淳花の傷は十日で治癒した。驚くべき回復力であった。生に対する渇望が強いのだろう。その日の夜から淳花は働かされた。

淳花の目に映る風景は、「キンスイ楼」を囲んでいる日本人慰安所や、中国人慰安所、雲が流れている空だけである。中庭の隅に咲いている黄色い花がいとおしく思えた。昨日が今日であり、今日が明日であり、未来は永劫《えいごう》にやってこない過去進行形である。

手鏡で抜糸した傷跡を見ると、ボロ布をつぎ足したような感じがした。斬られた鎖骨は赤黒くなっている。銃剣が鎖骨に当っていたからよかったものの、もし鎖骨に当らなかったなら、首を横に斬られ、死んでいたかもしれないと思った。

ふっくらとしていた頬がこけ、虚ろな瞳をしている。髪の毛が抜けて薄くなり、血色の悪い顔はまるで老人のようだった。

淳花は田村軍曹を怨む気にはなれなかった。怨んだところで、どうなるわけでもない。ここではすべてを諦観《ていかん》しなければ、生きてはいけないからだ。

「大変な目にあったな」

田村軍曹に斬られた傷跡を見て兵士は同情してくれる。中にはサバの缶詰を差し入れてくれる兵士もいた。

兵士は器具を使って缶詰を開けた。淳花は、その缶切りの器具を不思議そうに手にとって見た。

「食べてみろ」

兵士にうながされて缶詰のサバをひと口食した淳花は、

「おいしい……」

と顔をほころばせた。

実際、これほどおいしい物を食べたのははじめてだった。

「おいしいか。また持ってきてやる」

おいしそうに食べている淳花を見て、兵士も満足そうにしていた。

だが、その後、その兵士は部屋にくることはなかった。移動させられたのか、前線に赴いたのか、淳花にはわからなかった。

「キンスイ楼」の日課では慰安婦同士が話し合う機会はめったにない。食事のときも私語を禁じられていたので、缶詰をくれた兵士の情報を得ることはできなかった。

私語を禁じられている慰安婦たちはみな孤独だった。淳花も孤独だったが、そのうち孤独にも慣れてくるのだった。話し相手といえば部屋にくる兵士だけである。淳花は兵士と会話を交すことで孤独をまぎらわせていた。

「こんにちは。こんばんは」

兵士が教えてくれる日本語をなぞって淳花は日本語を少しずつ覚えていった。

「ありがとうございます」

「ありがとうございます」

「すみません」

「すみません」

「はい、そうです」

「はい、そうです」

「いいえ、ちがいます」

「いいえ、ちがいます」

基本的な日本語を覚えていくうちに、どうしても馴染《なじ》めない言葉があった。それは「テンノウヘイカ」という言葉だった。天皇陛下がどういう存在なのか、淳花にはどうしても理解できなかった。兵士たちの「天皇陛下」という言葉の響きには、畏怖《いふ》と崇拝《すうはい》の念がこめられている。天皇陛下とはいったい何者なのか？　学校にも行っていない淳花にとって謎だった。生理的にまったく受付けないのだ。

ある日、将校に、「てんのうは偉い人ですか？」と訊くと、

「馬鹿もん！　かしこくも天皇陛下をてんのうと呼び捨てにするとはけしからん！」

と怒鳴られて殴られた。

それ以来、淳花の中で「てんのう」という言葉は禁句になった。

「キンスイ楼」にきてから一ヶ月が過ぎようとしている。中国の三大竈の一つといわれている南京は、九月に入ってからも強い残暑が続いていた。じっとしていても汗がにじんでくる。三日に一度、しかも建物の裏の空地でドラム缶に入っている湯を使って体を洗っていた慰安婦たちは、暑さにたえきれず、金盥の水に足をつけ、濡らしたタオルを絞って体を拭いていた。しかし、兵士たちに抱かれると、兵士たちの汗や体臭が体にしみ込むのである。淳花はそれがいやでたまらなかったが、一ヶ月もすると、それらの汗や口臭や体臭が気にならなくなっていた。ここで暮らしていくためには、将校の機嫌を取り、兵士たちと仲良くしていくしかなかった。

雨が降っている。南京は雨の多い地域だが、ここ一週間以上、雨が降っていなかった。久

しぶりの雨は、屋根瓦や壁の砂塵《さじん》を洗い流してくれる。淳花はベッドに座って雨の音に耳を澄ましていた。雨の音を聴いていると不思議な静寂に包まれ、心の中の汚穢《おわい》をも洗い流してくれるような感じがした。

雨の日は、「キンスイ楼」にやってくる兵士の数も少なかった。また「キンスイ楼」にやってきた兵士も妙にしんみりしていた。兵士の中には歌を口ずさむ者もいた。

「いい歌ですね」

淳花が反応すると、

「いい歌だろう。歌ってみろ」

と兵士は勧めるのだった。

淳花は兵士を真似て歌ってみた。

「うまいじゃないか。いい声をしてる」

兵士に褒められて、淳花はついて歌い続けた。音感がいいのか、淳花は兵士から二、三回教わると歌を覚えた。歌を歌うと心がなごむのだった。

歌は人の心に不思議な親和力をもたらす。歌にはそれぞれ思い出があり、流行がある。

淳花が最初に覚えた歌は「赤とんぼ」の歌だった。この童謡は淳花の故郷の風景と重なるものがあった。「夕焼小焼の　赤とんぼ／負われて見たのは　いつの日か／山の畑の　桑の実を／小籠に摘んだは　まぼろしか」

故郷にいた頃、夕暮れに小川のほとりで翔《と》んでいた赤とんぼを追って迷い子になったことがあった。草の先や小枝の先に止っている赤とんぼはそっと手を伸ばせば捕れそうだったが捕れず、追っていくうちに赤とんぼはどこかに翔び去り、気がつくとあたりは暗闇に包まれていた。淳花は広い野原に一人とり残され、方向感覚を失って途方に暮れた。家に帰る道がわからなくなっていた。見上げると夜空に星屑が、手の届きそうな距離に輝いていた。けれども暗闇の奥に得体の知れない何かが蠢《うごめ》いているような気がして、不安と恐怖で泣きそうになった。夢の中を彷徨《ほうこう》しているみたいだった。暗闇の中を行けども行けども人家に出会わなかった。自分はどこにいるのか、どこへ向っているのかわからなかった。そして数時間歩き続けた淳花は疲れ果て、草むらにしゃがんで、いつしか眠りに陥った。

ふと目を覚ますと、遠くの山と山の間から赤い太陽が昇っているのが見えた。オレンジ色の空の真上には白い星屑がまたたいている。目の前には畑がひろがっていた。二、三人の農民が畑を耕している。畑を耕している農民を見て淳花は勇気づけられて歩きだした。

畑の道を歩いている淳花を見た農民のおじさんから、

「おまえは隣村の淳花でねえのか」

と声を掛けられた。

「そうです。迷い子になったの」

淳花は泣きべそをかいて事情を話した。

「おまえの家は、ここさ真っ直《す》ぐ行くだ」

おじさんは南の方角を指差した。

淳花はおじさんが指差した方角に向って真っ直ぐ歩いて行くと近所の人と出会った。

「どこさ行ってただ。みんな心配して、おまえを探してたでねえか」

近所のおばさんが怒ったような声で、しかし優しい眼差で頭を撫《な》でてくれた。

家に帰ると近所の人たちが集まっていた。

友達の順玉《スノク》が淳花に駆け寄って手を差し伸べた。淳花は順玉の手をしっかり握りしめた。

「淳花が帰ってきた」

順玉の手から友情が伝わってきた。

「どこさ行ってただ。みんな心配して、ひと晩中、おまえを探してたでねえか。トッケビ（小鬼）に連れて行かれたと思っただ」

母親が「アイゴ！」と安堵の溜息を洩らした。

家族や近所の人たちに迷惑を掛けたが、みんなが自分のことを心配してくれていたことが淳花は嬉しかった。

だが、いまの自分は、あのときの迷い子とはちがう。故郷では誰一人、自分がここにいることを知らないのだ。たぶん生きているのか死んでいるのかさえ知らないだろう。母は「トッケビ」に連れて行かれたのではないかと心配していたが、トッケビとはちがう。日本軍はもっとも恐ろしい正真正銘の鬼なのだ。

淳花は「赤とんぼ」を歌いながら、迷い子になった頃の自分といまの自分とを対比して思わず涙をこぼした。

「悲しいのか？　おれも『赤とんぼ』を歌うと故里《ふるさと》を思い出す。おれんちは百姓だけど、山に囲まれ、清流には鮎が泳いでいた。村人はみんな素朴で、人のいい連中だ」

兵士は窓の外の降りしきる雨を眺めて言った。

だが、兵士が思い出している故郷と淳花が思い出している故郷の意味はまるでちがっていた。

「すみません」

淳花はつい涙をこぼしたことを謝った。

「人間、悲しいときもある。このつぎは缶詰を持ってきてやる」

兵士は淳花を慰めて部屋を出た。

兵士の言葉は淳花の中で空虚に響いた。同じ人間でありながら、相手をまったく理解しようとせず、理解できない日本兵の人間性に、淳花は怒りにも似た感情を覚えた。思わず涙をこぼしたのは不覚だったと思った。兵士に同情されたのは自分の弱さなのだ。淳花は雨の音をいつまでも聴いていた。

雨が止むとまた灼熱の太陽が照りつけ、内陸から風に乗った砂塵が運ばれてくる。自然に比べて人間の営為は永劫に無意味に思われた。兵士たちは女の体を弄び、ひたすら精液を放出するためだけにやってくる。感情の流露は一方的で、女はただ恥部を晒しているにすぎなかった。

将校の中井中尉はいつも酒を飲みながら、

「ここはどうだ……」「ここは感じるか……」と淳花の性器をいじくり回すのだった。しめり気のない性器はひりひりして痛かったが、淳花は感じるふりをしていた。

その擬態に、

「やっぱり女は男に触られると感じるようになる」

と得意気に自慢するのだった。

ときには肛門に指を入れてきたりする。

「そんなことは止めて下さい」

淳花は驚いてこばんだが、

「そのうち慣れてきて、よくなるんだ」

と言って執拗に迫るのだった。

いつまでも拒否できなかった。いつまでも拒否すると報復を受けることになる。それが恐ろしくて中井中尉の変態行為を受入れざるを得なかった。

すべては終りのない始まりである。終ったところから、また始まるのだ。虚しい日々が過ぎてゆく。

性交が終ったあと、煙草をふかしていた兵士に、
と勧められて、淳花は煙草を吸った。頭がくらくらして目まいがした。

「吸ってみるか」

「こんなもの、何がいいの」

と嫌悪しながら、淳花はいつしか兵士に煙草をねだるようになっていた。

窓際に座って中庭をぼんやり見ながら煙草をふかしていると、気持が落ち着くのだった。

夏から秋、秋から冬へと季節は急速に移り変っていく。あれほど蒸し暑かった夏が嘘のように十二月ともなると内陸から厳しい寒気が押しよせてきた。淳花は冬物の着物を支給された。

最近は馴染の兵士も増え、会話の中で冗談を交すようになっていた。

「おまえは、おれのかあちゃんによう似てる」

兵士が淳花を抱き寄せて言うと、

「かあちゃんを、いつまでも一人にしておいていいの」

と冗談を言ったりした。

ひと頃は淳花の部屋に通い詰めていた中井中尉の足がぷっつり途絶えた。無理難題を押しつけてくる中井中尉がこなくなったので、淳花はほっとしていた。兵士の話によると、中井中尉は日本人慰安所の「春駒」という女に通い詰めているとのことだった。

「あいつは連隊の中でも嫌われ者だ。陸軍大将の親父を鼻にかけて威張りちらしている。この前、敬礼の仕方が悪いと言って、みんなの前で上等兵に殴る蹴るの暴行を加えていた。その上等兵は二、三日起きられなかったそうだ。すると中井中尉が、軍人のくせに寝込むとは何ごとか！　と怒鳴って、また殴る蹴るの暴行を加えたそうだ。あいつは人間じゃない。鬼だ」

兵士の話を聞いていた淳花は内心、「鬼」はおまえだよ、と言いたかった。

今日は月に一回の性病検診日である。性病検診日になると、慰安婦たちは性病に感染しているのではないかと不安になるのだった。部屋にやってくる兵士には衛生サックを使うように頼むのだが、中には衛生サックを使わない者がいた。性病の感染や避妊のために衛生サッ

クを使うように頼むと、

「おまえは性病にかかっているのか。おれは性病にはかかっていない」

と言って、衛生サックを使おうとしない。

しかし、性病は兵士たちの間に蔓延《まんえん》していた。日本軍が中国大陸に進攻したとき、兵士たちは手当り次第に女を強姦していた。上海から南京へと攻撃を進める過程で、兵士たちは幼い子供や老女にいたるまで見境なく強姦をくり返していたのだった。ところかまわず非衛生的で劣悪な環境で強姦をくり返していた兵士の間に、いつしか性病が蔓延し、戦力にも悪影響をおよぼしかねない事態を憂慮した軍の上層部は、急遽、慰安所の設置に取り組んだ。しかし、兵士に蔓延した性病の感染を防ぐことはできなかった。その要因の一つは、兵士たちが自己申告しなかったことである。肉体的に表面化するまで兵士たちは隠していた。もし性病に感染していることが判明すると軍隊内で疎外され、内地に送還されても、今度は身内や近所、友人、知人から忌避されるからである。自らの欲望がまねいた結果、疫病神《やくびょうがみ》にとりつかれ、肉体と精神を食い亡ぼすことになるのだが、それでも兵士たちは欲望を満たそうとする。そして女に感染した性病は、ふたたび兵士に感染するという悪循環に陥るのだった。

性病は戦傷より深刻な問題だったが、敵と戦って負傷したわけでもない性病に対して軍医部は冷淡だった。敵と戦っての負傷は名誉になるが、性病はいわば恥であった。したがって恥を晒さないためにも兵士たちは性病を自己申告しなかった。慰安婦を人間と思っていなかった日本兵は欲望と恥を慰安婦に押しつけていたといえる。

医務室に入った淳花が看護婦の指示に従って診察台の上に仰臥して両膝を立てると、軍医が脚の間に座って膣鏡で膣を開け、懐中電灯で中をのぞき、指を入れて触診した。性病を発症している膣は、襞《ひだ》に赤い発疹ができる。赤い発疹ができていると、「星秘膏」という性病の赤色の軟膏を塗って二、三日様子を見ることになる。

「よし、いまのところは大丈夫」

軍医は検診の結果をカルテに書き込んだ。

淳花は性病にかかっていなかったが、いまのところは大丈夫という軍医の言葉が気になった。いまのところは大丈夫ということは、そのうち性病にかかるということなのか。

毎月一回、性病検診を受けているが、何回受けても、まるで物としてあつかわれているようで、いやな気分だった。

医務室を出ると、つぎの番だった池恵栄から、

「どうだった」

と心配そうに訊かれた。

「大丈夫」

淳花が答えると、

「そう、よかったね」

と言ってくれたが、池恵栄は自分のことが不安だったのだ。

それはみな同じであった。順番を待っている慰安婦たちの表情には不安の色が漂っていた。

日本軍の強姦とそれに伴い性病が蔓延して戦力に重大な影響をおよぼしかねない事態に直面した軍の上層部は、兵士の性処理と性病の感染を瀬戸際で防止するための策として急遽、慰安所を設置し、性病に感染していない女を集める必要があった。日本人慰安婦は日本で娼婦として働いていた女性が大半であった。その中に性病に感染している女性は少なくなかったのである。そこで軍の上層部は朝鮮人女性に目をつけた。儒教の影響を受けている朝鮮人女性は貞操観念が強く、処女性が高いと考えられた。処女性が高いということは性病に感染していない比率が高いことになる。そして朝鮮人女性は、性病が蔓延している日本軍の中に犠牲として放り込まれたのだった。朝鮮人女性にとって性病に感染するかしないかは運しだいであった。


中庭で五組に分かれて兵士たちが餅搗《もちつ》きをしていた。餅を搗く者と返す者とが声を掛け合い、呼吸を合わせて餅を作っていた。零下五、六度にもなる寒気の中、一人の兵士が上半身裸になって餅を搗いている。体格に自信のあるその兵士は、みんなに体力を誇示していた。

淳花は二階の窓から餅搗きの様子を見ていた。朝鮮の餅は米を粉にしたもので作るが、糯《もち》米《ごめ》を搗いて餅を作る日本の餅作りは淳花にとって珍しい光景だった。餅搗きは三時間ほどで終り、数百個の餅が作られた。そして餅は、朝鮮人慰安婦にも配られた。朝鮮人慰安婦は日本の餅をおいしそうに食べた。日本兵の一人から「歌を歌ってくれ」と要請された。

淳花は兵士の歌を真似て歌ったのが評判になり、兵士からたびたび歌を要請された。澄んだ張りのあるのびやかな歌声と節回しは日本の歌謡曲にぴったりだった。はじめは歌詞の意味もわからず歌っていたが、そのうち歌詞の意味が少しずつ理解できるようになると、自分の置かれている境遇とオーバーラップして感情が込み上げ、哀愁のこもった歌声で歌った。

兵士の間で人気のあった歌は、渡辺はま子が歌っている「シナの夜」と霧島昇とミス・コロムビアが歌っている「旅の夜風」だった。ときには軍歌も歌った。軍歌は嫌いだったが、兵士に請われると兵士と一緒に歌ったりした。

淳花は将校の前でも歌った。

何度か部屋にきている大場中尉は、

「朝鮮の女は、もともと喉が強い。張りのある声が出る。おまえは歌手になれたかもしれない」

と淳花の歌を褒めた。

「そんな、歌手になんかなれません」

淳花は謙遜《けんそん》して恥じ入るように言った。

「もちろん簡単に歌手にはなれない。ただ、おまえには素質があると言っているのだ」

大場中尉は、まるで音楽プロデューサーのように鷹揚《おうよう》な態度で言うのだった。

たとえ才能があったとしても慰安婦の淳花が歌手になれる可能性は皆無である。大場中尉の言葉は淳花の心情を傷つけることはあっても、励ますことにはならないのだった。

そのことをまったく理解していない大場中尉は、何を思ったのか、

「すしでも食べに行こうか」

と言った。

「すし……ですか？」

すしがどういう食べ物なのかわからない淳花は、しかし外出できることを喜んだ。

一般の兵士は慰安婦との外出を禁じられていたが、将校は慰安婦を外へ連れ出すことができた。

「キンスイ楼」にきて半年になるが、外出ははじめてだった。

淳花はわくわくして着物を着替え、大場中尉の後ろをついて行った。

階段を下りた大場中尉は受付にいる張丁生に、

「ちょっと外出してくる」

と告げた。

「えっ、外出ですか。へえ、まあ、お気をつけて」

将校に文句の言えない張丁生は淳花を苦々しく見た。

日頃、張丁生から何かと難癖をつけられ、暴力を振われている淳花は、これ見よがしに大場中尉と腕を組み、澄ました顔で「キンスイ楼」を出た。そして大鉄門を出ると、外にはさまざまな店が軒を並べていた。漢方薬店、中華飯店、豆腐屋、パン屋、服屋、雑貨屋、金物店、カフェまであった。どの店にも灯りが点いていて大勢の人が出入りし、賑わっていた。もちろん日本兵も多くいた。「キンスイ楼」の中にいると想像もできない世界だった。

大場中尉は一軒のすし屋に入った。

「いらっしゃい！」
四十五、六になるすし屋のおやじは威勢のいい声で大場中尉を迎えた。
十四、五人座れるカウンターに六人の先客がいた。南京駐在の日本人だ。スーツ姿の男二人、着物姿の女二人、そして将校が二人いた。
二人の女は店に入ってきた淳花をじろじろ見ていた。二人の女は二人の将校が連れてきた日本人慰安婦だった。

「刺身の盛り合わせとビールをくれ」

大場中尉が注文すると、

「へい」

とおやじは造りを用意した。

「おまえは好きな物を食べろ」

大場中尉は淳花に勧めた。

氷の上に陳列されている魚介類を見ていた淳花は迷った。いままで見たこともない魚だった。

おやじがビールとグラス二つを出すと、淳花は大場中尉のグラスにビールをついだ。

「おまえも一杯飲め」

と言って大場中尉は淳花のグラスにビールをついでくれた。

はじめてビールを飲んだ淳花は、泡の苦味に戸惑いを覚えながらも爽やかさを感じた。

それから淳花はねたを選ぼうとしたが名前がわからなかった。

「これは鯛《たい》だ。これはイカ、タコ……」

大場中尉は陳列してあるねたを指差しながら名前を教えた。

迷っていた淳花は、思いきって、

「鯛を下さい」

と注文した。

おやじが鯛を二貫握って淳花の前に差し出した。

淳花は差し出された鯛のにぎりに醬油《しょうゆ》を少しつけてほおばった。

新鮮な鯛の白身と柔らかいご飯が口の中で溶け合い、美味なる豊饒《ほうじょう》な感触がひろがった。

「おいしい……」

淳花は思わず呟《つぶや》いた。

これほど新鮮な生の魚を食べるのははじめてだった。世の中には、こんなにおいしい食べ物があるのだということを再認識させられた。

「おいしいか。好きなだけ食べろ」

大場中尉は悦に入っていた。

「もっと食べてもいいんですか」

淳花は遠慮がちに、しかし甘えるように言った。

「好きなだけ食べろ」

大場中尉はビールを一本空けると、

「おやじ、熱燗《あつかん》を頼む」

と注文した。

「キンスイ楼」で半年間、地獄の日々を過ごしていた淳花にとってすし屋での会食は至福のひとときだった。

大場中尉からつがれた熱燗を盃で二、三杯飲んだ淳花は少し酔いが回って頬がほてってい た。

大場中尉と淳花は一時間ほどで店を出た。一時間前までほとんどの店に灯りが点いていたのに、一時間後になると灯りが点いている店は数軒しかなかった。

東北からの強い寒風が吹いている。風は大地の砂塵を巻き上げて吹いていた。淳花は首をすぼめ、大場中尉にぴったり寄りそって歩いた。そして「キンスイ楼」の部屋に入った二人はもつれるようにベッドの上に倒れた。淳花は自分から着物を脱いだ。大場中尉の舌が淳花の体を這っていた。淳花ははじめて男の愛撫を受入れた。

目を醒ますと大場中尉はいなかった。けだるい快感のような感覚が体の芯に疼いていた。昨夜の大場中尉とのひとときは幻だったのか……。あのすしの味は二度と味わえないだろう。午前十時になると兵士たちがやってくる。現実に引きもどされた淳花は、兵士たちがくる前に小用を足しておこうと便所に行った。そして小用を足してぼんやりしていた淳花は、ふと、生理がないことに気付いた。前の生理日から四十日が過ぎている。

「キンスイ楼」にきて日本軍将兵に犯され続けた頃、生理が二週間、こないことがあった。そのときは、生理不順とは思わなかった。むしろ生理がないことを幸いだと思っていた。男女の身体や性についてまったく無知だった淳花は、なぜ月に一度、生理があるのか不思議でならなかった。大量の出血をする生理がなければ、どんなに気楽だろうと思っていた。したがって生理日から十日以上過ぎていても気にならなかったのである。生理が止ると妊娠の可能性があるのだが、そういう知識もなかった。

大場中尉からすしをご馳走になってから三日が過ぎた。淳花は秘かに大場中尉を待っていたが、すしをご馳走になった日から、大場中尉はこなくなった。大場中尉は移動させられたのか。あのすしの味は大場中尉の優しさの味がするのだった。

二ヶ月が過ぎた頃、淳花の体調に変化が現れた。気分が悪くなり、一日に何度も吐きそうになった。体がけだるく、何ごとも億劫《おっくう》になり、貧血でめまいに見舞われ、倒れることもあった。それは妊娠特有の現象であったが、淳花は疲労による体調不全だと思っていた。

しかし、やがて淳花のお腹が少しずつ膨らんできた。どう考えても体の中で異変が起っていると思った。それでもまだ妊娠している自覚はなかった。

淳花が妊娠に気付かされたのは朝食の帰りだった。つねに慰安婦たちの行動を監視してい

る辛素玲に呼び止められ、受付に連れて行かれて、

「おまえ、妊娠してるね」

と言われた。

「妊娠……そんな……」

妊娠という言葉に衝撃が走った。

辛素玲は淳花の体形と腹部に視線をそそぎ、お腹のまわりをさすると、

「月のものは、いつから止ってるんだい」

とあからさまに訊かれて、

「三ヶ月前くらいからだと思います」

と淳花は答えた。

「三ヶ月前……ということは妊娠四ヶ月になるわね」

辛素玲は顔を曇らせて、

「誰にも言うんじゃないよ。どうせそのうちわかるけど」

と言った。

なりゆきにまかせるしかないと考えたのだろう。辛素玲の詮索できることではなかった。

部屋にもどった淳花はショックのあまり寝込んでしまった。しかし、妊娠を理由に兵士を

拒否することはできなかった。いったい誰の子供なのか。ひっきりなしにやってくる兵士の中から子供の父親を特定するのは不可能だった。たとえ父親を特定できたとしても、相手は認めたりしないだろう。淳花は暗澹《あんたん》たる気持になった。どうすればいいのかわからなかった。

考えてみれば、数百人の兵士を相手にしている慰安婦は、いつ妊娠してもおかしくないのである。衛生サックの使用を勧めても拒否する兵士が多い。当然、妊娠の可能性は高まる。兵士にとってひたすら性処理の対象としてしか見ていない慰安婦が妊娠しようとしまいと知ったことではなかった。

張夫婦が部屋にやってきた。張丁生は冷淡な目で淳花を見つめ、

「妊娠したらしいな。妊娠してると、他の兵隊の子は妊娠しないから、安心して仕事に励め」

と言った。

あまりにも無慈悲な言葉に、

「赤ちゃんはどうなるのですか」

と淳花は訴えるように訊いた。

「いまからそんなことは考えるな。そのときになってみないとわからない」

張丁生は突っぱねた。

それから張丁生は怒ったような声になり、

「いいか、よく聞け。日本軍が南京に攻めてきたとき、老若男女を問わずに数千、数万の中国人が殺され、揚子江に投げ込まれた。揚子江は死体で一杯になった。小さな女の子も年寄りの女も、片っぱしから日本兵に強姦されて殺された。この『キンスイ楼』の近くにある『金陵女子大学』には数千人の中国人が難民として収容され保護されていたが、日本兵は毎日のように収容されている中国人の女を提供するよう要求していた。ときには学校に乱入して数人の女をどこかへ連れ去り、強姦して殺していた。いまも『金陵女子大学』には数千人の中国人が保護されている。だが、保護されているといっても日本軍がその気になれば、いつでも女を連れ出して強姦できる。そして殺され、揚子江か道端に捨てられるのだ。その点、『キンスイ楼』にいるおまえたちは強姦されたり、殺されたりする心配はない。おまえたちは天皇陛下に奉公している大和撫子《やまとなでしこ》だからだ」

と言って部屋を出た。

5

脈絡のない張丁生の話は脅迫に近いものだった。要するに慰安婦は中国人とちがって大和撫子だから、日本軍に保護されているというわけだった。慰安婦の実態を知りながら、南京大虐殺を引き合いに出して安心しろというのは強弁にすぎなかった。

よりによって鬼畜のような日本軍将兵の子供を孕《はら》むとは、呪われていると淳花は思った。子宮に手を突っ込み、胎児を引きずり出したい心境だった。

部屋に入ってきた将校が、手をこすりながら武者ぶるいでもするように体を震わせ、

「外は零下六度だ。ここは人間の住むところじゃない」

と言って淳花に抱きつき押し倒した。

夏は三十五、六度にも達し、冬は零下五、六度にもなる。この激しい気温の差に慣れるまでは、確かに住みづらい。将校はぬくもりを求めて淳花の体にしがみついた。

吹雪の夜は、暗闇の奥から、群衆の憤怒にも似た唸《うな》りが「ゴーッ」と響いてくる。将校に抱かれている淳花は、山を越え、谷と河を渡り、野を駆けて圧倒的な力で押しよせてくる自然の力で、すべてのものが破壊されることを望んだ。生きていることに何の意味もないとすれば、この世界は廃墟《はいきょ》も同然だった。人間的なものは一切否定されていた。激しく突き上げてくる将校のペニスと放出される大量の精子によって、胎児はどのような影響を受けるのか。

それを思うと胎児もまた虐待されていると思った。

淳花は出産の夢を見た。出産した赤ちゃんは、顔や手足のない肉の塊だった。内臓のよう

にどろりとしていて、触ると肉がぐにゃりと歪み、形が崩れそうになった。両端に小さな穴があり、どちらが口腔でどちらが肛門なのかわからない。そして弱々しい泣き声を発した。その泣き声は淳花の嗚咽《おえつ》とそっくりだった。淳花は、その嗚咽を聞いて目を醒ました。淳花が嗚咽していたのだった。淳花はしばらく金縛り状態になって動けなかった。

夜が明けようとしている。一晩吹き荒れていた風が止み、真っ暗だった部屋にかすかな光が入ってきた。

起床ラッパが鳴った。隣に寝ていた沢野少尉ががばっと起きて寝ぼけ眼《まなこ》であたりを見回し、また横になった。それから思い出したように淳花に抱きつき、体を貪ると服を着て部屋を出た。これでやっと一日の仕事が終ったのだった。淳花にとって将校が部屋を出たあと朝食をとって十時に兵士がやってくるまでの三時間ほどが休憩時間だった。だが、疲れはとれなかった。体が重く、地面の底へ沈んでいく感じがした。つわりが続き、食欲が落ち、自分でも痩せていくのがわかった。

朝食に行くと、みんなは心配そうに淳花を見ていた。

隣に座っていた二十三歳になる申善愛が小声で、

「妊娠してるんでしょ。つわりがひどいの？」

と言った。

「つわり？」

淳花は訊き返した。

「妊娠すると気分が悪くなったり、吐き気がするのよ。しばらく続くわ。我慢するしかないのよ」

親切に教えてくれるところをみると、申善愛は妊娠の経験があるようだった。

「わたしは十七歳のとき結婚して、妊娠したことがあるの。妊娠したけど、流産したので家を追い出された」

申善愛は平安北道の貧しい農家の次女に生れた。十七歳のとき隣村の男と結婚させられ、間もなく妊娠したが流産し、男の家族から石女《うまずめ》と決めつけられて追い出されたのである。出もどり女は実家に帰れない。それは実家の恥であった。申善愛は仕方なくF町の食堂に住込みで働いているとき、食堂にきていた顔見知りの客に、お金の稼げる仕事があると誘われ、南京に連れてこられたのだった。「キンスイ楼」にいる二十四人の朝鮮人慰安婦の中には平安北道出身の女性がなぜか十八人もいた。いわゆる「人買い」と呼ばれていた人身売買の斡旋業者には日本人業者と朝鮮人業者がいて、たまたま彼らは平安北道で跋扈《ばっこ》していたのだろう。

日ごとに膨らんでくる淳花のお腹は、誰の目から見ても妊娠していることがわかった。妊娠はただでさえ大きな負担であった。妊婦は成長してくる胎児のために栄養を補給しなければならなかったが、「キンスイ楼」の粗末な食事では栄養補給は困難であった。淳花は痩せ細り、顔色が悪くなって傍《はた》から見てもつらそうだった。だが、妊娠しているからといって休養がとれるわけではない。それどころか妊婦との性交が兵士の間で興味を持たれ、仕事の量が増えるのだった。

「誰の子だ。わからんのか」

部屋にくる兵士たちは好奇心をつのらせて淳花に訊くのである。

「まさか、おれの子じゃねえだろうな」

と悪ふざけを言う兵士もいる。

「中井中尉が父親じゃないかと、もっぱらの噂だ。中井中尉とおまえは仲が良かったからな。しかし、中井中尉は前線に移動させられた」

あらぬ噂や中傷や悪意に淳花はひたすら耐えるしかなかった。

食事のとき、痩せ細った血色の悪い妊婦の淳花を見かねて、パン屋の中国人女性が、そっとパンをくれた。パンを淳花に渡し、見張りの兵士や楼主の張丁生を警戒しながら、手で早く行けと合図した。柿をくれたり、焼き餅をくれたりした。淳花だけでなく、他の慰安婦たちにも、こっそり食べ物をあげていた。中国人は慰安婦に同情していたのだ。中国人は表面的には日本軍に協力的だったが、内心はけっして日本軍を許していなかった。日本軍が南京を攻撃してきたとき、彼らの家族や親類縁者たちの多くが虐殺されていたからだ。

妊婦は淳花一人ではなかった。八号室の「純子」と呼ばれている十九歳の文承賢《ムンスンヒョン》も妊娠していた。蒼白い顔が不安と悲しみをにじませていた。

ある日、食事のとき、淳花と文承賢が隣同士に座ると、二人をめざとく見つけた辛素玲から、

「おまえたちは一緒に座るな」

と引き離された。

妊婦同士が隣に座って情報交換をさせないためだったが、子供のいない辛素玲は二人に嫉妬しているかのようでもあった。お互いに孤立させること、それが服従の強化につながるのである。妊娠している淳花と文承賢の姿は、慰安婦にとって他人《ひと》ごとではなかった。

お腹の中で胎児がかすかに動くのを感じて、淳花はどきっとした。子供の頃、田圃《たんぼ》で蛙の卵が孵化《ふか》するのを見たことがあるが、それを思い浮かべた。成長していく胎児の生命力をひしひしと感じた。

乳房が膨らみ、張ってきた。

その膨らんできた乳房を兵士たちは、

「いいオッパイしてるな」

と言ってしゃぶりつくのだった。

耐え難い苦痛だった。兵士との性交のたびに胎児が窒息するのではないかと思われた。妊娠していることを考慮してほしいと頼んでも聞き入れてもらえなかった。

ある日、用を足しに便所へ行った帰り、淳花はなにげなく二階の窓を見上げた。人の気配がしたからである。八号室の窓だった。その窓から文承賢が飛び降りるのを目撃した。駆けつけて見ると、地面に倒れている文承賢が口から血を流して呻いていた。

淳花は文承賢を抱き起し、

「誰かきて！」

と悲痛な叫びを上げて助けを求めた。

炊事場にいた中国人や見張りの兵士が駆けつけ、文承賢を八号室に運んだ。自殺しようとしたのか、堕胎《だたい》しようとしたのか、いずれにせよ、文承賢の命に別状はなかった。胎児にも異常はなかった。ただ肋骨《ろっこつ》二本と右脚を骨折していた。飛び降りたとき、その反動で膝に顎《あご》を強く打ち、舌を嚙んでいた。

重傷を負っているにもかかわらず、文承賢は責任を取らされて放置された。歩けない文承賢は食事にも行けず、十数日後、餓死した。文承賢の死は誰にも知らされなかった。そして文承賢の部屋に新しい若い朝鮮人慰安婦が補充されていた。まるで文承賢は存在していなかったかのようだった。

文承賢はどうなっているのかわからないので、淳花は部屋に来た兵士に、

「八号室の純子はどうしてるんですか」

と訊いてみた。

すると兵士は、

「ああ、あいつか。死んだよ。自業自得だ」

と言った。

「自業自得？」

「そうだ。自業自得だ。天皇陛下に申し開きできないだろう。馬鹿女め！」

兵士は吐き捨てるように言った。

重傷を負って部屋に放置されたまま餓死した文承賢に対して誰一人、救助の手を差し伸べられなかったことが悔まれてならなかった。救助の手を差し伸べ、食事を与え、手当てをしていれば、文承賢は餓死せずにすんだはずだと思った。あまりにも無残だった。見せしめのため、文承賢は胎児と一緒に生贄《いけにえ》にされたのだ。日本軍にとって慰安婦が産んだ子供は足手まといであり、不必要な存在なのだ。そう思うと淳花はぞっとした。

眠れぬ夜が続いている。怨念《おんねん》のこもった風の音が窓を叩いている。文承賢の霊が夜空を彷

徨っている気がした。

隣に二十四歳になる沢野少尉が鼾をかいて眠っていた。沢野少尉は気位が高く、自分がこの世でもっとも優秀な人間だと思っていた。それは将校に共通している性格だった。自分より階級の高い相手には礼儀正しかったが、自分より階級の低い相手には傲慢《ごうまん》で、権威をふりかざしていた。

若さをもてあましている沢野少尉は、部屋にくると一晩に淳花を三、四回抱いていた。淳花はくたくたになるのだった。

大きく膨んでいる淳花のお腹を圧迫しながら、

「この腹が邪魔だな。切り取ってしまおうか」

と、冗談とも本気ともわからないことを言って薄気味の悪い笑みを浮かべるのである。

「世界は、おれの手中にある」

と言ってはばからなかった。

むろん淳花にはどうでもいいことだった。この馬鹿な若い早漏《そうろう》の将校は、自分を一人前の男として認めてもらいたいと虚勢を張っているにすぎなかった。

日に日に成長していく胎児が活発に動いている。手足を伸ばしているのがわかるのだった。

それは不思議な未知なる体験だが、胎児が成長していくにつれて不安も増大した。日本軍人の子供を産むことへの不安だった。そして何よりも出産した赤ちゃんを育てられるのか。慰安婦が出産した例はあるのだろうか。あるとすれば、出産した赤ちゃんはその後、どうなったのだろう？　その反面、成長していく胎児は、自分の命の一部であるという実感が湧いてきて愛しい気がした。しかし、鬼畜のような日本軍人の子供を産むことに強い抵抗があった。犯され、虐待され、物としてあつかわれたあげく、誰の子かもわからない生れてきた日本軍人の赤ちゃんを自分の子供として育てることができるだろうか。憎しみにさいなまれるのではないのか。もろもろの感情が錯綜《さくそう》して淳花は眠れなかった。文承賢も同じように考え、同じ悩みに苦しみ、発作的に二階の窓から飛び降りたにちがいない。淳花は、二階の窓から飛び降りた文承賢の気持が痛いほどわかるのだった。

しだいに階段の上り下りが緩慢になってきた。痩せているため、大きなお腹を支えるだけの体力がないからであった。精神状態が不安定で、めまいがしたり、風邪でもないのに熱や冷汗が出て悪寒に襲われた。出産が間近に迫っているのはわかっていた。それでも兵士たちは毎日、淳花の部屋に訪れて抱いていくのだった。性交の最中に出産するのではないかと恐れた。そしてそれが現実になった。性交の最中、急に激しい腹痛に襲われ、呻いた。

「どうした？」

兵士が驚いて訊いた。

「陣痛です」

淳花は呻きながら言った。

「陣痛？」

まさか性交の最中に陣痛がはじまるとは想像だにしていなかった兵士はうろたえた。

「早く先生を呼んで下さい」

淳花が必死に訴えた。

兵士はあわててズボンをはき、部屋を出て受付にいる張丁生に淳花の異変を伝えた。驚いた張丁生は医務室に赴き、淳花の容態を伝えると、軍医は不快な表情をして、

「慰安婦の出産にいちいちわたしを呼ぶな」

と拒否した。

「すみません」

張丁生は軍医に謝って引き返し、妻の辛素玲と淳花の部屋にきた。

淳花は破水していた。淳花の股間から胎児の頭らしきものが見える。出産したことのない辛素玲は動転した。

「湯を沸かすのは間に合わない。とにかく水を持ってこい」

男の張丁生が妻の辛素玲に言いつけて水を持ってこさせた。

「タオルも集めてこい」

張丁生は意外と冷静だった。

「痛い！　痛いー！」

出産の激痛に耐えかねて淳花は叫びを上げた。淳花の叫び声は楼内に響きわたり、各部屋にいた慰安婦たちが何ごとかと思って淳花の部屋をのぞきにきた。

「おまえたちは自分の部屋にもどれ！」

張丁生は慰安婦たちを追い返した。

しかし、慰安婦たちにとって淳花の出産は他人ごとではなかった。いつか自分たちも父親のわからない日本軍人の子供を出産することになるのではないかと思っていた。

難産だった。淳花は渾身の力を振りしぼって赤ちゃんを産もうとしたが、痛みに耐えきれずひと呼吸すると、半分出ていた赤ちゃんの頭が産道へ後退するのである。

「もっといきめ！」

張丁生が声を掛ける。

その声に淳花はいきむのだが、産道の出口が狭くて赤ちゃんは出られないのだった。本来なら外科手術をして産道の出口の肉を切り開けば出産し易いのだが、軍医が立ち会っていないので自力で出産するしかなかった。時間が長びくと赤ちゃんは窒息死する危険性もあった。

「痛い！　痛い！　オモニー！」

淳花は悲鳴に近い叫びを上げ、目から涙をこぼしていた。

そして二時間半後、産道から出てきた赤ちゃんの頭を張丁生は強引に引きずり出し、赤ちゃんをタオルに包むと、辛素玲に手渡した。辛素玲は手渡された赤ちゃんを抱いてすぐに部屋を出た。淳花の陰部は二センチほど裂けていた。肉が二センチほど裂けることで出口がひろがり出産できたのである。

赤ちゃんを出産した淳花は全身の力が抜け、虚脱状態に陥っていたが、

「男の児《こ》ですか、女の児ですか」

と張丁生に訊いた。

「男の児だ」

朝鮮では男児を出産すると、でかした、と褒められる。だが、ここでは赤ちゃんを出産したこと自体、褒められることではなかった。

「赤ちゃんを見せて下さい。わたしが産んだ赤ちゃんを見せて下さい」

淳花は両手を伸ばして、赤ちゃんを抱きたい仕草をした。

「赤ちゃんは子供のいない中国人に預ける。こんなところで赤ちゃんを育てられるわけがな

いだろう」

張丁生は冷酷に言った。

「そんな……わたしの赤ちゃんです。わたしが産んだのです。わたしの赤ちゃんを抱かせて下さい」

淳花は悲痛な声で哀願した。

すると張丁生は口を淳花の耳元に近づけ、小声で言った。

「おまえは父親のわからない日本軍人の赤ちゃんを育てるつもりか。中国人は日本軍のことをなんと言ってるか知ってるのか。『日本鬼子《リーベンクイズ》』と言ってる。鬼の子と呼んでるんだ。その鬼の赤ちゃんを育ててどうなる？　けものを育てることになる。おまえはけものを育てたいのか」

低い憎しみのこもった声だった。張丁生は心の中で日本軍を憎んでいたのだ。淳花は返す言葉を失った。大粒の涙がとめどなく流れた。産みの苦しみに耐えて出産した自分の赤ちゃんを見ることも抱くこともできない。赤ちゃんはすでに、どこかへ連れ去られていた。いったいどこへ連れ去られたのか。子供のいない中国人に預けると言っていたが、本当に子供のいない中国人に預けられ、育ててもらえるのだろうか。将来、成長した子供と会える機会はあるだろうか。それとも赤ちゃんは子供のいない中国人に預けられずに、闇に葬られるのではないだろうか。考えれば考えるほど理不尽で無慈悲すぎると思った。日本軍にとって慰安婦とその子供は、馬や牛や豚と同じでしかないのだ。いや、それ以下かもしれない。

淳花は手鏡で裂けた陰部を映してのぞいた。赤い肉が露出し、血が流れている。生身の肉が裂けたのだから痛いはずであった。ずきんずきんと痛みは心臓音のように後頭部にまで響くのだった。

部屋に入ってきた張丁生は、淳花の陰部を消毒してガーゼを当てた。

「痛い！　しみる……」

淳花が歯を食いしばった。

「消毒液はここに置いとくから、自分で消毒しろ」

そう言って張丁生は部屋を出た。

淳花は傷口にガーゼをあてがい瞼を閉じた。傷の痛みより赤ちゃんはどうなったのか、それが気がかりだった。ゴミと一緒に捨てられたかもしれないと思うと胸が張り裂けそうだった。

翌朝、食事を部屋に運んでくれた張丁生が、淳花の傷口のガーゼをはがして状態を見た。出血は一応止っていたが、露出している裂けた肉が生なましかった。傷口が開いたままでは治りにくく、化膿《かのう》のおそれがある。張丁生は傷口を縫合する必要があると考えた。軍医に頼みたかったが、忙しいと言われて断られるにきまっている。張丁生は自分が縫合することにした。

「よく聞け。いまからわしが傷口を縫う。麻酔はない。痛いが我慢しろ」

手鏡で傷口の状態を見ている淳花は麻酔なしの縫合を受入れた。というより、麻酔なしでも縫合を受入れるしかなかった。

張丁生は妻の辛素玲に用意させた針の先をマッチの火で殺菌し、傷口を消毒して縫いはじめた。淳花は歯を食いしばり、呻き声一つ上げずに痛みに耐えた。六針縫って傷口は塞がった。

淳花は全身に汗をびっしょりかいていた。

「よく我慢した」

我慢強い淳花に張丁生は感心した。

「四日後に抜糸する。おまえは若いから四日後に抜糸しても大丈夫だ」

四日後に抜糸するということは、その翌日から客を取るという意味だった。むろん淳花は拒否できなかった。

縫合の効果は大きかった。起き上がれなかった淳花が、その日の夜、一人で便所へ行くことができた。淳花は一日に二回消毒してガーゼを取り替えた。ガーゼは洗って使っていた。

そして三日もすると、傷口の腫れと痛みが治まった。

四日目の昼過ぎ、部屋にきた張丁生は淳花の傷口を観察して、

「うむ！　よくなってる。これなら大丈夫だ」

とまるで医者のように言って抜糸した。

「明日の朝から客がくる。気持の準備をしておけ」

わかってはいたが、またしても地獄の日々が続くのかと思うと、淳花は胸をしめつけられた。この生活を生きのびる方法は、兵士たちとできるだけ仲良くすることだった。

出産したとき、赤ちゃんはすぐに取り上げられて顔も見せてくれなかったが、泣き声を聞いたような気がする。それは赤ちゃんが生きている証《あかし》だった。それとも赤ちゃんの泣き声は幻聴だったのだろうか。

淳花は何度も、赤ちゃんを一度だけ見せてほしいと張丁生に頼んだが、

「駄目だ。赤ちゃんはもう、ここにはいない」

と断られた。

諦めきれない淳花は赤ちゃんの夢を何度も見た。赤ちゃんは目、鼻、口のないのっぺらぼうな顔だった。目鼻立ちのはっきりしない顔なのである。淳花は夢の中の茫漠《ぼうばく》とした大地の砂嵐のような風景を前に、目、鼻、口のない赤ちゃんを抱いて彷徨していた。太陽は砂漠の

果てに燃えつき、天に渦巻く黒い雲が風を呼び、淳花を吹き飛ばそうとする。淳花は赤ちゃんを抱いて地面にしがみつくようにしゃがみ込んだ。ゴーッという耳鳴りがして淳花は目を醒ました。中庭から騒ぐ声が聞えた。女のかん高い声も聞える。この真夜中に何ごとかと思って部屋を出て中庭を見下ろした。夜目にも白い全裸の女が髪をふり乱し、朝鮮語で卑語を口走り、わめきながら自分の手を嚙んでいた。十二号室の二十歳になる韓東春《ハントンチュン》だった。淳花の隣の十八号室にいる十八歳の金福美《キムボクミ》が、

「梅毒で頭がおかしくなってるのよ。四、五日前の昼食の帰り、お腹が空いたとか言って、中庭の草をむしって食べてた。周りの人が止めようとしたんだけど、凄い力で止められなかった。張丁生に棒で頭を殴られ、気絶して引きずられて行ったけど、そのあと『懲罰部屋』に入れられてた。どうして『懲罰部屋』から出られたのかわからないけど、ただではすまないと思う」

と体をこわばらせて言った。

「静かにせんか！　この女！」

張丁生をはじめ三、四人の兵士が韓東春を押さえ込もうとしているが、なかなか押さえ込めなかった。

そこへ一人の将校がやってきて、

「どけ!」

と張丁生や兵士をどかせて軍刀を抜き、上段から振り下ろして腹を突き刺した。

韓東春は「ギャッ!」と断末魔の叫びを上げて倒れた。地面に黒々とした大量の血が流れた。金福美が危惧していたことが目の前で起った。廊下から中庭の出来事を見ていた慰安婦たちは目をそむけ、恐怖で体が凍りついた。問答無用だった。淳花は体の震えが止らなかった。

「恐ろしい……」

金福美は震える声で呟き、部屋にもどった。

出産した赤ちゃんは闇に葬られ、性病に冒《おか》されて精神を病んだ慰安婦は抹殺される。地獄に底はあるのか。地獄に底はない、と淳花はあらためて思い知らされた。たとえ肉体は蹂躙され、朽ち果てようとも、魂は救われるという言葉をどこかで聞いた気がするが、その言葉は甘い考えだと思った。日本軍の前では、肉体も魂もくそもないのだった。淳花は何かの信仰心を持っているわけではないが、そう思わずにはいられなかった。肉体を晒し、性器を晒し、全人格を粉々に打ち砕かれてなお生き延びる方法はあるのだろうか? それは天皇の赤子になることであった。全身全霊を天皇に捧げ、滅私奉公の自己犠牲を貫徹する以外にない。大和撫子の意味はわからないが、日本軍が求めてやまない大和撫子になることであった。どんなに虐《しいた》げられようと、大和撫子の自負心を持ち続けることである。人間として認められる前に、大和撫子として認められることが生きる方途ではないのか？　錯綜する思考の糸をたぐりよせながら、淳花は考えた。大和撫子になるためにはどうすればいいのか？　それがわからないのだった。

兵士の中には同情してくれる者もいる。村瀬上等兵は兵士の中でも比較的温厚な性格だった。当然のことながら、個々の兵士にはそれぞれ性格のちがいというものがある。だが、性格のちがいはあっても、日本軍という総体の中の一人として組み込まれている以上、没個性的にならざるを得ない。特に軍国主義的な教育を叩き込まれている日本軍は他民族を差別するという点において誰もが同じであった。村瀬上等兵も朝鮮人慰安婦である淳花を差別していたが、その境遇には同情していた。

「おまえはなぜ慰安婦になったのか」

と訊くのである。

日本の警官に騙され、南京に連れてこられて慰安婦にされたと言うと、

「お国のためだ。日本人慰安婦だっているんだから」

と、その不条理についてはなんの疑問も持っていなかった。

村瀬上等兵は美人ではっきりしている性格の淳花を気に入っているらしく、足繁く通って

いた。ときどき魚の缶詰やコッペパンを差し入れしたり、淳花の体調のすぐれないときは、何もしないで帰ったりした。兵士の中で淳花の体調を気遣ってくれたのは村瀬上等兵がはじめてだった。それが嬉しかった。

好意以上の感情はないが、それでも相手に好意を持つことは感情がなごむものである。淳花に好意を寄せている兵士は村瀬上等兵以外に何人かいた。もちろん好意といっても、普通の男女関係のようなものではない。その場限りの一過性の感情だが、以前のように暴力を振われたり、嗜虐的な性を強要されたりすることに比べれば遥かによかった。淳花はこれまでの経験から、兵士の、男のあつかい方になれてきたといえる。男はひたすら射精したいだけの生き物であり、たとえいやな相手でも射精してしまうとなえてしまうことを知った。したがっていかに早く射精させるかであった。感情移入は体力を消耗させる。しかし、見せかけの感情移入や擬態が必要だった。それらによって男は早く射精するからである。

問題は酒に酔った兵士のあつかい方であった。酒に酔った兵士はしつこく、嗜虐的な傾向がある。そういう兵士には優しく言葉を掛け、好きなようにさせながら、実際はペニスを膣に挿入させたかのようにしながら股の間に挟み、締め上げると、ひとたまりもなく射精した。これは男娼などが使う性的テクニックだったが、淳花が身を守るため自然に身につけたものだった。衛生サックをしない兵士にはこの方法を使ったが、興奮している兵士はほとんど気付かなかった。

6

ある日、酒に酔った将校がやってきた。部屋に入ってくるなりズボンを脱ぎ、立ったままペニスを口に含ませられ、

「小便を飲め」

と言われた。

「馬鹿なこと言わないで下さい」

この頃になると淳花は相手が将校であろうといやなことはいやとはっきり拒否した。

「なんだと、朝鮮ピーのくせに、生意気なことぬかしやがって。わしの小便が飲めないというのか！」

将校は淳花の髪を摑み、顔面に小便をかけた。避けようとする淳花の頭を押さえつけ、口の中に無理矢理ペニスを入れて放尿したので、淳花は将校の尿をひと口、ふた口飲み、咳《せ》き込んだ。

「どうだ、うまいか。もっと飲め。もっと飲め！」

将校はせせら笑い、放尿のあと、淳花の上に乗ってきた。淳花はとっさに将校のペニスを股の間に挟んで締めつけた。すると将校はあっけなく射精したが、将校に気付かれたのだった。

「きさま、わしをなめやがって！」

怒り心頭に発した将校は軍刀の鞘を淳花の性器に突っ込み、かきまぜた。

「うわっ！」

と淳花は叫びを上げた。

「きさまの腹を斬り裂いてやる！」

軍刀を抜いて振りかざしたとき、淳花のただならぬ叫び声を聞きつけて部屋にきた張丁生が、

「やめて下さい！　お願いします！」

と将校をはがい締めにして止めた。

両隣の部屋から駆けつけた慰安婦や兵士も暴れている将校をなだめすかし、ようやく落ち着かせた。間一髪のところで淳花は難を逃れた。軍刀の鞘を突っ込まれた淳花の膣から血が流れていた。酒に酔った将校や兵士が暴れたり、慰安婦を虐待するのは珍しいことではなかった。張丁生は事情を聞かずに諦め顔で、

「これを塗っておけ」

と傷薬を淳花に渡して部屋を出た。

股に挟んで締め上げるテクニックは大きな代償を支払わされた。淳花は二日休み、また客を取らされた。

診察してもらえなかったので、膣の傷がどうなっているのかわからなかった。手鏡で膣の内部を見ようとしたが、自分で見ることはできなかった。痛みと疲れで体力が衰え、みるみる痩せてきた。体力の衰えは死を意味する。淳花は兵士に媚《こび》を売り、機嫌を取りながら、缶詰や乾パンや飴などの食料品をもらい、体力をつけることに専念した。それでも空腹は満たされなかった。兵士からもらった乾パンや飴玉は一度に食べず、枕の下やベッドの下に隠し、二、三回に分けて食べた。朝食のあと、枕の下に隠してある飴玉をこっそりほおばると幸せな気分になるのだった。

一ヶ月に一度の性病検診は、この頃になると、慰安婦の診察は医師でもない張丁生にまかされていた。多くの性病患者を見てきた張丁生は、それなりに性病の病状について知識を持っていたが、

「なんで、おれが慰安婦の性病検診をやらなきゃならないんだ」

と不平不満をこぼしていた。

看護婦が足りないので、妻の辛素玲も手伝うよう言われたが、

「あんな汚いもの、見るのもいや」

と拒否した。

「日本軍の要請を断ると、おまえは慰安婦にされる」

夫の言葉に辛素玲は震え上がった。日本軍はやりかねないからである。

数日前、中国人女性が行方不明になり、「キンスイ楼」から十キロほど離れた場所で死体となって発見された。日本軍に拉致《らち》され、強姦されたあと殺害されたのではないかと噂されていた。その噂を聞いた辛素玲は、楼主の妻だからといって安心していられないと思った。兵士の中には辛素玲の尻を触る者がいたのである。

そのことを夫に話すと、

「我慢しろ」

と言われた。

戦争は日本軍が絶対に勝つと信じていた。だが、この広大な中国大陸を支配するまでには時間がかかるだろう。戦争が続く限り、この商売を投げ出すわけにはいかなかった。なぜなら、張夫婦も日本軍から監視されていたからだ。張夫婦と慰安婦は切っても切れない関係であった。

張丁生は南京の街を散策してみたいと思った。しかし、厳しい検問があり、スパイ容疑をかけられるおそれがあった。突然、憲兵隊の駐屯所に呼び出されて、尋問を受けたことがある。朝鮮人は日本軍から信用されていなかった。そのことを張丁生は知っていた。だからこそ張丁生は日本軍の信用を得るためには、行動で示さねばならなかった。

三月だというのに南京の街は猛吹雪に見舞われていた。雪は風で吹き飛ばされ、まるで砂嵐のようだった。暖のない部屋の片隅に置いてある洗面器には氷が張っていた。朝食のベルが鳴ると淳花は張っている氷を割って洗顔した。それから廊下に出て整列し、点呼のあと階下の食堂に行った。食堂といっても吹きっ晒しの野外である。慰安婦たちは寒さに震えながら、うどんや玉葱《たまねぎ》の入ったとうもろこしの温かいスープを飲むと生きた心地がするのだった。

食事を終えて部屋にもどろうとしたとき、食事を作っている中国人が、

「これを吸うと、体が少し楽になるよ」

と言って小さな紙の包みをそっと手渡してくれた。

ときどき食べ物をくれる中国人だった。中国人たちは慰安婦の置かれている苛酷《かこく》な状況を知っていた。

淳花は食べ物かと思い、受取って部屋にもどり、紙包みを開けて見ると白い粉が入ってい

た。『何だろう?』と思いながら、これを吸うと、体が少し楽になるよ、と言われたのを思い出し、煙草《タバコ》に混ぜて吸ってみた。そして一時間もすると、膣の傷の痛みがなくなり、えも言えぬ不思議な気分になった。不安や恐怖や憂鬱《ゆううつ》といったわだかまりが払拭《ふっしょく》され、地面に沈んでいった体が軽くなって空中に舞い上がりそうだった。

あれほど兵士の受入れを嫌悪していた淳花が、積極的に受入れ、

「ねえ、わたしといると楽しい?」

と大胆な言葉で兵士を挑発するのである。

「楽しいよ。おれはおまえが好きだ」

兵士はじゃれついてくる淳花を大いに歓迎した。

「わたしが好きだったら、もっと優しくしてよ」

淳花の甘ったるい声に兵士はつい、

「今度、肉の缶詰を持ってきてやる」

と言うのだった。

兵士にとって優しさとは、食料品を持ってくることだった。

中国人がくれた白い粉はアヘンだった。アヘンを吸っているときの淳花はハイな気分になり、アヘンが切れると落ち込むのだった。淳花はしだいにアヘンに依存するようになった。

けれども中国人はアヘンに依存するようになった淳花を警戒して、十日に一度くらいの割合いでしかアヘンをくれなかった。それは淳花にとっても新しい試練であった。アヘンを吸うと何もかも忘れられるが、アヘンが切れると煉獄《れんごく》が待っていた。現実と非現実の間で苦しむのである。自制心が必要だった。アヘンの不思議な力は、しかし苛酷な状態を変えてくれるものではなかった。アヘンは一時しのぎにすぎない。淳花はそのことを充分理解したうえで、たとえ一時しのぎであろうと、地獄に生きる淳花にとって、アヘンは救いの妙薬であった。

いつも灰色の雲がひろがっている隙間に青空がのぞくようになった。厳しい冬が去り、春が訪れようとしている。自然の摩訶不思議《まかふしぎ》な力を感じずにはいられなかった。中庭では猛烈な吹雪でぼろぼろになった日の丸の旗を新しい旗に取り換える掲揚式が行われていた。将兵たちが直立不動の姿勢で掲揚されていく日の丸を見上げて挙手の礼をし、松本大尉は抜刀した軍刀を下に向け抜刀礼を行った。厳粛な雰囲気が漂っていた。廊下で掲揚式を見ていた淳花も、何かしら畏怖の念を覚えた。戦争はいつ終るのだろう。このまま戦争は永遠に続くのだろうか。戦争が永遠に続く限り、性的な日常生活も永遠に続くのだ。

南京が陥落したのは一九三七年十二月十三日である。その日から約一週間ないし十日の間に日本軍による中国人の大虐殺が行われた。揚子江は死体で埋めつくされ、河の流れが堰《せ》き止められたほどであった。日本の新聞は南京陥落を大々的に報道したが、南京大虐殺が報道されることはなかった。日本の国民は提灯《ちょうちん》行列を作って勝利を祝った。国際社会は日本軍による南京大虐殺の蛮行《ばんこう》を強く非難したが、中国全土の占領を目論《もくろ》んでいる日本軍にとって、国際社会の非難など、どこ吹く風であった。

蔣介石《しょうかいせき》は首都・南京を放棄して脱出し、重慶に後退した。その蔣介石を追って日本軍は中国領土の奥深く誘い込まれ、軍需物資や食糧の補給に困難をきたし、いわゆる現地調達という名目で、奪いつくし、焼きつくし、殺しつくすという三光作戦を拡大していったのだった。

また日本軍は南進論を強引に推し進め、英米との開戦をも辞さない覚悟で作戦を展開していた。一九三九年二月、日本軍は海南島の占領によって援蔣ルート（イギリス領ビルマーフランス領インドシナー中国雲南《ウンナン》を通って華南《カナン》に流れる英米の軍需物資の蔣介石支援ルート）を遮断した。そして一九四一年十二月八日、日本軍はハワイ真珠湾攻撃を断行し、太平洋戦争がはじまるのである。だが、南京に駐在している日本軍の将兵の中で、現状の深刻さを認識している者はほとんどいなかった。

南京陥落のとき、数十万の中国人が逃げだした。日本軍の空爆や砲撃で破壊された街は廃墟と化し、道端のあちこちに死体が山のように積まれて腐臭が充満していた。淳花が南京に連れてこられたのは、それから一年八ヶ月後である。その頃になると逃げていた住民もふたたびもどり、街は以前のように活気をとりもどしていた。特に日本軍の将兵たちが落とす金で街はうるおっていたのである。後方基地として重要な拠点であった南京には支援物資が潤沢にあり、将兵たちはなに不自由ない生活を送っていた。南京陥落に成功して勝利に酔いしれていた将兵たちは、わが世の春を謳歌《おうか》していた。向うところ敵なしと錯覚している将兵たちは自らを省みることなく腐敗は日本軍全体に蔓延していたのである。将兵たちは朝から晩まで遊郭や料亭に入りびたり、どんちゃん騒ぎをしているありさまであった。ただでさえ傲慢な日本軍人はますます増長し、昼間から酒に酔った将校が、道を歩いていた中国人に難くせをつけ、その場で斬り捨てるという事件まで発生した。しかし、将校が罪に問われることはなかった。中国人や朝鮮人にとって日本軍は触らぬ神にたたりなしであった。

「おまえたちは日本軍に絶対逆らうな」

これが張丁生の口癖だった。日本軍に逆らうとどうなるかを張丁生は知っているからだ。最近、日本軍の移動が頻繁に行われていた。しかし、どこへ移動させられているのか兵士自身わかっていなかった。

「移動ですか。この前は橋本軍曹が移動させられましたが、どこへ移動するんですか」

張丁生が馴染の平松上等兵に訊くと、

「わからん。軍の機密だ。くだらんことを訊くな。スパイと思われるぞ」

と注意された。

張丁生は平松上等兵に注意されて、軽率だったと反省した。

「すみません」

「歌丸（淳花）に、よろしく伝えてくれ」

別れ際に平松上等兵は淳花との別れを惜しんでいた。平松上等兵は淳花がお気に入りだったのだ。

日本軍は南方方面に進攻し、真珠湾攻撃で戦線を一気に拡大していったが、張丁生にわかるはずもなかった。

張丁生は煙草を四個持って「キンスイ楼」の門番の兵士にこっそり渡して外出を黙認してもらい、外に出た。兵士を乗せた数十台のトラックと数千名の兵士が隊列を組んで城門を出て行くところだった。馬上の将校が群衆を睥睨しながら悠然としている。そのあとを砲兵隊が数十門の大砲を馬に牽引させて行進していた。大勢の日本人や中国人が日の丸の小旗を振っている。もちろん彼らは動員されて日本軍の出陣を見送っているのだ。大規模な移動だった。

「キンスイ楼」にもどってきた張丁生はいささか興奮しながら、

「いよいよ重慶にいる蔣介石の追撃がはじまった」

と妻の辛素玲に言った。

重慶へ逃げた蔣介石の噂は聞いていたのである。

「そんなこと、わからないでしょ。中国は広いから、逃げるところはいくらでもあるわよ」

辛素玲は張丁生の話を聞き流した。

「いや、日本軍は必ず蔣介石をとっ捕まえると思う」

張丁生は勝手な思い込みで断言するのだった。

「そんなことどうでもいいわよ。それより関根一等兵が、またツケで十四号室に上がったわ。どうすんのよ。ツケがだいぶ溜ってるわよ。あの男は、やることしか頭にないんだから。今日はあなたからちゃんと言って下さい」

月給の少ない下級兵士の中にはツケで部屋に上がる者がいる。張丁生がついツケを受入れたので、それからツケで部屋に上がる兵士が増えたのである。

「移動したら、おしまいだからね。今日も二人が移動してるでしょ。大損よ。ツケを払ってくれない兵隊さんは上官に報告すべきよ」

辛素玲は腹にすえかねている様子だった。

「そんなこと、言えるわけないだろう」

上官に報告すると、兵士との間が険悪になるおそれがあった。

「じゃあ、どうすんのよ」

辛素玲がヒステリックに言った。

「これから、ツケをする者は部屋に上げない」

張丁生がきっぱり言った。

「いつも同じこと言ってるでしょ。もう聞きあきた。わたしが言います」

張丁生は一見強面《こわもて》だが、気の弱い臆病な男だった。慰安婦には厳しかったが、日本兵には弱腰であった。

それからというもの、辛素玲が前面に出てツケを断った。

「ツケは駄目です。ツケをやってる店が他にありますか。ないと思いますよ。ツケが溜ると、店はやっていけなくなります。廃業になってもいいんですか」

やんわりと、しかし断固とした口調で、ツケをしようとする兵士を断った。

断られた兵士はしぶしぶ引き揚げたが、中には友達に金を借りてくる者もいた。日本人慰安婦より、朝鮮人慰安婦が安いからであった。しかし、ツケが溜っている兵士は、それ以来、こなくなった。とはいえ、客が途切れることはなかった。休日ともなると「キンスイ楼」は超満員になった。

ある日、二十七、八になる将校が「キンスイ楼」に入ってきた。はじめての顔だった。最近、南京に赴任してきた将校なのかもしれない。

「いらっしゃいませ」

はじめての客を辛素玲は丁寧にもてなし、慰安婦たちの写真を見せた。客は写真の中から気に入った慰安婦を選ぶのである。写真を見ていた将校は淳花を選んだ。

「この子はいい子ですよ。美人で歌も上手ですし、店で一番人気があります」

辛素玲は淳花を売り込むのだった。

将校は金を支払って番号札をもらい、十九号室に案内された。

部屋に入ってきた将校に、淳花は、

「いらっしゃいませ」

とお辞儀をして迎えた。

将校は椅子に座り、案内してきた辛素玲に、

「ビールと何か肴《さかな》を持ってきてくれ」

と頼んだ。

「かしこまりました」

辛素玲はいやに丁寧な言葉を使って部屋を出た。

将校はまだ若かったが大尉だった。目鼻立ちの整った面長な顔に品があった。それでいて凛々《りり》しい印象を与えた。

中国人の召使いがビールと肉を炒《いた》めた肴を運んできた。淳花がグラスにビールをつぐと、

「おまえも一杯どうだ」

と将校に勧められた。

「いただきます」

淳花は将校からのビールを受けた。

将校は肴の炒めた肉をひと口食して、

「うむ、うまい。おまえも食べてみろ」

と言った。

「はい」

淳花は遠慮せずに炒めた肉を食して、

「おいしいです」

と顔をほころばせた。

肉を食したのは、中井中尉が、やはり酒の肴に作らせた肉料理以来だった。

酒の肴である炒めた肉料理はすぐになくなり、ビールもなくなった。

将校は再度注文しようと思ったが、

「そうだな、外で食事をしよう。利済巷に『夏家飯店』という、うまい中華料理店がある」

と言って立ち上がった。

「着物を着替えますので、ちょっと待って下さい」

淳花は着物を着替えるため、将校の目の前で、長襦袢《ながじゅばん》を脱いで腰巻だけになって上半身を晒した。淳花にとって裸になることは日常的なことだったが、将校は目線のやり場に困って後ろ手に組み、天井を見た。

「お待ちどおさま」

花柄模様の着物に着替えた淳花は別人のように美しかった。

「おまえはどこから見ても日本の女に見える」

着物姿の淳花に将校は見とれていた。

将校は部屋を出て階段を下りると、受付の張丁生に、

「ちょっと外出してくる」

と告げた。

「お気をつけて……」

張丁生は将校と着物姿の淳花を見送りながら、

「将校はいい気なもんだ。しょっちゅう女を連れ出して遊んでる。戦争にきたんじゃなくて、遊びにきてるようなもんだ」

と妻の辛素玲に言った。

「若いから遊びたいのよ。女はよりどりみどりだし」

「遊郭や料亭では将校が毎晩どんちゃん騒ぎしてる。上層部の幹部の中には現地妻と称して、日本人慰安婦をかこっている者もいる。やりたい放題だ」

先日、たまたま炊事場に人手が足りなかったので、「キンスイ楼」で働いている中国人の男の十六歳になる娘に、一日手伝ってもらったところ、三人の日本兵に拉致されそうになった。周りの中国人はただおろおろしているばかりであったが、娘の父親が阻止しようとした。頭を地面にこすりつけ哀願していた。その娘の父親に三人の兵士は殴る蹴るの暴行を加えた。殺されるのではないかと思われた。見かねた張丁生が日本語を使って三人の兵士に煙草を渡し、中国人の男は娘の父親であることを説明した。「キンスイ楼」の楼主である張丁生に説得されて、三人の兵士はやっと諦めて去って行った。

頭痛の種は絶えない。「キンスイ楼」の中でもいくつかの事件が起っており、いつまたとんでもない事件が起るかわからない。いまのところ性病に感染している者や妊娠している慰安婦はいないが、潜在的には予断を許さないのである。

淳花が「キンスイ楼」から外へ出るのは二回目だった。狭苦しい部屋に閉じ込められ、毎日兵士との性交渉を日課にしているだけの淳花にとって外の景色や空気は新鮮に感じられた。軒を並べている商店の灯りや街灯が眩《まぶ》しく映った。街を散策している人々が羨ましく、自分も自由になりたいと思った。自由に外出して、ささやかな物を買い、友達とおしゃべりできる自由が欲しい。自由になれる日がくるのだろうか？　赤ちゃんを抱いている母親を見て、淳花は胸がつまった。自分にもあの子くらいの赤ちゃんがいるはずであった。

将校が立派な門構えの「夏家飯店」に入った。店の中央に昇り龍を彫った太い大きな柱が立っている。高い天井には牡丹《ぼたん》が描かれていた。広い店内はほぼ満席だった。淳花は豪華な内装と重厚な調度品に圧倒されて店内を見回した。

中華服を着た支配人がにこやかな表情で近づいてきて、

「岡部大尉様、いつもの席でよろしいでしょうか」

と流暢な日本語で言った。

「空《あ》いているのか」

岡部大尉が訊くと、

「なるだけ岡部大尉様のために、空けておくようにしております」

と答えて淳花の容姿を品定めするようにちらと見た。

「こいつ、うまいことを言いおって」

もちろんお世辞だが、岡部大尉は悪い気はしなかった。

席に着いた岡部大尉は緊張している淳花に、

「楽にしろ」

と言った。

「こんな豪華な店にきたのははじめてなものですから」

淳花は場ちがいな雰囲気に呑まれていた。

店には将校たちが大勢きている。金持の商人や政府の要人たちもきていた。

「まずビールをくれ」

岡部大尉がビールを注文すると、

「かしこまりました。今日は日本から取り寄せました新鮮なヒラメがございます。ヒラメのあんかけ料理です」

と支配人は今日の特別料理をすすめた。

「そいつはうまそうだな。ヒラメのあんかけ料理をくれ。それから献立を見せてくれ」

「かしこまりました。献立をすぐお持ちします」

テーブルを下がった支配人は女子従業員に指図して、ビールと献立をよこした。女子従業員はみな中華服を着ている。

淳花は岡部大尉にビールをつぎ、淳花も岡部大尉からビールをつがれて飲んだ。部屋で飲んだ一杯のビールが回ってきたのか、ビールをひと口飲んだ淳花は頭がくらくらして意識がすーっと抜けていくような感覚を味わった。店内のあちこちから笑い声が聞えてくる。淳花は自分が笑われているような気がした。「キンスイ楼」の狭い、汚い部屋との落差があまりにも大きすぎる豪華な中華飯店は現実離れしていた。

料理がつぎつぎと運ばれてきた。いままで見たこともない料理だった。味もいままで味わったことのない味である。

「こんなおいしい料理を食べるのははじめてです」

すしも美味だったが、飢えている淳花は、ボリュームのある中華料理の方が満足できた。

「この店は南京でも一番だ」

料理をおいしそうに食べている淳花を岡部大尉は満足そうに見ていた。

「もうお腹が一杯です。これで当分、しのげます」

「しのげる？　面白いことを言う奴だ」

岡部大尉は愉快そうに笑った。

淳花は岡部大尉にビールをつぎ、淳花も岡部大尉から勧められるがままにビールを飲んだ。少し酔いが回ってきた淳花は豪勢な食事と雰囲気に陶然とした。岡部大尉との食事は現実の中の非現実的な世界だった。

食事を終えて「夏家飯店」を出た二人は「キンスイ楼」にもどった。岡部大尉はシューマイの手土産を受付にいる張丁生に渡した。

「ご馳走になります」

張丁生は気をよくしていた。

部屋に入ってドアを閉めた岡部大尉は淳花を抱きすくめて唇を近づけた。

淳花はこれまで強引に唇を奪われたり、フェラをさせられたり、変態的な行為を強要されてきたので、キスされるのは極力こばんでいたが、近づいてきた岡部大尉の唇を自然に受入れた。そして二人は激しく唇を奪い合い、そのままベッドに倒れた。岡部大尉は着物の襟からもどかしげに手を入れて淳花の乳房を愛撫した。淳花は自分から帯を解き、長襦袢の紐を解いた。岡部大尉も軍服のボタンをはずし、ズボンを下ろして裸になると、淳花の体に舌を這わせた。淳花は体をそらせて苦悶《くもん》の表情を浮かべた。体を這っていた岡部大尉の舌が、半ば開いている淳花の唇を塞ぐと、淳花は息を飲んで呼吸を止めた。岡部大尉のペニスがゆっくりと淳花の体の芯部に入ってきた。淳花は思わず声を洩らした。血が逆流してくるようだった。澱《おり》のように溜っていた欲望の塊が弾《はじ》けて、淳花は呻き声を上げた。しだいにせり上がってくる苦悩にも似た喜悦が淳花の全身を貫いた。

激しいセックスだった。二人は汗をびっしょりかいていた。淳花は自分でもどうなっているのかわからず、戸惑いと恥ずかしさを覚えた。酔っているせいかもしれないと思いながら恍惚《こうこつ》としていた。

岡部大尉は黙って淳花の手を握っていた。その手から好意が伝わってきた。淳花が握り返すと岡部大尉も強く握り返した。二人は無言で寄りそい、抱きしめ合った。そしてそのまま眠りについた。

起床ラッパが鳴るまで、淳花は久しぶりにぐっすり眠っていた。

目を醒ました岡部大尉はあわただしく服を着ると、

「またくる」

と言って部屋を出た。

淳花の掌《てのひら》に岡部大尉のぬくもりが残っていた。

淳花は岡部大尉がくるのを待っていた。あの特別な高揚した感情の流露は、岡部大尉との間にだけ生れるものであり、他の兵士との間には苦痛だけがともなうのだった。性の深淵《しんえん》の暗黒からせり上がってくる感情の波に洗われて、岡部大尉を待ち望んでいる自分がおぞましく思えた。けれども孤独であればあるほど、誰かを愛したい、誰かに愛されたいと思う気持は強くなるのだった。ひとときの夢・幻であろうと、人が人を愛する瞬間は、生きる力を与えてくれるのである。淳花は生きる力が欲しかった。

夜空に稲妻が閃《ひらめ》き、遠くに雷鳴が轟いた。稲妻が閃くたびに暗闇の中の物象が一瞬、恐ろしい真実を暴き出すように光った。雷鳴はしだいに近づき、つぎの瞬間、まるで敵の砲撃を受けたかのような凄まじい落雷の音が耳をつんざいた。淳花は掛け布団にもぐり込み、耳をふさいでいた。激しい驟雨《しゅうう》が屋根や窓を叩いている。ふたたび凄まじい落雷の音がして部屋の灯りが消え暗闇に包まれた。電柱に落雷して停電になったのかもしれないと思った。

そのとき部屋のドアが開き、誰かが立っていた。掛け布団にもぐっていた淳花は暗闇の中に立っている人物を見つめた。

「歌丸……」

淳花を呼ぶ低い声は岡部大尉だった。

「きてくれたのね」

淳花はドアの前に立っている岡部大尉の胸に飛び込んだ。雨に濡れた軍服がびしょ濡れになっている。

「今夜しか時間がなかったんだ」

岡部大尉が淳花を抱いて言うと、

「嬉しい……」

と淳花は切ない声でしがみついた。

「服がびしょ濡れだわ」

淳花はタオルで濡れている軍服を拭いて脱がせ、椅子の背もたれに掛けた。

岡部大尉はズボンを脱ぐとベッドにすべり込んだ。そして二人は長いキスをしながら抱き合い、互いの体をまさぐった。激しい雨の音が淳花の喘ぐ声をかき消した。

いつしか雨は止み、あたりは静寂に包まれた。岡部大尉の胸にもたれていた淳花が、

「あなたの心臓の音が聞える」

と言った。

「生きている証拠だ」

そう言って岡部大尉は淳花の乳房にそっと手を当て、

「おまえの心臓も動いている」

と言った。

停電している暗闇の中で二人は互いの瞳を見つめていた。

「暗闇の中でも、わたしにはあなたの目がはっきりと見えるわ」

「おれの目が……？」

「ええ、あなたの目の光を感じるの」

淳花にとって岡部大尉の瞳は、暗闇の彼方から射し込んでくる一条の光だった。

「お願いがあるの。日の丸の旗が欲しいの」

「日の丸の旗？　どうするんだ」

「あなたの無事を祈りたいの。敵の弾に当らないように」

淳花は切にそう願っていた。

「そうか、わかった。今度くるとき、日の丸の旗を持ってくる」

岡部大尉は淳花の気持を汲み取って、日の丸の旗を持ってくることにした。慰安婦の中には気に入った兵士に無事を祈願した刺繡《ししゅう》をして贈る者もいる。

「今度、いつきてくれるの？」

淳花はまるで愛しい恋人を待ちあぐねるように訊くのだった。

「わからない。今夜も、もどらないと」

淳花の期待に反して岡部大尉はすぐもどらなければならないと言う。

「どうして？　今夜は泊っていくんじゃないんですか」

岡部大尉の気持を測りかねて淳花は引き止めようとしたが、それはできなかった。

「仕事が残ってる。明日の朝、提出する書類を書かないと」

岡部大尉は濡れている服を着ると、

「このつぎ、日の丸の旗を持ってくる」

と言い残して部屋を出た。

淳花は一人置きざりにされたような気持だった。冷静に考えれば、岡部大尉に対する淳花の気持は、一方的な思い込みでしかない。相手は日本軍人であり、大尉である。たとえ朝鮮人慰安婦に好意を抱いていたとしても、それ以上でも、それ以下でもないのだ。しかし、淳花にとって岡部大尉は生きる望みだった。

淳花は一日千秋の思いで岡部大尉がくるのを待っていた。ドアが開くたびに岡部大尉ではないかと心をはずませた。しかし、三日が過ぎ、五日が過ぎても岡部大尉はこなかった。しだいに淳花は落ち込んでいった。所詮、慰安婦は性の対象でしかないのだと思った。そして二週間が過ぎた頃、岡部大尉が現れた。

淳花は驚き、

「もう、きてくれないのかと思ってました」

と岡部大尉に抱きつき、すねるように言った。

「前線の視察に行っていた。約束を忘れたわけじゃない」

岡部大尉は日の丸の旗を出し、

「すぐ手に入ると思ったが、戦地では日の丸の旗は貴重品で、なかなか手に入らなかった」

と弁明するように言った。

淳花は日の丸の旗をひろげ、

「きれい、お日様が……」

と言った。

実際、白地に真っ赤な太陽をほどこしただけの簡素な旗を淳花は美しいと思った。

「ここに何か書いて下さい。わたしが刺繡をします」

読み書きのできない淳花は岡部大尉に何かを書いてもらい、それをなぞって刺繡をするつもりだった。

岡部大尉は鉛筆で「武運長久」と書いた。

「なんて読むんですか?」

と淳花が訊いた。

「ぶうんちょうきゅうと読むんだ。軍人としての運命が長く続くようにという意味だ」

岡部大尉が説明すると、

「わたしもあなたが無事であることをいつも祈ってます」

と淳花は熱い眼差で言った。

淳花の真剣な眼差に、

「ありがとう」

と岡部大尉は淳花を抱きしめた。

岡部大尉は中国人の召使いにビールと肴を用意させた。そして二人でビールを飲みながら話し合ったが、淳花は聞き役になっていた。

「おれは士官学校を出ているが、本当は作曲家になりたかった」

意外な言葉に、

「作曲家って？」

と作曲家がどういう仕事なのかあまりわからない淳花は訊き返した。

「音楽家だ。曲を作るんだ。大きな劇場で自分の作った曲を指揮して演奏するんだ。おれは中学生の頃から音楽が好きで、特にベートーヴェンに傾倒していた」

音楽の話を語ったところで淳花にわかるはずもなかったが、岡部大尉は誰かに自分の夢を語りたかったのだろう。

「どうして音楽の道に行かなかったのですか」

「おれの家は軍人の家系なんだ。祖父は西南の役のとき政府軍につき、日清戦争と日露戦争にまで従軍している。おれの父は祖父と一緒に日露戦争に従軍した。この戦争には従兄弟《いとこ》も従軍している。日本は必ず勝つ。その暁《あかつき》に、おれは東京に帰って、もう一度、作曲家をめざすつもりだ」

作曲家がどういう職業なのかあまり理解していない淳花だったが、なんというロマンチックな軍人だろうといささか感激した。

軍人は武骨な人間ばかりではない。中にはロマンチストもいるのである。岡部大尉はロマンチストだった。ただ、この戦争の意味や慰安婦の存在についてはまったく何も考えていなかった。この戦争や慰安婦の存在は必然だと思っていた。

淳花は相手の話を聞くことはあっても、自分の境遇を話すことはなかった。話したところで理解されるはずもなく、それどころか差別的な同情——金を稼いでるんだろう、と言われるのがおちであった。金は楼主の張夫婦が全部搾取して、慰安婦たちにはびた一文払われないことがほとんどだった。システムを知らない慰安婦たちは、暴力を振われている楼主の張丁生が怖くて、何も言えなかったのである。

淳花が微笑みながら、相槌《あいづち》を打ちながら話を聞いてくれるので、岡部大尉は饒舌になり、作曲した自分の曲の音符を鉛筆で床に書く始末だった。

「これは音符というんだ。音符というのは、音楽の一つひとつの音の長さや高さを記号化したものなんだ。これがドレミファソラシドだ。この音を組み合わせ複雑な音を作っていく。数学に似ている。数学者や物理学者の中には音楽の好きな者が多い。天才的な物理学者、アインシュタインは音楽が大好きなんだ」

もちろん淳花には何もわからなかった。

岡部大尉は憑《つ》かれたように鉛筆で床の上に自分の作った曲の楽譜を書いた。そして床一面に楽譜を書いて、書く場所がなくなると今度は壁に書くのだった。だが、部屋中に書きなぐった楽譜を見て、

「駄目だ、おれには才能がない」

と落ち込み、楽譜を消すのだった。

「そんなことないと思います」

淳花はつい口を滑らせた。

「そんなことない？　おまえに何がわかるというのだ。楽譜の読めないおまえに、どうしておれの才能がわかるのだ。いい加減なこと言うな！」

岡部大尉はいまにも暴力を振いそうな剣幕で言った。

「すみません。わたしは無学な女ですが、あなたの優しさは心に伝わってきます」

「優しさ？　優しいから才能があるというのか。優しさと才能とは別だ。むしろ才能のない

奴が優しさを装うんだ。おれは優しくなりたくない。偉大な芸術家は冷酷でエゴイストなんだ。おまえみたいな女に買いかぶられるようでは、おれもおしまいだ」

そう言って岡部大尉は淳花にしがみついてくるのだった。

殴られるのかと思っていた淳花は、岡部大尉がしがみついてきたので、子供でもあやすように受入れた。

日本軍人の多くは若かった。特に士官学校を出て間もない将校は若く、どこか子供の部分を残している者が多かった。将校という特権的な階級が生じせしめる自己顕示欲と純粋さの入り混じった性格が国家に忠誠を誓うとき、倒錯していくのである。

岡部大尉は淳花の部屋に通い詰めていた。将兵と慰安婦が恋人のような関係になるのはよくあることだった。岡部大尉と淳花の関係も恋人の関係に似ていた。

淳花は日の丸の旗に岡部大尉が書いた「武運長久」という文字をなぞって刺繡をほどこし、さらに岡部・命とか桜とかを刺繡していた。また岡部大尉の衣服のほころびをかいがいしく繕っていた。それは淳花にとって喜びでもあった。

「穴の開いた、おれの靴下を繕ってくれないか」

兵士の一人がからかうように言うと、

「いやです」

と淳花は冷ややかに断るのだった。

「けっ、いい気なもんだぜ。岡部大尉の穴の開いた靴下は繕ってるくせによ」

兵士はあてつけのように言って、淳花を荒々しく抱いた。

淳花と岡部大尉とのことは噂になっていたが、淳花は気にしていなかった。むしろ噂になっていることが、岡部大尉の気持をより強く引きつけるのではないかと思った。

泊りにきた別の将校から、

「岡部大尉とおまえは好き合ってるらしいな。噂になってる」

と言われた。

「岡部大尉がどう思われているかは知りませんが、わたしは岡部大尉が好きです」

淳花は自分の感情をはっきりと表わした。

当然、噂は岡部大尉の耳にも届き、将校の仲間にからかわれたりしていたが、岡部大尉は軽く受流していた。所詮、将校と慰安婦の関係は一時的なものであり、その間、楽しめばいいのである。岡部大尉はそう割りきっていた。その限りでは、別に問題はなかった。

しかし、半年も過ぎた頃、淳花は体に異変を感じた。月のものがこないのである。用心していたつもりだったが、衛生サックの使用を拒否する兵士が何人もいた。衛生サックの使用を頼むと暴力を振われた。

妊娠を一度経験している淳花は、妊娠していることがすぐにわかった。「どうしよう……」。淳花は大きな不安に襲われた。出産するまでの十ヶ月間、淳花はお腹の中で胎児を養わなければならない。それは体にとって大きな負担だった。また十ヶ月の間に何が起るのかわからない。淳花は一度妊娠を経験しているが、その経験が生かされる状態ではないと思った。

その日は暗然として一睡もできなかった。出産した赤ちゃんはすぐに取り上げられ、その後、生きているのか死んでいるのか、まったくわからない。もちろん誰も教えてはくれない。楼主の張丁生に一度、訊いてみたが、「くだらんことを訊くな！」と怒鳴られた。それ以後、赤ちゃんのことは忘れることにしていたが、またしても妊娠したことで、最初に出産した赤ちゃんのことを思い出さずにはいられなかった。抱くことはおろか、顔を見ることさえできなかった赤ちゃん。泣き声すら聞いていない。張丁生から男の児だと聞かされたのは、せめてもの慰めだった。淳花は赤ちゃんを抱くことも顔を見ることも泣き声を聞くこともできなかったが、胸の中で秘かに「パラム（風）」という名前をつけていた。読み書きのできない淳花は、漢語ではなく、自然の呼び名を用いた。したがって最初の赤ちゃんは「パラム」という呼び名で淳花の胸の中に生きていた。

今度も出産すると取り上げられるにちがいない。それを考えると赤ちゃんを産みたくなかった。生れた赤ちゃんは闇から闇へ葬られるか、どこかで育てられるにしても、けっして恵まれた人生を送れないだろう。生れたその日から、不幸な人生を生きることになるのだ。

淳花は、できれば堕胎したいと思った。だが、堕胎する方法がわからない。そこで淳花は思いきって張丁生に相談してみることにした。

「なんだと、妊娠した？　また妊娠したのか。どうして衛生サックを使わないんだ」

「衛生サックを使って下さいと頼みました。でも中には使ってくれない人もいるんです。衛生サックを使ってくれない人には応じられないと断ると、殴る蹴るの暴行を受けます。銃剣を抜いて斬りつけられそうにもなりました。どうにもなりません」

淳花は涙声で訴えた。

「ですから赤ちゃんを堕《お》ろしたいんです」

「なに、赤ちゃんを堕ろす？　どうやって堕ろすんだ」

「軍医に頼んでいただけないでしょうか」

確かに淳花の言葉は不用意だった。

「馬鹿もん！　軍医は産婦人科じゃないんだ。勘ちがいにもほどがある。おまえは衛生サックを使って下さいと頼んでいたというが、岡部大尉には衛生サックを使わせなかったそうだな。妊娠した赤ちゃんは岡部大尉の子じゃないのか」

「岡部大尉には使ってもらってます。たまには使わないときもありましたけど、それは月のものがはじまる前とか終った後くらいです」

「嘘をつくな。岡部大尉は衛生サックを使ってないとみんなに吹聴《ふいちょう》している」

「そんなことありません。岡部大尉にも使ってもらいました」

だが、それは弁明にすぎなかった。それほど明確に衛生サックを使ったり使わなかったりしていたわけではない。岡部大尉とは、そのときの感情の高揚しだいで使ったり使わなかったりしていたが、どちらかというと使わなかった方が多かった。

淳花は忸怩《じくじ》たる思いであった。岡部大尉がなぜそういうことを吹聴するのか、それが理解できなかった。

「岡部大尉がそんなこと言うはずありません」

淳花は一人歩きしている噂を否定した。岡部大尉の子である可能性は高いが、実際のところ誰の子かはわからないのだった。

「男はみんな自慢したがるんだ。岡部大尉も例外ではない。お腹の子が岡部大尉の子であろうと誰の子であろうと関係ない。問題は妊娠したことだ。それはおまえに責任がある。衛生サックを使わないと妊娠するのはわかっていたはずだ。それなのに妊娠なんかしやがって。おまえたちの不注意で、みんなつぎからつぎへと妊娠すれば、商売あがったりだ。とにかく妊娠している間は、稼ぐだけ稼いでもらう」

妊娠している間は出産するまで再妊娠しないわけだから、その間、衛生サックなしで客を取れるのである。衛生サックを使わず、「生出し」できる慰安婦は人気であり、兵士たちが集まってくるのだ。

そしてしだいに膨らんでくる淳花のお腹を兵士たちは興味深そうに見たり撫でたりしながら、

「お腹の赤ちゃんは、岡部大尉の子らしいな」

と言うのである。

「ちがいます」

淳花が否定すればするほど、噂は真実味をおびてくるのだった。

7

妊娠している淳花に対して兵士たちは衛生サックを使用しようとしなかった。そのため性病に感染する危険があった。そのことをいくら説明しても兵士たちは聞く耳を持たないのだった。

「性病に感染したら、どうするんですか」

淳花は張丁生に訴えたが、張丁生は渋い顔をするばかりであった。

女はなぜ妊娠するのだろう。妊娠している間の十ヶ月間は体の中で胎児を養い、その後は産みの苦しみを味わうことになる。身勝手な男に比べて女の負担は一方的すぎると思った。

またしても淳花は悪夢にうなされる日々が続いた。この前の妊娠のときとはちがう、さなだ虫のような赤ちゃんを産み続けている夢だった。排泄物《はいせつぶつ》のように生れてくる赤ちゃんはくねくねと体を蠕動《ぜんどう》させてピー、ピーと鳴いている。さなだ虫のような赤ちゃんは兵士に踏み潰されてピー、ピーと鳴いているのだった。その鳴き声は、踏み潰されて内臓が破裂する音なのか、それとも悲鳴なのか、いずれにしても淳花は耐えきれなかった。そして深夜、貨物車が通過する音に目を醒ました。

貨物車は一日二回、昼と深夜に「キンスイ楼」の近くをガタン、ガタンと壊れかけた雨戸を強引に開けるような音を響かせて通過していく。その音は、いつしか淳花の胸の奥の秘密のトンネルを通過して故郷へと運んでくれる列車の音のように思えた。

恐ろしい夢を見たあと、通過していく貨物車の音を聞くと、望郷の念が強まり、脱走したいと思うのだった。夜は大鉄門に歩哨兵が二人、立っている。その他にも建物の随所に歩哨兵が見張ってはいるが、貨物車が走っている場所まで闇にまぎれて行けなくはなかった。しかし、行けたとしても走行している貨物車に飛び乗れるのか。淳花は通過していく貨物車の音のリズムから速度を推測してみた。あくまで勘による推測だが、飛び乗れない速さではないと思った。

張丁生の受付は階段を降りた右側にある。夕食のあと、張丁生は消灯時間に合わせて各部屋を見て回り、午後九時には就寝している。したがって階段を下りて「キンスイ楼」の外へ出るのは、それほど難しいことではなかった。夜中に便所へ行く者もいるからである。問題は三メートル以上ある塀をいかにして越えるかであった。塀を越えるとすぐ側に鉄道が走っている。

淳花は何日も考えあぐねていた。瞼を閉じて何度も脱走の方法をイメージした。長襦袢の紐をつなぎ合わせれば二メートルほどの長さにはなるだろう。その紐の先に鉤《かぎ》形の物をとりつけて塀に引っ掛けてよじ登れないだろうか。だが、鉤形の金属がない。淳花は何か適当な物はないかと部屋の中を見回したが、鉤になりそうな物はなかった。踏み台も考えたが、なりそうな物もない。梯子《はしご》を使うのが最善の方法だが、梯子は見たこともなかった。

そしてかりに塀を越えたとして、走ってくる貨物車に飛び乗れるのか、いったいどうやって飛び乗るのか、想像もつかないのだった。そしてさらに貨物車に飛び乗れたとして、はたして冷酷無比な日本軍の追跡を振りきって逃亡できるだろうか。日本軍は地の果てまで追ってくるだろう。たとえ故郷にたどり着いたとしても、そこに日本軍が待ち構えているにちがいない。

考えれば考えるほど脱走は不可能に思えた。脱走を考えること自体、妄想なのだ。淳花は妄想にとらわれていた。

ところが妄想にとらわれているのは淳花一人だけではなかった。ある日の明け方、中庭から将兵の怒鳴り声と女の悲鳴とも呻きとも泣き声ともつかぬ声が聞えた。淳花は何ごとだろうと思って廊下に出て階下の中庭を見下ろしてみると、後ろ手に縛られた慰安婦が二人の兵士に髪の毛を鷲摑みされて地面にねじ伏せられていた。

各部屋から廊下に出て広場を見下ろしている慰安婦たちに向って一人の将校が言った。

「いいか、おまえたち！　脱走しようとした者は厳罰に処す。皇軍に対する叛逆行為は絶対に許さない！」

将校は腰の軍刀を抜くととり押さえられている慰安婦の前に一歩進み出て「ヤッ！」と気合を入れて一刀両断に斬り捨てた。慰安婦の首から胸にかけて血が噴き出し、くすんだ茜色《あかね》の夜明けの空に「アーッ！」と断末魔の叫びが上がった。

淳花は思わず両手で耳をふさぎ、目を閉じた。見せしめの処刑だった。処刑された女は二人の兵士に両脚を持たれ、兵舎の方へ引きずられて行った。引きずられて行った軌跡《きせき》に大量の血が残っていた。

脱走を試みたのは六号室の「晴江」と名付けられていた二十歳になる成安中《ソンアンジュン》だった。淳花は、自分以外に脱走を企てている者がいたのを知ってぞっとした。成安中は自分の身代りになったような気がした。

部屋にくる兵士にそれとなく探りを入れて成安中の話を聞くと、

「いい女だったんだがな、馬鹿なことをしたもんだ」

と惜しむ声が多かった。

成安中はベッドのマットを細工して鉤を作り、それを腰紐に結びつけ、塀に引っ掛けてよじ登ったという。淳花が考えていた通りのことを成安中は忠実に実行したのだった。そして塀の向う側に降り、走行してきた貨物車に飛び乗ろうとしたが失敗して線路脇に倒れ、気を失っているところを日本兵に発見されたのである。

脱走したいと思っている者は他にもいるにちがいない。しかし、見せしめのために成安中を処刑した日本軍の残酷な意思に慰安婦たちは暗黒の闇に閉じこもった。脱走を妄想することさえ断ち切られた。

慰安婦という苛酷な現実を生きている身とはうらはらに、淳花のお腹の赤ちゃんは成長していた。日に日に成長していく力強い胎児の生命力に、淳花は生きていることを実感させられるのだった。

　岡部大尉が久しぶりにやってきた。ある日を境に岡部大尉はなぜかこなくなったのである。久しぶりにやってきた岡部大尉に淳花は嬉しくなって抱きつくと、岡部大尉は冷たく突き放し、

「おまえは妊娠している子をおれの子だと吹聴しているらしいな」

　と睨みつけて言った。

「そんなこと言ってないわ」

　淳花はあらぬ噂を否定した。

「みんなはおまえの腹の子をおれの子だと噂してる。火のないところに煙は立たないというが、火もとはおまえだ。おまえが言わなかったら、誰が言うのだ。汚らわしい朝鮮ピーのくせに、ふざけたことをぬかしやがって、腹の中から胎児を引きずり出して踏み潰してやる！」

　それまでの岡部大尉とは人がちがったような豹変ぶりである。

　たじろぎ体をこごめている淳花を殴打し、何度も蹴った。腹部を蹴られた淳花は胎児を守るために両手でお腹をかかえてうずくまった。その淳花を岡部大尉は執拗に蹴り続けた。

　何回蹴られたのかわからないが淳花は腹部を防御した形で前のめりに倒れて意識を失って

いた。そして翌日の午前中、部屋にやってきた客に助けられたのである。背中と臀部《でんぶ》と両腕に無数の痣《あざ》ができ、体は石のように硬くなっていた。感覚がなくなり、痛みもあまり感じなかった。炊事場で働いている中国人が食事を運んでくれたが、一人では食べられず、その中国人に食べさせてもらった。とにかく食事をしっかりとっておこうと思った。どんな状況になろうと、しっかり食べておかないと生きのびることはできないからだ。

淳花は殴打された体の痛みより、豹変した岡部大尉の態度に胸の痛みを覚えた。根も葉もない噂に、岡部大尉はなぜ激怒するのか。噂は知っていたが、それは兵士たちの悪ふざけである。そのくらいのことはわかりそうなものだが、岡部大尉は面子《メンツ》にこだわっていた。朝鮮人慰安婦の淳花が岡部大尉の子を身ごもっているということは、とりもなおさず朝鮮人と日本人のあいの子を身ごもっているということであり、岡部大尉にしてみれば受入れ難いことだった。もちろん淳花が身ごもっている子が岡部大尉の子なのか誰の子なのかはわからない。それにもかかわらず岡部大尉は淳花が身ごもっている子を目の敵にしているのだった。

つかの間のひとときだが、淳花は岡部大尉に愛されていると思っていた。だが、それは、朝やけと夕やけを見まちがえるほどの錯覚だった。愛を求めるあまり、岡部大尉に投影された淳花の意識が照り返しのようにそのまま反映されていた幻影にすぎなかった。

淳花に殴る蹴るの暴行を加えて以後、岡部大尉は姿を見せなくなった。将兵と慰安婦の関係は所詮こんなものだろうと思った。それにもまして日本軍人は朝鮮人を見下しているのだった。

淳花は岡部大尉に何かを期待していたわけではない。ただ優しくしてほしかったのである。日本軍将校に優しくされて、つい甘えてみたものの、あくまで見せかけのたわむれだったのだ。脱走に失敗した成安中は見せしめのために処刑されたが、淳花が岡部大尉に斬られずにすんだのは幸いだった。何ごとも、その日の将兵たちの気分しだいであった。虫のいどころが悪かったり、慰安婦の体調不良が暴力を誘発するのである。岡部大尉に「腹の中から胎児を引きずり出して踏み潰してやる！」と言われたとき、淳花はさなだ虫のような赤ちゃんが兵士に踏み潰されてピー、ピーと鳴いている悪夢を思い出した。日本軍将兵は実際にやりかねないのだ。

成安中が処刑されてから、列車の音は、淳花の胸の中で空しく響くだけだった。脱走は死を意味していた。死を決意しなければ、脱走はできないのだった。

脱走を諦めた淳花は、内心ほっとした。成安中のように無残に斬殺されたくなかった。だが、死ぬのは処刑によってだけではない。夕食のとき、隣にいた二十二号室の「春駒」と呼

ばれている金恵子《キムヘジャ》が、

「昨日、二十三号室の『朴美瑛《パクミヨン》』が死んだの」

と言った。

「えっ、朴美瑛が……。どうして死んだの？」

淳花は驚いて訊いた。

「病気で死んだのよ」

そういえば、一週間ほど前から食事や風呂のとき、姿を見なかった。

まさか慰安婦が病死するとは考えていなかった淳花はショックを受けた。

「病気って、どんな病気？」

「隣の部屋だったけど、わからない。わたしたちはみんな孤立してるのよ」

金恵子は涙声になってうつむいた。

「軍医に診てもらわなかったの？」

「それもわからない。たぶん診てもらえなかったと思う。わたしが下痢だったとき、軍医は診てくれなかった。わたしたちが死のうと生きようと知ったことじゃないのよ」

金恵子は口惜しそうに言った。

わずか一週間たらずで死んだ朴美瑛はどういう病気だったのか？

「わたしたちはいつ死んだっておかしくないわ。毎日、二、三十人の客を取らされて、休日は五十人以上取らされるのよ。体がもつわけないわ。わたしはもう限界。毎日、死にたいと思ってる。死ぬことばかり考えてる」

張丁生や兵士に監視されているにもかかわらず、金恵子は日頃いだいている鬱憤を吐き出した。

「死ぬなんてこと言わないで。みんな必死に生きてるのよ。いつか故郷へ帰れる日を夢見て……」

淳花は励ますように言った。

「故郷へなんか帰れない。わたしたちはみんな、ここで死ぬのよ。泥のようになって」

金恵子は込み上げてくる涙をこらえ、自分の部屋に引き返した。

淳花と金恵子の会話を聞いていた周囲の慰安婦たちは深刻な表情をしていた。朴美瑛の病死は他人ごとではないからであった。慰安婦たちの健康を保障するものは何もない。明日、病に臥《ふ》せると、面倒を見てくれる者は誰もいないのだ。

翌日の朝食のとき、八号室の「浜子」と呼ばれている十九歳の宋順玉《ソンスク》が淳花に近づいてきて、不安そうな表情で、

「わたし、妊娠してるの。吐き気やめまいがして、起きていられないくらい気分が悪くて

……」

と言った。

淳花は宋順玉のお腹を見たが、ほとんど目立たなかった。

「妊娠何ヶ月なの」

淳花は訊いた。

「わからない。だってはじめてなんだもの」

妊娠についてまったく知識のない宋順玉が理解に苦しむのも無理はなかった。

淳花も初めて妊娠したときは何がなんだかわからず不安で仕方なかった。

「月のものが止ってからどのくらい経つの」

宋順玉は「キンスイ楼」にきてから生理不順に陥ったりしたが、今回は生理が止って三ヶ月になる。

「三ヶ月……」

「ということは妊娠四ヶ月になるわね。いま一番苦しいときよ。わたしは妊娠六ヶ月。つわりは過ぎたから吐き気やめまいはしなくなったけど、体の消耗が激しいのよ。出産の経験はあるけど、どうなるかわからない。生れた赤ちゃんはすぐに取り上げられた。赤ちゃんを抱くことも、顔を見ることも、泣き声を聞くこともできなかった。生きているのか、死んでいるのかさえわからない」

　そう言って淳花はふくらんでいるお腹を両手で撫でると、込み上げてくる涙を呑み込んだ。

「とにかく、よく食べて、よく眠り、健康に気をつけることよ。生きのびるの。どんなに苦しくても」

　その言葉は自分自身に言い聞かせている言葉でもあった。

「兵隊さんの機嫌を取って、少しでも食べ物や缶詰をもらうの。お腹の赤ちゃんが大きくなってくると、栄養をとらないと体が持たないから」

　痩せ細って青白い顔をしている宋順玉は、明らかに栄養不足をきたしていた。

　淳花は自分の食事を少し宋順玉に分け与えた。

　食事が終って自分の部屋にもどって行く淳花と宋順玉を見ていた張丁生が眉間に皺をよせていた。「キンスイ楼」では、これまで五人の赤ちゃんが生れている。五人の赤ちゃんは生れるとすぐ子供のいない中国人に引き取られていたが、現在も四人の慰安婦が妊娠していた。兵士が衛生サックを使用しないと、妊娠するのは当然であった。それにもまして性病感染のおそれがある。張丁生が部隊の上官に進言しても、曖昧《あいまい》な返事をよこすばかりだった。中には将兵たちの士気にかかわる問題であると言って、取りあわない上官もいた。その上官は衛生サックを使用していなかった。

中国東北部のある部隊では、日本軍将兵と中国人慰安婦の間に生れた子供を部隊の中で育てていた。そして三年後に部隊が移動したとき、中国人慰安婦も日本軍とともに移動させられ、数百人の子供は置きざりにされたという。張丁生は、その噂話を思い出して慄然《りつぜん》とした。この先、「キンスイ楼」で何人の子供が生れるのか。それを考えると、張丁生は内心、穏やかではなかった。「キンスイ楼」にきてから二年が過ぎたが、その間、七名の慰安婦が亡くなっている。淳花たちが「キンスイ楼」に何人の慰安婦が生き残れるのか、見通しがつかない。たぶんどこかで、慰安婦を補充しなければならないのは必定であった。

戦線は日本軍が進撃しているとのことだったが、実際はどうなっているのか張丁生にはわからない。

それとなく上等兵クラスに訊いても、

「おれのような下っ端にわかるわけねえだろう」

と言われた。

張丁生の勘では、おそらく戦線は膠着《こうちゃく》状態に陥っていると思った。この一年間、日本軍は南京からあまり移動していないからだ。しかし、高橋信之という貿易商の情報によると、近いうちに大移動がはじまるというのである。高橋信之は貿易商を営みながら、じつは朝鮮や中国各地から慰安婦をかき集めてくる人買いであった。そのためアジア各地を視察していて、情勢に詳しいのである。

「いつ頃から移動がはじまりますかね」

張丁生にとっては日本軍の移動は死活問題であった。

「うーむ、数ヶ月の間に移動がはじまると思う」

高橋信之はかなり断定的に言った。

「どこへ移動するんですか」

「南方だ」

「南方……南方ってどこですか？」

「ビルマ、タイ、フィリピン、インドネシアまで行くかもしれない」

「えーっ、そんな遠くまで行くんですか」

張丁生にとってインドネシアは想像を超えた天空の遥か彼方の黄泉《よみ》の国のように思えた。

日本軍が移動するときは張丁生と慰安婦も移動しなければならない。二十五名いた慰安婦は二年で十八名に減っている。しかも四名が妊娠しているのだ。これはかなりの負担だった。移動の途中、出産されると、母子ともども置き去りにされる可能性があり、できれば移動前に出産して身軽になってほしかった。身軽になるということは生れた赤ちゃんを誰かに渡すということである。

淳花は赤ちゃんを出産すると、その場で奪われた。難産の末、肉の一部を裂きながら出産した赤ちゃんをその場で奪われることが、どれほど悲しくつらいことか。そして今度もまた出産すると、その場ですぐ赤ちゃんを奪われるにちがいなかった。それを考えると、いてもたってもいられないのである。せめて赤ちゃんを抱きしめ、赤ちゃんの顔を見たいというのが淳花の望みだった。

日ごとに成長しているお腹の赤ちゃんは、蹴ったり、手足を伸ばしたり、動きが激しくなり、出産まで二ヶ月に迫っていた。

淳花は決心して管理室に赴き、張丁生に会った。

淳花の思い詰めた表情に、

「何か用か？」

と張丁生は牽制するように言った。

「お願いがあります」

淳花の真剣な眼差に、

「お願い？」

と張丁生は警戒した。

「わたしは二ヶ月後に赤ちゃんを出産すると思います。前は出産すると赤ちゃんをすぐに取り上げられてしまいましたが、今度は生れた赤ちゃんを抱かせてほしいのです。せめて赤ちゃんに母乳をひと口飲ませてあげたいのです。わたしの赤ちゃんですから」

込み上げてくる感情を抑制しながら淳花は声を詰まらせた。

張丁生は困り果てた表情で、

「いま頃何を言っとるか。おまえは自分の立場を何もわかってない。ここには子供は一人もいない。慰安婦に子供はいないのだ」

と生れてくる子供の存在そのものを否定した。

「一度だけ抱かせて下さい。母乳をひと口飲ませるだけでいいんです。お願いです」

必死に訴える淳花の目から涙がこぼれてきた。

「よく聞くんだ。赤ちゃんを抱いたり、赤ちゃんに母乳を飲ませたりすると情が移り、離れられなくなる。情が移る前に離すのが一番いいのだ。情が移ってから引き離すと、それだけ長く苦しむことになる。おまえたち慰安婦はどのみち子供と一緒に暮らすことはできない。生れた赤ちゃんをすぐ取り上げ、子供のいない中国人に渡すのは、せめてもの情けだと思え」

張丁生のだみ声が淳花の頭の中で木魂《こだま》した。情け容赦のない言葉だった。

淳花は納得できず、

「どうして一度だけでも抱かせてくれないのですか」

と食い下がった。

すると側にいた張丁生の妻の辛素玲が淳花を聞きわけのない女だとばかり睨みつけ、

「ある部隊では、土を掘った穴に、慰安婦が産んだ赤ちゃんを捨ててるそうよ。それに比べると、生れた赤ちゃんを子供のいない中国人に渡す方がいいにきまってるでしょ。せめてもの情けとは、そういうことなの」

と言った。

辛素玲の言葉はたとえ話にしても酷薄すぎると思った。もしかすると、淳花の産んだ前の赤ちゃんは穴に捨てられたのではないかと思わずにはいられなかった。

辛素玲の言葉に強いダメージを受けた淳花は、その場にへたり込みそうになりながら、両脚をふんばり、大きなお腹を両手で支えるようにして管理室を出た。そして部屋にもどった淳花はベッドに倒れてわっと泣いた。声を押し殺しながら泣いた。そしてその日の夜、淳花はまたしても悪夢にうなされた。便器をまたいでしゃがみ、便所の深い暗い穴へ、つぎつぎへと赤ちゃんを産み落としている夢だった。あたりは妙に明るく、一般の市民に混じって女を連れた将兵も歩いている。繁華街のようでもあり、南京に連れてこられる前にいた田舎町のようでもあった。その中で、淳花は便器をまたぎ、赤ちゃんを産み続けているのだった。

明け方、泊りだった将校に後ろから抱かれて淳花は目を醒ました。

「おまえ、夢にうなされてたな」

将校はそう言いながら淳花を後ろから抱いていた。膣を突き上げてくるペニスで、お腹の中の赤ちゃんがもがいているようだった。

出産間近い淳花は、つぎからつぎへとやってくる将兵たちとのセックスに、胎児が窒息するのではないかと思い、せめて出産するまで休ませてほしいと張丁生に頼んだが、駄目だ、と断られた。

「おまえ以外に三人の妊婦がいる。おまえが休むと、三人の妊婦も休みたいと言うにきまってる。それに人手が足りない。ここへきたときは二十五名いた慰安婦も十八名に減っている。しかし、客は減っていない」

藪蛇《やぶへび》だった。張丁生の口ぶりでは、休ませてくれるどころか、さらに客を取らせようと考えていた。これ以上、客を増やされると、本当に体が壊れてしまう。淳花は現状に甘んじる他なかった。

淳花は炊事場で働いている中国人からこっそりアヘンをもらっていた。淳花にとってアヘンはいまや手放せないものになっていた。悩みや苦しみや、肉体的な苦痛から解放してくれる妙薬であった。アヘンを混ぜた煙草をふかしているときだけが、なにもかも忘れることのできるひとときだった。過去と現在と未来が渾然と溶け合っている茫漠とした時空を漂っているように思えるのだった。このまま死ねたら、どれだけ楽だろうと思ったりした。すでに七名の慰安婦が死に、中には自死を選んだ者もいる。淳花も自死を試みたことがあるが、死ぬことが、いかに難しいかを痛感した。その一方で、人間は簡単に死ぬのだった。その乖離《かいり》の大きさを埋めることはできないのだった。

陣痛はなんの前ぶれもなくはじまる。淳花は夜中に呻きだした。

横に寝ていた将校が驚いて、

「どうした？　どこか痛むのか？」

とうろたえた。

「陣痛がはじまったんです」

淳花は呻きながら言った。

「陣痛？　陣痛って何だ？」

「赤ちゃんが生れます」

「赤ちゃんが生れる？　本当か」

将校はあわてふためき、下着姿のまま階下に行って張丁生を呼んだ。

部屋にやってきた張丁生は陣痛に苦しんでいる淳花を見て、

「早く湯を沸かせ」

と妻の辛素玲をせかせた。

「夜中に子供を産むなんて、世話のやける女だよ」

辛素玲はぶつぶつ文句を言いながら台所の竈に火を熾し、大きな鍋で湯を沸かしはじめた。

またしても難産だった。淳花は何度もいきみ、そのたびに呻き声を上げ、激痛のあまり泣き声になっていた。

その様子を見ていた辛素玲は、

「この赤ちゃんは生れたくないのよ」

と言った。

「馬鹿なこと言ってないで、中国人を呼んでこい」

張丁生は妻の辛素玲をたしなめ、赤ちゃんを引き取っていく中国人を呼んでくるよう言った。

「赤ちゃんを一度だけ抱かせて下さい」

激痛に耐えながらいきんでいる淳花は、朦朧とした意識の中で頼んだ。

「もっといきむんだ。赤ちゃんが死ぬぞ」

張丁生は淳花の頼みを無視して、産道から出てきた赤ちゃんの頭を引っ張り出した。そして逆さにした赤ちゃんの尻を軽く叩くと赤ちゃんが泣き声を上げた。

「赤ちゃんの顔を見せて下さい。わたしの赤ちゃんを一度だけ抱かせて下さい」

淳花はうわごとのように言ったが、赤ちゃんはすぐ中国人に手渡された。

淳花はいつまでも泣き続けていた。

出産したはずの赤ちゃんがいない。本来なら出産した赤ちゃんは自分の腕の中にいるはずなのに、いないのである。体の中が空っぽになったような虚しさにとらわれ、赤ちゃんを出産したのか出産しなかったのか、錯覚に陥るほどであった。

翌日、朝食に赴いた淳花に何人かの視線が集まった。

出産が間近に迫っている十四号室の崔文子《チェムンジャ》は淳花のお腹を見て、

「出産したの？」

と訊いた。

「ええ、昨日……」

淳花は少しばつの悪そうな顔で答えた。

「赤ちゃんは元気？」

何もわかっていない崔文子に実情を答えていいものかどうか迷ったが、

「赤ちゃんはいないの」

　と淳花は悲痛な面持で言った。

「赤ちゃんがいない？　どうして？」

　崔文子はわけがわからず訊き返した。

「どこかへ連れて行かれたの。赤ちゃんの顔も見せてくれなかった」

　淳花は唇を嚙みしめ、嗚咽した。

「そんな……わたしも出産したら、赤ちゃんはどこかへ連れて行かれるの？」

「そうよ、子供のいない中国人に引き取られると言ってるけど、本当のことはわからない」

　淳花は思っていることを正直に言った。

「出産は、痛い？　苦しい？」

　妊娠八ヶ月になっている崔文子は不安をつのらせて訊いた。

「人によってちがうと思うけど、頑張れば大丈夫」

　本当は我慢できないほどの苦痛をともなったが、淳花は崔文子を励ますように言った。

　会話を交している二人をめざとく見つけた辛素玲が、

「勝手に話をしないで！」

　と言って二人を睨みつけた。

淳花と崔文子は口をつぐんだ。

会話をほんの少し交せるのは食事のときくらいだったが、その機会を奪われると、慰安婦たちは情報交換ができなくなり、孤立してしまうのだった。淳花は「キンスイ楼」に二年半以上いるが、知っている慰安婦は両隣の二、三室と、食事や風呂のときに出会う数人だけである。「キンスイ楼」に慰安婦が何人いるのか、正確には知らなかった。しかし、二、三ヶ月に一度、松本大尉の訓辞を聴くため広場に集められる慰安婦の人数をそれとなく数えると、減少しているような気がして、なんとなく不安になるのだった。自殺、脱走による処罰、病死など、月日とともに生存率は低下している。そのうち自分の番がくるのではないかと淳花は怯えていた。生きのびる条件は、なによりも体力を維持していくことだ。淳花は二人の子供を出産しているが、体はきわめて健康だった。そしていま一つ体力を維持していく方法は、現状を心の底から強く否定しながら同時に現状を積極的に生きることだった。これはきわめて難しい方法である。なぜなら現状を否定しながら積極的に生きるという否定の同時性は、人間の内面を引き裂かずにはおかないからだ。慰安婦たちは、なんらかの形で内面を引き裂かれていたが、それに耐えうる精神力をそなえていなければならなかった。

しかし、みんなにそのような力がそなわっているわけではない。ただひたすら地獄の苦しみに耐え続けていると、一種の解脱状態になるのだ。生きている感覚が麻痺し、自分は死を生きているのだと思ったりする。日本軍という暗黒の世界に光明はない。光明は自分の中にある。生きることを諦めず、最後まで〝生〟を希求することであった。

二ヶ月後の早朝、十四号室から崔文子の呻き声が聞えてきた。出産の苦痛に耐えている呻き声だった。ときには泣き声を上げ、それからしばらく静かになったかと思うと、また悲鳴に近い叫びを上げた。難産だったが、それにしても長すぎると思った。早朝から陣痛がはじまってすでに十時間を過ぎている。淳花も難産だったが、五、六時間で出産している。その間、体力を消耗し、出産したときは意識が朦朧としていた。

十時間以上経っているということは胎児は死んでいるかもしれなかった。張丁生も立ち会っていたが長すぎるので、途中から中国人と交替していた。

突然、体を引き裂かれるような叫び声が上がった。その異様な叫び声に、慰安婦たちが十四号室に駆けつけると、見張りをしていた兵士に追い払われた。もちろん淳花も驚いて十四号室に駆けつけてみたが、兵士に追い払われて部屋の中を見ることはできなかった。それからわずか数分後、大きな布に包まれた崔文子の遺体が担架で運び出された。布には真っ赤な血が染みていた。

十四号室で何があったのか？　崔文子は十時間以上もの難産の末、出血多量で死んだのか。

それとも日本軍の手にかかって殺されたのか。あの体を引き裂かれたような恐ろしい叫び声が淳花の耳の底でいつまでも共鳴していた。崔文子の叫び声と死は謎だった。謎は慰安婦たちの内面で大きな不安と恐怖をかりたてた。崔文子の死は、慰安婦たちの末路を象徴しているように思えた。

どんな死に方をしようと、同じことではないのか。淳花は窓から空を眺めながら、ぼんやり思った。ここでは死を選択することはできないのだ。

一人の将校が広場を横ぎって行く。日本人にしては背の高い凜々しい感じの将校だった。ぼんやりしていた淳花の意識が焦点を合わせたカメラのレンズのように対象をはっきりと捉えた。その将校は久しく会っていない岡部大尉だった。「キンスイ楼」には出入りしていないと思っていたが、いまも出入りしていた。懐かしさと愛しさで淳花は思わず声を掛けようとして思いとどまった。岡部大尉の仕打ちが脳裏をよぎり、愛憎半ばする感情が胸をかきむしった。出産した赤ちゃんは岡部大尉の子供だったかもしれないという思いが、淳花の中でいまも否定し難い恨《ハン》として残っていた。なぜ日本軍の将校を愛したのか。愛することは愛されることだと錯覚していた稚拙《ちせつ》さが悔まれてならなかった。

崔文子は十時間以上もの難産の末、母子とも死亡したが、妊娠していた他の二人の慰安婦は無事に出産した。しかし、赤ちゃんは出産すると同時に取り上げられ、どこかへ連れ去られた。そして慰安婦たちの出産が終るのを待っていたかのように移動がはじまった。

朝食のあと広場に集められ、

「おまえたちはこれから部屋にもどり、身仕度を整え、十分後にふたたび広場に集結せよ」

と将校から告げられた。

身仕度を整えよ、と言われても着たきり雀の慰安婦たちに、それだけの荷物などない。部屋にもどった淳花は三、四枚の下着類と櫛《くし》、化粧品、箸《はし》、タオル、チリ紙などを風呂敷に包み、ほとんど長襦袢で過ごしていた上から着物をはおり、広場にくると二列に整列させられた。

将校が厳しい声で、

「番号！」

と号令した。

「一、二、三、四、五、六……十六！」

慰安婦の総数は十六名だった。

「これより城門を出てトラックに分乗する。前へ、進め！」

将校に誘導されて慰安婦たちは広場を半周して城門を出た。

城門の外の道路には数十台のトラックが一列に並んでおり、「キンスイ楼」以外の建物にいた数百人の日本人慰安婦や中国人慰安婦がトラックに乗せられているところだった。街を埋めつくしている日本軍も移動するらしくトラックに分乗している。大がかりな移動だった。いったいどこへ移動するのだろう。慰安婦たちに移動先は知らされていなかった。

「キンスイ楼」の十六名は一台のトラックに詰め込まれた。

「どこへ連れて行かれるのかしら……」

金福美が不安そうな声で言った。

みんなの顔を暗い影がおおっている。

慰安婦たちを追い立てるような号令と怒声が街に響いていた。

「どんなことがあっても生きるの。生き抜くのよ。それがわたしたちのただ一つの希望よ」

淳花は自分自身を鼓舞するように言った。

トラックが動きだした。

一九四二年五月中旬、南京の慰安婦はビルマに向かう船に乗るため上海《シャンハイ》の港に向って移動した。

南京の慰安婦たちは、南方派遣軍の要請に応えてビルマの慰安所に移動することになったのである。

なんの予告もなく、突然、移動することになった慰安婦たちは動揺していた。淳花は故郷から南京に連れてこられたが、南京が中国の都市の一つであることはわかっていても、どこにあるのかはわからなかった。それは他の慰安婦たちも同じであった。つまり自分がいったいどこにいるのかわからないのである。そしていままた、どこかへ連れて行かれようとしている。

8

慰安婦たちを乗せたトラックは南京駅にきた。そこから列車に乗り換えるためである。華中鉄道は三年前に設立された新しい鉄道会社だが、車輛のほとんどは貨車を客車に転用した新造車輛であった。一等車から四等車まで等級があり、日本人は四等車に乗るのを禁じられていた。居住性があまりにも劣悪だったからだ。新造車輛はもともと中国人の貧農や季節労働者向けに造られた車輛である。

日本兵は警備のため前の三両の無蓋車と後ろの五両の無蓋車に乗り、中国人乗客は窓も便所もない四等車に乗った。そして日本人慰安婦は一等車、朝鮮人慰安婦は二等車、中国人慰安婦は三等車に乗せられた。明らかに差別しているわけだが、中国人慰安婦が三等車に乗せられたのに対して朝鮮人慰安婦は二等車だったので淳花はひそかに優越感を覚えた。

上海までは三百十一キロあり、約十時間かかる。その間、ゆっくり休むことができる。列車が動きだすと、日頃の疲労が溜っている淳花はすぐに眠りだした。眠っているのは淳花だけではなかった。ほとんどの慰安婦たちが申し合わせたように、いっせいに眠りだしたのである。これには見回りをしていた張丁生もあきれていた。

目を醒ますと、車窓の外は真っ暗闇だった。何も見えない。車内の慰安婦たちは小声でおしゃべりしていた。

「眠れた？」

隣の席に座っている洪南寿《ホンナムジュ》という二十三歳になる慰安婦が言った。

「ええ、疲れていたから、つい眠ってしまって……。いま何時頃かしら」

もちろん慰安婦たちは誰も時計を持っていなかったが、洪南寿は腹時計で、

「出発してから五時間くらいになると思う」

と言った。

南京駅に集合したのは午後二時頃である。ということは午後七時頃になる。

五時間も眠っていた淳花は自分でもあきれて、

「わたし、五時間も眠ってたんですか」

と恥ずかしそうに言った。

「みんな眠ってたわ。わたしも十分ほど前に目を醒ましたところ。みんな疲れてるのよ」

洪南寿は淳花をフォローするように言った。

疲れているのは淳花一人ではなかった。みんな淳花と同じ立場に置かれているのだった。

「わたしは洪南寿。十六号室にいたの。『マコト』と呼ばれていた」

洪南寿は自己紹介した。

「わたしは金淳花です。『歌丸』と呼ばれて、十九号室にいました」

「郷里はどこなの」

「平安南道江西郡D村です」

「遠いところからきたのね。わたしは慶尚南道《キョンサンナムド》だけど、ここまでくると、たいしてちがわないわね」

磊落《らいらく》だが、どこか捨てばちなところがある洪南寿は自嘲《じちょう》気味に笑みを浮かべた。

「この列車は上海に行くそうよ」

洪南寿はあたりに目を配り、声をひそめて言った。

「上海？　上海ってどこですか？」

「わたしにもわからないけど、大きな都市らしいわ。わたしの馴染の客が言ってた」

洪南寿は馴染の将校から聞いた情報を淳花にもらしていた。

上海ってどんな都市だろうと想像をめぐらせながら、

「上海で働かされるのですか」

と淳花は訊いた。

「船に乗せられると言ってた」

「船に……？　船に乗せられてどこへ行くんですか？」

「それ以上はわからない。どこへ行っても、わたしたちのやらされることは同じよ。つぎからつぎへと息つく間もないほど日本兵がきて……」

洪南寿は口をつぐみ、一等車から二等車に移ってくる張丁生を見た。

張丁生は眉間に皺をよせて憂鬱な顔をしている。人数が減っている朝鮮人慰安婦を補充せよと上層部から命令されているのだ。

自分の席に着いた張丁生は溜息をついた。

朝鮮人慰安婦の補充は簡単ではないからであった。

「一度、朝鮮にもどって募集して集めるしかないでしょ」

妻の辛素玲は呑気《のんき》なことを言うのだった。

「そんな時間はない。上海に着いたら一日、時間がある。その間に、上海の斡旋業者と会って朝鮮人慰安婦を譲渡してもらう」

「譲ってくれるかしら」

「金しだいだ。金のためならどんなことでもやる連中だ。少し高くつくが、この際、やむを得ない」

張丁生は腹をくくっていた。少し高くつくが、慰安婦さえいれば、元は必ず取れる。

車内は静まり返っていた。淳花は窓ガラスに映っている自分の顔をじっと見つめていた。暗闇に浮んだ虚ろな顔は亡霊のようだった。この先、こういう生活が何年続くのだろう。この列車の行き着く先に何があるのか。この世の果ては、あの世の入口である。車窓の外の暗闇を見ていた淳花の目に、一瞬、あの世の入口と思われる光が見えた気がした。淳花は思わず、一人微笑んだ。

「何を微笑んでるの？」

隣席の洪南寿が訊いた。

「暗闇の中に、あの世の入口が見えたの」

「あの世の入口が？　わたしも、あの世の入口を見たい」

洪南寿は淳花を羨むように言った。

慰安婦たちはあの世に輪廻転生《りんねてんしょう》の夢を託していた。淳花は、このつぎ生れてくるときは、空を自由に飛べる小鳥に生まれたいと思っていた。

「わたしには二歳年下の妹がいるの。その妹が、わたしと同じように騙されて慰安婦にされているのではないかと思うと、ときどき夜も眠れなくなる。妹が郷里で暮らしているかどうかを確かめる方法もないし……。

　この間、十時間以上の難産の末に死んだ十四号室の崔文子には二歳年下の妹がいるの。四号室の『武子』と呼ばれている崔安中《アンジュン》が崔文子の妹なのよ。姉の文子が騙されて南京に連れてこられてから三ヶ月後に、妹の安中も騙されて『キンスイ楼』に連れてこられたの。あまりにもむごすぎるでしょ」

　洪南寿はくぐもった声で言うと、三列ほど先の右の席に座っている慰安婦を目で示しながら、

「あの席に座ってるのが崔安中。わたしの妹と同じ年なの。だから他人ごととは思えなくて」

　と言った。

「二人が姉妹だなんて知らなかった。ほんとにむごい話だわ」

　偶然とは思えない話に淳花は憤りさえ覚えた。

　二歳年下の妹が慰安婦にされているかもしれないと洪南寿が心配するのも無理からぬ話だ

と思った。

　ときどき、冷酷な目付きをした憲兵が車内を回ってくる。

「憲兵は大嫌い」

　つぎの車輛に移った憲兵を振り返って洪南寿は言った。

「あいつはわたしの客だったの。二度、殺されそうになったわ」

　洪南寿は嫌悪を込めて言った。

「本当に……」

「本当よ。興奮してくると首を絞めるの。一度目は意識を失ったわ。二度目から、わたしは抵抗したの。抵抗すると帯剣で腹部を刺された。傷は浅かったから助かったけど、とんでもない変態よ。おれは中国人慰安婦を二人絞め殺したと言ってたわ。本当か嘘か知らないけど、あいつならやりかねないわね。この先、あいつと鉢合わせすることがあるかもしれないから、そのときは気をつけた方がいいわよ」

　洪南寿に注意されるまでもなく、日本兵には無理難題を押しつけてくる変態が結構いるのは淳花も知っている。

　淳花は、列車がこのまま永遠に走り続けることを祈った。

　上海に到着したのは深夜だった。

「さあ、みんな降りるんだ」

張丁生が慰安婦たちに声を掛けた。慰安婦たちの中には眠っている者もいたが、張丁生の声に目を醒まし、億劫そうに腰を上げた。一度、五時間ほど睡眠をとっている淳花も、眠っていた。

「淳花、着いたわよ」

洪南寿にゆり動かされて淳花は目を醒ました。

風呂敷包みを一つ持っているだけの慰安婦たちが列車からぞろぞろと降りると、目の前を無蓋車に乗っていた兵士たちが将校の号令に従って隊列を整え、駅の外へ出て行った。

張丁生に先導された慰安婦たちも駅の外へ出ると、二人の兵士に倉庫のような建物に案内された。

そして兵士の一人が慰安婦たちに向って、

「おまえたちは今夜、ここに泊ることになっている」

と言った。

建物の中に入った慰安婦たちは一様に驚いた。無数に張られたロープに床まで垂れている大きな布が吊るしてあった。布と布との間隔は二メートル弱で、人間が二人横になれる程度の空間だった。床はコンクリートだが、ござが敷いてある。高い天井からぶら下がっている裸電球が薄暗く感じられた。淳花は、せめて板の間に寝かせてほしいと思ったが、一晩、我慢するしかなかった。

慰安婦たちがおもいおもいの場所を選んで体を横たえたとき、一人の将校が入ってきて、

「これからおまえたちに仕事をしてもらう」

と言った。

慰安婦たちは驚いたが、大きな布で二メートル間隔にしきってある意味がわかった。それにしても布一枚でしきられた場所で兵士を相手にしなければならないとは、あまりにも露骨すぎる。

建物のドアが開き、大勢の兵士が入ってきた。ざっと三百人はいる。欲望を剝き出しにした眼が、いまにも襲ってきそうなほど興奮していた。淳花はぞっとして体をこごめた。

「端から順番に行くんだ。持ち時間は十五分だ。隊列を乱すな」

将校の命令に従って、十六名の兵士が前へ進み出ると慰安婦たちのところへ行った。もちろん慰安婦たちは拒否できなかった。大勢の兵士たちが見ている前で、慰安婦たちはまるで集団レイプされているかのように兵士たちのほしいままに体を弄ばれた。

ござを一枚敷いただけのコンクリートの床は慰安婦たちの体の節々を容赦なく痛めつけた。風呂敷包みを枕代りにしていたが、それでも頭をこすりつけ、髪の毛が抜けるのではないか

と思われた。

「舐めるのはやめて。さっさとやってよ」

洪南寿の声だった。

「いいじゃないか。匂《にお》いくらいかがせてくれよ」

兵士が興奮した声で言う。

「早くやれ！　持ち時間が過ぎてるぞ！」

後ろで待っている兵士がいらだちながらせかせている。

慰安婦たちは自動セックス機のようだった。つぎからつぎへとやってくる兵士たちを股間で万力のように絞め上げると、兵士たちはたわいもなく射精して、敗残兵のようにうなだれた。気力で対応しなければ、体がずたずたになると淳花は思った。三年近くもの間、兵士を相手にしてきた淳花は、兵士のあつかい方を心得ていた。優しくしたり、甘えたり、すねてみたり、ときには涙を浮かべて同情を買ったり、硬軟両面を使い分けて、兵士の性格にできるだけ合わせながら、しかし、どんなときでもひるまないことであった。ひるむと、そこにつけ込まれて暴力を振われるからである。

十六名の慰安婦は約三百名の兵士を相手に五時間ほど務めた。慰安婦たちはくたくたに疲れていた。淳花は腰と背中と膣が痛くて、しばらく起きられなかった。淳花はそのまま眠りに落ちた。

どのくらい眠っただろうか、将校がやってきて、

「これから乗船する。荷物をまとめて整列せよ」

と眠っている慰安婦たちに大声で言った。

慰安婦たちは腰や背中や膣の痛みを我慢して起き上がり、一列に並んだ。

「気をつけ！　番号！」

将校の命令に、慰安婦たちは、

「一、二、三、四……十六」

と番号を唱えた。

移動のたびに整列させられ、番号を唱えさせられる。いまでは、その習性がすっかり身についていた。

倉庫を出て五分ほど歩いた慰安婦たちの視界に海が入ってきた。はじめて海を見る慰安婦たちは感動すると同時に、この海を渡ってどこへ行くのだろうという不安がよぎり、複雑な気持だった。

港には多くの船舶や軍艦が停泊している。もちろん船舶や軍艦を見るのもはじめてである。

そして港に停泊している船舶の中でひときわ大きい貨客船の前で、

「ぜんたーい、止れ！」

と将校が言った。

大勢の女性が集まっている。おそらく千人は下らないだろう。淳花は一ヶ所で、これほど多くの女性が集まっているのを見たのははじめてだった。

「みんな慰安婦なの？」

淳花は金福美に訊いた。

「たぶん、そうじゃない」

金福美は、その数の多さに圧倒されていた。

「信じられない。慰安婦がこんなに大勢いるなんて」

驚いている淳花に、

「あちこちに、もっと大勢いると思う」

と洪南寿が断言するように言った。

「おまえたちは、真ん中の列に並べ」

張丁生が指示をして淳花たちを真ん中の列に連れて行った。真ん中の列は朝鮮人慰安婦の列だった。

朝鮮人慰安婦を管理している男たちが二、三十人いた。彼らは自分が管理している朝鮮人慰安婦を点呼し確認していた。張丁生が管理している慰安婦は十六名だが、三十名から五十名もの慰安婦を管理している者もいる。張丁生は、そういう管理者と交渉して、何人かの慰安婦を買い取っていた。

夕方になると慰安婦の数はさらに増え、港はごった返していた。日本軍の命令で中国各地にいる慰安婦を上海港に集結させているのだった。日本人慰安婦は約六百五十名。彼女たちは日本の各地の遊郭で働いていた娼婦たちである。中国人慰安婦は中国各地にいる女性を説得したり、場合によっては騙したりして連れてきた。その数、約六百名。そして朝鮮人慰安婦はほとんどが人買いの口車に乗せられ、あるいは騙されて連れてこられた若い女性だった。淳花もその一人で、約五百七十名いた。総数、約一千八百二十名である。

松本大尉は、急遽作られた台の上に乗り、千八百二十名の慰安婦たちを睥睨し、

「おまえたちはこれから、南方方面を快進撃しているわが皇軍とともに敵を殲滅《せんめつ》せんがために全力を尽くして戦うべし」

と訓示した。

そして全員が宮城に向って遥拝すると、将校の号令で、日本人慰安婦から順次、貨客船に乗っていった。貨客船は大阪商船の「あとらす丸」七千三百四十二トンの大型船である。

乗船した慰安婦たちは勝手がわからずもたもたしていると、

「早く前へ進め！」

と将校の怒声が飛んでくる。

外観も大きいが、乗船してみると、さらに大きく感じ、淳花は方向感覚を失ってしまいそうだった。方向感覚を失ってうろたえている前の方の慰安婦が、兵士に蹴飛ばされていた。とにかく淳花は、前の人の後ろにへばりついて行くしかなかった。淳花の後ろからも慰安婦たちがへばりついている。

いったん甲板に出た慰安婦たちは、中央の階段から下へ行った。日本人慰安婦は地下三階に集められ、朝鮮人慰安婦と中国人慰安婦は地下四階に集められた。そこにはすでに二百人ほどの慰安婦が蚕棚に寝そべっていた。

案内してきた船員が、

「空いているところから詰めて座れ」

と指示した。

慰安婦たちは二段式の空いている蚕棚に順序よく座っていったが、ぎゅうぎゅう詰めになり、淳花は寝返りを打つのも困難な気がした。

淳花と洪南寿と金福美は離ればなれにならないよう、いつもできるだけ一緒にいるようにしていた。蚕棚に三人は並んで横になった。千人以上詰め込まれている船底は、ひといきれでむせかえっていた。

淳花は他の慰安婦と挨拶した。こういう機会にお互いを知っておく必要があると思った。「キンスイ楼」に閉じ込められていたときは隣の部屋にいる者とさえ言葉を交す機会があまりなかったのだ。

「わたしは金淳花。あなたはどこからきたのですか」

淳花は一人の慰安婦に訊いた。

「わたしは辛仁善《シンインソン》。釜山《プサン》からきたの。ここにいる四十人は、みんな釜山からきたのよ。釜山の国民慰安所で三年働いていたけど、三年の間に十二人が亡くなったわ。亡くなった十二人のうち五人が自殺だった。わたしも何度か自殺しようと思ったけど、死ねなかった」

辛仁善は深刻な表情をして唇を噛みしめた。

自分と同じ体験をしているので淳花は体をしめつけられる思いがした。

「わたしもあなたと同じ。ここにいるみんなは同じ体験をしてると思うわ」

淳花は船底に詰め込まれている慰安婦を見渡し、その数の多さにあらためて愕然とした。

「わたしたちは、どこへ連れて行かれるのかしら」

辛仁善が言った。

「わからない」

いまさらあがいてみたところで、どうなるものでもない。淳花は諦め顔で言った。船出の汽笛が鳴った。はらわたにしみわたるような鈍い音だった。やがて船がゆっくり動きだすと、慰安婦たちの不安が高まり、ざわめきが起きた。

「静かにしろ！」

階段の上から将校が怒鳴った。

慰安婦たちを乗せた貨客船以外に、武器・弾薬・車輛・食糧を積んだ貨物船が三隻、兵員の輸送船が二隻、護衛の駆逐艦が一隻、計七隻の船団は南方方面をめざして出港した。

水平線に垂れ込めている灰色の雲が崩れて雨が降りだした。

双眼鏡で雲の様子を観察していた「あとらす丸」の山崎船長が、

「嵐になるな」

と隣にいる岡田一等航海士に言った。

「そうですね。台湾と沖縄の間の海上に台風が発生しているとのことですが、できれば台風を避けたいです」

だが、風はしだいに強くなり、波も高くなって船が揺れはじめた。淳花は左右上下にゆっくり揺れる船の動きに抗いながら均衡を保とうとしたが、重力には逆らえず体をのけぞらせたかと思うと嘔吐した。朝食で食べた二個のおにぎりとふた切れのたくあんと焼き魚を吐いてしまった。嘔吐しているのは淳花一人ではなかった。数十人の慰安婦が、まるで日本軍に対して嫌悪でもするかのように嘔吐していた。

「外に吐くな！　何かで受けるんだ！　船内を汚すんじゃない！」

将兵たちが注意した。

あたりに嘔吐物の臭《にお》いがたちこめている。

はじめて船に乗った慰安婦たちが船酔いしたのも無理はなかった。出港して三時間もしないうちに七隻の船団は嵐に見舞われたのだった。

山崎船長は台風を避けようとしたが、台風の移動が予想以上に速く、暴風圏内に巻き込まれたのである。船は雨と風と波濤《はとう》に翻弄され、船底にいる慰安婦たちは、いったい何がどうなっているのかわからず、ひたすら何かに摑まったり、お互いの手を取り合っていた。慰安婦の中には船酔いに耐えきれず、死にそうになっている者もいた。

将兵たちも階段や壁の手すりにしがみついている。淳花には、その将兵の姿が滑稽に見えた。

台風は四時間ほどで通過したが、圏外に出られたのは五時間ほど経ってからである。七隻の船はいったん台湾の港で一晩停泊することにした。

翌日、台風が去ったあとの空は晴れわたっていた。しかし、甲板に出られない慰安婦たちは、空が晴れているのか曇っているのかわからない。慰安婦たちは嘔吐物で汚れた床の掃除をさせられた。食事の用意とトイレ掃除も当番制であった。

二つしかないトイレはいつも数人が並んでいた。トイレの近くの廊下には五つのバケツが置いてある。どうしても我慢できない者は、バケツを利用していた。淳花はバケツを利用している者を見て嫌悪を覚えたが、二日後の朝、小用を足そうとトイレに行ってみると大行列ができていた。どのくらいの時間を待てば順番が回ってくるのだろうと思いながら待っていたが、三十分待っても順番が回ってこなかった。淳花の後ろに並んでいた者がバケツにしゃがみ込み、用を足して満足した表情でトイレをあとにしたので、淳花も我慢しきれなくなってバケツに駆けよってしゃがみ込み、用を足した。そのときの解放感はなんとも言えないものだったが、満杯になったバケツの汚物を便所の中に捨てなければならなかった。バケツの中には大便もしてあった。これにはいささか驚いた。

台湾の港に一晩停泊していた船に二百人ほどの台湾人慰安婦が乗り込んできた。ただでさえ狭い船底は、足の踏み場もないほどごった返していた。

中国人は台湾人を蔑視し、台湾人は中国人を嫌悪していたので、将校は台湾人慰安婦を同じ植民地出身者である朝鮮人慰安婦の中に入れた。ただでさえすし詰め状態の蚕棚に台湾人慰安婦が割り込んできたので朝鮮人慰安婦にはみだす者が出た。そこではみだすまいとして朝鮮人慰安婦がふんばると、台湾人慰安婦は強引に割り込んでくるのだった。

「班長！　これ以上、入れません！」

たまりかねた朝鮮人慰安婦が、割り込んできた台湾人慰安婦を押しもどして訴えた。

「班長！　どこに座ればいいんですか！」

今度は台湾人慰安婦が訴える。

「譲り合うんだ。おまえたちは日本人である。日本人には譲り合いの精神がある」

班長と呼ばれている将校が日本人の譲り合いの精神を説くのだった。

蚕棚に陣取っている朝鮮人慰安婦は断固として譲ろうとしない。台湾人慰安婦は壁にもたれて座るしかなかった。

こういう状態だから、トイレへ行くのも、食事をとるのも大変だった。一日に二度の食事は百名くらいずつ食堂に集まり、二個のおにぎりとたくあんふた切れにメザシか焼き魚、運がよければ味噌汁がついた。けれども若い慰安婦たちにとって、これだけの食事では不充分だった。慰安婦たちはつねに空腹だった。中には栄養失調になる者もいた。

資源を求めて南方方面に侵略していた日本軍は破竹の勢いで戦線を拡大し、ニューギニア、ビルマ、ジャワ島にいたる広大な地域を占領していた。そして戦線の拡大にともなって日本軍兵士の士気高揚と性的欲望を満たすための慰安婦の調達が不可欠となっていた。「あとらす丸」に乗船している約千名の慰安婦たちは、各地域の戦線にある日本軍の駐屯地に配分されるのだ。

航海は順調だった。船はひたすら南方に向って航行していた。しかし、慰安婦たちはすし詰め状態で船底に閉じ込められたまま甲板には出してもらえなかった。

「班長、甲板に出して下さい」

と一人の慰安婦が言うと、

「駄目だ。おまえ一人を出すわけにはいかない」

と断られた。

上海を出港して、すでに十日が過ぎている。その間、台湾に一度停泊しただけである。行き先のわからない慰安婦たちにとって、船はまるで漂流しているかのようであった。

季節は五月の終りで初夏だったが、船はフィリピンのコレヒドール島にさしかかっていた。コレヒドール島はつい半月ほど前、マッカーサー軍と激戦の末、占領した島である。コレヒドール島には島を占領している日本軍の姿が多く見うけられた。輸送船の兵士たちが島に向っていっせいに歓呼の声を上げ、両手を振った。するとコレヒドール島にいた日本兵も「あとらす丸」からの歓声に気付き、手を振って応えていた。

大きな歓声に、船底にいる慰安婦たちは、いったい何が起きたのだろうといぶかった。

淳花の全身から汗がにじんでいる。千人以上もの慰安婦が閉じ込められている船底は、ひといきれでむせかえり、息苦しくなっていた。金福美の顔が赤くほてっている。

「水が欲しい」

金福美は淳花に訴えた。

四人一組に一日、水筒一杯の水が配分されている。

すし詰め状態のむせかえる暑さの中で、みんなはできるだけ水を飲まないようにしていた。水筒の水がなくなると、翌日まで水がもらえないからである。だが、金福美の様子を懸念した淳花は水を与えた。

上海を出港してから一ヶ月半後、シンガポールに着いた。ここでようやく慰安婦たちは、「あとらす丸」が停泊している間、一時的に船から陸に下りることを許可された。

一ヶ月半もの間、船底に閉じ込められていた慰安婦たちは甲板に出て空を仰ぎ、新鮮な空気を思いっきり吸った。

「空気がおいしい」

淳花は両腕を上げて体全体を伸ばして空気を吸った。狭い蚕棚に体を折り曲げて座っていたので、体を伸ばしたとき、節々が音を立て、体が解体するのではないかと思われた。

「船底にはもどりたくない」

金福美は船底にもどされるのを極度に嫌がった。気持はみんな同じだった。

「わたしも船底にもどされたくないわ」

淳花も憂鬱な表情で言った。

ひと呼吸したのもつかの間だった。

「四列に整列しろ！　みんな集合せよ！」

将校の一人が命令すると、他の将校たちも慰安婦たちの整列を呼び掛けた。

慰安婦たちは適当な間隔をとって並んだ。

「これから第四倉庫に入る。右向けー右！　前へ進め！」

慰安婦たちは、将校の号令にしたがって第四倉庫に入った。

上海の倉庫とまったく同じだった。吊るされた布で間仕切りされ、そこで兵士たちを相手にしなければならなかった。

食事のあと、休む間もなく、待機していた兵士たちが番号を呼ばれ、倉庫に入ってきた。入ってきたというより、雪崩込んできたといった方がいい。布を一枚隔てた空間で、しかもコンクリートの床で、慰安婦たちは五時間をかけて数千人の兵士を迎えた。終ったのは夜中だった。腰と脚が痺れ、尾骶骨に激痛が走った。慰安婦たちは疲れ果て、口もきけない状態だった。

翌日、布が取り払われ、慰安婦の前に将校が立って書類を読み上げ、日本人慰安婦と中国人慰安婦、台湾人慰安婦は外に出された。

もともと日本人慰安婦、朝鮮人慰安婦、中国人慰安婦、台湾人慰安婦は分けられていたが、朝鮮人慰安婦のグループだけが倉庫に残されたので不安がひろがった。

五百七十人の朝鮮人慰安婦は二手に分けられた。

何も知らされていない慰安婦たちの間にざわめきが起った。

「静かにするんだ！　おまえたちは皇軍とともにある。いかなる場所であろうと、いかなるときであろうと、おまえたちは天皇陛下のおんために全身全霊をもって尽くさねばならない」

将校は語気を強めて檄《げき》を飛ばした。

慰安婦たちはうなだれ、息苦しい沈黙を強《し》いられた。淳花は喉の奥で言葉がもがいているのを感じた。何かを叫びながら走りだしたい衝動にかられた。

朝鮮人慰安婦のほとんどは船でラングーンに向い、あとに残された七十数人はボルネオ島、ジャワ島、ニューギニア島など、インドネシアの各地域に振り分けられた。もちろん朝鮮人慰安婦たちはインドネシア諸島がどこにあるのか、どんなところなのか、知るはずもなかった。ただ日本軍の配分に従順に従うだけであった。インドネシア諸島のもっとも困難な地域に配分されたのは朝鮮人慰安婦だけであった。

　翌日、朝食のあと、慰安婦たちは港に集められ、ラングーンに向う者が「あとらす丸」に乗船した。ここで淳花と金福美は別れることになった。淳花はラングーンに向ったのである。

「福美！」

　乗船した淳花はデッキから手を振って福美の名前を呼んだ。

「淳花！」

　岸壁にいる福美も淳花の名前を声を限りに呼んだ。二人の瞳から大粒の涙がこぼれていた。

「あとらす丸」は低い汽笛を鳴らしてゆっくりと岸壁を離れた。

　乗船している慰安婦と岸壁にいる慰安婦たちは互いの名前を呼び合い、涙に暮れた。福美は淳花の姿を虚ろな目でいつまでも追い、まるで身を引き裂かれる思いだった。

「おまえたちは今夜、ここで過ごし、明日の朝、別の船で出発する。荷物をまとめておけ」

　檄を飛ばした将校が言った。

　荷物といっても、騙されて連れてこられたときに着ていた普段着と靴と手鏡とぼろ布《き》れのようなタオルと着替の下着だけである。着ている着物は汚れてよれよれになり、下駄もすりへり、鼻緒は五回も切れて直しながらはいている。それらを包んだ風呂敷を福美は枕代りにしていた。

そして夜になるとふたたび大勢の兵士たちが倉庫にやってきた。その中に檄を飛ばしていた将校がいた。福美の前にきた将校は、檄を飛ばしていたときの厳しい表情とは打って変ってにやけた顔になり、長靴と服を脱ぎ、ふんどし姿になるとおもむろに福美の上におおいかぶさり、唇を重ねて舌を入れてきた。酒臭い匂いとぬるぬるした舌の感触に、福美は吐き気をもよおした。

将校のペニスが福美の体の中に入ってきた。

「どうだ、気持いいか」

将校は福美の反応を確かめた。

福美は「うっ」と声を洩らして将校の気を引いた。興奮してきた将校が激しく腰を動かす。福美が腰を浮かせて将校のペニスを絞めつけると、将校はたわいもなく射精して福美の上に倒れた。二分持たなかった。福美は倒れてくる将校を素早く押しのけると、将校は敗残兵のように仰向けになった。そして裸で仰向けになった自分を恥じるようにそそくさと服を着て長靴をはいて出て行った。

その日の夜も四時間働かされた。体は石のように硬く冷たかった。

夜が明けると、トイレの代替であるバケツの前に慰安婦たちの列ができていた。みんな疲れて眠そうな顔をしている。

朝食はにぎり飯二つとたくあんと味の薄い味噌汁だった。それでも朝食を食べたあと体が温かくなってきた。

昨夜、福美の相手だった将校が号令を掛け、慰安婦たちを集合させた。空には雲が垂れ込め、いまにも雨が降りそうな気配である。また嵐に見舞われるのではないかと福美は気が重くなった。朝から蒸し暑く、額と脇の下に汗がにじんでいる。

「右向けー右！　前へ進め！」

将校の号令が飛ぶ。昨夜のふがいなさを払拭するかのように将校の号令は福美の耳に木魂した。

「全体ー止れ！」

慰安婦たちが立ち止った前に一千トン級の貨客船が停泊していた。その貨客船に慰安婦たちは乗船した。

ふと脇を見ると、「あとらす丸」でラングーンに向ったと思っていた張丁生と辛素玲夫婦がいた。思いなしか腕組みをしている張丁生の表情が憮然《ぶぜん》としている。妻の辛素玲も暗い顔をしていた。張夫婦は予想に反してインドネシア方面へ行かされることになったのだろう。福美はなぜか、張夫婦に同情した。

船はゆっくりと出港した。数十羽のかもめが、喉を絞るような鳴き声を上げて曇天の下を舞っている。沖では数十艘の小さな漁船が漁をしていた。

慰安婦たちは船底に閉じ込められたが、人数が少なかったので、「あとらす丸」より場所に多少の余裕があり、横になることができた。だが、船底にいると、船と波がぶつかり合う音が響いてくるのだった。いまにも船が砕けるのではないかと思われたりした。

私語は禁じられていたが、福美は隣にいる慰安婦と小さな声で話し合っていた。隣にいる宋才玉《ソンジュオク》という慰安婦は十九歳のとき慶尚南道のG村から、いい仕事があると朝鮮人のブローカーに誘われて上海に連れてこられ、三年を過ごしたのち、この船に乗せられたのだった。慰安婦たちは似たようなパターンで朝鮮全土からかき集められているのだった。十七歳のとき騙された福美は、二十歳になっていた。

宋才玉も一度、子供を出産しているとのことだった。

「死産だと言われたけど、わたしは赤ちゃんの泣き声を聞いたような気がする」

どこへ捨てられたかわからない赤ちゃんの泣き声が、いまでも耳に残っているというのだった。

「自分の身に何が起きているのか、いまだにわからないの」

宋才玉は悪夢でも見ているような目で言った。

「同じ棟で二人が自殺したけど、豚の餌にされたと聞かされてから、恐ろしくて自殺できなかった」

宋才玉は震える声で言った。

「噂を信じちゃ駄目。日本軍はわたしたちの逃亡を防ぐために、恐ろしい噂を流すのよ」

福美は宋才玉に自制心を失わないよう励ましたが、自身、自制心を失うことがあった。

一ヶ月半もの航海をしてきたので、いままでは船酔いする者はいなかった。そして航海中は兵士や下士官を相手にしなくてすむのが、せめてもの慰めであった。ただ、ときどき張丁生に呼ばれて将校を相手にしなければならなかった。張丁生に名前を呼ばれた福美はどきっとした。将校の部屋に行ってみると、檄を飛ばしていた将校が待っていた。

将校は乾いた唇に笑みを浮かべ、

「こっちへこい」

と言って福美をベッドに誘った。

福美がベッドに座ると将校は抱きすくめ、着物の帯を解いて乳房を鷲掴みして、

「おまえはいい体をしている」

と唇を押しつけてきた。

福美は人形のように将校のなすがままにまかせた。

「郷《さと》には恋人がいる。おまえは恋人に似ている」

そう言って将校は福美の全身に舌を這わせた。その行為は拷問にかけられているかのようだった。福美は瞳を閉じ、ひたすら終るのを待った。

将校は毎日、福美を指名するのだった。

将校の部屋からもどってきた福美に、

「あいつはどうしてあなただけを指名するの？」

と宋才玉が言った。

「恋人に似てるんですって」

「恋人に？　もし恋人がわたしたちと同じような境遇に置かれていたら、あいつはどう思うかしら。そんなこと、まったく考えないのね。慰安婦の中には、恋人や夫のいる女が何人もいるわ……。わたしにも好きな人がいたの。その人に、わたしの処女をあげたかった」

宋才玉は瞳をうるませ、唇を嚙みしめた。

「こんな体になったわたしは、故郷へは帰れない。ここを生きて出られるかどうかもわからないし……」

宋才玉は絶望的な眼差で銃剣を持って見張りをしている兵士を見つめた。

慰安婦たちは上海を出港してから何日が過ぎたのかわからなかった。時間の観念と方向感覚を失くし、暗闇を彷徨している感じだった。時間の観念と方向感覚を失くした慰安婦の中には体調を崩す者がいた。

「自分の体じゃないみたい。生きているのか、死んでいるのかわからなくなる。ときどき大声で叫んでみたくなるの。大声で叫んで走りたくなるの。そうすれば、生きていることが実感できるでしょ。でも、喉まで出かかった声を飲み込むと、胸の中で声が破裂するのよ。痛くて、苦しくて、体がちぎれそうになる」

それは宋才玉にだけ起きる現象ではなかった。福美も同じような生理的、精神的な苦痛に悩まされていた。

シンガポールを出港してから四日目の夜、船はボルネオ島のブルネイに停泊した。慰安婦たちはつぎつぎと名前を呼ばれ、二十名が船から下りた。

張丁生と辛素玲も下りることになったらしく、

「わしはここで下りる。体に気をつけて。達者でな」

と柄にもなくあとに残った福美たちに優しく声を掛けるのだった。

「わたしたちはどうなるんですか？　どこへ連れて行かれるんですか？」

福美の切実な質問に、

「わからん」

と困惑した表情になり、船を下りた。張丁生自身、この先、どこへ行くのか判然としない様子だった。慰安婦を管理していた責任者たちは途中で逃げ出し、ブルネイを出港したときは一人も残っていなかった。慰安婦たちは管理責任者に対してさんざん陰口を叩いてきたが、管理責任者がいなくなると、いっそう不安になるのだった。福美は暗澹たる気持になった。

「どこへ連れて行かれても同じことよ。どうせ日本軍の相手をさせられるんだから」

宋才玉は捨てばち的に言った。

黒人奴隷は売買されたが、性奴隷の慰安婦たちは、ひたすら日本軍の命令に従うのみであった。

船は二時間ほど停泊して、すぐに出港した。海は穏やかな感じだった。小声で話し合っていた慰安婦たちはしだいに口数が少なくなり、自分の殻に閉じ籠もっていくのだった。

そんな中で、福美はあえて明るく振るまおうとした。周囲にいる宋才玉や元順姫《ウォンスンヒ》に話し掛けた。しかし、宋才玉と元順姫は暗い表情をして口を開こうとしなかった。

「わたしはもう耐えられない。海に飛び込んで、死んでしまいたい」

突然、元順姫が泣きだした。

「泣かないで。あなたが泣くと、わたしも泣きたくなるわ」

宋才玉は泣き崩れる元順姫を抱きしめた。

「何をしておる！　静かにせんか！」

見張りをしている兵士の鋭い声が響いた。

泣いていた元順姫が体を震わせて顔を伏せた。あたりの空気が一瞬、張り詰めた。

銃剣を持った兵士が宋才玉たちに近づいてきた。

「お腹が痛いと言ってます。薬を下さい」

宋才玉は元順姫をかばうように言った。

お腹を押さえてかがみ込んでいる元順姫を見た兵士は、

「我慢しろ。死にやせん」

と言って去った。

「ケ・ヒッキ（犬野郎）、これ以上、何を我慢しろと言うのか」

宋才玉は去って行く兵士の背中に向って呟いた。

三日後、船はバタビアに着いた。ここで十五人の慰安婦が下ろされたが、福美や宋才玉たちは下ろされなかった。

船は燃料や食糧を補給するために一日停泊した。その間、またしても慰安婦たちは兵士たちの相手をさせられた。

船が出港したのは翌日の早朝である。船底は一気にすいた。残された慰安婦たちの不安はつのるばかりであった。つぎは何人下ろされ、そして何人残るのか、疑心暗鬼になっていた。船はオランダ領東インドを巡回していたのである。島にいる兵士の人数によって慰安婦たちの人数も決められていた。むろん慰安婦たちは知るよしもなかった。

バタビアを出港した船は二日後、スラバヤに着き、そこで十人の慰安婦が下ろされた。二時間後にはスラバヤを出発し、つぎの島に向った。船はかなり急いでいる様子だった。各島の司令部が急がせているのだった。

三日後、船はセレベス島のマカッサルに着き、十人の慰安婦が下ろされ、五日後にアンボン島・セラム島で十人の慰安婦が下ろされた。船底に残ったのは福美、宋才玉、元順姫、金《キム》恵子《ヘジャ》、金美《キムミ》瑛《ヨン》、申善愛の六人であった。上海を出港したときは五百七十人の朝鮮人慰安婦がすし詰め状態で船底に閉じ込められていたが、いまでは六人しか残っていない。がらんどうの船底で六人の慰安婦は身を寄せ合って怯えていた。そして四日後、船はニューギニアに着いた。

入口の蓋が開き、階段を降りてきた将校が船底の六人の慰安婦を見下ろして、

「甲板に出ろ」

と言った。

身を寄せ合っていた六人の慰安婦はゆっくり立ち上がり、階段を上って甲板に出た。澄み

きった真っ青な空と透明な水色の海が目の前にひろがっている。右手には椰子《やし》の木や森があった。それらの風景に、いったいここはどこだろう……と福美は不思議な気持にとらわれた。あまりにも美しい風景は非現実的に思われた。

遠浅の海には整備された港がなく、船は沖に停泊していた。見たこともない風景に六人の慰安婦は魅了されているというより、茫然としている。

六人の慰安婦はボートに乗せられ、ボートは海に降ろされた。四人の兵士がボートを漕ぎ、二人の将校が岸を眺めている。慰安婦を乗せたボート以外に、武器弾薬や食糧を積んだ四艘のボートが降ろされた。

ボートが岸に着くと、将校や十数人の兵士が迎えた。

「遠路はるばる、ご苦労さんです」

迎えにきた将校の一人が慰安婦を送ってきた将校に敬礼した。

慰安婦を送ってきた将校も、

「よろしく頼みます」

と挨拶して敬礼した。

迎えにきた十数人の兵士の目が肉欲に輝いている。慰安婦たちを頭のてっぺんから爪先まで舐め回すように見ていた。

六人の慰安婦を引き渡した将校は、

「それでは、これで失礼します」

と敬礼してボートに乗ると船へ引き揚げた。

「こっちへくるんだ」

将校が六人の慰安婦をうながして森の中へ入って行った。

森林は鬱蒼《うっそう》と茂った大樹が立ち並んでいる。熱帯雨林特有の高木・低木・林床性の草本《そうほん》類の他、樹幹に密生する籐本《とうほん》やおびただしい数の着生植物が群生していた。高木と低木の隙間から洩れてくる陽の光が斑《まだら》模様になって静寂に溶け込んでいる。ときどき奇妙な啼き声が森林に響いていた。猿なのか鳥なのか、それとも得体のしれないけものなのかわからないが、慰安婦たちは啼き声を聞くたびに怯えていた。だが、その中でもっとも恐ろしいのは日本軍に他ならなかった。

森林に細い道ができていた。その道を慰安婦たちは二列になって歩いた。先頭を歩いている日本兵が山刀で道をふさいでいる木の枝や伸びている草を切っていた。木の枝や雑草は、二、三日で元の通り伸びてくるのである。湿度が高く、光があまり届かない道はぬかるんでいた。車輛が通過した跡とみられる軌跡が深い溝を作っていて、そこに水溜りができている。まるで沼沢地を歩いている感じだった。体中に汗をかき、その匂いをかぎつけてくるのか、虻《あぶ》や蚊が飛び回っている。

そして二十分ほど歩いたところで、慰安婦たちはトラックに乗せられた。トラックは樹木におおわれた細い道を前進していく。

福美は、樹木から樹木を飛び移っている動物を見た。

「あれは何かしら？」

福美が宋才玉に訊いた。

「わからない。気味が悪いわ」

宋才玉は大樹が立ち並んでいる森林を見渡しながら、表情をこわばらせた。

トラックのエンジン音に驚いた鳥類がばたばたと羽音を立てて逃げていく。ぬかるみの狭い道を走っているトラックは前後左右に大きく揺れている。

トラックの後輪がぬかるみの溝にはまってスリップした。エンジンを吹かしてぬかるみの溝から抜け出そうとしたが車輪は空転するばかりであった。後続のトラックに乗っていた兵士が数人降りてきてスリップしているトラックを後ろから押した。だが、後輪はぬかるみの溝から抜け出せなかった。兵士たちは太い枝を切り落とし、後輪のタイヤに嚙ませ、エンジンを吹かしながら後押ししてやっとぬかるみの溝から抜け出すことができた。

「このぬかるみは補強した方がいい」

一人の将校が言った。

それからまたトラックは走りだした。そして一時間ほど走ったところで急に視界がひらけた。森林を伐採した広大な空地に大小のさまざまな高床式の建物が立っていた。

トラックが広場に入ると、あちこちにいた兵士たちがいっせいに集まってきてトラックを囲繞《いにょう》した。トラックは囲繞している大勢の兵士たちを押しのけるように徐行しながら広場の中ほどまできて停止した。広場は兵士たちで埋めつくされている。千三百人ほどの兵士たちの視線がトラックの荷台にいる慰安婦にそそがれていたが、「おお！」という歓声とも唸り声ともつかぬどよめきが津波のように押しよせ、森林に木魂した。トラックを囲繞している千三百人の兵士たちは欲望の坩堝《るつぼ》と化していた。そのどよめきと光景に六人の慰安婦は戦慄《せんりつ》を覚えた。まさか、これだけ大勢の兵士の相手をさせられるのだろうか。慰安婦たちはぞっとした。

「降りるんだ！」

将校の一人が言った。

しかし、慰安婦たちはなかなか降りられなかった。降りると兵士たちに襲われるような気がしたからだ。業を煮やした将校がトラックの荷台に上がり、慰安婦を急きたてた。そして「みんな後ろへ下がれ！」と兵士たちに注意した。

兵士たちは将校の言葉にしたがって後ろへ下がり、道を開けた。

最初に宋才玉がおそるおそる降りると、続いて五人の慰安婦が降り、将校が先に立って建物へ案内した。兵士の中には慰安婦の体を触る者もいた。触られた慰安婦は体をこわばらせ、拒絶反応を起し、顔を引きつらせた。

六人の慰安婦は七軒の小屋のような建物に入れられた。三坪ほどの狭い部屋の真ん中に薄っぺらな布団を敷いた木製のベッドが置かれ、片隅に排泄用のバケツと水の入った小さな甕があった。部屋の奥に小窓があったが、周囲の森林のため陽光がさえぎられ、薄暗かった。小屋は高床式になっていたが、湿度が高く、じめじめしている。

福美はとりあえず薄っぺらな布団が敷いてある木製のベッドに腰を下ろして休息した。

一人の兵士が盆に載せた食事を運んできて、

「これから、おれが食事当番だ」

と言った。

福美はお辞儀をした。

要するに慰安婦は部屋から外出させないということだった。

「注意事項を言っておく。朝、起床すると、まず大便をしておくこと。食事は朝八時と夕方五時の二回だ。水は甕にある。バケツの排泄物は当番の者が処理する。おまえは与えられた任務だけを遂行せよ」

杓子定規《しゃくしじょうぎ》に言って兵士は部屋を出て行った。

兵士が置いていった食事はやはりおにぎり二つとたくあんと味噌汁だった。

食事を終えたところへ将校がやってきた。

部屋の中を見回し、

「今夜はゆっくり休め。明日から忙しくなる。天皇陛下のため、誠心誠意、尽くせ」

と言って出て行った。

いつも天皇陛下のために尽くせと言われる。日本人が崇拝してやまない天皇陛下とはどんな人だろう? 神様だろうか? 何かにつけて将兵たちが宮城に向って最敬礼している姿を見ていると、自分も天皇陛下のために尽くさなければならないように思えてくるのだった。

夜になると灯のない部屋は真っ暗闇になった。森林の奥から動物たちの奇声が聞えてくる。それはどんな状況でも生き物が存在している証でもあった。

福美は瞼を閉じ、いま頃淳花たちはどうしているだろうと思った。自分と同じように暗闇に閉じ込められているのだろうか。この桎梏《しっこく》から逃れる方法は死ぬこと以外にないのではないだろうか。だが、死はあまりにも無残すぎる。死が恐ろしいのではない。死体となった自分の姿を想像するのが恐ろしいのである。

福美が眠りに入ろうとしたとき、部屋に誰かが入ってくる気配を感じた。暗闇に目を凝らし、息を殺して神経を集中させていると、不意に強い力で押さえ込まれた。

「静かにしろ」

脅迫じみた低いしわがれ声がした。

「誰かき……」

助けを呼ぼうとした福美の口を大きな手でふさがれた。

三人の兵士だった。一人目は口をふさぎ、二人目は両股《もも》を押さえ込み、三人目がおおいかぶさってきた。そして三人に輪姦された。明日になれば大勢の兵士を相手にしなければならないので、どのみち同じことだが、なぜか福美は屈辱感を味わった。

輪姦されたのは福美だけではなかった。他の五人の慰安婦たちも夜陰にまぎれて忍び込んできた兵士たちに輪姦されていた。

翌日の朝、食事を運んできた兵士がにやにやしていた。そしてベッドに腰掛けている福美の横に座り、なれなれしく太股を撫でようとした。

「仕事はまだはじまっていません」

福美が毅然《きぜん》とした態度で兵士の手を払いのけると、

「昨夜はよかったぜ」

と舌舐めずりして部屋を出て行った。

兵士は昨夜、福美を輪姦した一人だった。

食事のあと、福美は気持を切り替え、バケツに排便をして兵士の受入れの準備をした。はたして何人の兵士を相手にしなければならないのかわからないが、強い意志で臨もうと思った。弱気になると、すぐに体調を崩すからである。それは、これまでの経験でわかっていた。

だが、時間が近づくにつれて胸の鼓動が激しくなった。福美は自分と闘っていた。生き残るためには、死をも覚悟することであった。

最初の兵士が部屋に入ってきた。かなり興奮している兵士は、服を脱ぐのももどかしく、ズボンだけを脱いで下半身を晒し、福美におおいかぶさってきて挿入したが、一分と持たなかった。福美は精液を手ぬぐいでぬぐった。節約するためチリ紙を配られていないからであった。次の兵士はふんどし一枚の恰好だった。優男でメガネを掛けていたが、執拗に福美の体を舐め回すのだった。

「早くやってよ」

福美は急かせた。

後ろに並んでいた大柄な兵士が、

「早くやれ！」

と怒鳴った。

メガネの男がやっと挿入したが、持ち時間の五分が過ぎていた。後ろに並んでいた男が、福美の体にしがみついているメガネの男を引き剝がし、蹴飛ばした。

蹴飛ばされたメガネの兵士はもんどり打って床にころがり、衣服で裸姿を隠しながら逃げ出した。

メガネの兵士を蹴飛ばして追い出した大男は福美の前に立ち、ゆっくり衣服を脱いで裸になった。

それから勃起している一物を福美の口に近づけ、

「しゃぶれ」

と言った。

福美がかぶりを振って拒否すると、

「この女！　朝鮮ピーのくせに生意気な態度をとりやがって！」

と怒鳴り、福美の髪の毛を鷲摑みして一物を口に押しつけた。

福美は口を閉ざし、歯を嚙みしめて、あくまで拒否した。

大男がいきなり顔を打擲した。

福美はたまらずベッドから床に落ちた。

「きさま、おれを怒らせて、ただですむと思ってるのか」

大男は腰の銃剣を抜き、福美の性器を突き刺そうとした。

順番を待っていた二、三人の兵士が、

「やめろ！　そんなことしたら、みんなの楽しみが台なしだ！」

と言って制止した。

騒ぎを聞きつけてやってきた将校に、

「何をやっておるか！」

と一喝されて騒ぎはおさまった。

おとなしくなった大男は、将校の前で、あらためて用を足すと部屋を出た。

大男に打擲された福美は鼻血を流していたが、兵士たちはおかまいなしに、つぎからつぎへと抱き続けるのだった。

小用を足すひまもなかった。

「ちょっと待って下さい」

と言っても持ち時間が五分しかない兵士は待ってくれなかった。感覚がなくなっていたが、膣の奥を焼き鏝《ごて》で焼かれているようだった。

夕食時間になると、おにぎりとたくあんを載せた盆が福美の枕元に置かれた。福美は兵士に抱かれながら、おにぎりを食べた。悲惨というより滑稽に思えた。

意識が朦朧としてきた。日が落ち、あたりが暗くなると、当番の兵士がテーブルの上のロウソクに灯りをともした。そのロウソクのほの暗い炎を福美はいつまでも見つめていた。膣から溢れてくる大量の精液をぬぐっていた手ぬぐいが濡れ雑巾のようになっている。福美は百人まで数えていたが、ついに意識を失った。

窓から射してくる木洩れ日に福美は目を開けた。膣の中に重い鉛を押し込められているようで、福美はしばらく身動きがとれなかった。だが、時間がくるとまたしても大勢の兵士が肉体を貪るためにやってくるだろう。それまでに排泄をして少しでも体力を回復しておかねばならない。当番の兵士から朝一番に排便をしておけ、と言われた言葉の意味を福美は一夜明けたいま理解した。大勢の兵士がやってくると、小用の時間すら奪われるからだ。

針金で縛られている感じの体を左右にゆっくり動かし、激痛に耐えながら上半身を起した。それから立ち上がり、倒れそうになりながらやっとの思いでバケツに腰を下ろした。バケツにお尻がすっぽり収まり、福美はしばらくぼんやりしていた。十分ほど座っていたがおしっこが少し出ただけで便は出なかった。

福美は便を諦め、テーブルの上にある洗面器に甕の水を入れ、洗顔して着物の袖で拭いた。そして精液で濡れ雑巾のようになっている手ぬぐいを洗った。

当番の兵士が食事を運んできた。

福美ははだけた着物を素早く直した。当番の兵士は福美に一瞥《いちべつ》をくれて部屋を出た。

食事は珍しく魚と野菜の煮込みがそえてあった。福美は餓鬼のように食べ、久しぶりに満腹感を味わった。

ベッドに横になった福美は手鏡で性器をのぞいてみた。赤黒く腫れた性器は醜悪そのものだった。兵士との激しい接触で恥毛が何本も擦《す》り切れている。

急に激しい雨が降ってきた。スコールだった。福美は立ち上がり、ドアを開けて外を見ると、激しい雨の飛沫《しぶき》で広場はけむっていて何も見えなかった。激しい雨は三十分ほど続き、小降りになってきたが止みそうにない。福美は思い出したように屋根からしたたる雨水を甕に受けた。それから着物を脱いで裸になり、体と着物を洗った。体を洗ったことで福美は少しすっきりした。暗いイメージを払拭しようとしたのである。

時間が近づいてきた。福美はベッドで兵士を待った。長い一日のはじまりであった。死ぬことも生きることもできない日々を送っていると、希望と絶望の境界線がなくなってくる。希望は絶望を絶望することであった。

九時になると時間通りに兵士が部屋に入ってきた。広場には大勢の兵士が雨に打たれて列を作っている。雨に濡れたどぶ鼠《ねずみ》のような兵士がつぎからつぎへと部屋に入ってくる。まるで共同便所に放尿している感じだった。慰安婦は、いわば共同便所の肥溜《こえだ》めと同じであった。

三日目頃から福美は尾骶骨と腰のあたりが腫れ、痛みに耐えられなくなった。

「医者に診てほしいんですけど」

福美が将校の一人に訴えると診察にきた医者が福美の尾骶骨と腰のあたりを触診して、

「たいしたことはない。少し腫れているだけだ。腰に枕を当てろ」

と言った。

枕を当て、腰を浮かすと、ベッドとの摩擦が軽減して自然に治癒するというのである。湿布をして下さい、と言うと、

「何を贅沢なこと言っておるか」

と一蹴《いっしゅう》された。

兵士に使う湿布薬を慰安婦に使うわけにはいかないというわけである。

福美は我慢するしかなかった。

他の慰安婦たちも同じ症状を訴えていたが、医者はとり合おうとしなかった。

五日目まではなんとか起き上がり、洗顔をしたり、精液で濡れ雑巾のようになっている手ぬぐいを洗ったりしていたが、六日目からは起き上がることができなくなった。朝と夕方の

二回、おにぎりとたくあんだけの食事しか与えられていない慰安婦は栄養失調に陥り、体力が急激に衰えていた。

福美は手鏡で顔を見た。目が窪《くぼ》み、ふっくらとしていた頬がこけ、目尻に皺《しわ》ができていた。みんなからきれいな白い肌をしていると言われていた肌が浅黒くくすんでいる。『これがわたしの顔だろうか……』。鏡に映っている顔は別人のようだった。目の奥に恐怖と絶望が凝縮している。起き上がれないため排泄もできなくなっていた。無意識に排泄を抑制していて便秘になっていた。

七日目は寝返りが打てたのに、八日目には寝返りが打てなかった。寝返りを打つと尾骶骨と腰にかかる負担をやわらげられたが、寝返りを打てなくなったいま、尾骶骨と腰に大きな負担がかかり、少し動くだけで全身に激痛が走った。金縛り状態になっている福美の体はベッドの底へ沈んでいくような気がした。絶え間なくやってくる兵士たちの欲望の塊は福美を押し潰そうとする。いまや福美は完全な思考停止状態に陥り、生きた屍《しかばね》と化していた。それでも自分の意思を伝えようとしたが言葉は声にならず、苦しみと痛みに耐えきれず涙を浮かべていた。無言の涙は、しかし兵士にとって何の意味もなかった。そしてはだけた着物のすそを直す気力すらなくなった。福美は両股を開き、裸体を晒して仰臥していた。

体は極度に痩せ細り、肋骨が浮き出ている。それでも兵士たちは息も絶え絶えの骸骨《がいこつ》のような福美を抱くのである。

部屋の中に異臭が漂っている。魚の腐ったようなすえた臭いがこもっていた。兵士たちは異臭の発生源を突き止めようとするかのように鼻をひくひくさせながら福美を抱くのだった。

「変な臭いがする。なんの臭いかな」

兵士は福美に問い質《ただ》しながら抱くのである。

やがてその異臭は強烈な腐臭へと変ってきた。さすがの兵士たちも、部屋に充満している強烈な腐臭をやり過ごせなくなり、ベッドに仰臥している福美の体を横にしてみると、尾骶骨のあたりと腰に大きな穴が開き、そこから血と膿《うみ》が溢れていた。そして腐って爛《ただ》れた肉の穴に大量の蛆虫《うじむし》が涌《わ》いていたのである。鈴生《な》りになっている蛆虫は、福美の内臓をも侵食していた。

「うわっ！　なんだこれは！」

あまりにも凄惨《せいさん》な光景に、二人の兵士は腰を抜かした。

二人の兵士は将校を呼びに行った。間もなくやってきた将校が、部屋に充満している強烈な腐臭に「うっ」と息を詰まらせ、ハンカチで鼻と口をふさいで、横になっている福美に近づき、尾骶骨のあたりと腰に開いている穴を見た。窓から射してくる木洩れ日の光を受けて、穴に群がっている大量の蛆虫はいぶし銀に輝いていた。

将校は部屋を出て司令部の隊長に事態を報告すると、司令部の隊長は、

「他の慰安婦も同じような症状になっている。やむを得ん。すぐに処分しろ」

と命じた。

将校はさっそく兵士を集め、森林の奥に六人の慰安婦を埋める穴を掘らせた。それから兵士たちは将校の指示に従って、六人の慰安婦を布団ごとトラックに積んだ。

慰安婦たちはまだ生きていた。

宋才玉はかすかな声で、

「助けて下さい。わたしはまだ生きています」

と空をかきむしるように手をかざした。

だが、兵士たちは宋才玉の声を無視して黙々と作業を進めた。そして六人の慰安婦は、森林の奥に掘られた大きな穴につぎつぎと投げ込まれ、土をかぶせられた。報告書には、感染症による病死と記入された。

一方、シンガポールで福美と別れた淳花は、三週間かけてビルマのラングーンに到着した。ラングーンの港には、後方参謀らが待機していた。船から下ろされた慰安婦たちは十数名ずつにふり分けられた。そのうち百数十名が、四台のトラックに乗せられた。一人の兵士がワンピース姿の慰安婦のお尻を押し上げている。一台のトラックに三十人くらいの慰安婦が詰

め込まれていた。朝鮮人慰安婦の一部は、タウンジーとメイクテーラへトラックで運ばれることになっているのだ。ビルマは七〇パーセントが山であり、トラックは山と山の間をS字形に走っていた。多くの谷や川を越え、村や町を通過し、慰安婦たちは各陣地へと運ばれて行く。

淳花たちはラングーンから木炭列車に乗せられ、三、四日かかって大きな駅に到着した。マンダレーだった。ここで数十名の朝鮮人慰安婦が降ろされた。遠くに山がつらなっている。淳花は、あの山を越えて行くのだろうか、と思った。汽車はいくつもの山を越えてきた。行けども、行けども山また山であった。

汽車はしばらく停車して水と物資を補給して出発した。駅が遠ざかって行く。マンダレーはそれなりに大きな街だが二十分もすると農村を過ぎ、一時間もするとメイミョーに着いた。名簿を見ながら巡回してきた将校がつぎつぎと慰安婦の名前を読み上げた。

淳花は「はい」と小さな声で返事をして席を立った。

汽車から降りると数人の警備の日本兵が笑みを浮かべ、慰安婦たちを迎えた。マンダレーの大きな駅の近くにあるせいか、メイミョーの駅周辺には多くの建物があった。中には三階建ての立派な建物も立っている。慰安婦たちはトラックで街の中心に運ばれた。小さな街だが、妙に活気があった。

二十数人の朝鮮人慰安婦は七棟の長屋のような建物に案内された。ひと棟が六畳ほどの部屋十部屋に間仕切りされている。そして七棟の周囲は高い塀で囲まれ、出入口には銃剣を持った二人の番兵が立っていた。

慰安婦たちがそれぞれの部屋に入ると、慰安所担当の笹倉中佐が視察にきた。

笹倉中佐を案内してきた将校が、

「敬礼！」

と号令すると、二人の番兵が銃剣を顔の前に垂直にかかげ、直立不動の姿勢になった。

笹倉中佐は鷹揚に敬礼して門の中に入り、部屋にいる朝鮮人慰安婦たちを視察して、

「なかなか、いいじゃないか」

と随行している将校に言った。

「はっ、以前の建物を緊急に改修しました」

将校の答えに笹倉中佐は満足そうに頷き、

「明日から営業できるのか」

と経営者である金容学《キムヨンハク》に訊いた。

「はい、兵隊さんも我慢してますので、明日から営業します」

金容学は笹倉中佐の機嫌を取るようにもみ手をしながら答えた。

「これでわが軍の士気も上がる。しっかり管理するように」

「はい、女たちにも日本のために、しっかり働くよう言いつけてあります」

金容学は媚を売るように言った。

日本人慰安婦と台湾人慰安婦は別の棟にいる。それぞれ値段がちがうのである。

淳花は二十三号室だった。名前も「キンスイ楼」にいたときと同じ「歌丸」を使った。新しい建物に入った慰安婦たちは新しい下着と着物と履き物を支給されたが、古い着物と下着は何かに役立てようと捨てずにとっておいた。これまでの経験から、ボロ布れでも粗末にできないからであった。

メイミョーは小さな街だが、繁華街は結構賑わっていた。さすがに遠隔の地であるため慰安婦を管理する経営者も軍関係の商人以外に日本人はあまりいなかった。その代り日本兵は街の中で多く見かけた。

はじめの頃は一日、五、六十人の兵士を相手にしていたが、一ヶ月も過ぎると一日平均二、三十人になった。そして夜はときどき客のない日があった。夜は将校の時間帯だったが、将校はたいがい日本人慰安所へ行くからである。

将校のこない夜はほっとした。洗濯をしたり、縫い物をしたりして過ごした。ときにはもの思いにふけり、眠れない夜もあった。月を見上げ、故郷の両親は同じ月を見上げているのだろうか、と思ったりした。

ある日の夜、酒に酔った一人の下士官が部屋に闖入《ちんにゅう》してきた。夜は将校しか入ってこられないはずなのに、下士官が入ってきたので、

「夜は将校しか入ってこれません」

と淳花は言った。

「なにが将校だ。士官学校を出た何も知らない若僧が偉そうな恰好をしておれたち下士官を見くだしやがって。おれは今日、前線から帰ってきたところだ。前線で何人もの戦友がばたばたと死んでいった。ところが帰ってきてみるとどうだ。将校は高級料亭で芸者をあげて、飲めや歌えのどんちゃん騒ぎだ。おれたちは料亭なんかに行けやしない。門前払いされちまう。たまにはひと晩、女と過ごしてみたいが、それもできない。おれたち下士官は使い捨てなんだ」

酔っぱらっている兵士の目が血走っている。足をふらつかせ、淳花に襲いかかろうとしている。

「こっちへこないで。声を上げるわよ。誰かに見つかったら、大変なことになるわ」

淳花は忠告した。

「かまうもんか。おれはいま、おまえとやりたいんだ」

「今夜は我慢して、明日きてちょうだい」

　淳花は下士官をなだめ説得しようとしたが、酔っているうえに欲望が爆発寸前の下士官は聞く耳を持たなかった。これまでにも、こういう場面を何度か経験している淳花は冷静に対応した。

「わかったわ。わたしを抱きなさい。そして気がすんだら、帰るのよ。誰かに見つかる前に」

　淳花が着物の帯を解くと、下士官は野獣のように襲って、淳花の体を貪るのだった。淳花は下士官のなすがままにまかせた。下士官はあっけなく終った。そして眠ってしまった。

　淳花はベッドから離れ、椅子に座って溜息をついた。大きな鼾をかいて泥のように眠っている下士官がなぜか哀れに思えた。下士官はふたたび前線に送られるだろう。そして敵と向き合い、死と戦わねばならない。死の恐怖は下士官の体にしみついているのだ。

　しばらく椅子に座っていると、下士官がむっくり起き上がり、下半身を晒している自分の姿に気付き、あわててズボンをはいた。それからばつの悪そうな顔をして部屋を出た。

　無性に腹だたしかった。男は単に射精するだけの動物なのだと思った。抵抗すれば容赦のない暴力を振われる。これまで何度、暴力を振われたかしれない。いまも抵抗すれば暴力を振われたにちがいなかった。人間的な感情や人格は圧殺され、ひたすら日本軍人を受入れるしかないのだった。淳花は最初に犯された南京での日を思い出し、身震いした。朝鮮ピーとさげすまれ、ののしられて殴られた屈辱は、生涯忘れられない記憶だった。その記憶が蘇《よみがえ》ると、銃剣で斬られた傷が痛みだすのである。

9

兵士たちの断片的な話を聞いていると、ラシオ攻略に時間がかかっているとのことだった。ラングーン鉄道の終着点でもあるラシオの街は、北シャン州の交通の要《かなめ》であり、政治・文化の中心地であった。飛行場や英国領事館、英軍の兵営もあり、随所に英国風の建物がある。ビルマルートの要衝で、ラングーンに陸揚げされた援助物資が鉄道輸送され、ここから車輛で畹町《ワンチン》、龍陵《ロンリン》、そして恵通橋《けいつうきょう》を通って中国国内に運ばれる。

ビルマから中国への国境越えをめざしている日本軍は、かなり強引な行軍を続けていた。そのため多くの死傷者を出していた。そしてもっとも悲惨だったのは泰緬《たいめん》連接鉄道敷設工事である。タイのノンブラドックからケオノイ（クワイ）川にそってジャングル地帯を北西へ向い、標高四百五十メートルの国境の峠を越え、ビルマのタンビューザヤッにいたる四百十五キロの鉄道である。この難工事に投入されたのは、捕虜のイギリス人、オーストラリア人、オランダ人とタイ人、マレー人、インド人、インドネシア人、華僑《かきょう》などであった。南方軍鉄道隊参謀長だった広池俊雄の報告によれば、工事で犠牲になった死者の概数は、日本兵一万人のうち一千人、捕虜五万五千人のうち一万三千人、現地労働者五万人のうち三万三千人であったという。その死因のほとんどは栄養失調による疾患であり、伝染病だったが、日本軍の管理・監督は苛酷をきわめ、一日に米一合しか与えられなかった現場の人間の体力は極端に衰弱し、必然的に死の道を歩まされたのだった。

河村茂信という上等兵は、工事中片腕を失い、治療のため後方基地に送られてきた一人である。二ヶ月で傷口は完治した河村上等兵は慰安所の淳花の部屋にきた。

淳花を愛撫しながら、

「女の体はいいなあ。前線では食糧が不足してくると、隊長の命令で現地の村に行って食糧を『徴発』してくるんだ。ついでに村の女をいただいちゃうんだが、おれのダチ公は十歳くらいの女の子をやっちまったよ。おれはやらなかったけどよ」

と自分は見ていただけだと言うのである。

「あんたもやったんでしょ」

淳花が挑発するように訊くと、

「そりゃあ、たまには興奮してやったこともあったけど、十歳の子供とはやらなかった」

と歯くその詰まった汚い歯を見せてニッと笑い、否定した。

その口から発散している腐った内臓の臭いに淳花は吐きそうになった。

河村上等兵が部屋を出たあと、淳花は排泄物の入っているバケツに嘔吐した。前線へ行く前の兵士は、死の恐怖に怯えて荒々しくなるが、前線から帰還してきた兵士からは死の臭いと殺気のようなものが漂っていた。

河村上等兵は運のいい方である。軽傷の兵士は治癒すると、また前線へ送られる。前線へ送られる兵士と前線から帰ってきた兵士を相手にしていると、生と死の境目にいるような気がした。兵士たちの全身から発酵している、いわく言い難い瘴気《しょうき》が淳花にも付着して、体を洗っても洗っても落ちないのである。

後方基地にいるときは敵の襲撃を受けることもなく、兵士たちは比較的のんびりしていた。慰安婦の人数も多く、兵士たちは金さえあれば慰安所にかよっていた。特に将校たちのハメをはずした遊興三昧は兵士たちの顰蹙《ひんしゅく》を買っていた。昼間から十数人の将校が料亭に上がって酒を飲み、芸者を上げてどんちゃん騒ぎをしていた。三味線と太鼓が響き、将校と芸者の哄笑《こうしょう》が聞えてくる。酒に酔った将校は芸者とふざけていたというより、やりまくっていた。

「滝の白糸」という遊びは、座卓の上に裸で仰向けにさせた芸者の乳房と乳房の谷間に酒をこぼし、その酒が胸から腹に流れて股の間から落ちてくるのを下で待っていた将校が口を開けて飲む遊びである。そして酒をうまく口で受止めて飲んだ将校は褒美として、その場で芸者とセックスできるのだった。股間から落ちてくる酒を滝に見たてて「滝の白糸」と言っているのだが、流れ落ちてくる酒を口でうまく受て飲んだ将校は、囃《はや》し立てるみんなの前で、興奮した面持で上着とズボンを脱ぎ、座卓の上の仰向けになっている芸者とセックスするのだった。

「電車ごっこ」という遊びは、素っ裸になった芸者・将校、芸者・将校という順序で十組ほどが繋がって、後背性交を行いながら部屋を二、三周するという趣向である。

料亭は昼間から酒池肉林の酒宴をくりひろげ、夜は夜で深夜まで灯りが煌々《こうこう》とともっているありさまだった。三味線と太鼓の音と、その笑い声や騒々しさは、淳花の部屋にまで聞えてくるのだった。

「お金がよく続くわね」

と淳花が言った。

たまたま淳花の部屋にきていた主計の男が、

「ここだけの話だが……」

と声をひそめて言った。

「連中は軍需物資を中国人に横流ししてるんだ。軍需物資をちょっと横流しするだけで、料亭で一ヶ月くらい豪遊できる。横流しされた軍需物資は敵に渡り、敵は、その軍需物資で戦ってるんだ。なんのことはない、日本軍は日本の武器を使っている敵と戦ってるんだ。腐敗もここまでくると、どうしようもない」

主計の男は諦めていた。

「そんなことをすれば、上官に罰せられるんじゃないですか」

「ところが上の人間も料亭で毎晩、遊び呆けてるんだ。特に松井大佐には好きな芸者がいて、その芸者を横田中佐ととり合いをしている。連隊では、その話で持ちきりだ。みっともない話だ。前線では兵士が毎日、死傷しているというのに、上層部は、このていたらくだ。日本は戦争に……」

と言いかけて主計の男は口をつぐんだ。

「日本は戦争に……負けるんですか……？」

淳花は主計の男の言葉を引き継ぐように言った。

「馬鹿なことを言うな。誰かに聞かれたら、おまえは処刑されるぞ。めったな口をきくんじゃない」

主計の男は軽口を後悔して、あたりの様子をうかがい部屋を出て行った。

淳花は内心『もっと腐れ、もっと腐れ』と呟いた。

夏の日射しが柔らかくなり、いつしか風も涼しくなっていた。そして短い秋が去り、冬がやってきた。メイミョーにきてから四ヶ月が過ぎようとしている。

ある朝、炊事場の隣にある食堂で立って食事をしていると、将校と二人の兵士がきて、

「おまえたちは食事のあと移動する。荷物をまとめ、排泄もしておけ。三十分後、広場に集合せよ」

と告げた。

いつも急である。今度はどこへ行くのか。行く先を詮索してもせんないことであった。慰安婦たちは黙々と食事をすませ、自分の部屋にもどって仕度をした。

排泄をしておけということは長旅になるのだろう。部屋にもどった淳花はバケツにしゃがみ込み、無理矢理排泄をして荷物をまとめた。

広場に行くと、すでに大勢の慰安婦が集まっていた。兵士が慰安婦たちの名前を確認している。朝鮮人慰安婦はメイミョーに残されていなかったが、日本人慰安婦と台湾人慰安婦は半数ほど残されていた。

箱の上に立った笹倉中佐が訓示した。

「おまえたちは、これからラシオに行く。ラシオはビルマ戦線において最重要基地である。

大きな街であり、娯楽施設もある。わが軍は、この街において充分な休息をとり、士気を高め、敵を殲滅せんがために日々訓練に励んでおる。おまえたちは兵士を慰め、母となり、妻となり、姉となり、妹となって、兵士の士気を鼓舞することを務めとして励んでもらいたい」

淳花は笹倉中佐の荒唐無稽な訓示に笑いが出そうになった。

母となり、妻となり、姉となり、妹となって、兵士の士気を鼓舞せよとはどういう意味なのか。母や妻や姉や妹を犯せということなのか。慰安婦と兵士はもっとも親しい肉親のような関係であると言いたいのだろう。

慰安婦たちがトラックに乗って出発すると、見送りにきていた兵士たちの間から、

「歌丸！　いつかまた会おう！」

という声が聞えた。

「生きていたらね！」

淳花は突き放すように言った。

慰安婦を乗せた三台のトラックと護衛の兵士十人ほどを乗せたトラックは砂塵を巻き上げて荒野を走っていた。

前方に山がつらなっている。淳花は、その山を見つめていたが、荒野はいつしか山の裾野

につながり、山道を走っていた。山道は螺旋《らせん》状になっていて、ガードレールのない急カーブの曲りくねった山道を登って行く。トラックがカーブを切ると荷台に乗っている慰安婦たちの体は大きく揺れ、谷底に投げ出されそうになる。谷底をのぞいた淳花はぞっとした。ここから谷底に転落すると全員まちがいなく死ぬだろうと思った。対向車とすれちがったとき、トラックの車輪が道路からはみ出したような感じがして、慰安婦たちは思わずお互いの手を強く握り合った。

道路の脇に一台のトラックがひっくり返っていた。後続のトラックに乗っている兵士たちが、「おお！」と声を上げていた。ひっくり返っているトラックの後輪の片方が粉々に破壊されている。明らかに砲撃されたあとだった。どこから砲撃されたのか。みんなは砲撃してきた場所を特定しようとあたりを見渡したが、特定できなかった。対向車から砲撃されたのかもしれない。だが、すれちがう対向車には負傷した兵士や死体が積まれていた。ラシオは最重要基地で守備はかたく、街は安全だといわれている。本当だろうか。ラシオは安全でも、ラシオまでの間にゲリラが潜んでいるのではないのか。メイミョーで帰還した兵士から、そういう話を聞いたような気がする。

山を下ったかと思うとまた山道を走っている。いったい、山をいくつ越えたのかわからなかった。山と山の間に沈みかけた赤い太陽が燃えつきようとしている。上空は濃紺に染まり、夜の闇でおおわれようとしている。やがて太陽は山と山の間に没して、あたりは闇に包まれた。ヘッドライトを頼りにトラックは唸りを上げて疾走している。トラックは螺旋状に山を登ったり下りたりしているので同じ回廊をぐるぐる回っているように感じた。

メイミョーを朝早く出発したトラックは、すでに十二、三時間走っている。慰安婦たちはぐったりしていた。途中、トラックを止めて休憩をとり、慰安婦と兵士は小用を足した。十分ほど休憩して、トラックはふたたび走りだした。

やがて人家が見えてきた。突然、四、五人の人間が暗闇から飛び出して、トラックを取り囲んだ。検問所だった。四台のトラックを引率している将校が書類を見せると、懐中電灯で書類を確認した兵士が、

「ご苦労さまです」

と将校に敬礼した。

深夜でも検問所の警戒は厳重だった。

灯りが消えている街の中は真っ暗だったが、ところどころに立っている兵舎には灯りが点いていた。トラックは灯りの点いている兵舎の前に止った。やっとラシオに着いたのだ。暗い山道を走ってきた慰安婦たちは緊張感から解放されて、ほっとひと息ついた。

日本人慰安婦と台湾人慰安婦と朝鮮人慰安婦は別々の兵舎に入れられた。兵舎の中は数十

の二段ベッドが設置されている。コンクリートの床に寝かされるよりは、まだしもましであった。

管理者の金容学が慰安婦に向って、

「空腹だと思うが、もうすぐ夜が明ける。食事は朝八時頃になると思う。わたしも食事をとっていない。それまで我慢するように」

と言った。

「一食しか食べてないんですよ。途中、食事をとらせてくれたっていいでしょ」

姜順貞《カンスンジョン》が不満を述べた。

「わたしにそんな権限はない。すべて軍が決めている」

「日本軍はわたしたちを人間と思ってないのよ」

兪純姫《ユスンヒ》が朝鮮語で言った。

「朝鮮語を使うな。処罰されるぞ」

同じ朝鮮人だと思って兪純姫は朝鮮語を使ったのだが、金容学は責任問題になるのを恐れた。

「同じ朝鮮人同士が、どうして朝鮮語を使ってはいけないのよ」

兪純姫は反発した。

「おまえは朝鮮人じゃない。おまえたちは朝鮮人じゃないんだ。日本人なんだ」

状況を理解していない兪純姫に金容学は注意を喚起した。

一人の兵士がきて、

「灯りを消す」

と言って消灯した。

室内は真っ暗になった。

淳花は毛布をかぶり、瞼を閉じた。かなり冷え込んでいて、毛布一枚では足りなかった。

淳花は体を海老形に丸めて眠りについたが、いつものようになかなか眠れなかった。慰安婦たちの状況がどうあろうと、時間は確実に過ぎて行き、季節は移り変っているのだ。

淳花が意識の底にすーっと引き込まれそうになったとき、

「起床！」

という大きな声が響いた。

午前七時だった。ほんの十分か十五分くらいしか過ぎていない感じだったが、それでも三時間近く眠っていた。

みんなは睡眠不足の赤い目をこすり、一列に並んだ。

「右向けー右！　前へ進め！」

兵士の号令に従って慰安婦たちは洗面所に行き、洗顔をすませると、食堂に向った。二百人は収容できそうな広い食堂だった。慰安婦たちは順序よく並び、ご飯とおかずと味噌汁をもらって席に着いた。二十四時間ぶりの食事である。そのためお代りは自由であった。それが慰安婦にとって嬉しかった。

「わたし、四杯も食べちゃった」

兪純姫が満腹になったお腹をさすり、満面の笑みを浮かべた。

「わたしも三杯食べちゃった」

淳花も笑顔で言った。

ご飯を腹一杯食べられたのは何年ぶりだろう。淳花は思い返してみたが、ご飯を腹一杯食べた記憶はなかった。

ラシオはビルマだが、慰安所は街の中心にある華僑の豪華な四合院《しごういん》だった。中庭には池があり、池には橋が渡してあった。

長い間、粗末な建物で過ごしていた慰安婦たちは四合院の建物に目を見張った。

淳花の部屋は二階の十八号室だった。壁際にベッドがあり、鏡台と机と椅子が置いてあった。共同便所は一階と二階に分かれていた。板のベッドだが、厚い綿布団が敷いてあった。

淳花はベッドに仰向けになって寝心地を確かめた。このベッドなら少しは安眠できるような気がした。

管理者の金容学は、一階の門の横の部屋に寝泊りして受付をしていた。休日になると兵士の行列ができて金容学は一人で応対に追われていた。昼間、街を散策する時間さえないのだった。そしてある日、助手のような華僑の若い女を連れてきて同居していたが、いつの間にか、もう一人、女に仕事を手伝わせていた。二人の女は姉妹とのことだった。金容学は姉妹と同居していたのである。愛嬌《あいきょう》のある姉妹は兵士の間で評判になっていた。慰安婦にすれば通い詰めるのにと言う兵士もいた。その仲の良かった姉妹が、いつしか険悪な仲になってい った。しょっちゅう大声で口論していた。姉妹はお互いを口汚くののしり、ときには摑み合いの喧嘩をすることがあった。仲裁に入った金容学も困り果てた様子だった。姉妹は金容学に対して、どちらか一人を選ぶように要求していたのだった。仕事に支障をきたすようになった軍部は姉妹を解雇した。

しばらくの間、金容学はしょんぼりしていた。夜は深酒をしてわめいていることもあった。そのため将校にこっぴどく殴られたりした。小柄で醜男《ぶおとこ》の金容学は将兵から馬鹿にされていた。将兵の靴を何十足も磨かされたり、下着を洗濯させられたりしていた。そんなある日、解雇されたはずの妹が受付に座っていたので将兵たちは啞然とした。妹は司令部の上官に直訴して復帰を許されたのである。しかも結婚式まで執り行われた。兵士や慰安婦の間では、この噂で持ちきりだった。

「羨ましいわ。わたしにも誰かいないかしら」

食事のとき、十九号室の呉安中《オアンジュン》が言った。

「わたしはいや。姉妹で一人の男を奪い合うなんて」

十六号室の徐《ソ》英愛《ヨンエ》が嫌悪した。

「慰安婦よりましよ。だってわたしたちは、いつどこで死ぬかわからないし、一生結婚なんかできないのよ」

呉安中の言葉に、居合わせた慰安婦たちは黙ってしまった。

慰安婦にとって結婚など、望む術もないのである。ところが半年後、とんでもない事件が起った。

ラシオでの生活は比較的自由で、平穏だった。以前は将兵との関係が不自然で、ぎくしゃくしたりしていたが、慰安婦も将兵のあつかいに慣れてきて、ときには会話がはずんだりした。日本軍がビルマ戦線において快進撃を続けているつかの間のひとときであった。

イギリスの植民地だったビルマの街にはイギリス様式の重厚なビルや瀟洒《しょうしゃ》なレストラン、学校や教会、映画館、高級料亭など、撤退したイギリス軍が使用していた建物が、そのまま残されていた。飲食関係の経営者の多くは華僑系ビルマ人だった。

ここでも将校たちの腐敗・堕落は目にあまるものがあった。イギリス軍を撃退した日本軍には、西洋なにするものぞ、という慢心がはびこっていた。皮肉なことに日本の将兵たちの心のたるみが、慰安婦に対する厳しい監視を緩和させていたのである。

淳花は将校に連れられてレストランに行き、映画を観た。淳花は生れてはじめて映画を鑑賞したが、映画は快進撃を続ける日本軍の勝利の映像をえんえんと映し出していた。敵の激しい砲撃をかいくぐって猛突進していく日本兵の勇士に、映画を鑑賞していた慰安婦の間から拍手が起ったりした。淳花も不思議な感覚にとらわれ、感情が高ぶるのだった。

南京にいたとき、張丁生は慰安婦たちに賃金を支払っていなかったが、金容学は慰安婦に、わずかだが賃金を支払っていた。南京では張丁生に対して日本軍は日本の貨幣を支払っていたが、ラシオでは軍票が使われていた。日本政府が発行している貨幣と軍が発行する軍票とでは価値がちがう。そのことを知っている金容学は慰安婦たちに軍票で賃金を支払っていたのだ。

はじめて賃金をもらった慰安婦たちは大喜びだった。日本軍が占領している地域では軍票が通用するからである。

「お金をもらえるなんて、信じられない」

軍票と日本政府が発行している貨幣の区別がつかない淳花は興奮気味に言った。

「わたしも。張丁生は給金をくれなかったけど、金容学さんは正直で優しい人だわ」

兪純姫が言うと、

「張丁生はわたしたちの給金を猫ばばしてたのよ。腹黒い奴！」

と李英子《イヨンジャ》が軽蔑と怒りを込めて言った。

「わたしはこのお金を貯めて、郷に帰ったとき、両親にあげる。畑を買う足しにでもなればいいと思う」

いつ帰ることができるのか、そして生きて帰れるのかわからない慰安婦たちは、それでもかすかな希望の光を求めていた。

実際、軍票で映画館の入場もできたし、飲食店で食事もできたのである。街の中心部には数十の屋台や出店があり、慰安婦たちの購買欲をそそるのだった。月に一度、外出を許される慰安婦たちは、倹約しようと思うのだが、つい下着や履き物や飲食に軍票を使ってしまう。

兵士から指名される回数が多いほど給金も増える仕組になっている。したがって慰安婦たちは、つぎまた指名してもらおうと兵士へのサービスに努めるのだった。ラシオで急に軍票を使用するようになったのはもちろん大本営の方針だったが、狡猾で傲慢な松井大佐の提案でもあった。戦線を拡大していった日本軍は戦費をまかなう方策として、各地域を占領した日本軍によって独自の軍票を発行していた。松井大佐自身、料亭で軍票の大盤振る舞いをしていた。しかし、料亭の中には日本円を要求するところもあった。

「きさま！　軍票が信用できんというのか！」

松井大佐に一喝されて、料亭側は泣く泣く軍票を受入れた。

将校の中には松井大佐の方針と統率力に疑問を持つ者もいたが、部隊全体の雰囲気は何人かの将校の意見で軌道修正できる次元を超えていた。


ラシオにきてから半年が過ぎ、馴染の兵士も増えていた。淳花は慰安婦の中でも人気が高かった。歌が上手で、さっぱりした気性が兵士に好かれていた。慰安婦からもしたわれ、何かと相談に乗ったりしていた。

そんなある日の外出時、出店でお茶を飲んでいるとき、六号室の成順女《ソンスンジャ》が憂鬱な顔で他の慰安婦たちをはばかるように、

「ちょっと話していいかしら」

と言った。

「ええ、いいわよ」

淳花は成順女の表情から二人だけで話したいというのを感じとって別の木立の下に移動した。

「じつは、わたし、好きな人がいるの」

「好きな人？」

唐突な言葉に淳花は戸惑った。

これまで慰安婦に好きな人がいるという話は聞いたことがない。

「どういう人なの？」

揺れ動く感情の奥をのぞき込むように、淳花は成順女の変化する表情を見た。

成順女は苦悩をにじませ、うつむきかげんの顔を上げて勇気をしぼり出すように、

「尾上という日本兵なの」

と言った。

「日本兵……」

淳花は絶句した。

よりによって日本兵を好きになるとは信じられなかった。

「本当に？　信じられない……。相手はわたしたちを家畜以下にあつかってる人間なのよ。そんな相手を好きになるなんて、どうかしている。騙されてるのよ」

人間あつかいされていない慰安婦が愛に飢え、誰かに愛されたいと思っているのは確かだった。淳花も誰かに優しくされたい、愛されたい、と望んでいた。しかし、日本兵に愛され

たいとは思わなかった。心の奥底では、つねに日本兵を憎んでいた。性奴隷以外の何ものでもない朝鮮人慰安婦を日本兵が愛するわけがないのだ。

「尾上は、他の日本兵とちがうわ」

成順女は反発するように言った。

「どこがちがうの。日本兵はみな同じよ。中には優しい人もいるけど、それは性格のちがいで、朝鮮人慰安婦を見る目は、まるで物を見るような、下等動物を見るような軽蔑しきった目をしてる。日本兵はやることしか頭にないのよ。日本兵にとって慰安婦は性器なの。わたしは子供を二人出産したわ。でも、子供の顔すら見せてもらえなかった。二人の子供はどうなったのか、わたしにはわからない。どぶへ捨てられたのか、ゴミの中へ捨てられたのか、死んでいるのか、生きているのか、わからない。人間なら、そんなことできるはずないでしょ。奴らはけだものよ。人の命なんか、なんとも思ってないのよ。そんな日本兵を好きになるなんて、順女はどうかしている」

鬱積していた忿懣《ふんまん》と怨念が一気に噴き出し、淳花はなんの罪もない成順女を批難した。

成順女は目に一杯涙を溜めて、

「あの人は、日本軍はまちがってると言ってた。この戦争は長く続かないとも言ってた。戦争が終ったら、一緒になろうと言ってくれた。わたしはあの人の言葉を信じるわ。愛することは罪なの」

と言って泣きだし、その場を走り去った。

淳花は走り去ってゆく成順女の後ろ姿を茫然と見送っていた。

その夜、淳花は眠れなかった。眠れない幾千の夜を過ごしてきたような気がした。成順女はどうして日本兵を好きになったのだろう。夜の静寂の中で恐ろしい孤独に耐えきれず、怯え、泣いたことも幾度かある。そんなとき、誰かを愛したい、誰かに愛されたいと強く思うのだった。成順女は孤独に耐えきれなかったのだろうか。孤独は鋭い刃のように心と体の深淵を切り刻んでいく。それは死よりも恐ろしく、耐え難い痛みだった。

それから十日ほど経った夜、突然、部屋に踏み込んできた日本兵にベッドや机の下を調べられた。調べられたといっても、ベッドと鏡台と机と椅子しかない部屋の中は調べるところがないのである。

一緒に寝ていた将校が飛び起きて毛布で裸の体を包み、

「何ごとか！」

と叫んだ。

「失礼しました。脱走者を調べているところです」

部屋を調べていた兵士の一人が、将校に敬礼をして説明すると部屋を出た。

「脱走者……」

将校は驚き、あわただしく服を着て部屋を出て行った。

『まさか……』

淳花は胸騒ぎを覚えた。

先日、深刻な表情で日本兵が好きになったと言っていた成順女の言葉を思い出したのだ。日本軍と朝鮮人慰安婦は支配と被支配の関係であり、強要された性関係から男女の愛が芽生える余地はないと淳花は思っていた。缶詰や乾パンをくれたり、優しくされると、つい心がほだされて好きになることもあるが、淳花はけっして心を開くことはなかった。日本兵と朝鮮人慰安婦との間には目に見えない垣根があり、暗黒の世界が横たわっている。その暗黒の世界は、底なし沼の地獄に他ならないのだった。朝鮮人慰安婦の心と体に刻印された暴力は、死ぬまで消えることのない記憶だった。その記憶を成順女は忘れてしまったのだろうか。

淳花は成順女の心情を理解しかねて、一晩中、悶々としていた。たとえ日本兵と成順女の脱走が成功したとしても、その先、二人は幸せになれないだろうと思った。なぜなら、日本兵が朝鮮人慰安婦を愛し続けることは考えられないからであった。この先、成順女は相手の日本兵に捨てられるにちがいない。男女の一時的な感情の流露がもたらす結果は、あまりにも明白ではないか？

噂はたちまち慰安婦たちの間にひろがった。食事のあとの休憩時間の間、慰安婦たちの間では成順女の話で持ちきりだった。

「脱走できるわけないじゃない。内も外も日本軍が厳重に見張ってるのよ。捕まるのは時間の問題よ」

金吉子《キムキルジャ》は成順女の愚行を解しかねていた。

「でも、成順女の気持もわかるような気がする。恋とか愛とかじゃなくて、とにかくここを出たかったのよ。自由になりたかったのよ」

姜順貞は成順女に同情するように言った。

「これでわたしたちへの監視は、いままで以上に強くなるわ。いい迷惑よ」

眉間に皺をよせ、元恵栄《ウォンヘヨン》は顔を曇らせた。

「わたしたちは自由になんかなれない。かりに脱走できたとしても、わたしたちは一生、自由になれない。自由になれるのは、死んだときだわ」

郭愛子《カクエジャ》はいまにも泣きだしそうな表情になった。

事件は、慰安婦たちにさまざまな影響をおよぼした。ある者は同情し、ある者は嫌悪し、ある者は絶望していた。そして慰安婦たちは、脱走が成功するとは思っていなかった。

淳花は内心、脱走が成功してほしいと願っていた。日本軍に逮捕されたときのことを想像すると恐ろしくなるのだった。

「きたぞー！」

誰かが大声で叫んだ。

慰安婦たちはもとより、街の人々は叫び声の方向に視線を転じた。淳花の心臓は飛び出さんばかりに激しく鼓動した。

開いた城門から数台のトラックが入ってきた。数台のトラックが街に入ってくると、城門はふたたび閉ざされた。

二台目のトラックの荷台につながれたロープに両手を縛られた脱走兵が引きずられ、脱走兵の後ろに、やはり両手を縛られた成順女が引きずられていた。何キロも引きずられてきたであろう二人の顔と衣服は、泥と埃にまみれて真っ黒になっている。乾ききった唇を半ば開いて喘いでいる二人は、いまにも倒れそうだったが、トラックは容赦なく二人を引きずった。

憔悴《しょうすい》しきった成順女は前のめりに倒れ、そのまま街中を引きずり回された。見せしめだった。成順女の無残な姿に淳花は思わず目を閉じた。脱走兵はふらふらになりながら、かろうじてトラックについてきた。

司令部の前に止ったトラックを大勢の見物人が囲繞した。銃剣を持った数人の兵士が、

「あっちへ行け！」

と見物人を追い散らした。

だが、見物人は好奇の目で遠まきに見ていた。淳花は部屋にもどり、ベッドに泣き崩れた。

これから行われる拷問に成順女は耐えきれるだろうか。たぶん殺されるにちがいないと思った。

その後、慰安婦たちの中で、脱走兵と成順女の姿を見た者は誰もいなかった。

「脱走兵と成順女は、どうなったのですか」

部屋にきた兵士に、それとなく脱走兵と成順女のことを訊くと、

「くだらんことを訊くな」

と怒鳴られた。

日本軍にとって脱走兵が出たことは士気にかかわる重大問題であった。しかも慰安婦と脱走するとは青天の霹靂《へきれき》であった。松井大佐は脱走事件を隠蔽《いんぺい》すべく兵士たちに箝口令《かんこうれい》を敷いた。事件は闇から闇へ葬られ、脱走兵と慰安婦は、どのような処罰を受けたのか、一部の人間しかわからなかった。

湿度の高い日が続いている。雨季が近づいているのだ。

午後九時に将校が部屋に入ってきた。これまで三、四回相手をしたことがある土井という

中尉だった。

「蒸し暑いなあ」

土井中尉は上着と軍袴《ぐんこ》（軍服のズボン）を脱ぎ、ふんどし一丁になってタオルで汗ばんでいる首筋や体を拭いた。淳花がむぎ茶を差し出すと、土井中尉は、そのむぎ茶を一気に飲み干し、「あー」と吐息をついた。

その吐息に、

「移動されるのですか」

と淳花は敏感に察知して言った。

「明日、おれたちは騰越《とうえつ》に行く。中国の山の中だ。蔣介石軍と米軍の背後を突いて、援蔣ルートを遮断する作戦だ」

土井中尉は唇に薄気味悪い笑いを浮かべ、

「おまえとは、今夜が最後かもしれん」

と言った。

前線に行く前の将兵は、慰安婦に弱音を言ったり、つい本音を吐いたりする。土井中尉も、援蔣ルート遮断作戦をつい淳花に洩らしたが、それは作戦の重要性をあまり認識していないからであった。ラシオでひとときの快楽にひたっていた将兵たちは前線の厳しさを忘れていたといえる。

その夜、土井中尉はまるで母親に甘える子供のように淳花の体にしがみつき、夜明けまで何度も抱いた。死の影に怯えている土井中尉は哀れに思えたが、いい加減にしてほしいと思い、突き放したい気持だった。

「おれには二歳年下の弟がいる。弟はガダルカナル戦で戦死した。おれは弟に後れをとってしまった」

土井中尉は涙声になって淳花の体を抱きしめ、おおいかぶさり、淳花の体の中に入ってきた。そして嗚咽とも呻き声ともつかぬ声を上げて果てた。

淳花は土井中尉の体を押しのけ、部屋の隅にあるバケツにしゃがみ込んでオシッコをした。土井中尉に対するあてつけだった。内心、死ぬなら早く死んでしまえ！　と思った。天皇陛下万歳！　と叫んでいるが、死にたくないが死なねばならない恐怖に怯えている彼らは、いったい何に支えられているのか。

土井中尉はベッドの上で、だらりとしたナマコのような一物を晒したまま鼾をかいて眠っていた。それは解剖台の上の死体のようだった。

翌日、雷鳴が轟き、激しい雨が降りだした。雨季のはじまりだった。

外では激しい雨の中を閲兵式が行われていた。整列している部隊に対して松井大佐が訓示を述べている。だが、松井大佐の声は、激しい雨の音にかき消されて、とぎれとぎれにしか聞えない。雨に濡れたどぶ鼠のような将兵たちは、松井大佐の訓示をまばたきもせずに聞いていた。それから遥か遠い宮城に向って遥拝すると、部隊は行進した。抜刀した軍刀を胸元に引きつけた土井中尉が部隊の先頭に立っていた。その様子を、慰安婦たちは窓から眺めていた。

隣の部屋の金東春《キムトンチュン》がやってきて、

「こんなどしゃ降りの中を出発しなくったっていいのに、いったいどこへ行くのだろう」

と言った。

「騰越に行くとか言ってた」

淳花が言うと、

「騰越？　騰越ってどこなの？」

と金東春が訊いた。

「中国だって」

「まさか、わたしたちも騰越に連れて行かれるんじゃないでしょうね」

金東春は不安な表情で言った。

「たぶん連れて行かれると思うわ。いつもそうだったじゃない。日本軍が攻撃して占領した地域に、わたしたちは連れて行かれた。南京が陥落したあと、わたしたちは連れて行かれた。ラングーンもペグーもマンダレーも、このラシオも。日本軍は占領した地域に必ずわたしたちを連れて行くわ。連れて行かれた街は破壊され、炎に包まれ、いたるところに死体が山のように積まれていた。腐った臭いが充満して息もできなかった。日本兵は積み上げた死体にガソリンをまいて燃やしていた。その黒い煙が空をおおい、死臭がたちこめていた。ラシオもそうだった。わたしたちの行く先ざきは死体で埋めつくされているのよ。思い出しただけで吐きそうになる。わたしたちもいつかは、あの死体のようになるのよ」

淳花の話を聞いていた金東春が、その場に嘔吐した。

10

「この戦争はいつまで続くのかしら」

戦争の実態が理解できない玄蘭郷《ヒョンランギョン》は訊いた。

淳花は嘔吐した金東春の背中をさすりながら、

「わからない。何もわからない。明日どうなるかもわからない」

金東春の背中をさすっていた淳花は暗い表情になった。

翌日、朝食を終えた慰安婦たちのところへ糧秣《りょうまつ》担当の将校がやってきた。つきそっていた下士官が、

「注目！」

と慰安婦たちに号令した。

慰安婦たちはいっせいに姿勢を正して将校を見つめた。

将校は慰安婦たちを見回し、

「大本営からの通達である。本土ではいま食糧難をきたしておる。今後、食糧の調達が困難をきわめるやもしれん。よって今日から昼食を抜きにして、この難局を乗り越えていかねばならない。以上」

と述べて出て行った。

慰安婦たちの間にざわめきが起きた。

「昼食抜きだなんて、耐えられない。ただでさえ、粟や大根や葉っぱの雑炊しか食べてないのよ」

「わたしたちの仕事は重労働なのよ。昼食抜きなら、兵隊さんの人数も制限すべきよ」

「食糧が不足してるってことは、この先、一食になるんじゃない」

慰安婦たちは疑心暗鬼に陥った。

「静かにしろ！　本土の人間も我慢してるんだ。大和魂を忘れたのか。おまえたちは大日本帝国の礎《いしずえ》となるのだ。敵を殲滅するまで、われわれは一丸となって戦わねばならない」

将校につきそってきた軍曹が言った。

慰安婦たちは諦め顔になった。

日本軍は現地人を集めて畑を耕し、野菜などを栽培していたが、それだけではまったく足りなかった。肝心の主食である米を作ることはできなかった。それに頻繁に移動があり、畑を耕し、野菜などを栽培している時間がなかった。他人の土地にきて、自給自足をするのは不可能であった。あとは現地調達しかない。だが、この方法は、現地人の怨みをかっていた。兵士たちは三日分の食糧を持たされて前線へ行かされた。

部屋にやってくる兵士に慰安婦は、

「サービスするから、何か食べる物を持ってきて」

とせがむのだった。

せがまれた兵士は、乾パン二、三個とかじゃがいもを持ってきたりしたが、それも持ってこられなくなった。

戦局が日々、悪化しているのは明らかであった。部屋にやってくる兵士の数も減っていた。

ある日の昼過ぎ、降り続いていた雨が止み、窓の一角に青空がのぞいた。久しぶりに晴れたので慰安婦たちは洗濯をしていると、南の空から飛行機の爆音が聞えた。見上げると編隊を組んだ十数機の日本の戦闘機が低空飛行しながら東の方角へ飛んで行った。戦闘機を間近で見るのははじめてだった。淳花は、その巨大さとスピードに圧倒され、飛行士の顔が見えたので驚いた。

日本兵は建物から外へ飛び出し、飛来する戦闘機に歓呼の声を上げて手を振っていた。

元恵栄が手を振っていた。

「どうして手を振るのよ」

玄蘭郷が怒った声で元恵栄を批難した。

「みんなが手を振ったので、ついわたしも手を振ったの」

元恵栄はばつの悪そうな顔で弁明した。

「いいじゃない、手を振ったって。どうせ死にに行くんだから。死ねばみんな仏様になるのよ」

元恵栄と一緒に手を振っていた愈純姫が言った。

「じゃあ訊くけど、わたしたちも死ねば、仏様になるっていうの。わたしたちの骨は誰が拾ってくれるというの。誰も拾ってくれないわよ。そんなの、気休めだわ」

愈純姫の言葉に年上の徐英愛が反発した。

「喧嘩しないでよ。どうでもいいことじゃない。なるようにしかならないんだから」

　呉安中が言った。

「そうね、なるようにしかならないわよね」

　東の空へ飛び去って行った戦闘機のあとを虚しく眺めながら淳花は溜息をついた。最近、ちょっとしたことでの慰安婦同士の口論が多くなっていた。どうあがいても現状を変えられない慰安婦たちはいらだっているのだった。

　夜になると、また雨が降りだした。泊りにくる将校の数がめっきり減っていた。もともと将校は、日本人慰安婦のところへ行く傾向が強かったが、日本人慰安婦のところへ行く将校も減少していた。将兵たちは、前線へ前線へと赴いているのだ。

　ある日の夜、二十号室の洪明恵《ホンミョンヘ》が部屋にこっそり入ってきて、

「話してもいい」

　と虚ろな声で言った。

「いいわよ。今夜は暇だし」

　淳花は微笑みながら洪明恵を椅子に座らせた。

「わたし最近、頭がおかしくなってきたの。白髪がはえてきてるのよ。ほら、このへんに白髪があるでしょ」

　洪明恵は白髪がはえている箇所を手で示した。

　淳花はまるで虱《しらみ》でも探すように髪をかき分けて見た。白髪が二、三本あった。淳花は、その二、三本の白髪を抜いて、

「これだけよ。他にはなかった」

　洪明恵を安心させるように言うと、

「わたしはまだ二十歳よ。二十歳なのに白髪がはえてるなんて信じられない」

　と落ち込んだ。

「あまり気にしない方がいいわ。一時的なものよ」

　淳花は、たいした問題ではないというふうに軽く聞き流した。

「それだけじゃないの。故郷の景色が思い出せないの。毎日、あれほど故郷の景色を思い出していたのに、いまでは両親や家族の顔が思い出せない。頭の中が空っぽになったみたい。どうしてなの？」

　目に不安と戸惑いの色を浮かべて、洪明恵は動揺していた。

「あまりにも故郷のことを思い出しすぎるから、疲れてしまったのよ。当分、故郷のことは考えないことね。わたしも故郷のことはあまり考えないようにしてる。だって故郷のことを考えれば考えるほど、狂いそうになるから」

実際は故郷のことを思い出さない日はなかった。淳花も洪明恵と同じだった。

「でも、故郷のことを思い出さずにはいられない。優しいオモニのことを思い出さずにはいられない。ある日、突然、消えてしまった親不孝なわたしを母や家族は、どう思ってるのかしら」

洪明恵はくぐもった声で自分を責めていた。

「あなたは親不孝な娘じゃないわ。わたしたちは人買いや警官や地主に無理矢理連れてこられたのよ。自分を責めないで」

淳花は気を取り直すよう洪明恵の目を見た。

洪明恵の目に涙が溜っている。

「わたし、妊娠してるの」

溜っていた涙が溢れてきた。

「妊娠……」

淳花は一瞬、出産した二人の子供のことが脳裏をよぎった。

「月のものはいつ止ったの」

「二ヶ月前」

「二ヶ月前……」

洪明恵が妊娠しているのはまちがいないと思った。

「わたし怖いの。どうしていいのかわからなくて」

洪明恵は泣き声で言った。

淳花は泣きじゃくっている洪明恵を抱きしめた。しかし、慰める言葉が見つからなかった。

数日後の休憩時間のとき、淳花は玄蘭郷に話し掛けた。

「ねえ、蘭郷、あなたは以前、妊娠してたでしょ。でも、薬を飲んで流産したって聞いたんだけど、その薬をどこで手に入れたの」

玄蘭郷は顔色を変えて、

「どうして、そんなこと知ってるの?」

と訊き返した。

「口には出さないけど、みんな知ってる。薬をどこで手に入れたのか、教えてくれない」

だが、玄蘭郷は口を固く閉ざして喋ろうとしなかった。

「明恵が妊娠してるの。妊娠三ヶ月だから、いまなら薬を飲んで流産できると思う」

にじり寄ってくる淳花の気迫に押されて玄蘭郷は口を開いた。

「軍医にもらったの。軍医が部屋にきたとき、いろんなサービスをして口説き、一回だけという約束でもらった。でも……」

玄蘭郷は顔を曇らせた。

「使わない方がいいと思う。流産はしたけど、大量の出血があって止らなかった。死ぬかと思った。実際に死んだ人もいるらしいの。出血は止ったけど、それ以来、目眩《めまい》がしたり、すぐ疲れたり、熱が出たり、お腹が痛くなったりして、体の調子がおかしいの。劇薬なのよ。だって赤ちゃんを溶かすのよ」

「えっ、赤ちゃんを溶かす……」

「そう、赤ちゃんを溶かして、血と一緒に外へ出してしまうの」

淳花は絶句した。

胎児を溶かして流産させるとは空恐ろしい話である。

この話を洪明恵に伝えていいのか迷ったが、伝えておく必要はあると思った。しかし、赤ちゃんを流産させなければ、出産することになる。はたして洪明恵はどちらを選択するのか。流産させるにしても、出産するにしても、苦渋の選択になるだろう。

淳花はしばらく洪明恵の様子を見ていたが、思いきって話すことにした。

「明恵、落ち着いてわたしの話を聞いてくれる。数日前、薬を飲んで赤ちゃんを流産させた玄蘭郷に話を聞いてみたの」

淳花は玄蘭郷から聞いた話を正確に伝えた。

するとる洪明恵は顔をこわばらせ、

「赤ちゃんが溶けるの？　嘘でしょ」

と話を信じようとしないのだった。

「本当よ、なんだったら、玄蘭郷に直接話を聞いてみたら。わたしはなんとも言えない。薬で流産させた方がいいのか、出産した方がいいのか」

実際、淳花には判断しかねるのだった。

「いったい、わたしはどうすればいいの。流産させても、出産しても地獄だわ」

洪明恵は思い詰めた表情で、

「わかった。蘭郷に直接、聞いてみる」

と言った。

そして、その夜、洪明恵は便所で着物の紐で首を吊って自殺した。

淳花は強いショックを受けた。洪明恵に話すべきではなかったと後悔した。

「淳花から話を聞かなかったとしても、明恵は誰かから話を聞いていたと思う。淳花のせいじゃないわ」

徐英愛は同情してかばってくれたが、

「明恵が自殺したのは、わたしのせいだわ。どうしてあんな馬鹿なことを言ってしまったのかしら。明恵は選択できなかったのよ」

と淳花は号泣した。

死以外、慰安婦たちに選択の余地はないのだ。生と死は表裏一体だった。

淳花はしばらく寝込んでいたが、その間にも兵士たちはやってきた。淳花は死にたいと思った。しかし、死ぬためには生きる以上の勇気が必要だった。淳花は死んだ者を羨ましく思えた。自分はなぜ死ねないのだろう。生に執着している自分を嫌悪した。その気にさえなれば、死の深淵はすぐ足元にある。その深淵に飛び込みさえすればいいのだ。

淳花は高熱にうなされ、何度も「オモニ」と口走っていた。全身にびっしょり汗をかき、敷布団が湿るほどであった。部屋にきた兵士が淳花の異変に気付き、軍医に知らせた。淳花を診察した軍医は、しばらく休養させることにした。
四、五日休養した淳花の体は回復してきた。お粥を運んでくれていた中国系ビルマ人の中年女が、隠し持っていた果物や生卵をくれた。
「ありがとう」

淳花は感謝を込めて礼を言った。

「頑張らなくちゃ。どんなことがあっても生きるのよ。生きていれば、きっといいことがある」

中年女はかたことの日本語で微笑みかけて励ましてくれた。

玄蘭郷と金東春がこっそり見舞いにきた。管理者の金容学は、見舞いにきた二人を見て見ぬふりをしていた。

「どう、具合は」

玄蘭郷は心配そうに訊いた。

「もう大丈夫。心配かけて、ごめんね」

淳花が弱々しい声で言うと、

「明恵が自殺したのは、あなたのせいじゃない。誰が自殺してもおかしくないのよ。そうでしょ。明恵はわたしたちに、生きてほしいと願って死んだのだと思う。明恵の死を無駄にしてはいけない。わたしも何度、死のうと思ったかしれない。でも、明恵の死で、わたしは生きようと決めたの。もし淳花が死ねば、わたしたちは生きる望みを失うわ。そうでしょ」

と玄蘭郷は念を押した。

「そうね。明恵は、故郷の両親や家族の顔が思い出せないと言ってた。それがわたしにはショックだった。明恵自身、ショックだったと思う。ここでの出来事を忘れたかったのよ。わたしもそうだわ。ここでの出来事を忘れてしまいたいと思っていた。でも、どうして忘れることができるの？　記憶を消すことはできない。薬で流産させるか、産んだ子供をどこかに捨てられるかを選べるわけないじゃない。わたしの二人の子供はどこへ消えてしまったのか。わたしは天国で二人の子供を探したいと思った」

　淳花が嗚咽した。

「泣かないで。忘れるのよ。胸の奥深くに閉じ込めて、忘れるのよ。生きていれば、いつか二人の子供と会えるかもしれない」

　金東春が淳花の手を取って優しく言った。

「奴らが部屋にくるわ。元気になってね。また会いましょ」

　ドアを開けて金容学が、もう時間だという合図をした。

　玄蘭郷と金東春は淳花の部屋を出た。

　翌日、淳花は医務室に呼ばれた。淳花を診察した軍医に、

「明日から仕事に復帰できる。もう大丈夫だ」

　と言われた。

　しばらく寝込んでいたので、淳花はまだ平衡感覚をとりもどしていなかったが、したがうしかなかった。

　部屋に戻った淳花は、布団を乾《ほ》し、掃除をして兵士の受入れの準備をした。それから手鏡を見て、櫛で髪をといた。鏡に映っている顔は青白く、やつれていた。病み上がりの身で兵

士の相手をするのはつらかったが、ここでふんばらなければ、生きる力を失うような気がした。

翌日の朝食後、最初の兵士が部屋に入ってきた。

兵士はにやにやしながら、

「久しぶりだな」

と言ってさっそく服を脱ぎはじめた。

メイミョーで二、三回相手をしたことのある白井という兵士だった。

「三日前、メイミョーからここへ移されたんだ。ラシオの部隊は前線へぞくぞくと送られている。おれたちも前線へ送られると思う」

「戦局は厳しいんですか」

「おれたちのような下っ端には、よくわからんが、厳しいというより、戦線を拡大してるんじゃないか。シンガポールを占領してから、日本軍は勢いづいてるんだ」

ラシオから前線へ送られた部隊と入れ替って別の部隊が送られているのだ。街では毎日のように部隊の行進が行われている。めまぐるしく入れ替る合い間を縫って慰安婦を抱きにくる兵士が増えていた。

中には古参兵が初年兵を連れてきて、

「こいつは女がはじめてなんだ。これから前線に行くんだ、よろしく頼む」

と言ってくる者もいた。

「よろしくお願いします」

まどあどけなさを残している初年兵は礼儀正しく、まるで先生に教えをこう生徒のようだった。

「何歳なの」

淳花が年齢を訊くと、

「十八歳です」

と初年兵は緊張した面持で答えた。

十八歳の若さで死にに行くのかと思うと、淳花は切なくなるのだった。死ぬとは限らないが、前線に行った兵士は戦死の確率がきわめて高いのである。淳花の経験では、前線へ赴いた兵士が帰還した例はあまりなかった。

街では部隊を見送る日本人の「万歳！」を三唱する声が毎日聞えた。ラジオにある飛行場からは毎日、戦闘機が飛び立っている。数十機の編隊を組んで飛び立つこともあれば、あわただしく二、三機で飛び立つこともある。戦闘機の爆音に重圧感を覚えながら、何かがひしひしと迫ってくる目に見えない巨大な力を感じずにはいられなかった。

昼食抜きの慰安婦たちは街でなけなしの金をはたいて、わずかな食事をとっていた。淳花と玄蘭郷が食事をしていると、頭上を三機の戦闘機が空の彼方へ飛び去り、雲の中へ消えて行った。

「近頃、なんだか、あわただしいと思わない。部屋にくる兵隊さんも落ち着きがないのよ」

淳花が言うと、

「そうね、そう言われると、なんだかいやな予感がする」

麵を咀嚼《そしゃく》していた玄蘭郷が言った。

「わたしたちも、どこかへ移動させられるんじゃない」

淳花の言葉に、

「えっ、移動」

と玄蘭郷は麵を喉に詰まらせた。

これまでにも何度か移動させられてきたが、移動はいやだった。どういうところへ移動させられるのかわからないからだ。かつて金持が暮らしていた慰安所の建物は設備も一応整っていて住みやすく、慰安婦たちはここで住めればいいと思っていた。

しかし、部隊の動きが激しく、部隊が移動すれば慰安婦たちも従軍させられるにちがいなかった。戦局がどうなっているのか、慰安婦たちには知るよしもない。戦局について将兵たちに訊くのはタブーだった。婉曲《えんきょく》に聞き出そうとしても将兵たちは答えてくれなかった。街の様子を見る限り、将校たちは相変らず、高級料亭で飲めや歌えやのどんちゃん騒ぎをしている。

ある日、慰安所から目と鼻の先の高級料亭「あづま」に騒動が持ち上がった。大声で怒鳴り合い、罵倒《ばとう》し合う声が響き渡った。

淳花は何ごとかと思い、窓から外を見ると、料亭「あづま」から二人の男が摑み合いながら飛び出してきた。そして地面に倒れた二人は上になり下になり、殴り合いながら組んずほぐれつしていたが、二人はやっと離れて立ち上がると、腰の軍刀を抜いて構えた。大勢の見物人がかたずを呑んでなりゆきを見守っている。あたりがシーンと静まり返り、殺気がみなぎった。一人は軍司令部幕僚であり、いま一人は中佐だった。

口髭をたくわえた五十歳くらいの軍司令部幕僚は、

「きさま、わしを誰だと思っている。上官に歯向う気か！」

と威嚇《いかく》した。

「問答無用！　きさまを叩き斬ってやる！」

三十歳前後の中佐は血走った目で軍司令部幕僚を睨みつけ、上段に構えた刀を、

「イヤッー！」

と気合を入れて一歩踏み込み、振り下ろした。

その気迫に圧倒された軍司令部幕僚は後ろへさがったとき足を滑らせて仰向けに倒れた。すかさず中佐が斬り込む。あわや間一髪というとき軍司令部幕僚は刀で受止めた。

どう見ても若い中佐が優勢であった。このままでは軍司令部幕僚が中佐に斬られるのは誰の目にも明らかだった。

そこへ七、八人の将校が駆けつけてきた。

「やめろ！　やめるんだ！」

将校の一人が大声で叫び、二、三人の将校が軍司令部幕僚と中佐の間に割って入った。それから二人の将校が軍刀を振りかざしている中佐の腕を取り押さえた。

事件はことなきを得たが、はしなくも日本軍の規律の乱れを外部に晒す結果となった。軍の上司と部下が軍刀を振りかざして斬り合いになるとは信じられない光景であった。

「何があったのか知らないけど、斬り合いになるなんて信じられない」

外に飛び出して二人の決闘まがいの争いを間近で見てきた金東春が興奮しながら言った。

「軍司令部幕僚が殺されるかと思った」

元恵栄が言った。

後日、淳花の部屋にきた兵士に、

「どうして斬り合いになったんですか」

とそれとなく訊くと、

「馬鹿だよ、あいつらは。料亭『あづま』にいる『初栄』という芸者の奪い合いが元で斬り合いになったんだ」
二十三、四歳になる芸者「初栄」は料亭「あづま」の超売れっ子で、ラシオ一番の美人と言われていた。
「前線の兵士は食うや食わずで戦っているというのに、後方基地のここでは軍司令部幕僚と中佐が女の奪い合いで斬り合いをしている。ふざけてる。何を考えてんだろう。しかも二人はおとがめなしだ。おれたち下級兵だったら軍法会議にかけられて、一、二年は軍刑務所送りになる。軍の上層部は、やりたい放題だよ。軍のガソリンや食糧や弾薬、武器まで横流しして高級料亭で遊び呆けてるんだ。その横流しした弾薬や武器で日本軍は殺《や》られてるんだ。とんでもない話だよ」

兵士は忿懣やるかたないといった調子で軍の上層部を批判するのだった。

「訴えればいいじゃないですか」

淳花が言うと、

「どこへ？　誰に？　訴えれば即刻、汚名を着せられて処刑されちまう。腐ったゴミの中にいると、腐った臭いに慣れてきて、腐った臭いがしなくなるんだ。事件後も笹倉中佐は副官をしたがえて、毎日、料亭に通ってる。斬り合いをした二人も料亭『あづま』に通って『初栄』とちちくり合ってる。噂では、笹倉中佐が二人の間に入って手打ち式をやったそうだ。開いた口がふさがらねえよ」

兵士は嫌悪をあらわにして口を歪めてみせたが、帰り際、

「このつぎくるときは、魚の缶詰を持ってきてやる」

と言った。

「本当、嬉しい！」

淳花は兵士に抱きついて、ほっぺたに軽いキスをした。

淳花にとって缶詰は貴重な栄養源だった。

数日後、兵士は約束通り魚の缶詰を一個持ってきてくれた。糧秣担当の目を盗んで持ってきてくれたのだ。

「嬉しい！　今日はサービスするからね」

淳花は兵士が満足のいくまで相手をした。

兵士が帰ったあと、淳花はさっそく缶詰の蓋を開けて匂いをかいだ。食欲をそそる香ばしい匂いだった。淳花は箸で魚の肉をひときれつまんで食べてみた。以前、将校が持ってきて

くれた肉の缶詰を食べた美味を思い出したが、魚の缶詰も肉の缶詰に劣らなかった。

一人で食べるのはもったいないと思い、日頃、親しくしている玄蘭郷と金東春に分けてあげようと思った。そして十二号室の玄蘭郷の部屋に行くと、股間に何かを塗っていた玄蘭郷がさっと顔色を変えて持っている物を隠した。

「ごめん、また出直してくる」

そう言って部屋を出ようとする淳花に、

「いいの。薬を塗ってたの」

と玄蘭郷が言った。

「薬？　なんの薬なの？」

「星秘膏という薬なの」

「星秘膏……」

聞いたことのない薬名だった。

「性病の薬なの」

「えっ、性病の薬……」

淳花は驚いて声を詰まらせた。

性病には神経を使って注意しているはずだったが、玄蘭郷は性病に感染したのだ。玄蘭郷は薬を見せてくれた。小さな容器に入っている星秘膏は赤い色をしていた。

「いつ感染したの」

「先週の検診のとき。軍医から、他の者には言うなと口止めされた」

玄蘭郷の表情に苦悩がにじんでいた。

「患部には小さなイボイボができてる。自分でも気持悪いくらい。薬を一日、三回塗るの。でも治らないと思う」

玄蘭郷は絶望的になっていた。

「治るわよ。きっと治る」

なんの根拠もなく、淳花は治ると言ったが、玄蘭郷は頭を横に振って、

「慰めてくれなくてもいいの。わたしは覚悟を決めてるの」

と言った。

「覚悟って？　まさか死ぬつもりじゃないわよね」

洪明恵の件もある。

「死ぬ気はないわ。日本兵に性病を移してやるのよ」

決意を込めた表情だった。

「そんなの駄目よ。病気が治るまで休養しなくちゃ」

「薬を塗れば、仕事はまだ続けられると軍医は言ってた。だからわたしは薬を使わずに仕事を続けるつもり」

「あなたの気持もわかるけど、それがどういう結果を招くのかわかってるの？　とり返しのつかないことになるのよ。冷静になってちょうだい。とにかく病気を治すのよ」

「軍医は仕事を続けろと言ってる。病気が悪化すれば、わたしをどこかへ置き去りにするつもりなのよ。わたしの病気を治療する気はないのよ。わたしたちは使い捨てなの。腐ったゴミなの」

内にこもった悲しみと怒りが込み上げてきて、玄蘭郷はわなわなと唇を震わせた。

淳花は復讐に燃えている玄蘭郷の情念を押しとどめることはできなかった。自分も性病に感染すれば、たぶん玄蘭郷と同じような気持になるだろうと思った。

「わたしもいつ性病にかかるかわからない。それを考えると、検診が怖いときがあるわ。でも、最後まで諦めちゃ駄目。薬は使ってちょうだい。少しでも可能性があれば、その可能性に希望を託さなくちゃ、自分があまりにも可哀相すぎる。そうでしょ」

淳花は玄蘭郷の冷たい手を握りしめて優しく励ました。

玄蘭郷の瞳から涙がこぼれた。

性病に感染した兵士は隔離され、場合によっては営舎内に留め置かれたり重症になると営倉に入れられたり、日本に送還されたりする。送還された兵士はしばらく病院で治療を受けられるが、軍人の恥として周囲から白い目で見られるのだった。家族もまた世間から白い目で見られ、差別される。日本軍にとって性病は、いわば見えざる敵であった。にもかかわらず性病は蔓延していく。兵士の欲望と不可分な関係にあるからだ。

淳花は部屋にくる兵士に必ず衛生サックを使用するよう頼んでいた。ときには性病に感染した兵士や慰安婦の例を挙げて注意を喚起していたが、中には衛生サックを使用せず、強引にやろうとする者もいた。

「おれは性病なんか怖くない。衛生サックなんか使ってられるか。生でやりたいんだ」

そういう兵士は暴力的だった。暴力に対抗できる術はなかった。そして暴力的な兵士に限って性病に感染している可能性が高いのである。非衛生的な状態で強姦をくり返している者に性病が多いのだ。日本軍が中国大陸に侵略し、略奪、暴行、殺戮の限りをつくしていた時期に性病は兵士の間に蔓延していった。その後遺症は、いまにいたるも、えんえんと続いている。慰安婦が性病に感染するかどうかは運の問題だった。潜伏期間の長い性病は表面化するまで時間がかかり、その期間に感染するからである。

食事で会うたびに玄蘭郷の顔は血色が悪くなっていくように見えた。

「大丈夫……？」

淳花が声を掛けると玄蘭郷は黙って頷くだけだった。

それからしばらくすると、蘭郷の顔に小さな発疹が出てきた。一見、にきびに似ていたが、年齢的ににきびとは思えなかった。慰安婦たちも蘭郷の顔に出てきた発疹に疑いを持ち、性病に感染するのを恐れて声を掛けようとしない。蘭郷はしだいに孤立していき、みんなから離れて接触を避けていた。

そんな中で、淳花だけが蘭郷の話し相手になっていた。

「わたしに触ると病気が移るわよ」

蘭郷は淳花の好意を感じながら邪険になるのだった。

「話しただけで病気は移らないと思う。それより、しっかり食べて、体力をつけなくちゃ」

淳花は自分の食事を少し隠して蘭郷に分け与えた。

「たぶんわたしは、隔離されると思う。軍医に言われた。もう仕事をしなくていいって。仕事をしなくていいってことは、ご用ずみってことでしょ。どこかへ連れて行かれて、殺されると思う」

蘭郷は顔の発疹をさすりながら、

「ぶつぶつが毎日少しずつ大きくなって黒ずんでくるの。体の中の毒が回ってるんだわ」

と言った。

「考えすぎよ。少し休めば回復するから」

淳花が手を握ろうとすると、蘭郷は反射的に手をすぼめた。

そして翌日から、蘭郷の姿は見当らなかった。蘭郷は隔離されることを予感していたのだった。淳花は哀しみに暮れ、大きな虚脱感に陥った。蘭郷の身に起きたことは、明日、淳花の身に起っても不思議はないのである。

慰安婦はなんの前ぶれもなく、一人また一人消えていく。消えていった慰安婦は、もともとこの世に存在していなかったかのようであった。この世に生をうけた痕跡は、どこにも見当らないのだ。ただ淳花の記憶に影のように漂っているだけだった。そのとき、そのときの笑顔や、哀しみに暮れている表情や、恐怖でひきつった顔が、空漠とした荒野に吹きすさぶ風に晒され、塵《ちり》となって天空に舞い上がり、消えていくのだ。

玄蘭郷の姿が見当らなくなると、明日はわが身ではないかと、慰安婦たちの間に不安と動揺が起った。しかし、誰も口に出して語ることはなかった。なぜなら、なんの確証もないからである。


雨季が終り、湿気を含んでいた大気は透明な光の色に輝いていた。太陽の強い日射しを浴びて、昆虫や草花がいっせいに変化しはじめ、生命の息吹きを感じる。どこまでも澄みきった青空に大きな鳥が飛翔していた。淳花は、鷹だろうか、とんびだろうかと思いながら見上げていた。街中なのにどこからともなく小鳥たちのさえずりが聞えてくる。物象の影は地面にくっきりと焼きつき、天体の動きとともに移動していく。日陰は涼しいのだが、それでも汗がにじんでくる。

暑さのせいなのか、昼間、部屋にくる兵士の数がめっきり減っていた。手持ちぶさたの元恵栄が部屋にきて、

「暇だわ。こんなに暑いと、体がだらけるわね」

と団扇をあおぎながら言った。

「今日も朝早くから、日本軍が隊列を組んでどこかへ行ったわ」

窓際にもたれていた淳花が言うと、

「でも、すぐまた新しい兵隊がくるわ」

と元恵栄はうんざりした顔で言った。

「そうね、つぎからつぎへとやってくる。いったい何人の兵隊がやってきたのかしら」

淳花の体の中を通り過ぎて行った兵士たちの人数は数えきれないほどだった。

「中西って兵士から結婚してくれって言われた。嬉しかったけど、三日後、前線に行ったきり、帰ってこなかった。みんなその場限りなのよ」

恵栄は冷めた声で言った。

「噂だけど、メイミョーで将校と朝鮮人慰安婦が結婚したと聞いたことある」

淳花が言った。

「その話、部屋にきた兵隊さんから聞いたわ。ちょっと信じられないけど……」

美談のように噂されている将校と朝鮮人慰安婦の話を恵栄は不快に思っていた。

「でも、日本兵と朝鮮人慰安婦が脱走した事件があったでしょ。本当に愛し合うこともあると思う」

淳花がなぜ、日本兵と朝鮮人慰安婦が脱走した事件を肯定的に受け止めるのか、恵栄には理解できなかった。

「刹那《せつな》的な感情よ。かりに日本兵と朝鮮人慰安婦が一緒になっても、長続きしないと思う」

恵栄は自分自身を振り返るように言った。

窓から街を眺めていると、通りを往来している人々やざわめきは、平穏な生活を営んでいる風景に見える。だが、ここは日本軍に占領されている街なのだ。

夕食の時間がきた。みんなが食堂で食事をすませた頃、将校と下士官がやってきた。

「注目!」

下士官が大声で号令した。

慰安婦たちはいっせいに振り向いた。

みんなの前に将校がくるときは、何か重要な命令があるのだ。みんなは緊張した。

「明日、朝食のあと、ただちに移動する」

突然の移動にざわめきが起きた。

「今度はどこへ移動させられるのかしら」

恵栄は顔を曇らせて淳花に訊いた。

いつも行き先は知らされない。軍事機密だからである。

「どこへ行っても、わたしたちのやることは同じよ」

淳花は諦め顔で言った。

部屋にもどった淳花はわずかな手荷物をまとめ、まんじりともせずに夜を過ごした。少しは眠っておこうと思ったが眠れなかった。そして夜明けが近づいてきた頃、淳花は急に眠気に襲われた。体が石のように硬くなり、思考停止状態になっていた。体が拒絶反応を起しているのだった。

ドアを叩く音がした。

ドアを開けて入ってきた恵栄が、

「朝食を食べないの？」

と言った。

「起きられないの」

淳花が顔をこわばらせ、悲痛な声で答えた。

「どこか悪いの？」

恵栄が心配そうに訊いた。

「別にどこも悪くないけど、起きられないの」

淳花はベッドから起きようとしているが、金縛り状態になって身動きできないのだった。

「食事をとらないと、体が持たないわよ」

恵栄は淳花の体を支え、立ち上がらせた。

ようやく立ち上がった淳花は、

「ありがとう」

と言って一人で一歩一歩、足を踏みしめて歩きだした。

「わたしも朝、起き上がれないときがあった。もう何もかもいやで、体が動かなかった。そういうときは気をつけないと。発作的に窓から飛び降りるからよ。わたしも窓から飛び降りようと思った。そのときオモニの声がしたの。恵栄、恵栄って、わたしの名前を呼ぶオモニの声がした。その声で、わたしは窓から飛び降りるのを止めたわ」

恵栄の言葉に、苦しんでいるのは自分だけではないと、淳花はあらためて思い知らされた。

11

性病には多くの種類があり、症状が現れる時期も三週間後、三ヶ月後、三年後とまちまちである。玄蘭郷が感染したのは慰安婦にされた三年前なのか、三ヶ月前なのか、三週間前なのか、時期を特定できなかった。ただ、感染初期であれば治癒する可能性はあった。問題は潜伏期間である。潜伏期間が長ければかなり進行していることになる。

淳花は一日中、考え込んでいたが、意を決して立ち上がり、部屋を出て医務室に赴いた。医務室の前には立哨兵が立っていた。

「あの、軍医様にお会いしたいのですが」

淳花は立哨兵に、軍医に会わせてほしいと頼んだ。

「なんの用だ」

立哨兵は不審な目で淳花を見た。

「病気のことで、ちょっと、聞きたいお話がありまして……」

「病気……なんの病気だ」

立哨兵が詰問すると、

「性病です」

と淳花は答えた。

「性病……」

立哨兵は少し臆して、

「わかった、入れ」

と淳花を通した。

医務室に入ると、一人の兵士を診察していた軍医が淳花をちらと見て、

「なんの用だ」

と言った。

「軍医様にお話がありまして」

慰安婦が医務室を訪ねてくることなど、めったにないので、

「少し待て」

と軍医は淳花を部屋の隅に待たせた。

診察が終って兵士が医務室から出て行くと、

「どんな話だ」

と軍医はあらたまった口調で言った。

淳花はおずおずと軍医の前に出て、

「友達の玄蘭郷のことなんですが、彼女はいま、性病にかかっていると聞きました」

と言った。

「玄蘭郷……ああ、あの女か。それがどうかしたのか」

と軍医は訊き返した。

「玄蘭郷の姿が見当らないのですが、隔離されたのでしょうか」

淳花は思いきって訊いてみた。

淳花のさし出がましい話に、軍医の顔色がみるみる怒気をおび、

「黙れ！　きさま、慰安婦の分際で、わしに指図する気か！」

と声を荒らげた。

「いいえ、けっして、そんなつもりはありません」

淳花は、その場に土下座した。軽率だったと思った。蘭郷の病状と行方を案ずるあまり、はやまった行動に出て、逆効果になってしまったと後悔した。

軍医の怒声を聞きつけた立哨兵が医務室にやってきた。

「立哨兵、こいつを外へ放り出せ！」

軍医の命令に、

「はっ！」

と姿勢を正して、立哨兵は淳花の腕をねじ上げ、外へ放り出した。

淳花は地面に叩きつけられるように倒れた。

服の埃を払い、ねじ上げられた腕をさすりながら、このことを元恵栄に話すべきか否か迷った。自分の軽率な行動で、蘭郷になんらかの制裁がおよぶのではないかと恐れた。

今朝は移動するはずだったが、移動は延期された。慰安婦たちはほっと胸を撫で下ろしたが、一時的な延期であって、いつまた移動させられるかわからない。


三日後の早朝、松井大佐が指揮をとる部隊が街の広場に集合した。移動がはじまったのである。

淳花は窓から出発して行く部隊を眺めながら、間もなく慰安婦たちの移動も開始されるだろうと思った。

部屋にやってきた恵栄が、

「わたしたちも移動させられるの？」

と言った。

「たぶん、二、三日後に……」

いつも先発隊が出発してから二、三日後に、慰安婦たちは後発隊と一緒に移動させられていた。もちろん慰安婦たちに行き先は告げられなかった。慰安婦たちは日本軍に従軍させられるだけであった。

その日の夕食後、食堂にきた将校が、

「明日の朝食後、出発する」

と告げた。

予想より二日早かった。

慰安婦たちは各部屋にもどり、心の準備をしなければならなかった。何日くらいの旅程なのか、どういう環境の場所なのか、思わぬアクシデントが発生したときの精神的な備えをしておかねばならない。精神的な備えとは、どんな状況であろうと、けっして諦めないことであった。生きる望みを最後まで捨てないことであった。

淳花は、日頃兵士からもらっていた乾パンを蓄えていた。その二十個ほどの乾パンを手荷物の中に隠した。

翌朝、食事のあと、慰安婦たちは街の広場に集められた。朝鮮人慰安婦十二名、日本人慰安婦十名、台湾人慰安婦十名が、別々のトラックに乗せられた。淳花と恵栄は一緒だったが、呉安中と金東春はラシオにとどまることになった。一緒に行けるものと思っていた四人は、ここで別れることになったので、戸惑いを隠せなかった。

「体に気をつけてね！　またどこかで会えると思う」

呉安中が動きだしたトラックに向って言った。

「あなたも体に気をつけて！　きっとまた会えるわ！」

トラックの荷台に乗っていた淳花が涙声で言った。

慰安婦たちは三台のトラックに分乗し、兵士は四台のトラックに乗っている。七台のトラックは、遥か前方に聳《そび》える山々をめざして走りだした。そのとき、小屋の中から飛び出してきた玄蘭郷が、去っていく淳花に向って手を振った。玄蘭郷はまだ生きていたのだ。

「蘭郷！　生きるのよ！」

淳花は大声で叫んだ。

道の両側には荒れ果てた田畑がひろがり、ところどころに農家が立っていたが、人が住んでいるようには見えなかった。たぶん農民は、現地調達をする日本軍を恐れて、逃げたのだろう。

半日以上、人と出会わなかったが、夕暮れ近く、埃にまみれて真っ黒な顔をした十歳くらいの少女を見かけた。少女は畑の中で懸命に土を掘っていた。その少女の姿が押し迫った夕闇に包まれ、消えて行った。

空には無数の星が輝いていたが、あたりは真っ暗だった。めざす山々は闇の中の影のようだった。

朝八時に出発してから一度も休憩していない。いったいどのくらいの距離を走行したのかわからなかった。すでに十時間は走り続けている。でこぼこ道を十時間以上走り続けているので、荷台にいる慰安婦たちは疲れきっていた。それに用を足したいのだが我慢しているのが苦痛だった。

トラックは闇の中を疾走して行く。トラックは先を急いでいるようだった。荷台に乗っている慰安婦たちは押し殺したように黙っている。

やがて前方の暗闇に小さな灯りが見えた。村の集落だった。集落の入口に近づくと、検問していた数人の日本兵がトラックを囲繞した。懐中電灯をかざした一人の日本兵がトラックを確認するために近づいてきた。他に三、四人の日本兵が三台のトラックの荷台に乗っている慰安婦を確認していた。

先頭のトラックの助手席に乗っていた将校が降り、確認作業をしている兵士に書類を見せた。

書類を見た兵士は、

「ご苦労さまです」

と敬礼した。

七台のトラックは集落に通され、慰安婦たちはやっと荷台から降ろされた。

荷台から降りてきた一人の日本人慰安婦が、

「冗談じゃないわよ。食事もとらずに一日中トラックの荷台に乗せられるなんて。もう、くたくたよ。仕事なんかできやしない」

と不満を述べた。

他の慰安婦たちも同感だった。

「つべこべ言うな。これは軍事作戦である。われわれは敵の陣地にいるのだ」

将校が不満を述べた日本人慰安婦を牽制するように言った。

「これから食事をする。厠《かわや》はそこにある」

将校が厠の位置を指差すと、長時間用を我慢していた数人の慰安婦はいっせいに小走りになった。

用を足してきた恵栄は、

「死にそうだった。途中、用くらい足させてくれたっていいじゃない」

と不平と安堵の入り混じった声で言った。

ランプをかかげた兵士が、日本人慰安婦、朝鮮人慰安婦、台湾人慰安婦を、三軒の藁葺小屋に案内した。藁葺小屋の中は土間の上にむしろが敷いてあるだけだった。慰安婦たちはむしろの上に横になった。ランプを持った兵士が出て行くと、部屋の中は自分の手を目の前にかざしても見えないほど真っ暗だった。長時間トラックの荷台に揺られ、疲れきっていた慰安婦たちはすぐ眠りに落ちた。

しばらくすると、小屋の中へ誰かが忍び足で侵入してきた。そして暗闇を透かすように体《たい》軀《く》をこごめて眠っている慰安婦の体をまさぐった。疲れきって眠っていた慰安婦は、しかし体をまさぐられて目を醒まし、「誰？　誰なの？」と小声で言った。その声に敏感に反応した淳花が目を醒ました。慰安婦の誰かが寝言を言っているのかと思った。

「何すんのよ。やめてよ」

寝言ではなかった。

淳花は声の方向に目を凝らした。

男の声が聞える。

「ちょっとだけ、やらせてくれ。頼む」

「駄目よ、やめて！」

慰安婦の声が一段と高くなり、拒絶している。

狭い小屋の中に寝ている何人かの慰安婦が異変に気付いて起きた。

すると黒い影がさっと小屋から逃げた。

「たぶん兵隊さんだと思う。みんな気をつけるのよ」

襲われた慰安婦は気丈に言った。

別の兵士が襲ってくるかもしれないのだ。慰安婦たちは警戒しながら眠りについた。

眠りについたかと思うと、淳花は笛の音で目を醒ました。起床時間だった。ほとんど睡眠をとっていない気がする。起き上がろうとしたが、体の節々が痛くてすぐには起き上がれなかった。他の慰安婦たちも同じだった。

兵士がきて、

「早く起きろ！　もたもたするな！」

と叫んだ。

小屋から外に出た慰安婦たちは兵士の号令にしたがって一列に並んだ。

「番号！」

将校の号令に「一、二、三……」と一列に並んだ慰安婦たちが番号を唱える。

食事は部隊に雇われている中国人が作ってくれたトウモロコシの粉を水で練ったパンのような物だった。その食べ物を、慰安婦たちは立ったまま食した。

「三十分、休憩する。その間に用を足しておけ。ここを出発すると、途中、用は足せない」

将校の説明を聞いた慰安婦たちは厠の前に行列を作って順番を待った。

用を足した淳花はあらためて周りの景色を見回した。集落は小高い山に囲まれていた。開けた北側からは高く聳える山々が見える。上空には雲が悠然と流れていた。ここはバーモという地域だった。いくつもの民族が分布している地域の一つである。日本軍は、こんな僻地まで占領していた。雲南省にいたる物資の搬路を確保するために必要な地域であった。しかし、その道のりはあまりにも長い。そして慰安婦たちは、長い道のりに点在している日本軍の陣地に従軍させられていた。

集落の人々は、慰安婦たちを蔑視するような眼差で見ていた。おそらく集落の女たちの中にも、日本軍に強姦された女性がいるのかもしれない。将校の一人が、集落の若い娘の肩を抱きよせ、若い娘は抵抗できない様子でされるままになっていた。数人の子供が遊んでいたが、その中に日本人と集落の女から生れたと思われる子供がいた。淳花は奇妙な感覚にとらわれた。

朝食のあと用を足した慰安婦たちは、ふたたびトラックに乗せられ、出発した。長い一日のはじまりであった。

トラックは十五分ほどで集落を抜け、二時間ほどで山道にさしかかった。集落から眺めた山々の最初の裾野だった。樹木におおわれた密林のような風景が不意に開けて小石の多い悪路が続いている。トラックの荷台に乗っている慰安婦たちは、座っているのが困難なほど揺れていた。

「たまんないわ。お尻が痛くてしようがないわよ」

ほとんど跳ねているような状態が続いたので、日本人慰安婦がたまりかねて文句を言った。将兵に言ったのではなく、自分自身に言ったのである。

急勾配の山道にさしかかると、トラックの速度が落ち、アクセルをふかしてもエンジン音が高くなるだけで馬力はあまり出なかった。ウー、ウー、ウー、と苦しそうな唸りを上げ、トラックはいまにも後退しそうだった。そしてとうとう止ってしまった。

「いったん、みんな降りろ!」

将校が慰安婦たちをトラックから降ろした。

「こんな調子で、どこまで走れるのかしら」

恵栄が道端にしゃがんで、のろのろと動いているトラックを見やった。

それから急勾配の山道を過ぎると、慰安婦たちはまたトラックに乗った。こんなことを三、四回くり返しながらトラックはいくつもの山を越えて行った。

あたりに強烈な腐臭がたち込めている。その強烈な腐臭に慰安婦たちは顔をしかめ、口を閉じ、できるだけ息をしないようにしたが、呼吸をやめるわけにはいかなかった。

トラックが速度を落とし、徐行している。何か柔らかい物体を踏んづけているのか、トラックはスリップしそうになった。スリップするとハンドルをとられて、谷底へ落ちる危険性がある。荷台の慰安婦たちは、前後左右にゆっくり揺れていた。

強烈な腐臭の発生源は、山道に散乱している無数の死体だった。百二、三十メートルにわたって続いている六、七十の死体は腐乱し、内臓が溶け、血膿がでこぼこのある場に溜っていた。先に通過したと思われる何台かの車の轍《わだち》に、ぺしゃんこになった頭蓋骨から飛び出した目玉がどろどろに溶けている。砕けた骨が地面にめり込み、石灰岩のようだった。腐乱した死体には無数の蛆虫が涌き、太陽の光を浴びていぶし銀に輝いていた。

ほとんどの死体は蔣介石軍の軍服を着ていた。死体の中には軍服を着ていない民間人も何人かいた。長い髪が顔をおおい、髪の毛の隙間からのぞいている口が叫びを上げているようだった。その叫びを上げているような口の中から一匹の蛇が這い出してきた。死体の内臓を食いつくしたのか、蛇の胴はまるまると太くなっていた。死体はたぶん女性だろう。

散乱している死体の場所を通過したあとも、むごたらしい死体の光景が脳裏に焼きつき、強烈な腐臭はしばらく消えなかった。

淳花は、いつか自分もあの腐乱した死体と同じ運命をたどるのだろうかと思うとぞっとした。

「わたしたちも、いつかああなるのね」

恵栄は声を震わせて呟いた。

慰安婦たちの目は内にこもっていた。

砂煙を上げて走り続けるトラックのエンジン音が地鳴りのように響いている。やがて日がかげり、西の空がオレンジ色に染まっていた。山の頂上付近から眺望《ちょうぼう》する日没の光景は神々しいまでに美しかった。しかし、その美しさは、残酷な現実を忘れさせてくれるものではなかった。むしろ神々しいまでに美しい自然の景観は、残酷な現実に濃い影を落としていた。

日が暮れ、トラックは昨夜と同じように真っ暗闇をひたすら疾走して行く。朝食をとったのは今朝七時である。だが、淳花は空腹を感じなかった。腐乱している夥《おびただ》しい死体を見た慰安婦たちの感覚は恐怖で麻痺していた。山のあちこちに死体が散乱していて、暗闇に亡霊が彷徨っているのではないかと淳花は思った。

東の空がうっすらと明るくなってきた。やがて光は四方にひろがり、太陽が山の頂から顔をのぞかせると、真っ直ぐに照射してきた強い光線が森羅万象を照らした。それはまるで後光のようだった。

七台のトラックはイラワジ川に沿って走っていた。岩肌を剝き出しにした山を削って造った山道は、イラワジ川を見下ろすような形でのびている。蛇のようにくねくねと曲りくねって流れているイラワジ川の濁流は飛沫を上げ、怒り狂っているようだった。二千メートル級の険しい山岳地帯は人間の侵入をこばむように立ちはだかり、屹立《きつりつ》している。

ひと晩中走り続けているトラックの荷台に乗っていた慰安婦たちは疲労困憊《こんぱい》していた。お互いがもたれ合い、半睡状態になっている。中には頭をのけぞらせ、口を開けて眠っている者もいる。死んでいるのではないかと思い、淳花はその慰安婦を揺り起した。

揺り起された慰安婦は驚いたように目を開け、

「どこなの？」

と寝呆けまなこで言った。

「わからないけど、たぶん、もうすぐどこかに着くと思うわ」

淳花の直感だった。トラックが山道を下っていたからだ。

遠くに集落らしきものが見えた。山を下って平地を走っていると日本軍を乗せた数台のトラックとすれちがった。慰安婦たちの姿を見た兵士たちは「おー！」と歓声を上げていた。そして検問所を通過したとき、ドーン！　ドーン！　ドーン！　と凄まじい破裂音が響き、トラックが揺れた。慰安婦たちは「キャーッ」と悲鳴を上げた。慰安婦たちのトラックを出迎えたのは敵の砲撃だった。

集落は逃げまどう兵士や村人たちで混乱している。トラックは適当な場所に止り、点呼する間もなく、慰安婦たちは荷台から飛び降りて避難した。

藁葺小屋の陰に身をひそめた淳花と恵栄は、ヒューという空気を切り裂く音に両手で耳をふさぎ、地面に伏せた。続いて百メートルほど後方に砲弾が落ち、爆発音とともに木っ端微塵《こっぱみ じん》に吹っ飛んだ藁葺小屋の破片が淳花と恵栄のところまで飛んできた。

「どうなってるの？　ここは前線なの？」

恵栄が体を震わせ、泣きそうな声で言った。

このとき淳花は、この混乱に乗じて、恵栄と一緒に逃げようかという考えが一瞬、脳裏をかすめた。だが、つぎの爆発音で淳花の気持は恐怖に凍てつき、萎えた。

上空の彼方では数機の戦闘機が入り乱れて交戦している。どちらが日本軍の戦闘機で、どちらが敵の戦闘機なのか見分けがつかない。それはまるで映画を観ているような光景だった。一機の戦闘機が尾翼から煙をなびかせ、くるくると舞いながら墜落していったかと思うと爆発し、巨大な炎を噴き出して跡形もなく消えた。

日本軍も敵の陣地に向って激しく砲撃している。地響きを立て、耳をつんざくような砲撃音が続いている。淳花と恵栄は金縛り状態になって一歩も動けなかった。動くと標的にされるような気がした。

どこから撃っているのかわからないが、ダダダダ、ダダダダ……という機銃掃射の音が間断なく聞える。運を天にまかせるしかなかった。

交戦は勝負を決したのか決しなかったのか、いつの間にか戦闘機は上空にはいなかった。それから二、三分後、戦闘がぴたりと止み、あたりに静寂がもどった。みんなは息をひそめ、恐ろしい緊張感に耐えていた。

だが、淳花が頭をもたげたとき、ふたたび戦闘がはじまった。戦闘は一時間ほどで終ったのだが、永遠に続くのではないかと思われた。

兵士たちがあわただしく担架で死者や負傷者を運んでいた。あたりに硝煙がたちこめ、破壊された陣地の建物の破片やなぎ倒された樹木が折り重なっていた。敵の標的になっているのだ。こんな戦闘状態の中で兵士を相手にしなければならないのだろうか？

幸い慰安婦たちに死者や負傷者は出なかった。しかし、慰安婦たちは、つぎの攻撃に怯えていた。

敵と接近戦をしていた日本兵がもどってきた。負傷した兵士が苦痛に耐えながら仲間の兵士の肩に摑まり、足を引きずっている。戦死した兵士は布で包まれて運ばれていた。

慰安婦たちが集められ、藁葺小屋に収容された。みんなの顔が恐怖で引きつっている。

「わたしたち、死んだらどうなるのかしら」

愈純姫が悲しそうに言った。

「死のうと生きようと、誰もわたしたちのことを知らない」

淳花が言った。

「兵隊さんも同じことよ。死ねば、それで終り」

徐英愛は諦観していた。

「でも兵隊さんは遺品を家族に届けられるんでしょ？　わたしたちはなんにもない。どこで死んだのかも知らされない」

淳花の言葉に、みんなは黙ってしまった。

それにしても日本兵はよく働いていた。破壊された藁葺小屋を建て直し、深い塹壕《ざんごう》を掘り、敵の攻撃に備えていた。

一人の将校が四人の兵士をともなってやってきた。そして部屋の中をムシロで仕切る間隔を指示していた。一軒の小屋にふり分けられる慰安婦は限られていた。慰安婦一人が占める場所は二畳程度である。将校の指示に従って兵士たちは壁と壁の間にロープを張り、二畳程度の間隔を取ってムシロを吊るして仕切り、床にもムシロを敷いた。上海とシンガポールの倉庫と同じだった。

昼過ぎから小屋の前に兵士の長い行列ができた。管理者の金容学の姿がなかった。どこかで逃げたのか、あるいは死んだのだろうか。慰安婦の間で、金容学の安否を気にとめる者はいなかった。もともと管理者に騙されて連れてこられた慰安婦たちは、こころのどこかで管理者を憎んでいたのだ。

慰安婦は一軒の小屋を五人単位で受け持っていた。つぎからつぎへとやってくる兵士は、ムシロの上に仰向けになって股を開いている慰安婦の上におおいかぶさり、排泄でもするように短時間でことを終えるとつぎの兵士とバトンタッチした。慰安婦は、まるで自動性器のようだった。中には軽傷を負って片足を引きずっている兵士までやってきた。

左の脚に包帯を巻いた痛々しい恰好の兵士が顔を歪め、「上に乗ってそっとやってくれ」と言うのだった。

その日、淳花は、午後一時から夜の八時まで働き、性交の途中、食事をとった。いまやそれが当り前になっていて、いまさら抵抗感を覚える気にもなれなかった。ただ気を使ったのは性病と健康だった。体の変調がもっとも恐ろしかった。体に変調をきたし、病に倒れると、それは死を意味していた。

この集落にはラシオと同じ程度の千五百名の日本兵がいた。三十二人の慰安婦が千五百名の兵士の相手をするのは並大抵ではない。しかも最前線である。戦闘機の爆音が聞えると、上に乗っていた兵士は下半身を晒したまま、軍服を持って部屋から逃げだす始末だった。ときどき敵から砲撃されることもある。そんなとき、慰安婦たちは小屋の中で、ひたすら砲撃が止むのを待つしかなかった。

夜だった。突然、砲声が響き、将校があわてて小屋の外に出たとき、入口で砲弾が炸裂した。轟音とともに小屋の入口付近が破壊され、部屋の中に破片が飛んできた。一瞬の出来事だったので慰安婦たちには何が起ったのか判然としなかったが、部屋から逃げだした将校は、ばらばらになっていた。部屋にいた慰安婦たちは外に逃げ出したが、淳花は一人、部屋に残っていた。夜の暗闇に人々の叫び声が木魂していた。部屋に一人残った淳花は『早く終ってほしい……』と思った。

夜が明け、太陽は真上に輝いていた。日本軍は山の中腹あたりに陣地を構え、敵も前方の山の中腹あたりに陣地を構えている。互いに望遠鏡で相手の動きを観察し牽制していた。その間、日本兵は陣形を立て直し、つぎの攻撃に備えた。

無線係がしきりに「応答せよ！　応答せよ！」と言っている。たぶん部隊の応援を求めているのだろう。この陣地はミートキーナとバーモの中間あたりで、ミートキーナへ移動する部隊を援護するために設営されたのだが、その部隊が敵から猛攻を浴びていた。

小屋は敵の標的になり易いので、慰安婦たちは数百メートル離れた草むらの塹壕の中に避難した。しかし、兵士たちは塹壕の中にまでやってきた。なんの仕切りもない塹壕の中で慰安婦たちは兵士を相手にしなければならなかった。まるで集団輪姦しているような光景だったが、その光景を空は見ていた。

兵士の体は硝煙の臭いと汗ばんだ臭いと腐った死体の臭いがないまぜになってすえた臭いを漂わせていた。淳花はできるだけ顔をそむけ、兵士の吐く息を避けていたが、中には無理矢理唇を重ねてくる兵士もいた。

「やめてよ！　キスはいや！」

淳花がキスを拒否すると、

「この女！　ふざけやがって！」

と兵士は淳花を打擲した。

「なにすんのよ！　冗談じゃない……ここをどこだと思ってんの！　ここは地獄の一丁目だよ」

淳花は跳ね起き、逆に兵士を蹴飛ばした。

淳花の昂然《こうぜん》とした態度に圧倒されて、兵士はひるみ、すごすごとその場を去った。以前の淳花なら、従順に兵士のなすがままになっていたが、いまの淳花はちがっていた。兵士もまた一個のペニスにすぎなかった。人格などないのだった。

砲弾が飛び交う中で行う性交に、どうして感情移入ができるだろう？　恐怖の中でのセックスは、すでにある種のエクスタシーの状態になっているのだ。兵士は恐怖から逃れたいために慰安婦を抱こうとするが、慰安婦は恐怖から逃れたいがために兵士を拒否していた。この二つの感情の鬩《せめ》ぎ合いは、いわばはてしない生と死の葛藤を思わせる。だが、逃げ道はない。ひたすら絶望を生きるだけだった。絶望を生きていると視覚と聴覚の分裂がはじまり、幽体離脱のような状態になる。高い建物から飛び降りた肉体から抜け出した魂が、落下していく肉体を見下ろしている感覚に似ている。肉体と魂の分離融合体である私という存在は、あの世とこの世をつねに往還しているように思えた。

ふたたび砲撃がはじまった。淳花は塹壕を飛びだし、砲弾が降りそそぐ中へふらふらと歩きだした。

「淳花！　もどっておいで！」

恵栄が必死に呼び止めている。

だが、淳花は夢遊病者のように攻撃してくる砲弾の中を歩いた。炸裂した砲弾で大地が揺れ、充満している硝煙の中を淳花は死を求めて彷徨った。どうして砲弾は当らないのか。砲弾に当り、何もかも木っ端微塵に吹き飛ばしてほしい！　それが淳花の最後の望みだった。誰もが淳花は砲弾に当って木っ端微塵に吹き飛ばされるだろうと思ったが、皮肉なことに、砲弾はまるで淳花を避けるように別の場所に炸裂するのだった。そして砲撃が止むと、硝煙の中から淳花が現れた。慰安婦たちは奇跡でも起きたかのように驚き、淳花の周りに集まってきた。

「本当によかった。あなたはどんなことがあっても、絶対に死なないと思う」

恵栄が涙声で言った。

淳花は将校に呼ばれた。大きなテントの中に入ると、正面の机の前に座っていた部隊長が、いきなり大声で、

「おまえは何を考えとるか！　おまえは天皇陛下の赤子である。おまえの命は天皇陛下に捧げたてまつっておるのだ。勝手に死ぬことは許さん！　馬鹿もん！」

と怒鳴られた。

うなだれていた淳花の瞳から涙がこぼれた。

部隊は敵の砲撃で釘づけにされていた。ミートキーナの援軍に向おうとしていたが、身動きとれない部隊は、やむなく分散してイラワジ川沿いの岩陰に身をひそめながら少人数で進むしかなかった。百人くらいの兵士と慰安婦が部隊から離れ、迂回《うかい》して岩場や草むらを這うように進んでいった。敵は気付いていないらしく、本隊を攻撃している。

足場の悪い岩場を歩くのは困難をきわめた。照りつける太陽の熱で、淳花は目眩《めくるめ》いた。イ

ラワジ川の激流がゴーッと唸りを上げている。何キロ歩いたのかわからない。慰安婦たちはひたすら兵士たちに遅れまいとついていった。

いつしかみんなは森の中を歩いていた。川の音が遠のき、奇妙な動物の啼き声が聞える。直射日光の下から樹木の茂る森の中に入ったみんなは道に迷ったのではないかと思った。

「ここで少し休憩する。もうすぐ日が暮れる。ミートキーナまではまだ遠い。日が暮れてから出発する」

みんなを先導していた将校が言った。

慰安婦たちはやっとひと息つけた。樹木の間から吹いてくる風が涼しかった。慰安婦たちは三々五々座り込み、休憩した。

三十分ほど休憩してふたたび出発した。あたりは真っ暗闇だった。

「お互いに手を取り合って歩くのだ。離れると道に迷って森から出られなくなる。川の音が頼りだ。もし離れたときは、川の音を頼って森を出て川を遡《さかのぼ》るのだ」

暗闇をなんの目印もなく進んで行く将校は、この一帯の地理によほど詳しいのだろう。

慰安婦たちは二列になって互いの手を取り合い歩いた。足元はむろんのこと、前方もまったく見えない。あとは勘に頼るしかなかった。川の音がかすかに聞える。将校が言っていたように川の音が頼りだった。

昼は太陽の熱にあおられて目眩いたが、夜は川が発する冷気で凍えそうだった。

「もう歩けない」

恵栄が立ち止って、その場にへたり込んだ。

「駄目よ、こんなところでへたばっちゃ。置いて行かれるわよ。頑張らなきゃ」

淳花はへたり込んだ恵栄を立ち上がらせようとしたが重くてできなかった。慰安婦の一人が手伝ってくれて、やっと立ち上がらせたが、恵栄を二人がかりで運ぶと、その二人がへたばるのだった。何人かで交替しながら恵栄の両脇を支えて歩いたが、一時間ほどで疲れはて、運べなくなった。

「部隊長殿！」

淳花が意を決した声で先導している将校を呼んだ。

みんなが止り、先導していた将校がやってきた。

「どうした？」

将校が厳しい声で言った。

「若春が歩けません。少し休ませて下さい」

「歩けない？　けがでもしたのか」

「腰が痛むんです」

恵栄が訴えた。

「目的地はもうすぐだ。我慢しろ」

将校は恵栄を鼓舞した。

「歩けません。わたしをここに置いて行って下さい」

恵栄は悲痛な声で言った。

「駄目よ、そんなこと。馬鹿なこと言わないで」

ここに置いて行けば、恵栄は餓死するか自殺するにちがいないと淳花は思った。

だが、将校は別のことを考えていた。

「駄目だ。おまえをここに置いて行くわけにはいかない」

将校は恵栄が逃亡するのではないかと考えたのだ。

このような前例を作ると、将校の責任問題になるのだった。

「どうしても歩けないと言うのなら、おまえを拳銃で射殺するしかない」

恐ろしい言葉だった。

「そんな……」

淳花は絶句した。

「わたしたちみんなで運びます」

それ以外に方法はないのだった。

そのとき、頑強な兵士が、

「おれが運んでやる」

と言って恵栄に背中を向けてしゃがみ込んだ。

恵栄は淳花に助けられながら兵士の背中にしがみついた。兵士は恵栄を軽々と背負って歩きだした。

夜が明けてきた。森は霧でおおわれていたが、木洩れ日の中に現れては消えるみんなの影が幻想的だった。川の音が間近に聞えた。

恵栄はいつしか兵士の背中でうたたねをした。大きな温かい背中だった。幼い頃、父の背中で眠った記憶が蘇った。だが、日本兵に背負われているのが歩くことより苦痛だった。みんなからどう思われているのか、それが気になった。

みんなは黙々と必死で歩いている。中には足をふらつかせている慰安婦もいた。自分一人だけが日本兵の背中におぶさっている後ろめたさに耐えきれなくなって、

「降ろして下さい。歩きます」

と恵栄は言った。

「歩けるのか」

背負っていた兵士がいぶかったが、

「ええ、歩けます。ありがとう」

と礼を述べて恵栄は歩きだした。

ほんの少し、兵士の背中でうたたねをした恵栄の腰の痛みは、かなり緩和されていた。それでも歩きだすと、腰の痛みがぶり返してきた。恵栄は落ちていた木の枝を杖代りにして足を引きずりながら歩いた。

「大丈夫？　無理しない方がいいと思うけど。兵隊さんにまたおぶってもらったら」

杖をつき足を引きずりながら歩いている恵栄を見かねた淳花は助言したが、恵栄はかぶりを振った。

淳花には恵栄の気持が痛いほどわかるのだった。自分が同じ立場だったら、日本兵におぶってもらうのを拒否しただろうと思った。

森を抜けると一本の道がのびていた。道の両側に立っている大きな樹木には掌の二倍くらいの粘土のような黒い塊が無数に貼りつけられていた。牛糞だった。牛糞を樹木に貼りつけて乾燥させていた。乾燥した牛糞は燃料に使われるのである。

樹木に牛糞を貼りつけているということは、近くに集落がある証だった。日本軍はあたりを警戒しながら進んで行った。

やがて土壁でできた集落にきた。土壁には牛糞が貼りつけてある。集落の建物は整然と立ち並び、清潔でゴミ一つ落ちていなかった。遊んでいた数人の子供が日本兵の出現に目を丸くして驚いていた。

家の中に隠れていた村人たちが、おそるおそる表に出てきた。一人のビルマ人の老人が両手を合わせて日本軍に近づいてきた。石谷部隊長が睥睨するかのように布一枚を腰に巻いた小柄な老人を見下ろした。

驚いたことに、その老人はかたことの日本語で、

「ワタシタチハ、ニホングンヲ、カンゲイシマス」

と言った。

「ほおー、日本語ができるのか」

森林の奥の人跡未踏のような小さな集落に、日本語ができる人間がいたことに石谷部隊長はいたく感銘した。アジアをあまねく支配している日本の力が顕現する場面だった。

「食糧を調達したい」

副官の桜井五郎が言った。

老人はさっそく村人に命じて鶏を四羽持ってこさせた。

集落を見て回った四人の兵士がもどってきて、

「豚が五頭います」

と石谷部隊長に報告した。

「そうか、豚を二頭潰せ」

それを聞いた老人は、

「ソレダケハ、オユルシクダサイ」

と土下座した。

土下座している老人を無視して豚舎の方へ歩いていく石谷部隊長にしがみつき、

「アノブタハ、マツリノトキ、カミサマニササゲルモノデス」

と言った。

「きさま！　日本軍に協力しないつもりか。日本軍に協力しない者は、敵とみなす」

石谷部隊長は腰の軍刀を抜き、脚にしがみついている老人を一刀両断した。

「ギアーッ」

人間の悲鳴とは思えない叫びを上げ、老人はなおも石谷部隊長にしがみついた。

「しぶとい奴め！」

石谷部隊長は軍刀の切っ先を老人の胸の奥深くまで突き刺した。老人は口を大きく開き、叫びにならない叫びを上げて、その場にばったり倒れた。大地に大量の血が流れた。

その残虐な殺戮を見ていた村人と慰安婦は、あまりの恐ろしさに叫び声を飲み込んだ。

二頭を処分せよ、と命じていたが、兵士たちは五頭の豚を処分し、一頭を火で焼き、集落で食した。慰安婦たちも豚肉にありついた。

「酒はないのか。どこかにあるはずだ。探し出せ」

桜井副官が兵士に命じた。数人の兵士が集落の中をくまなく探したが、酒は見つからなかった。この集落の村人は酒を飲む習慣がないのだった。

日本軍は四頭の豚肉を解体して燻製《くんせい》にし、リュックに詰めた。そしてひと晩、集落で過ごした日本軍は翌日の早朝、村をあとにした。

土下座している老人を、なぜ一刀両断しなければならないのか。日本軍は日本人以外の人間を人間と思っていないのだ。淳花は、情容赦のない日本軍にあらためて憎悪を覚えた。

兵士と慰安婦は疲労困憊の極に達していた。だが、ここで休憩して時間を無駄にできなかった。少しでも早くミートキーナに着き味方と合流しなければ、途中、敵の襲撃で多くの犠牲を出すことになりかねない。石谷部隊長は焦り、行軍を強行していた。慰安婦の中から脱落者が出れば、射殺するつもりだった。石谷部隊長と桜井副官の殺気に怯えながら慰安婦たちは歯を食いしばって行軍していた。

やがて前方の地平に街らしき光景が見えた。石谷部隊長が双眼鏡で地平に見える帯状の黒

い風景を確認すると、

「ミートキーナだ」

と言った。

桜井副官が双眼鏡で再確認した。難行苦行の末、やっとミートキーナにたどり着いたのだ。石谷部隊長は一人の兵士に偵察を命じ、敵にまちがえられないよう伝達して、開門を待つことにした。

三十分後、偵察に行った兵士がもどってきて、

「伝達してきました。開門して待っているとのことでした」

と石谷部隊長に報告した。

「よし、これから城門に向う」

石谷部隊長が先頭に立って歩きだすと、みんなも歩きだした。

城壁までは見通しのよい広野だった。敵の襲撃に備えて、周辺の森林を伐採したのだろう。城壁の上には数十人の日本兵が警戒態勢を整えていたが、慰安婦たちの姿を見ると、警戒心をとき、笑顔になった。

城門が開かれ、慰安婦たちが入って行くと、大勢の兵士たちが集まってきた。ミートキーナには多くの慰安婦たちがいる。

慰安婦と入れ替って、日用品を積んだ荷馬車や羊や水牛や、天秤棒を肩に掛けた現地の人々が城門から出てきた。地元の農民や商売人が出入りしているのだった。しかし、彼らの出入りは日本兵に厳しくチェックされていた。スパイの侵入を警戒しているからであった。慰安婦も例外ではなかった。一人ひとり身体検査を受けて通された。

前もってミートキーナに慰安婦がくることを知らされていた兵士たちは、近くの森林を伐採した木材で慰安所を建てていた。その真新しい慰安所に淳花たちは入れられた。ミートキーナにはすでに五十八名の朝鮮人慰安婦がいた。

慰安所の内部は、他の地域の慰安所と似たりよったりだった。二畳程度の部屋が廊下を挟んで二列に並び、三十二名が収容された。部屋には小さな窓があり、木製のベッドと机と椅子とランプが置いてある。ランプは夜訪れる将校のために必要だった。

部屋に入った淳花はベッドに倒れ込んだ。身も心も疲れはてていた。考える力さえ残っていなかった。

淳花はそのまま眠ってしまったが、ふと気付くと、ランプの灯りが点り、ベッドの側に誰かが立っていた。驚いて見上げると、石谷部隊長が軍服のボタンをはずしているところだった。

「行軍しているときから、おまえを抱きたいと思ってた。今夜はゆっくり楽しもう」

石谷部隊長は少し酔っていた。

「まだ入浴してません」

淳花が言うと、

「かまわん、かまわん。女の生《な》まぐさい匂いもいいもんだ」

石谷部隊長は裸になってベッドに入ってきた。

そして体をこわばらせている淳花を抱き、淳花の着ているワンピースを脱がしにかかった。石谷部隊長が体の中に入ってきたとき、淳花は呻き、喘いでみせた。抱かれている間、人形のようになんの反応も示さずに終えるより、擬態を演じて相手に満足感を与えることで、缶詰や乾パンや、ときには酒を差し入れてくれたりする。

淳花の狙い通り、三日後にやってきた石谷部隊長は、肉の缶詰や乾パンや、ビールと果物まで持参した。淳花はこれまでの経験で、将兵を巧みに操る術を身につけていた。どのみち、なすがままにされるのなら、将兵のお気に入りになって、食糧を入手しようと考えたのだ。

その点、恵栄は、いまだに将兵に対して嫌悪をあらわにし、ときには殴られることもあった。淳花は恵栄に何度も言い聞かせたが、

「わたしにはできない」

と拒絶反応を示すのである。

したがって質素な食事以外、将兵からの差し入れがない恵栄は栄養失調気味になり、いつも蒼白い顔をしていた。淳花は陰で将兵からもらった差し入れの食糧を恵栄に分け与えていた。

「いつもすみません。迷惑ばかりかけて」

頑《かたく》なな恵栄は、自分を責めていた。

「いいの。あなたはあなただから。わたしはむしろ、あなたが羨ましい」

ひと頃は淳花も、恵栄のように頑なで純粋だった。それがいまでは将兵に媚び、食糧をもらっている自分があさましく思えた。しかし、生きていくためにはどんなことでもしようと決意したのである。

今後、食糧の問題は、深刻になってくるだろうと淳花は考えていた。後方からの支援がとぎれがちな日本軍が食糧の現地調達になりふりかまわず暴力を振っているのを見るにつけ、その感を強くしていた。

ミートキーナにきてからしばらくの間、慰安婦たちは平穏な日々を過ごしていた。もちろん毎日、日本兵を十数人相手にしなければならなかったが、いつしか日本兵との間にコミュニケーションがとれ、冗談を言ったり、悪ふざけをしたり、ときには日本兵から好きだと告白されたりした。そんなとき、淳花は不思議な感情を味わうことがある。それは男女の関係というより、人間的な感情だった。胸ポケットに忍ばせている家族の写真を見せられると、同情せずにはいられなかった。見知らぬ遠い土地で戦っている日本兵も一人の人間にすぎないと思うのだった。汚辱と屈辱にまみれた淳花にとって日本兵は憎悪の対象以外の何ものでもないが、日本兵にも家族がいるのを知って、どうして同じ人間が、こんなにも非道残虐なことができるのだろうと悲しくなるのだった。そしてどんな僻地にいようと、なにかにつけ、日本軍が皇居に向って最敬礼をする姿が不可解であった。

一ヶ月ほど過ぎたある日、慰安婦たちは広場に集められた。いつもそうだった。なんの前ぶれもなく慰安婦たちが集められるときは、必ず移動させられる。つぎはどこへ移動させられるのか、慰安婦たちは不安な面持で集まった。

石谷部隊長が木箱の上に立ち、

「これから朝鮮人慰安婦を四班に分ける。一班と二班は、明朝七時にこの場所に集合し、ただちに出発する。残りの慰安婦はしばらくの間、ここにとどまる。一班と二班は荷物をまとめて待機せよ。以上」

と用件だけを告げた。

慰安婦たちは互いの顔を見つめ合い、ここで別れることになるのではないかと不安を募らせた。

一人の将校が名簿を読み上げた。

恵栄の名前が呼ばれた。恵栄はどきっとして淳花を振り返った。淳花と恵栄はしっかり手を握りしめていたが、淳花の名前が呼ばれることはなかった。淳花と恵栄は明朝、別れることになったのである。淳花は唇を噛みしめた。姉妹のようにつき合ってきた二人が別れわかれになるのは肉の一部を引き裂かれる思いだった。いったん別れわかれになると、再会できるのは不可能に近いのだ。

夕食後、二人は食堂に残って最後の会話を交した。二人には語りつくせない思いがあったが、言葉にならなかった。

「もし、あなたが生き残って郷へ帰れたら、わたしの故郷を訪ねて、わたしのことを話してほしいの」

淳花が言うと、

「もちろんよ。もし、淳花が生き残って郷へ帰れたら、わたしの故郷を訪ねて、わたしのことを話してちょうだい」

と恵栄は同じ気持を伝えた。

思いは同じだった。二人は、この先、生き残れる可能性は小さいと考えていた。

翌日、朝食のあと、十七名の朝鮮人慰安婦と五名の日本人慰安婦と約百名の日本兵が広場に集合した。指揮をとるのは弱冠二十六歳の桜井副官であった。エリート意識が強く、下級兵士を見下し、横柄な態度で接していた。敬礼の仕方が悪いと言って、年上の下級兵士を拳で殴ることもあった。

「おまえたちは天皇陛下の御《おん》ために、死をもってご奉公しなければならない！」

石谷部隊長の文言を、そのままなぞっていた。

「おまえたちは大和撫子である。いかなる困難をも乗り越えてこそ、大和撫子である」

恵栄は耳にタコができるほど、「大和撫子」という言葉を聞かされてきた。「大和撫子」という言葉がどういう意味なのか理解できなかったが、いつしかその言葉に呪縛されていた。恵栄は身の引き締まる思いがした。

「前へ進め！」

桜井副官の号令で百名の兵士は軍靴を響かせて行進した。そのあとを慰安婦たちがついて行った。

城門を出ると、二キロ四方ほどが平地だった。桜井副官と日本軍と慰安婦は前方の山に向って行進した。昨日までのいまにも雨の降りそうな曇天が、今朝は真っ青な晴天になっている。前方の四千メートル級の山々の峰がはっきりと見てとれた。あの山々を越えて行くのは気が遠くなるような距離である。途中、敵に襲撃されるかもしれない。昨夜も散発的に砲撃が轟いていた。

気がつくと、なだらかだった道が急勾配の山道になっていた。樹木におおわれ草のはえている道は、いつしか人の通った痕跡がなくなり、もはや道とはいえないほどだった。日本軍と慰安婦は道なき道を行進して行く。

桜井副官はときどき立ち止って羅針盤を見つめて地図と照合しながら空を仰いだ。森林は深閑としている。

そして小高い丘の上にきたとき、

「ここから先は中国だ」

と桜井副官は言った。

出発から六時間ほどでビルマと中国の国境にたどり着いたのだった。

桜井副官は大きな岩に登り、双眼鏡で周囲の光景を見渡した。一行は中国雲南省の騰越《とうえつ》をめざしていた。

足を引きずっていた恵栄は痛みに耐えきれず、小岩に腰を下ろして足の裏を見た。かかとの皮がむけ、血がにじんでいる。

「これ以上、歩くのは無理だわ」

恵栄より二歳年上の池明淑《チミユンスク》が、恵栄をおぶってくれた兵士に事情を説明すると、兵士は心

配そうにやってきて、

「これはひどい！」

と言ってベルトにさげたタオルを取って恵栄の足の裏を巻いた。

それから兵士はしゃがみ込んだ。今度は拒否できなかった。みんなの視線を気にしながら恵栄はおぶってもらった。

小川が流れている。その小川を渡ったところで三十分休憩した。

「すみません」

恵栄は何度もおぶってくれた兵士に礼を述べた。

「たぶん夜までには目的地に着くと思う。もう少しの辛抱だ」

背の低い、ずんぐりとした体形の佐野という兵士は、朴訥《ぼくとつ》で真面目そうだった。

「すみません」

恵栄はまた礼を述べた。

佐野に頼る他ないからだった。

本来なら騰越へ行く山道があるはずだったが、敵の襲撃を恐れた桜井副官は、かなり迂回していた。その分、兵士と慰安婦に負担をかけていた。

どこからともなく低い音楽のような音が響いてきた。見上げると上空に敵の黒い不気味な戦闘機が飛来していた。森林の中なので上空からは見えないはずだが、みんなは木陰や岩陰に身をひそめて、戦闘機が去って行くのを待った。地元の人間が利用する一般の山道を歩いていたなら、敵の戦闘機に襲撃されていたかもしれない。用心深い性格の桜井副官が、けもの道を選択したのは正しかった。

12

山を越え、谷を渡り、草原にきたとき、前方に黒い集団がこちらに向ってくるのが見えた。

「前方から敵が接近してきます」

部隊の先頭で見張りをしていた二人の兵士が桜井副官に報告した。

桜井副官は双眼鏡で、こちらへ向ってくる集団を観察していたが、

「戦闘準備！」

と大声で命令した。

百名の日本軍はただちに横にひろがり、小銃や機関銃を構えて戦闘態勢に入った。慰安婦たちは部隊から数十メートル離れて草むらに身をひそめた。恵栄は心臓が高鳴り、緊張感で体が硬直していた。これから何が起るのかわからない恐怖で震えていた。

部隊に接近してくる集団はみな中国軍の軍服を着ている。両手を上げ、白旗をかかげていた。

だが、敵を至近距離にまで引きつけた桜井副官は、

「撃て！」

と命令した。

小銃と機関銃がいっせいに火を噴いた。

部隊に接近してきた集団がばたばたと倒れていく。不意に小銃と機関銃の射撃を浴びせられた中国軍は悲鳴を上げて逃げだした。

「一人も生かすな！　捕虜はいらない！」

桜井副官は腰の軍刀を抜いて先頭に立ち、逃げまどう中国兵のあとを追った。部隊の兵士たちも桜井副官のあとに続いて逃げまどう中国兵を追い小銃と機関銃を撃ちまくっていた。中国軍はまったく反撃してこない。ひたすら逃げまどうだけであった。中には両手を合わせて命乞いする者もいたが、日本軍は容赦なく撃ち殺した。

草むらにひそんでいた慰安婦たちは、この恐ろしい光景を目撃していた。これは悪夢ではないだろうか……。恵栄は、目の前で起きているおぞましい虐殺が現実とは思えなかった。

虐殺は三十分ほどで終った。日本軍は五十メートル四方にちらばっている百二、三十人の

中国兵の死体を一つひとつ確認していた。中には生きている者がいて、むっくり起きると、日本兵は、その中国兵を銃剣で突き刺した。とどめを刺された中国兵は、ふたたび後ろへのけぞって倒れた。

そして意外な事実が判明した。軍服を着ていた中国兵は、すべて非戦闘員の女性だったのである。

遺体を確認した兵士の一人が、

「すべての遺体は、非戦闘員と思われる女です」

と桜井副官に報告した。

「女……本当か」

桜井副官は驚いた。

「百二、三十人の遺体はすべて女でした」

なぜ非戦闘員の女が軍服を着ていたのか？

言われてみると、だぶだぶの軍服を着ていたので、逃げまどう姿が不自然だった。

「おそらく野盗や強盗に襲われるのを警戒して軍服を着ていたのではないかと思います」

将校の一人が、桜井副官の立場を配慮するように言った。

もちろんこの事件は、上層部に報告されることはなかった。

日本軍は草原に累々と横たわる屍を放置して行軍した。行軍の間、慰安婦たちは口を固く閉ざし、目を足元の一点に凝《ぎょう》した。虐殺の光景が、慰安婦たちの脳裏に焼きついていた。いつか自分たちも、あのように情容赦なく虐殺されるのではないかと思うのだった。

予測できない事態がつぎつぎと起る。ついさっきまで元気だった慰安婦が、急に体調を崩して倒れたりするのだ。

部隊は高く険しい山の峰を歩いていた。一人がやっと通れるほどの道幅である。その狭い道に馬の蹄《ひづめ》と大砲の轍の跡が残っていた。標高二千メートル級の山岳地帯を重量のある大砲や大量の武器弾薬を積んだ軍馬が通っているのだった。それは恐ろしい力業であるといわねばならなかった。死してのち已《や》むというが、まさに死を賭して行軍しているのである。

見渡す限り山々がつらなっている自然の雄大な風景は、人間の病める心を洗いざらい払拭してくれそうな力を感じた。

強い風が吹いている。雲が下から湧き上がってきて、眼下に雲海が広がっていた。神秘的で変幻自在な雲の動きは、部隊の行く手を阻んでいるかのようだった。上半身は晴天の太陽に晒されながら、下半身は雲の中にいた。この摩訶不思議な現象に部隊は足止めをくった。

「止れ！　しばらくじっとしていろ！　動くんじゃない！」

桜井副官は危機感をつのらせて叫んだ。

相手は自然である。どうにもならない。雲が移動するのを待つしかなかった。

濃霧が発生し、前にいる人間が黒い影のようだった。一寸先が見えない濃霧の中で恵栄は緊張のためか尿意をもよおし、その場にしゃがんでおしっこをした。たち込める濃霧の中でのおしっこはすがすがしかった。

一時間ほどで雲は風に吹かれて移動し、周囲の山を眺望できた。部隊はゆっくりと行軍した。霧に濡れた体が冷たかった。日がかげりはじめたせいもある。この調子では夜も行軍させられるのではないかと思ったとき、

「着いたぞ！　もうすぐだ！」

将校の一人が言った。

みんなの間から安堵の吐息が洩れ歓声が上がった。

一キロ四方の城壁に囲まれた騰越は古い都である。その城壁を囲むように北東二キロほどの距離のところに飛鳳山陣地、西方に宝鳳山陣地、東営台陣地、北方に高良山陣地などがあり、北側の援蔣ルートを遮断するため二千二十五名の守備隊が配備されていた。

桜井副官の部隊は南門から城内に入った。みんなは疲れきっていたが、一応整列して番号を唱え、人数を確認した。

出迎えた騰越の守備隊長である福地隊長がみんなに挨拶した。

「この騰越は北側にある敵陣地と対峙《たいじ》している。わが軍は、たえず先制攻撃をかけ、敵を殲滅せんと日夜戦っておる。諸君らがきたからには勇気百倍である」

口髭を八の字にはやした福地隊長は、簡単な挨拶をすませ、桜井副官を慰労するかのように宿舎に案内した。

慰安婦たちは南門城外にある中西合壁の建物に連れて行かれた。それなりに裕福な中国人が住んでいた立派な建物があり、中庭には井戸があった。井戸があると、そこで食事の用意や洗濯ができ、慰安婦にとって便利であった。部屋数も多く、慰安所にはうってつけの建物である。

建物には十二名の朝鮮人慰安婦がいた。彼女たちは恵栄たちと入れ替るように交替した。

「彼女たちは郷へ帰れるのかしら。羨ましいわ」

疲れた浅黒い顔の池明淑が言った。

「郷へ帰れるかどうか、わからないわよ。また別の陣地へ送られるのかもしれない」

恵栄はできるだけ希望的観測をしないようにしていた。希望的観測は、そのあとの絶望を深くするからであった。

城壁の周辺にはすくなくとも三ヶ所の慰安所があった。それらの慰安所には朝鮮人慰安婦がいるのか、中国人慰安婦がいるのか、日本人慰安婦がいるのか恵栄たちにはわかるはずもなかったが、恵栄たちと交替した朝鮮人慰安婦は、その三ヶ所のどれかの慰安所に移されたのかもしれない。いずれにしても二千二十五名の日本兵を相手にするためには、それなりの数の慰安婦が必要であった。しかも騰越のような山岳地帯に連れてくるのは並大抵ではない。

恵栄たちは一日の休養を与えられ、つぎの日から仕事をさせられた。山岳地帯を行軍していた間も、夜になると「やらせろ」と迫ってきた兵士がいた。

三日後の午後三時頃、恵栄の部屋に一人の兵士が入ってきた。恵栄をおぶってくれた佐野上等兵だった。

「佐野さん……」

恵栄は懐かしい人物にでも会ったかのように名前を呼んだ。

佐野上等兵ははにかみながら、

「元気か」

と言った。

「ええ、おかげさまで」

恵栄が答えると、

「足はどうなった。少しはましになったか。ちょっと見せてみろ」

と佐野上等兵は言った。

恵栄はなぜか恥ずかしそうに足の裏を見せた。

佐野上等兵は恵栄の足首を持って傷跡を見ると、

「だいぶよくなったな。しかし、完治していない。一度、軍医に診てもらった方がいい」

と心配してくれた。

「明日、診てもらいます」

恵栄はベッドのシーツを整え、衣服を脱ごうとすると、

「いや、今日はおまえの足の具合を見にきたんだ。いつまた移動になるかわからないから、足の傷は早く治さないといけないからな」

と言った。

「今日は仕事なんですか」

「そうだ。今日は当番なんだ。これから明日の朝まで見張りに立つんだ。またくる」

そう言って佐野上等兵は部屋を出た。

足の傷を心配して、わざわざ見舞にきてくれた兵士ははじめてだった。自分をおぶって険しい山道を何時間も歩いてくれた佐野上等兵の背中から伝わってきた体温が恵栄の体にいまも残っていた。そのぬくもりは足の傷より心の傷を癒してくれる優しさだった。

恵栄はいつしか佐野上等兵が訪れるのを心待ちにしていた。「またくる」と言っていたのに、三日が過ぎても佐野上等兵はこなかった。他の慰安婦のところへ行っているのではないだろうかと疑心暗鬼になった。恵栄はそれとなく他の慰安所の周りを歩いて様子を窺《うかが》ったが、佐野上等兵の姿はなかった。

「どうしたの、恵栄。最近、落ち着きがないわよ。何か心配ごとでもあるの？」

夕食のあと、池明淑が訊いた。

「なんでもない。少し疲れてるの」

恵栄は心の中を読みとられまいとして、微笑んでみせた。

日本兵に好意をよせていることを知られると慰安婦たちのもの笑いになると思った。

ある日の夕方、部屋の入口に一人の兵士が立っていた。顎が短く額の狭い、変形した石のような顔の佐野上等兵だった。

恵栄は驚き、

「遅いじゃない。すぐきてくれると思ったのに」

と甘えるような、だだをこねる子供みたいな声で佐野上等兵を批難した。

「すまん、討伐隊に参加してたんだ」

佐野上等兵は白い歯を見せて変形した石のような顔をほころばせた。

佐野上等兵はベッドに腰を下ろし、

「足の傷は治ったか」

と言った。

「もう大丈夫。何キロでも歩ける」

恵栄は足の裏を見せた。

「小さな可愛い足をしてる」

佐野上等兵は足を撫でながら恵栄を抱きすくめた。

抱きすくめられた恵栄は佐野上等兵の首に両手を回して横臥した。これまで兵士の唇を拒否してきた恵栄は、佐野上等兵の唇を受入れたのである。もどかしげに服を脱ぎ、恵栄は自分から下着を脱いで裸になった。佐野上等兵の舌がナメクジのように恵栄の全身を這っている。他の兵士の舌は嫌悪以外の何ものでもなかったが、佐野上等兵のざらざらした舌の感触に快感を覚えるのだった。しだいに高揚してくる快感に恵栄は思わず喘いだ。そして恵栄の体の中に佐野上等兵のペニスが侵入してきたとき、恵栄は一気に昇り詰めた。

はじめての経験だった。恵栄は死んだようにぐったりした。それから佐野上等兵の胸に顔をうずめて、

「こんなの、はじめて」

と小声で言った。

だが、二人が長く抱き合っている時間はなかった。佐野上等兵は順番を待っている兵士と交替しなければならなかった。

佐野上等兵は一週間に一度くらいの頻度で恵栄の部屋に通っていた。

「お金はいらないから、せめて三日に一度くらいきてよ」

恵栄は佐野上等兵にせがむのだった。

「三日に一度は無理だ。仕事もあるし、他の連中がやっかんでる」

「いいじゃない。やっかんでる奴なんか気にしないでよ。わたしはあんたの女なんだから、それをみんなにわからせてやるのよ」

恵栄は佐野上等兵の女であることを公言して憚《はばか》らなかった。毎日、十数人の兵士を相手にしていたが、自分は佐野上等兵の女であることを公言してプライドを守り、自己防衛本能を働かせていたのだ。

「佐野には日本に妻子がいるんだぞ」

部屋にくる兵士にいやみを言われたが、

「そんなの関係ないよ」

と恵栄は軽くあしらっていた。

佐野上等兵が好きだからといって結婚したいとは思わなかった。また慰安婦が結婚できるとも思っていなかった。数しれぬ男を相手にして汚れに汚れてしまった恵栄にとって結婚は夢のまた夢であり、結婚生活を想像することすらできなかった。恵栄はただ心の支えが欲しかったのである。慰安婦たちはみな、孤独と絶望にさいなまれていた。それは姿なき恐ろしい敵と戦っているようなものだった。

慰安婦の崔安中は、部屋の中で出産した赤ちゃんのへその緒を切らずにそのまま引きずりながら、あたりをふらふらと歩いていた。

「何をしておるか！」

兵士から注意された崔安中は、錯乱して、あわてて引きずっている泥だらけの赤ちゃんを食べようとしたのだった。それは鬼気迫る光景だった。むろん泥にまみれた赤ちゃんは息絶えていた。

慰安婦たちは精神のバランスを保つのがきわめて困難だった。正気と狂気の狭間を彷徨っていた。

恵栄が佐野上等兵を愛するようになったのも、精神のバランスを保つためだったのかもしれない。だが、愛という感情は、逆に精神のバランスを崩すこともあるのである。

佐野上等兵が部屋にくると、恵栄は最大限のもてなしをした。靴を磨いたり、とれかけて

いるボタンを縫いつけたり、少しでも長く一緒にいたいがために、順番を待っている兵士に一回分の金を渡して、

「このつぎ、きて」

と頼んだりしていた。

わずか五分を金で買っていた。

いつも窓から表通りを見て、佐野上等兵の姿を探すのだった。

「佐野はいまいないよ」

部屋にきていた兵士に言われても、恵栄は窓の外をじっと見ていた。

佐野上等兵が討伐隊に参加して隊列を組んで出発の行進をしているとき、恵栄は見送っている群衆をかきわけて、行進している佐野上等兵にお守りを手渡し、

「無事に帰ってきてね。死んじゃいやよ。あんたが死んだら、わたしも死ぬから」

と言って城門までついて行くのだった。

「おまえは幸せもんじゃのう」

「色男はつらいのう」

佐野上等兵は同僚の兵士から冷やかされていた。

恵栄の過剰な行為に佐野上等兵は迷惑そうな顔をしていた。

お守りの中には佐野命と書いた紙が入っていた。読み書きのできない恵栄は誰かに書いてもらったのだろう。

そして十日後に部隊が帰還してくると、恵栄は真っ先に城門のところへ行き、佐野上等兵を待っていた。戦死した兵士や負傷した兵士がトラックで運ばれてくる。激戦だったらしく、疲労困憊した兵士の足どりは重かった。

祈るような気持で待っていた恵栄の目に佐野上等兵の姿が映った。恵栄は駆けつけ、佐野上等兵の手を握りしめて涙を浮かべた。

慰安婦と兵士とのこのような関係は、恵栄と佐野上等兵だけではなかった。慰安婦と兵士との恋愛関係は、つかの間の夢幻のようなものだったが、それでも慰安婦たちは愛したい、愛されたいと望むのだった。

「女って悲しい生き物ね」

池明淑は恵栄にそれとなく言った。

「あんたは馬鹿よ。日本兵なんか好きになったりして。わたしは絶対、好きにならない。どうして日本兵を好きになるのか、わたしには理解できない。日本兵が中国大陸で何をしてるか知ってる。中国人女性を犯したあと、自転車の空気入れの管で膣の中に空気を入れたりするのよ。子宮が破裂して死んだそうよ。それを見ていた日本兵が大声で笑ってたって。わたしたちもいつか、そういう目にあうかもしれない」

新義州《シンウイジュ》出身の二十七歳になる金令順《キムヨンスン》は身震いしながら言った。二十七歳の年齢は慰安婦の中でも最年長になる。金令順は慰安婦にされてから八年になるのだった。

金令順や恵栄は南京を皮切りに、上海、ラングーン、メイミョー、ラシオ、ミートキーナを経て騰越にきているが、平壌《ピョンヤン》やソウルで人買いといわれている人間に騙されて直接、騰越に連れてこられた朝鮮人慰安婦も十数名いた。十七歳から二十歳くらいの、まだあどけない少女の面影を残している彼女たちは、騰越にきてすでに一年が経過していた。恵栄の経験からは、この時期がもっともつらいときである。兵士を全面的に受入れることができず、人生を諦めることもできないからだ。しかし、あと一年もすれば、兵士を全面的に受入れ、人生を諦めるようになるだろう。彼女たちに接していると、胸が切なくなるのだった。

「オンニ（お姉さん）は、こんな生活をして何年になるんですか」

休憩時間、恵栄の部屋にきていた十九歳になる李春花《イチュンファ》が言った。朝鮮では年上の女性に対して年下の女性は親しみを込めて「オンニ」と呼ぶ習慣がある。

部屋の窓から前方に聳える山々を眺めていた恵栄は、

「もう、六年になるわ」

と答えた。

「六年ですか。わたしはまだ一年です。でも、これ以上耐えられません」

春花はこみ上げてくる涙をこらえていた。

「耐えるしかないの。みんな耐えてるわ」

だが、耐えきれなかった慰安婦も何人かいる。耐えることは死ぬことよりもつらいのである。

「こんな状態がいつまで続くのですか」

春花は恵栄から答えを、希望を引き出したいと思っていた。

「わからない。戦争が終るまで続くと思う。でも、戦争がいつ終るのかわからない」

「わたしには、朝鮮がいつ戦争をはじめたのかわからない。朝鮮は日本と戦争してるんですか。どこの国と戦争してるんですか。それがわからない。なぜわたしたちが、こんな目にあわなければならないのか、それがわからないのです」

そう言われてみると、朝鮮がどこの国と戦争しているのか恵栄にもわからなかった。「鬼畜米英」という言葉が、何を意味しているのか、朝鮮人である恵栄には理解できなかった。たぶん慰安婦の中で理解している者は一人もいないだろうと思われた。ただ毎日、日本軍からすり込まれていた天皇陛下に対する崇拝の念は持っていた。日本人が神と崇《あが》めている天皇陛下は、恵栄にとって自然のように見まがうか、自然のように仮装されているところの自然の擬態であった。いわば遠くに聳えている山のような存在なのだ。

　窓から眺めていた山と山の間から黒点のような物体がひとつ、ふたつ、みっつと増え、爆音を轟かせて迫ってきたかと思うと、城内に向っていっせいに機銃掃射をはじめた。ダダダダダー……と規則正しい炸裂音とともに窓ガラスと天井が破壊され、恵栄と春花は間一髪のところで難を逃れたが、つぎの瞬間、数発の爆弾が落とされ、地面が揺れた。

　恵栄と春花は床に這いつくばり、部屋から逃れようとしたが、まるで夢の中であがいているようだった。手足を動かしても動かしても前進しないのである。恵栄と春花は互いの手を取り合って引っ張るようにしてはずみをつけ、起き上がり走りだした。

　外では敵の戦闘機と日本軍の激しい戦闘がくりひろげられている。怒号と泣き声、悲鳴と断末魔の叫びが機銃掃射と爆発音でかき消される。

　ようやく外に出た恵栄と春花は、方向感覚を失って逃げまどう兵士と慰安婦たちにもまれながら防空壕へ避難した。防空壕には大勢の兵士や慰安婦たちが避難していてすし詰め状態だった。みんなの顔が恐怖で引きつっている。

　戦闘は十五分ほどで止んだが、八、九キロほど先の山間部からの敵の砲撃は一時間以上続いた。それはまるで雷鳴のようだった。砲撃が続いている間、慰安婦たちは防空壕から動けなかった。

砲撃が終ったあとの静寂は時間が止ったような感覚だった。四千メートルから六千メートル級の山々が屹立している雄大な姿は微動だにしていない。

この砲撃で三人の兵士が死亡し、六人の兵士が負傷した。死亡した三人の兵士は陣地の片隅に埋葬されたが、半旗をかかげる儀式は省略された。そんな余裕はなかったのである。

慰安所の建物はめちゃくちゃに破壊されていた。それでも寝る場所を確保しなければならない慰安婦たちは片づけ作業をはじめた。

「また攻撃してくるかしら」

李春花が言うと、

「何回でも攻撃してくるわよ。敵はここを奪おうとしてるのよ」

甘い考えの春花を批難でもするように金令順は言った。

「昨日、わたしの部屋にきていた兵隊さんが言ってたけど、この陣地は敵に包囲されていて、逃げ道がないんだって」

十八歳になる呉美子《オミジャ》が事態の深刻さを訴えた。

「逃げ道がないってことは、わたしたちはここで死ぬわけ」

金令順が呉美子に詰め寄った。

「そんなこと、わたしにはわからない。兵隊さんの言葉を言っただけよ」

金令順に詰め寄られた呉美子は軽口を叩いたことを後悔した。

兵士たちはひたすら黙々と塹壕を掘っていた。飛鳳山から高良山陣地に通じる塹壕だけでなく、敵の包囲網をかいくぐって新しいルートを作ろうとしていた。だが、新しいルートを作るためには山にトンネルを掘らなければならない。それは労力と時間的に無理な作戦だったが、作戦本部は本気で考えていた。二千二十五名の日本軍に対して包囲している敵は五千名だった。蟻《あり》の入る隙間もないほど包囲網を固めている。しかも敵の雲南遠征軍はアメリカ軍の後ろ楯を得て充分な訓練を積み、食糧、弾薬、完璧な装備を整えていた。この時点で日本軍の戦闘機は半減し、制空権を失いつつあった。日本軍が制空権を失うと、騰越は丸裸にされるようなものだった。敵戦闘機の好餌《こうじ》にされる。実際、半減した日本の戦闘機は敵戦闘機の攻撃を阻止できなかった。

戦闘機の攻撃が一番恐ろしかった。猛スピードで飛来してきて急降下すると、地上の動いているものすべてを標的にするからであった。

防空壕には朝鮮人慰安婦と台湾人慰安婦が混在していた。爆撃されたとき、慰安婦たちは動転して、死線を彷徨っているのである。そんななかで人間にとって民族のちがいはなかった。

恵栄と春花は、暗い防空壕の中で互いの手を握りしめ、息をひそめていた。防空壕の中は緊迫した空気が張り詰め、みんな耳をそばだて外の状況を窺おうと不安にかられていた。鳴り止まない砲撃の音、上空を飛来していく戦闘機。

突然、一人の女が、

「ミヨコ！　ミヨコ！　どこにいるの！」

としきりに子供の名前を呼んでいる。だが、子供の返事はなかった。女は狂ったように子供の名前を呼び、防空壕を出ようとしたが、二人の男に引き止められた。

そのとき、敵戦闘機から投下された爆弾が防空壕を貫通して女と二人の男を直撃した。凄まじい轟音とともに防空壕が崩れ、中にいた十数人が生き埋めになった。

恵栄と春花も崩れた土に埋もれたが、幸い自力で脱出できた。崩れた防空壕から脱出した慰安婦たちは全身真っ黒になり、がたがたと震えている。恵栄も体の震えが止らず、上下の歯が合わなかった。

それから土に埋もれている慰安婦の救出を手伝った。手で土をかきわけ、出てきた腕を引っ張ってみると、右腕だけだった。

敵の戦闘機は逃げまどう慰安婦や兵士を容赦なく執拗に攻撃してくる。投下された爆弾が間近で炸裂した。横なぐりの爆風によろめいた恵栄の顔面に生温《なまあたた》かい粘り気のある物体がべたっとくっつき、どろりと垂れた。いままで経験したことのない不快な感触だった。恵栄は顔面にくっついた粘り気のあるぬるぬるした生温かい物体をはがしてみると、何かの内臓のようだった。投下された爆弾でばらばらに解体された兵士の内臓の一部にちがいないと恵栄は思った。顔面にへばりついた内臓はまだ動いているような気がした。へばりついた内臓を取りのぞいたが、恵栄の顔は血だらけになっていた。血だらけになっている恵栄の顔を見た春花は、

「しっかりして！　死んじゃ駄目！」

と叫んだ。

「大丈夫、わたしはまだ生きてる！」

恵栄ははっきりとした声で答えた。

恵栄がミートキーナを出発してから一週間後、松本部隊は龍陵をめざして出発することになった。早朝、二百名の兵士と十三名の朝鮮人慰安婦、その他、ビルマ人苦力五名などが広場に集められた。

これからの厳しい道のりを予想してか、松本部隊長が唇をへの字に曲げ短い訓辞を述べると、みんなは待機しているトラックに分乗した。五頭の軍馬、迫撃砲、重火器、機関銃、弾薬、食糧など、厖大《ぼうだい》な荷物を満載したトラックは、長い列を作って城門を出た。

石谷部隊長は列車でマンダレーを迂回してミートキーナまで行き、そこから山岳地帯を行

軍したが、松本部隊はトラックで七百五十キロの道を行軍しなければならなかった。行軍の行程が長いほど、敵に攻撃される可能性が高い。情報によると、ビルマ人と中国人の編成部隊がゲリラ戦を展開しており、敵の戦闘機の奇襲攻撃もあるという。

松本部隊は援蔣ルートと呼ばれている滇緬公路《てんめんこうろ》を行軍した。この滇緬公路は遠く昆明《クンミン》にまでつながっている。道路が整備されているので、順調にいけば五、六日で龍陵に到着できるかもしれない。

松本部隊長は焦っていた。途中、ゲリラや敵の戦闘機に奇襲されると大きな犠牲が出るのは明らかであった。だが、整備されているはずの滇緬公路は劣化が激しく、いたるところに亀裂が走り、大きな穴が開いていてトラックは思うように走れないのである。時間を惜しんで食事はおにぎりを配り、走行しているトラックの中で食べる始末だった。そして午後八時にようやく休憩した。朝の七時に出発して午後八時まで十三時間走り続け、トラックに揺られっぱなしの兵士と慰安婦は疲労困憊していた。

「もうくたくた。胃がでんぐり返ってる」

長距離の移動に慣れていない崔安中は吐きそうになっていた。

「これくらいのことで音《ね》を上げちゃ駄目よ。先は長いんだから」

淳花は崔安中を励まし、

「歌を歌いましょ」

　と言って歌を歌いはじめた。

　南京や上海で覚えた流行歌を透き通った美しい声で歌った。その歌声に癒されたのか、安中は少し落ち着きをとりもどした。

　流行歌を三、四曲歌った淳花は軍歌を歌いだした。すると他の車輌に乗っている兵士たちも歌いだしたのである。ときならぬ軍歌の合唱に士気は盛り上がった。

「誰が歌いだしたのだ」

　松本部隊長が部下に訊くと、

「歌丸（淳花）です」

　と答えた。

「ああ、歌丸か。歌丸は歌がうまかった」

　松本部隊長はご満悦の様子だった。

　昨日は途中、休憩もとらずに十三時間走りっぱなしだったので、排泄が我慢できなくなったみんなは車輌の中で尿を洩らしたりしていた。今日は食事のとき三十分ほどの休憩をとり、その間にみんなは草むらで排泄をすませた。それから慰安婦たちは草むらに横になって手足を思いきり伸ばした。幌をかぶせたトラックの荷台に座ったまま互いがもたれ合いながら眠っていたので手足が硬直して痺《しび》れ、疲労が溜るのだった。

淳花は深呼吸をして空を眺めた。気付かなかったがいつの間にか、不気味な黒い雲の層が低く垂れ込めている。

「雨になるのかしら」

淳花はなぜか不吉な予感を覚えて立ち上がった。

「雨の山道は危険だと思う」

安中も不気味な黒い雲の層を見上げて不安そうに言った。

「出発する。みんな早くトラックに乗るんだ！」

将校の一人がみんなをせきたてた。

みんながトラックに乗って出発したとき、厚い雲の層の間から稲妻が光り、雷鳴が轟いた。その雷鳴の山に向って隊列は疾走していく。遅れている時間をとりもどそうと、松本部隊長はあえて山間部を突破しようとしているのだ。

大粒の雨が降りだしてきた。幌を叩きつけるような雨である。雨はラムネの中のガラス玉くらいの雹《ひょう》だった。フロントガラスが割れるのではないかと思われたが、五分もすると雨に変った。気温の変化が激しい山間部は急に冷え込み、慰安婦たちは荷物から衣服を取り出し、重ね着をした。

山間部を走っているトラックはスリップを警戒してのろのろと走っていたが、先頭を走っていたトラックの左後輪がぬかるみの窪みにはまり抜け出せなくなった。五、六人の兵士がトラックを後ろから押したが、窪みにはまった車輪はますます深みにはまっていくのだった。

「アクセルをふかすな！」

将校の一人が言った。

激しい雨の中を兵士たちはずぶ濡れになりながら窪みにはまったトラックを持ち上げようとしている。そして十二、三人がかりでトラックを持ち上げ、ようやく押し出したのだが、今度は運転手がハンドルを切りそこねて、というより前輪のスリップを制御できずに、少し傾斜していた道にずるずると引きずり込まれるように谷底へ落下していった。落下していくトラックの中から「アーッ！」という運転手の叫び声が聞えた。一瞬の出来事で、誰も止めることはできなかった。

「なんたることだ……」

松本部隊長は茫然とした。

運転手はトラックもろとも谷底へ転落していったが、幸いトラックの荷台に乗っていた兵士は手伝うためにみな降りていた。

一台のトラックと一人の兵士を失ったのは大きな損失だった。

松本部隊長は気を取り直してふたたび出発した。兵士たちは気候の変化が激しい山間部の恐ろしさをあらためて体験した。

いくつかの山を越えて小さな村に着いたのは午前二時頃だった。雨は止んでいた。灯りのない村は真っ暗だった。人気《ひとけ》のないところをみると、この村の住人も日本軍を恐れてどこかへ逃げたらしい。

兵士たちはあたりを警戒しながら家屋に入って物色した。

「水は飲むな!」

将校の一人が注意した。

逃げるとき、村人が甕の水に毒物を入れているおそれがあるからだった。兵士たちは家屋の中をくまなく探してみたが、食べ物はなかった。豚や鶏を飼っているはずだが、それらも見当らなかった。村によっては表向き日本兵を歓迎する村もあるが、この村は日本兵に何一つ与えないという意思を感じさせた。

日本軍は村で夜営することにした。村の入口と出口に焚《た》き火をとり、四人の兵士が立哨勤務についた。

床の上だが、慰安婦たちは手足を伸ばして眠ることができた。疲れが溜っていた淳花が深い眠りに落ちたかと思ったとき、「起床!」という兵士の声が響いた。

その声に目を醒ましたが、体の関節が痛み、すぐには起き上がれなかった。

「何をもたもたしている。早く起きろ！」

起床をうながしにきた兵士に怒鳴られた。

起床して外に出てみると、山の頂上に後光のような太陽の光が射していた。中国人の苦力が二百メートルほど離れた渓流の水を汲んで運んでいた。水の確保はなによりも重要だった。

農家に土鍋があったのでご飯を炊き、味噌汁を作った。味噌汁で炊きたてのご飯を食べるのは久しぶりであった。飯盒《はんごう》で炊いたご飯とは味がちがう。

馬に乗った偵察隊がもどってきて松本部隊長に山道の状況を報告している。昨日の豪雨で山道の二ヶ所に土砂崩れがあり、補修工事をしなければならなくなった。一難去ってまた一難である。松本部隊長はただちに数名の補修班を送り込んだ。補修工事は二、三時間かかるとのことだった。その間、慰安婦たちは谷川で洗濯をしたり、水浴びをしたりした。豪雨で水嵩《みずかさ》を増して流れの速い谷川は危険だったが、慰安婦たちは臆することなく洗濯や水浴びをした。

それを見ていた四、五人の将兵がにやにやしていた。

「あっちへ行ってよ！　助《すけ》べえ！」

裸になっている淳花は両腕で乳房を隠し、体をこごめて兵士を追い払おうとする。

「いいじゃねえか、減るもんじゃなし。龍陵に着いたら可愛がってやるからな」

髭面の八田軍曹がにやけた顔で言った。

この先、何が待ち受けているのかわからないが、大自然の中でのんびりしたひとときではあった。

松本部隊長はミートキーナを出発するとき、龍陵経由で拉孟《らもう》まで五日と見込んでいたが、途中、敵のゲリラ攻撃と大雨による山道の崩落などで時間をとられ、二日くらい遅れそうだった。作戦は時間通りに遂行されなければならないが、松本部隊長はやむを得ず拉孟の陣地に、《二日遅れる見込み》と打電した。

全体の戦局が見えにくい状況での行軍は、たえず危険に晒される。芒市《ぼうし》に到着したのは五日目の夜中だった。

松本部隊長と三人の将校は軍馬にまたがり、隊列を整えて芒市の陣地の門をくぐった。松本部隊の兵士たちは疲れきっていたが、他の部隊に弱みを見せられなかった。あくまでも軍隊としての毅然とした態度を示す必要があった。松本部隊の兵士たちは芒市守備隊の深谷司令官の閲兵を受けて散会した。

「ご苦労さま」

深谷司令官は松本部隊長に慰労の言葉をかけた。

「途中、敵の攻撃に晒され、大雨で山道が崩落して手間どりました。トラック一台と運転手一名が谷底に転落したのは残念です。自然現象には勝てません。大砲を撃つわけにもいきませんし」

　松本部隊長は苦笑いした。

　翌朝、みんなは早々と食事をすませて出発した。松本部隊長は軍馬にまたがると先頭に立ち、双眼鏡で前方の山の頂を眺望した。拉孟守備隊の本道陣地は一千六百メートルの地点にある。半日の道のりだった。

　本道陣地の先にはいくつもの陣地が点在している。普通、一個師団の守備範囲は四キロ四方といわれているが、拉孟守備隊の守備範囲は、その二、三倍であった。これは守備隊が担うべき範囲を遥かに超えている。あまりにも無謀な作戦だが、作戦本部は中国軍を軽視しているのだろう。

　本道陣地の入口が見えてきた。その入口の近くに二軒の平屋造りが立っている。慰安婦がくるのを知らされた兵士たちが、数日前から首を長くして待っていた。

　松本部隊が陣地内に入ると、大勢の兵士たちが集まってきてトラックを取り囲んだ。

　軍馬にまたがっている松本部隊長は、あたかも凱旋《がいせん》将軍のように集まってきた兵士たちを睥睨した。そして馬から降りた松本部隊長は、将校に司令部へ案内された。

「みんな下がって！　道を開けて！」

　二人の将校がトラックを囲繞している兵士たちを下がらせた。

　しかし、兵士たちは、トラックから降りてきた慰安婦の体を触ろうと手を伸ばしてくるのだった。

　兵士たちにもまれながら慰安所に入った慰安婦たちはほっと胸をなで下ろした。

　金連珠《キムヨンジュ》が眉間に皺をよせて、

「襲われるかと思った」

　と言った。

「あいつらは、あたしたちを何だと思ってるのかしら」

　大勢の兵士たちの手で触られた康希京《ガンヘギョン》は嫌悪をあらわにした。

「いまさら腹を立てたってしようがないでしょ。明日になれば、みんなやってくるのよ」

　年上の沈容慈《シムオンチャ》は現実を受入れるしかないと言った。

　拉孟陣地に着いてトラックから降りた淳花は、あらためて周囲を見渡した。拉孟陣地は二千メートルの山岳地帯にあったが、周囲は高黎貢《ガオリゴン》山脈が連なる三千メートルから四千メートルの峻嶮《しゅんけん》な山々に囲まれていた。その雄大な山々に淳花は圧倒された。同時にここから脱出するのは不可能だと思った。

拉孟陣地は滇緬公路の要所に陣どられいくつかの陣地を構築していた。南に側方陣地、西側に横股陣地と崖陣地、東側には裏山陣地、山頂には野砲兵の関山陣地、南東方向には上松林陣地、北西には西山陣地、そして西側の横股陣地には頑強な大砲壕が構築されていた。連隊副官と連隊長の宿舎には、裏山陣地と公路の中間あたりにトタン屋根と土壁と裂いた竹を敷きつめた床で造られた部屋があった。

さらに陣地内には各陣地間を往来できる深さ一メートル五十センチ、幅一メートルほどの交通壕が網の目のように張りめぐらされ、連隊長や将校が避難できる深さ四メートルもある特別壕が造られていた。万全を期した難攻不落の陣地である。

敵の戦闘機も、三千メートルから四千メートル級の峻嶮に囲まれている拉孟陣地の攻撃を断念していた。そして拉孟陣地は峻嶮の谷間を流れる怒江《ぬこう》を眼下に見下ろし、雲南省に睨みをきかせていたのである。

拉孟に到着した慰安婦たちは、一日の休養を与えられた。淳花は割り振りされた長屋風の建物の部屋に入り、ベッドに倒れた。どのくらいの時間が過ぎたのか、目を醒ましてみると部屋の中は真っ暗だった。夕食の時間も眠っていたのだ。何時頃だろうと思い、月明りをたよりに手探りでランプを探していると、大きな影が入口をふさいだ。

「誰です……」

淳花は怯えながら言った。

「おれだ」

低いだみ声は松本部隊長だった。

酒臭い匂いが部屋にひろがった。かなり酔っている感じだった。

「今夜は、お休みです」

それは松本部隊長も知っているはずだった。

「おれはおまえを抱きたくて、うずうずしてたんだ」

暗闇の中で松本部隊長は両手をひろげて淳花が逃げられないよう阻んでいた。

13

仕事は明日からだが、ここで松本部隊長をこばんだところで、力ずくでねじ伏せられるのはわかっていた。

淳花は観念して、

「わたしにもお酒をちょうだい」

と受入れる態度を見せた。

松本部隊長はぶら下げていた一升瓶の酒を自分のグラスについで淳花に差し出した。淳花は、そのグラスの酒を一気に飲み干した。

「飲みっぷりがいいのう」

松本部隊長は上機嫌になってベッドに腰を下ろして淳花の肩を抱き寄せ、キスをしようとした。

「もう一杯ちょうだい」

淳花はからみついてくる松本部隊長の腕から巧みにすり抜け、一升瓶の酒を松本部隊長のグラスにつぎ、自分のグラスにもついで乾杯の仕草をした。その仕草につられて松本部隊長はグラスにつがれた酒を飲み干すと、

「おまえの体は、男を虜《とりこ》にする。おまえは生れつきの娼婦だ」

と言って淳花の乳房をあらあらしく鷲掴みした。

「もっと優しくして」

淳花は甘えるように言った。

かつて淳花は日本軍人を拒否し、抵抗したために何度か暴力を振われたことがある。その経験から男を巧みに操る方法を学んでいた。性と暴力は服従と不服従のせめぎ合いになるが、結局、力の弱い女は男の暴力に体と心をボロボロにさせられる。生きのびる方法は服従する

ことだったが、同時に不服従の意思を貫くことでもあった。

淳花は松本部隊長を酔い潰す作戦を考えていた。執拗に体を求めてからみついてくる松本部隊長をまるで子供をあやすようにしながら、淳花は酒を口移しで飲ませた。

「う、う、う……」

口移しされた酒を松本部隊長は喉を詰まらせながら飲むのだった。

そのうち体をまさぐっていた松本部隊長の手の動きが鈍くなり、体の筋肉が弛《ゆる》み、だらりとなった。そして口を開け、鼾をかいて眠った。そのだらしない姿を見ていた淳花は、松本部隊長をベッドから床に突き落とした。どすん！　と音をたて、床にころがったが、松本部隊長は眠り続けていた。

そのひき蛙のようなぶざまな姿を見ていた淳花は、

『いい気味だわ……』

とひそかにほくそえんだ。

翌日、松本部隊長は二日酔いで昼頃まで起きられなかった。

そしてようやく昼頃目を醒まして起きた松本部隊長は頭をかかえ、昨夜の出来事を思い出そうとしていたが思い出せず、

「飲みすぎた」

としきりに反省していた。

「飲むのはおやめになったら、と何度も止めたんですが、うるさい！　と言われて、一升瓶のお酒をラッパ飲みしてました」

淳花が昨夜の松本部隊長の様子を話すと、

「ラッパ飲みをしていた……」

と松本部隊長は信じられないといった表情になった。

「ええ、もっと酒を持ってこいと怒鳴られました」

淳花は追い打ちをかけた。

「おれはどうかしている」

自己嫌悪に陥った松本部隊長は軍人としての矜持《きょうじ》を保とうと立ち上がったが、二日酔いでよろめいた。

「あの……」

と淳花が口ごもった。

「なんだ」

松本部隊長は口ごもっている淳花を睨みつけた。

「言いにくいのですが、寝小便してます」

淳花のとんでもない言葉に、

「なんだと……」

と松本部隊長は顔色を変えた。

そして松本部隊長は異変に気付き、軍袴に手を当て、ベッドを見た。軍袴は体温で乾いていたが、ベッドのシーツには寝小便のあとがくっきりと残っていた。

松本部隊長は狼狽《ろうばい》した。なんとも形容し難い滑稽で哀れな羞恥の色が松本部隊長の顔にひろがった。

だが、松本部隊長は、

「いい加減なことを言うな。おまえが水をこぼしたんだろう」

と淳花の頬を平手で打擲した。淳花はよろめきながらも倒れまいとふんばった。淳花のせいにして殴っておきながら恰好のつかない松本部隊長は部屋を出るとき、

「このことは誰にも言うな」

と釘をさした。

もちろん淳花は誰にも話すつもりはなかった。松本部隊長の心情を察すると同情を禁じ得なかった。それ以後、松本部隊長は淳花の部屋を訪れることはなかった。

拉孟での日々は、なにごともなく過ぎていった。毎日十人ほどの兵士を受入れ、休日になると二、三十人の兵士を相手にした。兵士との日常的な性のいとなみは、それほど苦痛ではなくなっていた。あれほど日本兵を憎み、嫌悪していたのに、いまではみんな知人のような感じだった。戦闘のない日が続くと、拉孟が最前線基地であることを忘れてしまう。すでに来ていた慰安婦の何人かは子供を出産し、育児している者もいた。父親が誰なのかわからないが、兵士の間では、あの子の父親は、あいつではないかと、冗談まじりで、お互いに責任をなすり合っていた。

慰安婦たちは金をせっせと蓄えていた。戦争が終って故郷に帰ったときに備えて金を蓄えていたのである。

「戦争が終って郷に帰ったら、両親に畑を買ってあげたいの。わたしの家はずっと小作人だったから、いくら働いても土地は買えないのよ。だからわたしは外へ働きに出されたの」

農民の苛酷な生活を知っている沈容慈は夢をふくらませて語るのだった。

「わたしは平壌で小さな店を持ちたい。食堂をやりたい。だって食堂は食いっぱぐれがないでしょ。料理を作るのも好きだし」

故郷の村を出て、隣の街の食堂で働いていた任福順《イムボクスン》は食堂の経営に憧れていた。

「最初は屋台でもいいのよ。わたしが働いていた食堂の主人は屋台からはじめて五年後に店を持ったわ」

夢を語る慰安婦たちの瞳は子供のように輝いていた。

「戦争が終ったら、淳花はどうするつもり」

沈容慈に訊かれて、

「わからない。でも勉強をしたい」

と淳花は漠然と答えた。

「勉強をしたい？　女が勉強したって、あまり意味ないと思う。だって使い道がないもの」

朝鮮では、夜中に啼く鶏は縁起が悪く、すぐに絞め殺され、学問を学ぶ女は国を亡ぼす元凶になるといわれている。慰安婦たちも勉強をしたいと言う淳花に疑問を抱いた。

「わたしは郷へ帰りたい。わたしの望みはそれだけ」

金連珠のひとことに、みんなは黙ってしまった。

希望と絶望は表裏一体だった。希望は絶望であり、絶望は希望だった。何も見えない暗黒の世界にあって、希望と絶望は同じことではないのか。もの言わぬ者たちは死者と同じではないのか。毎日、日本兵の相手をさせられ、食事をとり、排泄をし、眠るだけの日々は、ただ死を待っているに等しい。何度、死にたいと思ったかしれない。けれども生き続けているのは、運命の力を信じているからだった。死んでしまった洪明恵や成順女は過去の人間ではなく未来の人間のように思えた。なぜなら、彼女たちはこの先、けっして死なないからだ。どんな暗黒の世界にいようと、彼女たちの言葉や笑い声が聞えるからだ。

淳花は一個の物体としてあつかわれているが、日本兵こそ一個の物体であると思った。人を殺戮していく果てに何があるのか。多くの人を殺戮して勝利した日本兵の笑顔の影に醜悪で非人間的な感情が垣間見える。それは得体の知れない憎悪だった。淳花はときどき、部屋にやってくる日本兵の顔にそれを感じることがあった。憎悪は人間のもっとも原初的な感情の一つだが、人を殺戮することで憎悪は無限級数的に自己増殖を続け、ついには自らをも喰い潰さずにはおかないのだ。部屋にやってくる将兵たちは腐った内臓のような悪臭を放っていたが、それは単に不潔だったからではなく、体に染み込んだ恐怖と憎悪の臭いだった。その臭いが淳花にも染み込んでくるのである。それがたまらなくいやだった。

南京にいた頃、淳花は一時アヘンを吸っていた。しかし、部隊が移動してアヘンが入手できなくなりやめていたが、拉孟にきてしばらくすると、中国人がひそかにアヘンを慰安婦たちに売っていた。淳花も中国人からアヘンを買うようになった。一度覚えたアヘンの味が忘れられなかったのだ。落ち込んでいるときや死にたいと思っているときにアヘンを吸うと、不思議な力で悩みや苦痛を払拭してくれるのである。体が軽くなり、一種の躁《そう》の状態になるのだった。将兵たちに媚を売り、馬鹿げた冗談を言ったり、可笑《おか》しくもないのに声を立てて笑ったり、将兵たちを積極的に受入れたりするのだった。だが、アヘンが切れると、激しい禁断症状に襲われ、自殺願望が強まるのである。食欲が減退して何も食べず、どす黒い顔をして一日中、狭い部屋の中をうろつき、ぶつぶつ独りごとを呟くのだった。

将兵が部屋にくるとベッドに仰臥して股を開き、虚ろな目で天井を見つめ、まるで死体のようになって身動き一つしない。かと思うと、わめいたり、暴れたりして将兵を手こずらせた。地獄のような暗黒の世界から逃れたいがために淳花は急激にアヘンの量を増やし、異常な行動をとるようになっていた。

短期間で淳花はみるみる痩せ細り、自分で立ち上がる気力さえ失っていた。そして軍医の命令で、淳花は別の部屋で一ヶ月ほど治療を受けた。

完治したわけではないが、精神的に安定してきたので、不足している慰安婦の数をおぎなうために淳花は仕事に復帰させられた。仕事に復帰した淳花は、以前の淳花とちがって見えた。無口になり、いつも瞳の奥に悲しみをたたえ、茫洋とした遠くの景色を眺めていた。

拉孟は豊かな自然の懐に抱かれていた。高地一帯には松が生い茂り、中国人は「松山」と呼んでいた。クヌギやクルミ、柿やりんご、トウモロコシ、サトウキビ、米、さつま芋、茶、ゴム、パイナップル、きのこなどの農産物があり、約一万五千種の植物と約二百五十種の動物が繁殖している。兵士たちは野いちごを食べたり、陣地入口の立木に柿を吊るして干柿を食べたりしていた。

夕暮れになると変幻自在な空は美しい模様を描くのだった。淳花は夕暮れどきの空を眺めるのが好きだった。それは故郷の夕暮れの空と似ていたからだ。

食事のあと、夕暮れを眺めている淳花に、

「淳花はいつも夕暮れの空を見てるわね」

と金連珠が言った。

「故郷の夕暮れと似てるのよ。家族も故郷で同じ夕暮れ、同じ星空を眺めてるのかしら。最近、毎晩、死んだオモニの夢を見るの。微笑みながら、早くこちらへきなさいって言うの。だから、わたしは早くオモニのところへ行きたいと思ってる」

淳花は、青みがかった空の彼方に燦然《さんぜん》と輝いている金星を眺めながら言った。

「淳花の気持はよくわかるわ。淳花はオモニの夢を見るだけでも幸せだと思う。わたしも以前は、毎晩、家族の夢を見て、泣いていた。でも、最近は夢を見なくなった。夢を見なくなってから、わたしは家族の顔を思い出せなくなったの。オモニの顔も、アボジ（お父さん）の顔も、弟の顔も、妹の顔も、みんな思い出せないの。どうして思い出せないのか、どうして家族の顔を忘れてしまったのか、自分でもわからない。前は家族を思い出すと涙が出たけど、最近は涙が出なくなって、それで家族の顔を思い出せないのかもしれない。思い出そうとしても思い出せないので、狂いそうになるわ。どうしてかしら。頭がおかしくなってるのよ。日本軍はわたしから全部奪ってしまったのよ。わたしは頭の中も体の中も空っぽ。何も残っていない」

金連珠の顔が苦しそうに歪んでいた。涙を必死にこらえているのではなく、泣きたくても涙が出ない苦しさともどかしさに身をよじっていた。

まだ二十二歳という若さにもかかわらず、金連珠の目尻には数本の深い皺が刻まれている。その深い皺は、これまで流した涙の軌跡のように思われた。どれだけ多くの涙を流せば、目尻にあのような深い皺が刻まれるのか。部屋にもどった淳花は、思わず手鏡に顔を映して目尻の皺を確かめた。

そして毎日、洗顔したあと手鏡に映っている顔を見ているはずなのに、いまあらためて鏡の中の自分の顔をのぞいて見た淳花は、そこに見知らぬ顔が映っているのに驚いた。鏡に映っている顔はいったい誰だろう？　魂の抜け殻となった血色の悪い、土色をした顔はまるで幽霊のようだった。

体がだるく、全身の力が抜けていた。淳花はベッドの上に横になり、瞼を閉じた。いつしか日は暮れ、部屋の中は真っ暗だった。表通りを行進して行く軍靴の音が聞えてくる。立哨勤務の交替時間なのだ。

突然、部屋のドアが開き、

「誰かいるのか！」

と鋭い声が響き、懐中電灯を照らされた。

「はい、います」

淳花は怯えた声で返事をした。

「灯りを点けないと、脱走したと思われる。早く灯りを点けろ！」

厳しい声で淳花に灯りを点けるよううながした。

淳花はあわてて机の上のランプに灯りをともした。部屋が明るくなり、入口に立っている
男の姿が浮かび上がった。憲兵だった。

憲兵は猜疑心の強い目で部屋の中を見回し、

「将校はまだこないのか」

と訊いた。

「はい、まだきていません」

普段なら将校がきている時間だった。

「これから気をつけろ。消灯時間には灯りを消すように」

憲兵は念を押して部屋を出た。

憲兵が言うように普段なら将校がきている時間だったが、将校はこなかった。

淳花はまたベッドの上に仰向けになって瞼を閉じた。頭の中を記憶の断片が擦過《さっか》していく。悲しみ、怒り、憎しみ、暴力、恐怖、それらがないまぜになった感情がぐるぐると渦巻き状に回転している。

ベッドに座り直して俯《うつむ》きかげんになった淳花の口から唾液が糸のように垂れた。胸がむかむかする。食当りしたのだろうか。夕食は焼き魚と白菜の漬け物だった。白菜の漬け物はいたんでいるようには思えなかった。それ以外、食当りするような物は思い当らない。だが、継続的に吐きそうになる。

淳花は呼吸を整え、口から垂れている糸のような唾液を見つめながら、

『まさか……』

と思った。

食当り以外に考えられることは妊娠であった。そう思った瞬間、淳花は身震いした。そしてあらためて生理がないことに気付いた。淳花は頭が混乱し、動悸が激しくなった。どうすればいいのか。慰安婦が出産した赤ちゃんは、その場で取り上げられ、捨てられたこともあった。日本軍にとって慰安婦が出産した赤ちゃんは足手まといになるからである。拉孟では何人かの子供が育てられているが、それは珍しい光景であった。出産した慰安婦は、多くの

場合、赤ちゃんを抱くことすらできなかったのだ。

その現実を何度か目撃している淳花は、自分の赤ちゃんも取り上げられ、ゴミのように捨てられるのではないかと思った。

だが、妊娠を隠し通すことはできない。早晩、みんなの知るところとなるだろう。そうであるなら、逆に明日にでも軍医に診察してもらい、妊娠を公にすることが安全なのではないか？　父親は誰かわからないが、誰なのかわからないということは、不特定多数の中の誰かが父親であるということであり、その不特定多数の兵士たちが疑心暗鬼になることで、赤ちゃんは捨てられずにすむかもしれない。淳花は一人合点した。

翌日、朝食のあと、淳花は臨時分院に向った。ドアを開けて入ると、衛生兵の冷たい視線に出会った。

「あのー、診察してほしいんですが……」

淳花は遠慮がちに言った。

「どこが悪いんですか」

衛生兵は突っぱねるような口調で訊いた。

「妊娠しているかもしれないんです」

「妊娠？」

衛生兵の顔色がさっと変った。

明らかに厄介な問題が起きたという顔付きになった。

衛生兵は軍医の部屋に入り、耳うちでもするように淳花の来訪を告げた。軍医はドアの隙間から、立っている淳花を一瞥して、衛生兵に入れるよう合図した。衛生兵はドアを開けて淳花を入れた。

部屋に入ってきた淳花に軍医はいきなり、

「妊娠してるって?」

と訊いた。

それから立っている淳花の姿を上から下まで見た。

「たぶん妊娠していると思います」

吐き気がして、生理が止っているだけで妊娠しているかどうか自己判断できないが、とにかくはっきりさせたかった。

「服を脱いで、ベッドに横になりなさい」

軍医に指示されて淳花はワンピースを脱ぎ、上半身裸になってベッドに仰向けになった。

軍医は聴診器を淳花の胸から腹部にあてがい、体内の異変を探った。手で腹部を何度も押さえながら、また聴診器を当て、

「生理はいつから止っている」

　と訊いた。

「先月からだと思います」

「先月から？　先月の何日頃だ」

　生理には個人差があって、遅れたり、早くなったりして、ときには一ヶ月くらいの差があったりする。

　内科と外科が専門の軍医は、産婦人科は苦手らしく即断しかねていた。

　診察を終えた軍医は、

「もう少し様子を見よう。即断はできない」

　と慎重に言った。

「何日後に再診していただけますか」

　淳花は一日も早く診察の結果を知り、その善後策を講じたいと考えていた。

「そうだな、一ヶ月後にきなさい」

　軍医の悠長な言葉に淳花は焦った。

「もう少し早く診断してもらえないでしょうか」

　淳花は哀願するように頼んだ。

「駄目だ。患者はおまえ一人だけではない。わたしは忙しいのだ」

軍医はまるで、うるさくつきまとう蝿でも追い払うように言った。

臨時分院の部屋を出た淳花は散策している兵士たちを見た。子供の父親は誰だろう。二、三ヶ月前を振り返って相手をした兵士たちを思い出そうとしたが、毎日十人前後を相手にしていた兵士を一人ひとり思い出すのは無理だった。常連客もいるにはいたが、常連客が必ずしも子供の父親とは限らないのだ。

部屋にもどってきた淳花を任福順と金連珠が待っていた。

「どうだった」

任福順が心配そうに訊いた。

「一ヶ月後にもう一度きなさいって」

明確な診断を得られなかった淳花は、見捨てられたかのように落胆した。

「わからないって言われたの？」

金連珠が訊いた。

「ええ、即断はできないって言われた」

「軍の上層部と相談するつもりだわ。子供を堕ろすために薬を飲まされた妊婦が、三日後に死んだって話を聞いたことがある。軍医が薬をくれても、絶対に飲んじゃ駄目よ」

日本軍に対する根強い不信感を持っている任福順は、注意を喚起した。

「そうよ、奴らは何を考えてるかわからない。わたしたちを虫けらにしか思ってないんだから」

金連珠が怒りに満ちた声で言った。

自分もいつ妊娠するかわからない不安におののいていた。

「衛生サックを使わない相手とは絶対やらないことよ」

任福順が強い意志を示すように言った。

「そんなことしたら暴力を振われ、結局、強姦されるわ。どうにもならないのよ」

淳花は涙声になった。

慰安婦たちは過去に、日本軍から受けた虐待の傷跡が、体のいたるところに生々しく残っている。その恐怖が蘇るのだった。

広場で二、三歳になる子供たちが遊んでいる。松本部隊がくるずっと前に、拉孟を占領した日本軍と慰安婦との間にできた子供たちである。無邪気に遊んでいる子供たちの笑顔を見ていると、この子供たちの将来は、いったいどうなるのだろうと思わずにはいられない。そして生れてくる自分の子供の将来もどうなるのか、まったくわからない。戦闘が激化すれば、ここで死ぬかもしれないし、運よく生きのびたとしても、その先は地獄への道である。いっそ堕胎できる時期に堕胎した方が、子供にとっても幸せではないのかと思えてくるのだった。

臨時分院を訪ねて三日後、淳花は軍医に呼ばれた。臨時分院に行くと待っていた軍医が厳しい表情で、

「上層部と相談してみたが、この非常時に子供を出産するのはきわめて危険をともなう。したがって、いまなら堕胎が間に合うので、堕胎することが、おまえにとっても子供にとっても賢明な方法ではないかとの意見だった」

と述べ、折りたたんだ赤い紙に包まれた薬を渡された。

淳花は折りたたんだ赤い紙に包まれた薬を震える手で受取ったが、けっして飲むまいと思った。

部屋にもどった淳花は、手渡された赤い紙を開いた。中には白い粉末が入っていた。淳花は開いた赤い紙を折りたたんで閉じ、机の中にしまった。そして子供の出産を決意した。

風は谷底から吹き上げてくるようだった。山々の頂は雲と濃霧におおわれて不気味だった。断続的に降っていた雨は長雨になり、一週間も降り続けることがあった。雨季に入ったのである。

乾季の間、山々の谷底を蛇行している怒江は干上がって砂利を晒していたが、雨季に入って水嵩を増してくると、濁った河が怒り狂ったように岩石をも打ち砕く恐ろしい勢いで飛沫

を上げて流れてくる。森に棲む鳥類の啼き声も聞えない。雨にけむっている拉孟は時間が止ったかのようだった。

どしゃぶりの中を何人かの兵士が三八式歩兵銃を構えて立哨勤務についている。淳花の目には、どしゃぶりの中を立哨勤務している兵士の姿が哀れであり、異様に映った。

「ねえ、こんなどしゃぶりの日に、敵は攻めてくるのかしら」

部屋にきている兵士に淳花は訊いた。

「攻めてこないと思うけど、油断大敵なんだ。岩壁から一羽の鳥が飛び立ったので見張りの兵士がのぞいてみると、岩壁にしがみついている敵に撃たれたんだ。三百メートルもある岩壁をどうやって登ってきたのか信じられなかったが、なんでもありだ。岩壁を登ってきたのは一人ではなく、数十人だったので、二百名いた日本兵は不意を突かれて敗退した。拉孟もそうならないとは限らない。だから視界の悪い雨の日は特に警戒を強めてるんだ」

「ふーん、兵隊さんも大変ね」

同情するように言って、淳花は帰りかけた兵士に、

「今度、缶詰を持ってきてよ」

とすり寄った。

「うむー、糧秣担当の主計将校がうるさいんだ。石頭で融通がきかないんだ。なんとかして

みる」

兵士は言葉を濁し、部屋を出た。

以前は前線の食糧品は潤沢だったが、最近は厳しく制限されていた。将校でさえ食糧品の入手が難しくなっているらしく、戦局がそれだけ厳しくなっているのだろう。

ときどき襲ってくる吐き気や体調不良に淳花は悩まされていたが、休みをとることは許されなかった。毎日十人以上の兵士を相手にしている淳花は、胎児に影響しないのかが気がかりだった。子宮に守られているとはいえ、むやみやたらに突っ込んでくるペニスに胎児は耐えられるだろうか。

そのことを沈容慈に訊いてみると、

「大丈夫、慰安婦の子宮は鉄でできているから」

と笑ってみせた。

その言葉を聞いた淳花はなぜか気丈夫になった。

長雨の夜は肌寒い。泊りにきている将校と淳花は、いつしか抱き合って体を温めていた。恋人でもないのに、不思議な感情の流露が互いの体を交差していた。将兵によって淳花の感情は異なるが、優しい言葉をかけてくれる将兵に淳花は思いきり泣いて、しがみつきたい気持になることがあった。

週に一度、泊っていく山口将校がそうだった。寡黙だが、彼に抱かれていると気持が落ち着くのである。

山口将校は淳花のお腹を愛撫《あいぶ》しながら、

「妊娠しているのか」

と訊いた。

「はい、妊娠してます」

淳花はか細い声で答えると、

「元気な赤ちゃんを産むことだ」

と言われて、淳花は思わず落涙した。

「泣くな。元気な赤ちゃんを産んで育てるんだ。それしかない」

山口将校は淳花を励ました。淳花を励ましてくれたのは山口将校がはじめてだった。しかし、考えてみれば、山口将校は励ましてくれたが、淳花の置かれている状態がいかに困難で耐え難い苦痛に満ちたものであるかを理解していなかった。山口将校にとって淳花は他の将兵と同じく性の対象以外の何ものでもなかった。それでも淳花は山口将校の言葉に少しは安らぎを覚えるのだった。

お腹の中で何かがかすかに動いている。それは奇妙な感覚だった。微妙な揺れを感じ、地震だろうか……と錯覚した。だが、お腹の動きは水溜りのオタマジャクシのように動いては止り、動いては止り、心臓の鼓動とともに伝わってくる。淳花はお腹に手をあてがい、『赤ちゃんが動いている！』、お腹の中の新しい生命が、力強く躍動しているのだと思うと感動した。どんなに劣悪な環境であろうと、新しい生命である赤ちゃんにとって子宮の中は聖域であった。『慰安婦の子宮は鉄でできている』と言った沈容慈の言葉を思い出し、どんなことがあっても赤ちゃんを出産し、育てようと決意を新たにした。

淳花のお腹はしだいに膨らみ、誰が見ても妊娠していることがわかった。

「妊娠してるの？　大変ね」

慰安婦たちは同情してくれる。その表情には、自分が妊娠していないことにほっとしている感じが窺えた。

中には、栄養をとらないと、母乳が出なくなるわよ、と言って食事を少し分けてくれる者も何人かいた。

実際、淳花はすぐ空腹になるのだった。お腹の赤ちゃんが母親の栄養を吸収しているのだということを実感した。つわりはなくなったが、今度は成長してくる赤ちゃんの体重が重しのようにのしかかってきた。

淳花は臨時分院に呼ばれた。いま頃、なぜ臨時分院に呼ばれるのだろう？　と不安になって行くと、軍医が不機嫌面をしていた。

　そして開口一番、

「おまえは薬を飲まなかったのか」

と詰問した。

「はい、飲みませんでした」

　淳花はこわばった表情で答えた。

「なぜ飲まなかった」

　命令に従わなかった淳花を軍医は追及した。

「子供を産みたかったのです」

　淳花は自分の思いをぶちまけた。

「なんだと！　ここをどこだと思っておる！　最前線基地だ。勝手な真似は許さん！」

　軍医は拳で淳花の顔面を殴った。

　淳花はたまらず倒れた。鼻血が流れている。

「立て！　立つんだ！」

　軍医の怒号がはらわたにしみた。

　淳花はよろめきながら立ち上がって姿勢を正した。

「ふてぶてしい女め！」

軍医の二発目の拳が淳花の顔面をとらえた。

淳花は反転し、のけぞって壁の隅に当り、ずるずると崩れた。殴られた左の瞼と頬のあたりが、みるみる腫れ、まるでお岩みたいな顔になった。

「営倉に入れておけ！」

軍医は兵士に命令した。

「はっ！」

命令された兵士は自力で立てない淳花を営倉まで引きずって行った。

見せしめだった。広場にいた兵士や慰安婦たちは、引きずられて行く淳花を見ていた。お岩のように腫れている淳花の顔を見た金連珠は顔をそむけた。淳花は三日間、食事も与えられず営倉に放置された。

三日後に解放された淳花の意識は朦朧としていた。幸い慰安婦たちの看護で淳花は一命をとりとめたが、お腹の赤ちゃんにどの程度の影響を与えたのかわからなかった。

営倉から出て五日目の夜、最初の客が部屋に入ってきた。軍医だった。淳花は身震いした。

「妊娠は大目にみてやる。わたしが上層部に請願した。ありがたく思え」

そう言いながら軍医は淳花に手をかけ、肌着を脱がしはじめた。背筋に悪寒が走り、腕の表面に鳥肌が立った。しかし淳花は軍医の執拗な愛撫と性交に耐えるしかなかった。そして一時間後、軍医は淳花の肉体をほしいまま弄び、部屋を出て行った。淳花は虚脱状態に陥った。

今日が何年何月の何日なのか、わからなくなっていた。十七歳のとき、G村で日本人の警官に騙されて南京に拉致され、上海、シンガポール、ラングーン、トングー、マンダレー、メイミョー、ラシオ、バーモ、ミートキーナを経て拉孟にきたが、自分がいま、何歳なのか、正確に判断できなかった。思い出したくない記憶がとぎれとぎれになっていて、時間の観念が欠落していた。自然の変化は地域によって異なるが、移動の激しい時期は自然の変化も激しいのである。早送りしているフィルムとスローモーションのフィルムがごちゃまぜになっている感じなのだ。

思考は、故郷に帰りたい、という一点に絞られているが、移動することで変化していく風景と一致しないがために、記憶は拡散していくのだった。

淳花は記憶喪失者のような状態になっていた。過去と現在と未来は分断され、いまある自分を否定しながら、日本軍の苛酷な抑圧と、慰安婦というもっとも貶《おとし》められた存在を肯定してしまう否定の同時性に陥っていた。否定すればするほど肯定してしまうという二律背反の深い穴に墜落していくのである。

自分が慰安婦にされているという異常な状況が日常化してくると、一般的な日常生活と同じようになってくる。飼いならされている動物とあまり変らなかったが、飼いならされているという意識が崩壊してくるのだった。平穏無事な日常生活が続くと、自分が慰安婦であることを忘れてしまう。将兵との間に親近感が生れ、ある種の人間関係が生れてくるのだが、それは単に表面的な現象にすぎない。将兵と慰安婦との間には戦争という巨大な力学が働いていて、その力学を逆転させることはできないからである。長びく戦争の実体を体現している慰安婦たちは日本軍がどこの国と戦争しているのかわからないため、何一つ自己判断できなかった。

拉孟にきた当初は敵の攻撃を受けたが、その後しばらく攻撃がなかったので、戦争は終ったかのような錯覚に陥ることさえあった。緊張感を漂わせていた立哨勤務の兵士たちも、いつしか惰性的になっていた。深夜、立哨勤務していた兵士が、将校のいない部屋を探して侵入してくると、

「ちょっとだけ頼む」

と慰安婦を抱こうとしたりする。

淳花も将校のこない深夜、立哨勤務をしていた兵士に侵入されたことがある。

「駄目よ、立哨勤務はどうしたの？」

と訊くと、

「敵なんか、いないから」

と強引に迫ってくる。

「見つかったら、大変なことになるわよ」

淳花がいくら言っても、一度欲情した兵士はおさまらなかった。

騒いで見つかると兵士は立哨勤務放棄とみなされ、営倉に一週間以上監禁されるので受入れざるを得なかった。この頻度は日ごとに高くなり、ついに上層部の知るところとなって憲兵隊が動員され、数人の兵士が厳罰を受けた。営倉入り二、三週間は当り前で、中には木刀でめった打ちにされて肋骨を折られる兵士もいた。士気の低下はいなめなかった。

雨は降ったり止んだりしている。じめじめした大気が肌にまとわりつき、肌寒いにもかかわらず汗ばんでいた。兵士のこない時間はぼんやりと降りしきる雨を眺めていた。

活発に動いているお腹の赤ちゃんの足に蹴られたような気がした。食事のとき、周りの慰安婦に、そのことを自慢げに話すと、子供を産んだ経験のある金典玉《キムジョノク》が、

「お腹の中は狭いからね」

と微笑んでみせた。

「この先、いつまで兵隊さんを受入れなければいけないのかしら」

兵士は淳花の妊娠などおかまいなしだった。

「おれが産道を作ってやる」

と言って三、四本の指を膣の奥まで突っ込んでくる兵士もいた。

「わたしは出産寸前まで相手をさせられた」

金典玉は顔を曇らせた。

「それで赤ちゃんはどうなったの？」

出産していれば子供を育てているはずである。

「死産だったのよ」

金典玉が悔しそうに唇を嚙んだ。

「毎日十人以上の兵隊さんの相手をさせられ、休日は三、四十人の兵隊さんを相手にしていたら、お腹の赤ちゃんもおかしくなるわよ」

金典玉の言葉に淳花は慄然とした。死産という言葉をはじめて聞いたからだ。いや、どこかで聞いたような気はするが、妊娠している淳花にとって死産という言葉は現実みをおびていた。

昼間、兵士たちは、毎日、塹壕を掘らされていた。拉孟から騰越まで塹壕で繫げるつもりらしい。交替で作業をさせられていたが、かなりの重労働だった。ところが厳しい労働で疲労困憊しているにもかかわらず、作業を交替した明け番に兵士たちは慰安婦の部屋にきていた。

「疲れてるんでしょ。休養すればいいのに」

淳花が気遣うように言うと、

「休養できないんだ。作業をしているときも休養しているときも女のことばかり考えてる。頭の中はオマンコのことで一杯だ。疲れるとかえって欲望が溜ってくるんだ。おれたち下っ端は、他に考えることがねえんだよ。特に独り者はそうだ。いつ死ぬかわからないし、塹壕は掘っても掘ってもきりがない。塹壕がおれたちを守ってくれるとは思えない。爆弾が落ちればひとたまりもないさ。お偉方の塹壕はおれたちとは別の場所に造っている。深さ四メートルもある大きな塹壕だ。爆弾が落ちても崩れないよう頑丈に造ってある。お偉方は、自分たちだけ生き残ろうと思ってるかもしれないが、おれに言わせりゃあ同じことだ。敵に攻め込まれたら、生き残ることはできない。あとは逃げるだけだ。おれは逃げるつもりだ。どこだかわからない地の果てのようなところで死ねるか」

と鳥倉という兵士はまくしたてるのだった。

「そんなこと言っていいの。営倉に入れられるわよ」

少し酒に酔っているとはいえ、軽口を叩くのは禁物だった。

軍に不平不満があるのはわかるが、淳花は内心、ひやひやした。

「かまうもんか。もし激戦になったときは、上層部に殺したい奴が二人いる。そいつら二人を、あの世の道連れにしてやる」

鳥倉は、言ってはならない恐ろしい言葉を口にするのだった。軍の内部に何かが起っているのかもしれない。

「おれと一緒に逃げないか」

鳥倉は突然、真剣な眼差で言った。

「急に何を言いだすの。逃げきれるわけないでしょ」

淳花はどぎまぎしながら軽く受け流した。

「おまえは逃げたいと思わないのか」

淳花は鳥倉に試されているような気がした。

「逃げたいと思わなかったと言えば嘘になるわね。慰安婦はみな一度や二度、逃げたいと思ったことがあるわ。でも逃げることなんかできやしない。それはあんたが一番よく知っているでしょ」

鳥倉は唇を歪めて不気味な笑みを浮かべ、

「そうだな。おれも一度、逃げた兵士と慰安婦を追跡したことがある。満州での出来事だ。

中島中尉と四人の兵士が二日間追跡した。追い詰められた二人は悲愴な表情で抱き合っていたが、突然、男が拳銃で女の頭を撃ち、続いて自分の頭を撃って自殺した。見事な覚悟だった。二人は本当に愛し合っていたと思った。遺体はその場に埋めた。部隊に持ち帰ることは許されなかった。すべては闇に葬られた。おれはいまでも、ときどき、あの二人を思い出すことがある」

と言って真顔になった。

「あんたはわたしと逃げて追い詰められたとき、拳銃でわたしの頭を撃ち、自分の頭も撃てるの」

「おれにはできない。ただ、あの二人が羨ましかったんだ」

羨ましいとはどういう意味だろう。自分にできないことをやり遂げた人間を人は羨んだりするが、それは勇気ある行動だと思っているのだろうか。逃亡して追い詰められ、自殺した二人に淳花は同情したが、勇気ある行動とは思えなかった。逮捕され、拷問を受けても、最後まで生きる望みを捨てないのが勇気ある行動ではないのか。一緒に逃亡した兵士に拳銃で頭を撃たれた慰安婦は、道連れにされただけではなかったのか。

兵士は淳花の胸にもたれて、

「郷では妻子がおれの帰りを待っている。おれは生きて帰りたい」

と呟いた。

淳花は子供のように怯えている兵士の頭をそっと撫でてやった。


妊娠していたのは淳花一人ではなかった。淳花以外に三、四人の慰安婦が妊娠していた。本部からは兵士たちに衛生サックの使用を何度も呼び掛けてきていたが、それは慰安婦の妊娠を懸念してのことではなく、将兵に性病が発生して、兵力の衰退につながるのを恐れてのことだった。しかし、将兵たちは衛生サックの使用をいやがり、当然のことながら妊婦が増えたのだった。本部にとって妊婦は頭痛の種だった。

松本部隊が拉孟を占領していた部隊と交替したとき、二、三歳になる子供が数人いた。その子供たちは、松本部隊と交替した部隊の将兵たちと現地の村の女性たちとの間に生れた子供ではないかと思われていた。慰安婦がくる前まで、日本軍は村人たちから強制的に女性を提供させていたのだ。その中には人妻もいて、その夫が毎日、妻を送迎していたという。日本軍と現地人の女性との間に生れた子供たちは「鬼っ子」として拉孟に見捨てられていたのだ。

その噂を聞いた淳花は、生れてくる自分の子供はどうなるのか、不安にかられた。南京や上海で慰安婦が出産した子供を中国人にあげたり、どこかへ連れ去られたりしているのを見ている淳花は、自分の子供も闇から闇に葬られるのではないかと思った。どうすれば自分の手で育てられるのか、そればかりを考えていたが、名案は浮かばなかった。不幸な星の下《もと》に生れた子供は、運を天にまかせる他ないのだった。

一日おきに敵の偵察機が飛来している。日本軍は応戦せずに、偵察機の行動範囲を望遠鏡で観察していた。偵察機はときには挑発するように低空飛行して拉孟の人々に恐怖を与え、威嚇していた。

「なめやがって。撃ち落とせばいいのに、作戦本部は何を考えてんだ」

部屋にきている兵士が悔しそうに言った。

「頻繁に偵察機が飛んできてるけど、近々、攻撃してくるんじゃないの」

淳花が言うと、

「そうかもしれない」

と兵士は緊張した面持で答えた。

「これが、やり納めかもしれない」

兵士は淳花をベッドに押し倒して、むしゃぶりついた。

敵が攻撃してくるかもしれないという不安と、日ごとに成長してくる胎児をかかえている不安。二重の不安が淳花に重くのしかかっている。その不安を払拭するかのように胎児の動きは活発になっていた。

「赤ちゃんが足でお腹を蹴ったわ」

淳花は金典玉に自慢でもするように言った。その笑顔は、母親としての喜びに満ちていた。

「元気そうな赤ちゃんね。無事に生れてくれるのが何より一番よ」

死産を経験している金典玉は、淳花が健康で元気な赤ちゃんを出産してくれるのを祈らずにはいられなかった。劣悪な環境では何が起っても不思議ではないからであった。

ひたすら性欲だけを満たそうとする兵士にとって、お腹の赤ちゃんが死のうと生きようと知ったことではなかった。

「おれは一度、お腹の大きな妊婦とやってみたかったんだ」

と言って、兵士の一人は金典玉にさまざまな体位を要求し、赤ちゃんを引きずり出してやると膣の中に手を突っ込んだりしてくる。妊娠している体を面白半分に弄ばれた結果、死産に繋がったと金典玉は思っていた。

「手を絶対に入れさせちゃ駄目よ。何をされるかわからないから。中を見せろ、と言って一眼望遠鏡を突っ込んで、のぞいていた将校もいたそうよ」

なんのために？　そこには何かの意味があるのではなく、意味のない意味が将兵たちの非人間的な行為を増長させるのだった。制裁を加えるビンタもその一つである。広場に兵士を一列に並ばせ、「歯を喰いしばれ！」と怒声を上げ、上官が兵士につぎからつぎへと凄まじいビンタを張っていく。中にはよろめいて倒れる兵士もいた。その様子を淳花は窓から二、三度見たことがあった。それは淳花にとって身の毛もよだつ理解不可能な世界だった。

拉孟の交通壕は距離が長すぎて途中で凍結されたが、それは城の外堀のようなもので、つぎは内堀を掘らねばならなかった。しかし、雨季に掘った塹壕は水びたしになり、泥濘《でいねい》と化してややもすると足をとられるのだった。

「これじゃあ、いざというとき、思うように動けないぜ」

兵士たちは足場の悪い塹壕に不満をつのらせていた。

だが、塹壕を掘らなければ敵から丸見えになる。不満をつのらせようと塹壕は掘り続けねばならなかった。その間、敵からの攻撃がなかったのは幸いだったというべきだろう。

夜は深い闇に閉ざされ、山々の黒い影が間近に迫ってくるように思えるのだった。

妊娠八ヶ月になる慰安婦の閔純姫《ミンスンヒ》の部屋にきていた戸田大尉が、大きなお腹を撫でながら、

「おれが産道を作ってやる」

と冗談を言って背後から抱こうとしたとき、突然、閔純姫が産気をもよおし苦しみだした。

「早く軍医を呼んできて！」

苦しみながら閔純姫は叫んだ。

妊娠八ヶ月と聞いていた閔純姫が急に産気づいたので戸田大尉は動転した。

「どうした！」

「赤ちゃんが生れそうなの」

閔純姫は両脚を開き、下腹部に力を入れると羊膜が破れて羊水が流れてきた。

戸田大尉はあわてて軍服を着直して軍医のもとへ走った。そして十分ほどで軍医ともどってみると、閔純姫の股間から赤ちゃんが半分ほど出ていた。

「湯を沸かすのは間に合わないから、とりあえずバケツで水を運んできてくれ」

軍医に急かされて戸田大尉は水を運びに走った。

軍医は落ち着いて手際よく赤ちゃんを引っ張り出した。そしてタオルで赤ちゃんの体を拭き、尻を二、三度軽く叩くと、赤ちゃんは元気なうぶ声を上げた。早産だったが、赤ちゃんは健康な男の子だった。

バケツで水を運んできた戸田大尉は泣き声を上げている赤ちゃんを見て驚き、安堵した。

軍医は赤ちゃんをバケツの水でさっと洗い、新しいタオルに包んで母親の腕に抱かせた。

難産で苦しむ母親が多いと聞かされていたが、閔純姫の出産はあっという間の出来事だった。

慰安婦が出産した赤ちゃんは、その場でどこかへ連れ出されるのを見てきた閔純姫にとって、自分の赤ちゃんを抱けるのは幸運であった。赤ちゃんの顔をしみじみ見つめる閔純姫の頬に涙が伝っていた。

「早産だったが、無事に赤ちゃんを出産できてよかった。おまえには一週間の休養を与える」

「一週間……」

閔純姫は絶句した。一週間後に体調が回復するとは思えなかった。

「女が不足している。一週間以上は待てない」

軍医の冷酷な言葉に閔純姫は自分の置かれている立場を再認識させられた。出産と同時に赤ちゃんを奪われ、翌日から兵士の相手をさせられても文句の言えない立場なのである。すべてを受入れなければ生きていけないのだ。

休養している間、閔純姫は赤ちゃんに母乳を与え、添い寝していた。母親としての幸せを嚙みしめていた。だが、母親としての幸せを味わっていたのもつかの間だった。一週間後、赤ちゃんは軍の命令で地元の女性に引き取られ、慰安婦としての業務に復帰させられた。体の一部をもぎ取られたような痛みと苦しみだった。

「お願いします。赤ちゃんに会わせて下さい」

閔純姫は部屋にくる将校たちに何度も頼み訴えたが、

「おれにはわからん」

と断られた。

「どこにいるのですか。生きているのですか」

と訊いても、

「どこにいるのかわからんが、たぶん生きていると思う」

と将校たちからは曖昧な返事がくるばかりであった。

外で遊んでいる子供たちを見ていると、自分の子供もいつかはこの子たちのように遊べるのだろうかと思った。親はなくとも子は育つというが、どこかの空の下で元気に育ってほしいと祈る他なかった。

子供を出産して十日ほど経ったある日、戸田大尉が赤ちゃんを抱いて閔純姫の部屋にやってきて、

「本部とかけあって赤ちゃんを引き取ってきた」

と言うのである。

「え？　本当ですか」

戸田大尉から手渡された赤ちゃんを抱いた閔純姫は、狐にでもつまれたような表情になったが、まぎれもない自分の赤ちゃんであった。

「ありがとう」

閔純姫は赤ちゃんをいとおしそうに抱き、涙を流して戸田大尉に感謝した。

この件があってから将兵の間で、閔純姫が出産した赤ちゃんの父親は戸田大尉であるという噂がひろまった。

閔純姫と戸田大尉が互いに好意をいだいていたのは事実である。背が高く、寡黙で、ハンサムで、優しい戸田大尉に閔純姫は好意をよせていたが、戸田大尉がまさか自分に好意を持っているとは思ってもいなかった。

「よかったわね、子供がもどってきて」

閔純姫が母乳を飲ませている赤ちゃんをのぞきながら、金典玉はしきりに赤ちゃんの頭を撫でていた。

出産の経験がある金典玉は、おそらく自分の子供を思い出しているのだろう。

「戸田大尉は、純姫に気があるのよ、きっと」

金連珠が羨ましそうに言った。

「所詮、相手は日本人なんだから。それも軍人よ」

沈容慈が顔を曇らせ、

「この先、どうなるのかわからないわ」

と喜んでいるみんなをいましめた。

「そんなこと言うけど、日本軍に奪われるよりましだわ」

金連珠が反発した。

窓から外で遊んでいる子供たちを見ていた沈容慈が、

「あの子たちのようになるのよ。あの子たちは誰の子だかわからない。ここに捨てられたのよ。もし日本軍が移動すると、子供を一緒に連れて行くことはできないわ」

と厳しい口調で言った。

閔純姫が産んだ子供の父親は戸田大尉ではないかと噂されているが、入れ替り立ち替り部屋にやってきた数十人の将兵たちの中で、誰が子供の父親なのか、閔純姫自身、特定できなかった。

金典玉が閔純姫の肩をそっと抱きよせ呟いた。

「軍が移動するとき、子供を連れて行くことはできない。いまから覚悟を決めておかないと……」

酷薄な言葉だった。閔純姫の瞳から涙がとめどなくこぼれた。子供と一緒に死んでしまいたいと思った。

閔純姫の出産は淳花にとって他人ごとではなかった。すでに妊娠六ヶ月を過ぎている淳花は、事態の深刻さをあらためて考えさせられた。だが、考えてみたところで現実を変えることはできないのだった。胎児は刻々と成長し、時間は待ってくれないのである。妊娠している慰安婦たちに共通している点は、赤ちゃんの父親が誰なのかわからないことであった。ただ元気な赤ちゃんを出産すればいいという話ではない。出産後、赤ちゃんはどうなるのか。それを考えると淳花はぞっとした。人間をここまで貶める日本軍とはいったい何だろう。戦争は人間を非人間的にするというが、それは言いわけにすぎない。かりにそうだとして、それを後世の人間は許すのだろうか。

久しぶりに雨が止み、夜空に星屑がまたたいていた。淳花は遠く離れた故郷に思いをはせていた。もしかりに赤ちゃんを無事に出産して自分の手で育てることができたとしても、その育てた子供と一緒に故郷へ帰ったとき、両親や親戚や村人たちはどう思うだろう。はたして受け入れてくれるだろうか。しかも子供の父親は日本軍の不特定多数の一人であることがわかれば、村で暮らすことはできないだろう。そう思うと、淳花は暗澹たる気持になった。

そんなとき、想像もしていなかった出来事が起きた。戸田大尉が松本部隊長に慰安婦の閔純姫との結婚の許可を求めたのである。同僚の将校はもとより松本部隊長は驚いた。狂ったのではないかと思った。

「本気か！」

松本部隊長は唖然とした。

「本気です。閔純姫が産んだ子供は、わたしの子供です」

不特定多数の将兵を相手にしている慰安婦の子供をなんの証左もなく自分の子供であると断言する戸田大尉の言動は正気とは思えなかった。

「おまえは生真面目で純粋な男だ。だからといって、慰安婦の産んだ子供を自分の子供であると断言するのは早計ではないのか。何か確証でもあるのか」

松本部隊長は、若い戸田大尉の心情を測りかねた。

「確証はありません。しかし、自分は閔純姫を愛しております。閔純姫も自分を愛しております。それが確証であります」

人を喰った話ではある。最前線基地において軍人が愛を口にするとは開いた口が塞がらない。

「馬鹿な！　この最前線基地の難局において、何が愛だ！　よくもぬけぬけと女々しいことをぬかしおって。きさまはそれでも軍人か！　日本男児か！　出て行け！」

松本部隊長はドアを指差した。

だが、戸田大尉は動こうとしなかった。

「きさま、上官に逆らう気か！」

松本部隊長は椅子から立ち上がり、右手を振り上げて戸田大尉に往復ビンタを張った。

戸田大尉は体のバランスを崩して倒れそうになりながら立ち直り、直立不動の姿勢になった。唇の端から血が流れ、顔面が腫れていた。

側にいた同僚の速水大尉が見かねて、

「自分から言い聞かせます」

と仲裁に入った。

「もういい。勝手にしろ！」

往復ビンタを張ったので気がすんだのか、松本部隊長は戸田大尉の結婚をあっさり認めた。

松本部隊長の部屋を出た戸田大尉は、血を含んだ唾を地面にペッ！　と吐いて顎をさすり、顔を歪めた。

「おれからも訊くが、本気か？」

速水大尉にとっても戸田大尉の心情は解しかねた。

「本気だ。おれはあいつを愛してる」

自分の心情に頑なに忠実になろうとしている戸田大尉が少年のように見えた。

「おれとおまえは幼馴染だ。だからおまえの気持もわからないわけではないが、閔純姫は朝鮮人慰安婦だ。おまえは母一人、子一人だから、一人暮らしの母親を心配するのはわかるが、朝鮮人慰安婦を嫁として受入れるとは思えない」

幼友達のよしみで、速水大尉はやんわりと忠告した。

「閔純姫は朝鮮人ではない。日本人だ。大和撫子だ。いまでは朝鮮人はみな日本人なんだ」

一九一〇年の日韓併合以来、内鮮一体の論理で朝鮮人も日本人であるということになっている。したがって閔純姫は日本人であるとする戸田大尉の言葉を速水大尉は否定できなかった。

「孫ができたんだ。孫を受入れないような母ではない。閔純姫は心の優しい女だ。母に尽くしてくれると思う」

戸田大尉は毅然とした態度で言った。

子供の父親が誰なのかわからないのに、父親は自分であると言って憚らない戸田大尉が不思議でならなかった。

翌日、戸田大尉は赤ちゃんを抱いた閔純姫を連れて松本部隊長の部屋に赴き、結婚の承諾を得て、結婚証明書を発行してもらった。

将兵や慰安婦の間では、二人の結婚の話で持ちきりだった。

「凄いことだわ。感動しちゃった。わたしにも誰かいないかしら」

沈容慈が興奮しながら言った。

「馬鹿じゃないの。あんたは日本の軍人と結婚したいってわけ。わたしたちをさんざん弄んだ相手なのよ」

金典玉は沈容慈を軽蔑するように言った。

それから三日後、戸田大尉は閔純姫に手紙を持たせ、九州の宮崎で一人暮らしをしている母親の元へ行かせた。

最前線基地にいる戸田大尉は、自分がいつ戦死するかわからない状況を考え、この先、一人暮らしをしている母親の面倒を見てくれるよう閔純姫に託したのである。

「わたしたちは、どこにいるのかわからない山奥の僻地で、毎日怯えながら暮らしているのに、純姫は日本へ行けるだなんて羨ましい」

遠くの山々を眺めながら、任福順は吐息を洩らした。

「戸田大尉の母親のところへ行ったからといって、幸せになれるとは限らない。日本人の姑と朝鮮人の嫁が、うまくやっていけるとは思えない」

金連珠は羨望とやっかみの入り混じった感情をつのらせて言った。

「姑とうまくいかなくたっていいじゃない。とにかく日本へ行けるのよ。こんな山奥の塹壕に囲まれたところより、日本の方がいいにきまってる」

食事の時間だったが、任福順は食べ残して自分の部屋にもどった。

「純姫は床上手だったらしいわよ。部屋にきていた兵隊さんがみんな言ってた」

金連珠は眉間に皺をよせ、意地の悪い顔になった。

「馬鹿なこと言わないで。純姫だけでもここから出られたのはよかったじゃない。それを嫉妬したりやっかんだりして、みっともないと思わないの」

年配の金典玉にたしなめられてみんなは口をつぐんだ。

突然、この場で一番年下の崔安中が、

「家に帰りたい。こんなところで死にたくない」

と言って泣きだした。

「死ぬと決まってるわけじゃないでしょ。しっかりしなさい。もっと気持を強く持たないと、生きていけないわよ」

金典玉は、まるで幼い子供をあやすように言った。だが、金典玉自身、不安でたまらなかった。

眼下を怒江が流れている。雨で水嵩を増し、うねりながら渦を巻き、岩石に砕けて飛沫を上げている怒江の激流が遠目にも恐ろしかった。

雨はひっきりなしに降っている。だが、将兵たちは時間さえあれば慰安婦の部屋にやってきた。淳花は限界に達していると思った。相手のペニスが激しく突き上げてくるたびに、子宮の中の赤ちゃんがもがき苦しんでいるような気がした。

「お腹の赤ちゃんが苦しんでます」

淳花はもう少し優しく抱いてほしいと頼んだが、将兵たちは聞く耳を持たなかった。ひたすら猪突猛進して欲望だけを満たそうとするのだった。

そのうち部屋にやってくる将兵の人数が減ってきた。食事のとき、他の慰安婦に訊いてみると、他の慰安婦たちも部屋にやってくる将兵の人数が減っていると言う。何かが起きているのだ。陣地にはただならぬ緊張感が漂っていた。耳を澄ますと、森林に囲まれた怒江の激流の音がゴーッと響いてくる。不気味な静寂だった。

ふと気付いたのだが、昨日まで炊事・洗濯を担当していた中国人がいつの間にか一人もいなくなっていた。難破船から鼠が逃げ出すように、中国人は危険を察知して逃げたのだ。中国人がいなくなったので、炊事・洗濯は慰安婦がやらざるを得なかった。

それから四日後の未明、眠りから醒めようとしている淳花の意識の底に、ヒューという口笛のような音がかすかに聞えたつぎの瞬間、爆発音が轟いた。

一緒に寝ていた将校が跳ね起き、寝呆けた声で、

「いまのは何だ？」

と言った。

「砲弾の音だと思います」

「砲弾の音？」

将校は半信半疑だったが、二発目の砲弾の音が響いた。

一発目の砲弾より近かった。敵は着弾距離を計っているのだった。

将校はあわてて椅子に掛けてあった軍服を着ようとしたが手足が震えてなかなか着られなかった。そしてようやく軍服を着て長靴を履くと、部屋を飛び出した。

淳花も服を着て、靴を片手に持ち、素足で表へ出てみると、広場は大混乱していた。

着弾距離を計っていた敵の砲弾は広場にまで届くようになり、慰安婦の宿舎の一棟に着弾して宿舎は木っ端微塵に吹っ飛んだ。幸い宿舎の慰安婦たちはいち早く避難していた。

混乱している最中に戸田大尉が日本人慰安婦と朝鮮人慰安婦を一ヶ所に集めた。

「いいか、よく聞け。戦況は厳しい。もし敵が攻めてきたとき、敵に凌辱される前に、この薬を飲んで自決するのだ」

戸田大尉の言葉に慰安婦たちは一様に蒼ざめた顔になった。戸田大尉は慰安婦たち一人ひとりに自決用の「昇汞錠《しょうこうじょう》」を配った。白色半透明の塩化第二水銀で、猛毒の薬である。流産用に前にも手渡されたことがある。

戸田大尉から手渡された「昇汞錠」を淳花は握りしめ、絶対に飲むまいと思った。

14

一九四四年五月、中国雲南遠征軍は、米製の八十ミリ砲、六十ミリ砲、自動小銃、軽機関銃、戦車砲、ロケット砲など米式装備に身を固め、大挙して反撃作戦を開始した。反攻作戦開始時の勢力は第二〇集団軍下四個師、第一一集団軍下九個師、第八軍下三個師、砲兵指揮官、工兵指揮官、通信兵約三個営の、一六個師の大軍団だった。五月十一日夜、雲南遠征軍は怒江を渡河し、拉孟陣地の包囲を開始した。西地区一帯の日本軍を三方面から追い落として撃退するというこの作戦のため、遠征軍は米軍により教育、訓練を施され、強力な武器・装備を与えられていた。

雲南遠征軍は怒江の対岸に数門の重砲を構え、そこから拉孟陣地に砲撃していた。

一方、恵通橋を補修した雲南遠征軍は昆明から武器・弾薬・食糧などを運び、拉孟陣地を三方向から攻撃してきた。砲弾は二、三メートル間隔で炸裂し、しだいに拉孟の中心に向っていた。

淳花が塹壕の中へ避難したとき、五、六メートル離れている場所に砲弾が落ちて炸裂し、二、三人の日本兵が空中高く舞い上がるのを見た。同時に淳花の顔面に、粘体質のぬるぬるした生温かい物体がべしゃっ！　という音を立ててへばりついた。淳花が両手で、そのへばりついたぬるぬるしている物体を剝がしてみると、内臓の一部だった。炸裂した砲弾で空中に吹き飛ばされた日本兵の体が四散して、その一部が淳花の顔面に付着したのだろう。

「うわっ！」

と叫びを上げて粘体質の物体を剝がした淳花の顔と手は血だらけになっていた。

一緒に塹壕の中へ避難した任福順は淳花の血だらけの顔を見て、思わず両手で顔をおおった。任福順は淳花が被弾したと思ったのだ。淳花はすぐ塹壕の中の泥水で顔と手の血を洗い落としたが、粘体質のぬるぬるした感触は、いつまでも残っていた。

「大丈夫？……」

任福順が訊いた。

「大丈夫」

だが、淳花は震えていた。任福順も震えている。二人はしっかり抱き合い、体をこごめた。敵の砲弾はドミノ現象のようにつぎつぎと炸裂し、まるで砲弾の津波が押しよせてくるみたいだった。

淳花と任福順は、ひたすら抱き合ったまま身動き一つせず耐えるしかなかった。淳花と任福順の場所に着弾するのかしないのかは運と確率の問題だった。そしてそれは恐怖との闘いでもあった。

日本軍も敵に向って砲撃をしていたが、米式装備に太刀打ちできなかった。米式の戦車砲、ロケット砲などは射程距離が長く、命中率において日本軍の大砲より遥かに優れていた。

松本部隊長は司令部に撤退したい旨を打電したが、司令部からは死守せよ、との命令が下った。それは玉砕を意味していた。

「くそったれ！　司令部はわれわれを見捨てる気だ」

松本部隊長は歯ぎしりしながら、

「全部隊に持ち場を死守せよ、と伝達するんだ」

と戸田大尉に命令を下した。

「なぜですか。いまなら脱出できます。ここに残れば全滅します」

戸田大尉は司令部の命令に疑義を呈した。

「司令部の考えてることはわからん」

松本部隊長は吐き捨てるように言って自分の塹壕に入って行った。

目の前で、日本軍の陣地が敵の砲撃によってつぎつぎと破壊されていく。拉孟陣地は五十倍近い敵に包囲されているのだった。そして朝から続いている敵の砲撃は夕方近くにやっと止んだ。

敵の砲撃が止んだので、身動き一つできなかった淳花と任福順は頭をもたげてあたりの様子を窺った。将校や兵士が大声で指示を出し、死傷者を陣地の後方へ移動させていた。

塹壕から出てあたりを見渡すと、硝煙のたち込める地面に多くの死体と負傷者があった。呻き声と助けを求める声と泣き声が入り混じり、地獄絵と化している。地面のあちこちに、首のない胴体やばらばらになって四散している手足や腹から飛び出した腸を十メートル近く引きずって力つき、仰向けになって遠くを見つめたまま死んでいる兵士の姿があった。その兵士は数日前、淳花の部屋にきて「おれが産道を作ってやる」と言っていた兵士だった。

塹壕の中にいた慰安婦たちがぞろぞろと出てきて一ヶ所に集まり、お互いの生存を確認し合って喜び、涙ぐむ者もいた。

「これははじまりよ。終りじゃないわ」

金典玉は集まっている慰安婦たちに言った。

「塹壕に逃げたときは、かたまっちゃ駄目。二、三人が一組になって、できるだけ間隔を置くのよ。かたまっていると砲弾が落ちたとき、一度に多くの犠牲が出てしまうわ」

金典玉の言葉に慰安婦たちは頷いた。

日が落ちて、オレンジ色に輝いていた山々の間に光が吸い込まれたかと思うとあたりは真っ暗になった。朝鮮人慰安婦と日本人慰安婦は別々に集い、眠る場所を探した。朝鮮人慰安婦は大きな樹の下で眠ることにした。むろん毛布などはなかった。夜になると、標高二千メートルの拉孟陣地は急速に冷え込んできた。暖をとりたかったが、敵の標的になる焚き火は禁止されていた。慰安婦たちは互いの体を寄せ合って寒さをしのぐしかなかった。

「明日も攻撃してくるかしら」

金連珠が言った。

「さっきも言ったでしょ。これははじまりだって。攻撃してくるわよ」

金典玉が低い声でみんなの浮わついた気持を引き締めるように言った。

「助かる方法はないの。部隊長にお願いして、女だけを逃がしてくれないかしら」

状況をまったく理解していない崔安中の安易な考えを金典玉は即座に否定した。

「馬鹿ね、あんたは。日本軍がわたしたちを逃がしてくれると思う？　それだったら、こんな山奥までわたしたちを連れてこないわよ」

「わたしたちを道連れにしようとしているわけ」

まだ十九歳の崔安中は状況の厳しさを呑み込めないでいた。

「そうよ。塹壕の中で、わたしたちとやるためよ」

金典玉ははっきりと状況を認識させるために露骨に言った。

「そんな、泥沼の塹壕の中でやるなんて信じられない」

崔安中は泣きそうになって顔を引きつらせた。

「男はそういう生き物なの。特に日本軍は」

日本軍の残忍さを見てきた金典玉は、この先、予断を許さないと思っていた。

昨日と同じだった。東の空がほんのり青みがかって空に白い輪郭ができる夜明け前、またしてもヒューという細長い音が耳の底に響いたかと思うと敵の砲弾が大地に炸裂した。ひとかたまりになって眠っていた慰安婦は、その爆発音に飛び跳ねて起き上がり、方向感覚を失って四方八方へ逃げまどった。

「早く塹壕に入るんだ！」

一人の下士官が、逃げまどう慰安婦たちに指示している。

その指示に従って慰安婦たちは塹壕へ避難した。

お腹の大きな淳花はみんなと同じように動けなかった。お腹をかかえながら、よたよたと前のめりに歩いていた。金典玉が手を貸し、淳花を塹壕の中へ誘導した。

塹壕の中に入った淳花は泥沼にへたり込み、息を大きく吸った。

「座り込んじゃ駄目。お腹が冷えるから」

金典玉は淳花のお腹の赤ちゃんを心配して立たせた。

「我慢するしかないのよ。わたしがついてあげるから」

金典玉に励まされて淳花は塹壕の壁にもたれて立ち続けた。

砲弾が炸裂するたびに大地が揺れた。いったいどれだけの砲弾が撃ち込まれているのか、拉孟陣地そのものが消滅するのではないかと思われるほどの数だった。

夕方になると砲撃はいったん中止された。拉孟陣地のいたるところに、砲弾の着弾地点には深い大きな穴が開いている。気をつけないと、その穴に落ちるおそれがあった。

日本軍の被害は甚大だった。ほとんどの大砲が敵の集中砲火を浴びて破壊され、二門しか残っていなかった。

敵の攻撃は昼間だけに限られていると思い、慰安婦たちが遅い夕食の用意をしているとき、夜空に照明弾が打ち上げられた。ゆっくりと降下してくる照明弾は、真っ暗闇だった周辺を昼のように明るくした。そしてふたたび敵の猛攻がはじまった。日本軍に休む暇を与えないのである。兵士と慰安婦は食事を中断して塹壕の中へ逃げ込んだ。敵の攻撃は夜中まで続いた。

敵の攻撃は日ごとに激しさを増していた。雨の降りしきる中をほんの少し塹壕から出て移動しようとしただけで砲撃されるのだった。したがって交通壕しか利用できなかった。

遺体の処理も外で穴を掘ることができず、塹壕の片隅に積んで置くしかなかったが、三日もすると強烈な腐臭があたりに充満した。塹壕の一部を崩して土を遺体にかぶせようとすると、すぐに察知されて砲弾が撃ち込まれるのである。

慰安婦たちは強烈な腐臭にめまいを覚えたり、吐き気をもよおしたりしていたが、そのうち強烈な腐臭にも慣れてきて、雨水の中のどろりと溶けた遺体をまたいで交通壕を行ったりきたりしていた。

炊事場はクルミ谷を下った途中の横穴式壕の中にあり、そこで兵士たちの食事が作られている。だが、火を焚いた煙が外に洩れると、たちまち砲撃されるのだった。敵は日本軍の一挙手一投足にいたるまで察知していた。

「身動きがとれない。動くとすぐにやられる」

松本部隊長は慨嘆していた。

座して死を待つより行動を起さなければならないが、突撃隊を編成しても怒江を渡河する前に敵の餌食になるのはわかりきっていた。そのような犬死にを兵士に強いることができるだろうか。司令部から見放されたときから、部隊の命運は決まっているのだ、と松本部隊長は絶望的になっていた。

日本軍と中国雲南遠征軍との攻防戦は持久戦になっていた。中国雲南遠征軍とその背後で指揮をとっているアメリカ軍も拉孟陣地を攻めあぐねていた。白兵戦になれば、中国雲南遠征軍は死にもの狂いで戦ってくる日本軍と同程度か、あるいはそれ以上の犠牲を出すかもしれない。そのシナリオだけは避けたいと考えていた。残された方法は持久戦によって日本軍を兵糧攻めにすることであった。恵通橋を遮断し、蟻の入る隙間もないほど四方を包囲して、日本軍が自滅するのを待つ作戦である。

この作戦は、ある程度、成功していた。一ヶ月もすると日本軍の食糧と弾薬は底を尽きはじめた。慰安婦たちは米を炊き、おにぎりを作って塹壕の中の兵士たちに配っていたが、一日に一個だけであった。

だが、松本部隊長と将校たちはご飯や豚肉や野菜をたらふく食べていた。

敵の攻撃が激しさを増し、塹壕の一部が破壊された。死者三人、負傷者五人が出た。その報告をするため、与田軍曹は松本部隊長の壕にきた。

そして中に入ると、松本部隊長は二人の慰安婦をはべらせ、酒を飲んでいた。

「なんの用か！」

松本部隊長はかなり酔っていた。

「はっ、敵の砲撃により、塹壕の一部が破壊され、死者三名、負傷者五名が出ました」

直立不動の姿勢で与田軍曹が報告すると、

「すみやかに埋葬しろ」

と松本部隊長は命令した。

その間も松本部隊長は慰安婦の乳房を触っていた。

「わかりました」

敬礼して下がろうとする与田軍曹に、

「酒を持ってこい！　肉も持ってくるんだ！」

とわめくように言った。

「はっ、わかりました」

体を一回転させて松本部隊長の壕から出てきた与田軍曹は憮然としていた。

凄まじい敵の攻撃で多数の兵士が死傷しているというのに、後方の安全な壕の中で、二人の慰安婦をはべらせ、酒を飲みながらちちくり合っている松本部隊長の姿に憤慨したのだ。それは松本部隊長だけではなかった。何人かの将校は松本部隊長と同じようなことをしていたのである。

双眼鏡で対岸の敵の位置を確認しようとしても、どしゃぶりの雨に遮られてよく見えなかった。砲弾を撃ったとき火を噴くので、その発火点を目印に攻撃するのだが、まるで影絵に向って砲撃しているようだった。敵の砲撃も命中度が落ちてきたが、その量において圧倒された。とにかく敵は物量にものをいわせて、絨毯《じゅうたん》爆撃式に撃ってきた。

兵士も慰安婦も泥と硝煙にまみれ、真っ黒になっていた。

雨は三日ぶりに止み、昼過ぎには山の頂の雲が風に流されて真っ青な空がひろがった。そして三時間ほど戦闘が止み、不思議な静寂に包まれた。そのわずかな時間に、みんなはあわてて食事をすませ、塹壕に溜っている泥水を、バケツや洗面器で汲み出した。

兵士たちは必死で大きな穴を掘り、塹壕の片隅で雨晒しになって強烈な腐臭を放っている兵士の死体を埋めた。

戸田大尉は双眼鏡で対岸の敵陣地と恵通橋を眺めた。対岸の敵の砲門はいつの間にか増強されている。そして恵通橋では米軍のトラック数十台が列をなし、怒江を渡河している最中だった。

戸田大尉の胸に絶望がひろがった。故郷にいる母と妻の顔が浮かんだ。

ふたたび敵の砲撃が轟き、つかの間の安息は終った。

八門あった十榴弾砲のうち六門は破壊され、残った二門で応戦していたが、対岸からの攻撃と恵通橋からの攻撃で二門とも破壊されてしまった。拉孟陣地は、もはや裸同然であった。

刻一刻と近づいてくる死の影に怯えながら、淳花は耳を澄ました。するとお腹の中の赤ちゃんの鼓動が聞えた。それは淳花自身の恐怖におののいている鼓動だったが、赤ちゃんの鼓動に思えたのだ。恐怖で緊張して硬直した体の中で赤ちゃんは必死に生きようとしているのだった。

片腕と片脚を失い、腹部に砲弾の破片が突き刺さって悶え苦しんでいる兵士のこめかみに短銃をつきつけて、戸田大尉は引き金を引いた。助かる見込みのない負傷者を、これ以上苦しめたくないという思いからであった。それを目撃した兵士たちはほっとしていた。だが、慰安婦たちは戸田大尉を残忍な人間だと思った。自分たちもいつかは足手まといになり、情容赦なく撃ち殺されるのではないかと疑心暗鬼になった。

戦死した兵士たちは大きな穴の中へゴミのように捨てられている。墓標も何もない。ましてや慰安婦たちには標識番号もないのだ。

昼夜をわかたず、敵の砲撃は続く。徹底した掃討作戦だった。動くものはすべて攻撃され、風に揺れる木の枝まで標的にされた。

大砲を失った日本軍は機関銃で応戦していたが、砲撃に太刀打ちできるはずもなかった。中国雲南遠征軍に包囲されてすでに二ヶ月が過ぎようとしている。日本兵は三分の一を失い、残りの三分の一は負傷兵だった。薬品もなければ包帯もない。負傷兵は傷口を晒し、腐るにまかせていた。夜になると、壕のあちこちから負傷兵たちの呻き声が怨念のように聞えてくるのだった。

七月になると、食糧と弾薬は底を尽いてきた。朝、昼、晩に一個ずつ配られていたおにぎりが、一日に一個だけになった。兵士は空腹に耐えながら戦っていたが、弾薬の使用も制限されていた。敵からの攻撃に応戦できないのだった。

通信部隊は後方基地に食糧と弾薬の補給を必死に頼んでいたが、そのかいあってか、ある日、ナウンキ飛行場から食糧と弾薬を積んだ九九式軍偵察機三機と援護の隼戦闘機十二機が飛来してきた。

拉孟陣地では発煙筒を焚き、救援物資を投下する位置を示していた。

やがて一点の雲もない真っ青な空に編隊を組んだ日本の戦闘機が現れた。壕の中にいた兵士と慰安婦はわれを忘れて飛び出し、シャツや白い布や毛布を振って、「バンザイ！」を三唱した。

ところが飛行機は、敵が焚いていた黄色い発煙筒を味方の発煙筒と思い、そこへ救援物資を投下してしまった。

「あーっ」

みんなの間から絶望的な声が上がった。投下された大量の救援物資は、目の前の敵に奪われてしまったのだ。

「なんてこった！　敵の陣地に救援物資を投下するとは、あきれてものが言えん。あいつらは、どこに目がついてるんだ」

与田軍曹は地団駄を踏んで憤慨した。

しばらくすると二回目の空輸がはじまった。編隊を組んで飛来してくる日本の飛行機に対して敵の高射砲が砲撃している。ドン！　という音とともに敵の高射砲の砲弾が空中に炸裂し、黒い煙となって消える。高射砲の凄まじい攻撃の間をぬって飛行機は表示地点に救援物資を投下していく。空輸は決死の覚悟で行われていたが、地上にいるみんなには、まさに手に汗握る光景であった。

投下された救援物資は、敵の攻撃が激しいため、すぐには拾いに行けなかった。日が沈むのを待ち、夜陰にまぎれて壕から這い出し、投下物資を運んでくるのだが、布にくるまれた銃弾や手榴弾は、落下の衝撃や砲撃でほとんど使い物にならなかった。ただ缶詰や乾パンや雑穀類はかろうじて損傷をまぬがれていた。それだけでも飢えているみんなにとって、まさに天からの恵みであった。

その後、空輸は三回、四回とくり返し行われたが、空輸にも限界があった。死者と負傷者を合わせて部隊は三分の一以下に減っていたが、それでも救援物資は一週間しか持たなかった。飢えがみんなをじわじわと襲ってくる。敵の砲撃より恐ろしいのは目に見えない飢餓であった。飢餓はみんなの内部を蝕み、理性を奪っていく。

関山陣地が陥落した。陥落した関山陣地から敗残兵が西山陣地に逃げてきた。ただでさえ混雑している西山陣地は負傷者で溢れ、看護などできる状態ではなかった。

「水をくれ、水を……」

負傷兵は水を要求して喉をかきむしり、壕に溜っている泥水を飲むのだった。するとたちまちアメーバ赤痢に冒され、下痢や嘔吐に襲われ、もがき苦しむのだった。その苦しみに耐えきれず、兵士の一人が昇汞錠を飲み、吐血して死んだ。それを見ていた兵士たちもつぎつぎと昇汞錠を飲み、断末魔の叫びを上げて悶死《もんし》した。中には手榴弾で自決する兵士も何人かいた。

兵士たちの目がぎらつき、殺気だっている。

戸田大尉が壕の隅でひと塊になって息をひそめている慰安婦たちのところへきて、

「気をつけるんだ。兵士たちがおまえたちを襲うかもしれない」

と注意した。

「どうしてですか？」

金典玉が訊き返した。

「食べる物がないからだ」

戸田大尉の言葉に、

「そんな……」

と金典玉は絶句した。

「兵隊さんたちは、わたしたちを食べようと考えてるんですか？」

想像だにできない話である。

だが、戸田大尉の言葉がにわかに現実みをおびてきた。この一週間、何も口にしていない慰安婦たちも空腹に耐えきれなかった。金典玉は食べ物の幻覚を見ることさえあった。

慰安婦たちは敵の砲撃と日本兵から襲われるかもしれないという二重の恐怖と闘わねばならなかった。金典玉はいっそのこと、敵の砲弾が真上に落ちてくれればと思った。

夜になっても敵の砲撃は止まらない。曳光弾が夜空に光ったかと思うと大地が炸裂して地響きが起る。数千発の砲弾によって拉孟の頂上付近の地形は変形していた。東側の大きな岩盤が崩れ、えぐられたような洞窟になっている。そこに陣取っていた百二十名の日本軍は全滅した。

底冷えのする夜は危険だった。飢えで体力が衰弱していると睡魔に襲われるからである。

金連珠がうつらうつらしている。睡魔に襲われているのだ。

「連珠、眠っちゃ駄目。眠ったら、そのまま死ぬわよ」

金典玉が金連珠の体を揺り動かした。

体を揺り動かされた金連珠はふとわれに返り、金典玉を見ると、また睡魔の底へ落ちていく。そして首を垂れた。

金典玉は髪に刺していた櫛で金連珠の腕を思いきり突き刺した。

「痛い！」

首を垂れ、眠りの底へ落ちかけていた金連珠が声を上げて目醒めた。

「眠っちゃ駄目。眠っちゃ、そのまま死んじゃうから」

金典玉は金連珠の意識を喚起《かんき》した。

「眠くなったら、自分で傷口を突くのよ。痛いけど、眠気を醒ます方法は、それしかないのよ」

二歳年上の金典玉は姉のように言った。

金連珠はこっくり頷いた。

「夜が明けるのを待つの。太陽の下で仮眠するのはいいと思う」

金典玉は金連珠を抱きよせ、夜明けを待った。

夜明け前に敵の砲撃は止んだ。みんなの緊張感がほぐれ、兵士の中には、その場にへたり込む者がいた。

「いつまで続くのかしら。いっそ爆弾が頭の上に落ちてきた方がましだわ」

沈容慈が疲れきった表情で言うと、

「そんなこと言ってる場合じゃないわよ」

と金典玉は壕から這い出し、地面に散らばっている日本兵の死体に向った。

そして兵士の軍服を剝ぎ取り、奪って壕へもどってきた。

「さあ、これを着なさい」

金典玉は軍服を金連珠に差し出した。

「この軍服を着るんですか？」

金連珠は汚らわしい物でも見るように軍服を見た。

「そうよ。夜は冷えるからね、体温を奪われて眠くなるのよ」

しかし金連珠は、日本兵の死体から剝ぎ取った軍服を着るのには抵抗があった。

「死んでもいいの？　生きのびるためなら、わたしはなんだってやる。選択の余地はないのよ」

金典玉は強引に泥と血にまみれている軍服の上着を着せ、軍袴をはかせた。

「靴もいるわね」

金典玉はまた壕を這い出し、死体の軍服を剝ぎ取り、靴を二足奪ってきた。そして金典玉は奪ってきた軍服を着て軍靴を履き、金連珠にも軍靴を履かせた。軍靴は大きすぎてぶかぶかだったが、普通の靴より丈夫で、泥濘や水溜りの影響を多少緩和できた。

それを見ていた他の慰安婦の何人かが壕を這い出し、散乱している日本兵の死体から軍服と軍靴を奪ってきて着用した。

雨が続いていた。敵からの砲撃は止むことはなかった。

突然、「森谷、何をしてる！」という大声が聞えた。

兵士と慰安婦が大声のする方向に視線を転じた。

森谷上等兵が壕の縁に倒れて腐乱している死体に涌いている蛆虫を鷲摑みしてほおばっているのだった。

森谷上等兵は眼孔《がんこう》の黒い穴の奥から異様な光を放っていた。狂っているのだ。森谷上等兵は口一杯にほおばった蛆虫をうまそうに咀嚼していた。

他の兵士に両脇をかかえられている森谷上等兵は抵抗しながら、なおも蛆虫を鷲摑みして食べようとしている。その異常な力に、兵士は三人がかりで森谷上等兵を取り押さえると、与田軍曹が、銃で射殺した。一発の銃声が山に木魂した。おぞましい光景だった。淳花は気を失いかけた。

霧におおわれた山々の風景は、まるで幽玄な水墨画のようだった。

雨がまた降りだした。雨が降ると、水墨画のような風景もかき消されるのだった。

水嵩を増した怒江の激流の音と雨の音が重なって、水は淳花の記憶の底を流れていく。記憶をまさぐると、怒江の激流の音と雨の音が聞えるのだった。だが、雨の日も敵からの砲撃は止むことがなかった。それは敵の強い意志を感じさせた。

翌日、雨は止んだが、厚い雲の層が垂れ込めている。午後一時頃だった。恵通橋を渡って日本軍と戦闘をくり返していた中国雲南遠征軍がドラを鳴らし、チャルメラを吹奏しながら喚声を上げて攻めてきた。日本軍も負けじと擬勢喚声を上げ応戦した。戦闘は三時間におよび、かろうじて陣地を死守したが、すでに日本軍は三百数十名の戦死者を出していた。しかも弾薬は底を尽いていた。残された方法は白兵戦だけである。白兵戦になれば多くの捕虜を出す可能性があった。「生きて虜囚《りよしゆう》の辱《はずかしめ》を受けず」という訓示を体に叩き込まれている日本軍は捕虜になることを恐れた。食糧もなければ弾薬もない。何人の兵士が生き残っているのかさえもわからない状況だった。生き残った日本兵と慰安婦は、横股陣地の壕の中に身を隠した。いよいよ最期の時がきたと戸田大尉は思った。戸田大尉は決断しなければならなかった。

夕闇が迫っていた。上空に垂れ込めている厚い層の雲の隙間から帯状にひろがっている血の色をした夕陽が不気味だった。

やがて日が落ち、あたりは暗闇に包まれた。壕の中では負傷した日本兵が口々に「水をくれ」と訴え、苦しみもだえていた。水びたしの壕で泥水をすすって空腹をしのいできた兵士たちはアメーバ赤痢やマラリアにかかり、激しい下痢に苦しんでいた。

翌日の正午頃、自決用の昇汞錠が配られた。水を欲しがっていた負傷兵は、水に溶かした昇汞錠をおいしそうに飲み干し、もだえ死んでいった。夜になって守備隊長の戦死が伝えられ、拉孟守備隊はいよいよ最期の時を迎えようとしていた。

つぎは残っている慰安婦たちの番だった。

そのとき日本人慰安婦の一人が、

「逃げよう」

と言った。

とっさの判断だった。
五、六人の慰安婦が壕を飛び出して逃げた。
壕の外は急勾配の坂になっている。逃げ出した慰安婦たちは、急勾配の坂をころげ落ちた。淳花もころげ落ちたが、幸い坂は途中からゆるやかになっていた。淳花はゆるやかになっている坂で何かに摑まり、体勢を整えた。それから足元に目を凝らし、這うようにしながら下りて行った。

川岸に着いたのは六人だった。逃亡した全員の無事を確認してから、あらためて怒江を見たが、水嵩を増している流れの速い怒江を渡るのは無理だった。どこか川幅の狭い浅瀬の場所を見つけるしかない。

しばらく洞窟の中に隠れていた。追っ手が迫ってきているような気がした。一刻も早く川を渡り、拉孟を抜け出したい。だが、川岸は岩だらけで、歩くことさえ困難だった。暗闇を手探り状態で歩いていたとき、一人の日本人慰安婦が川の流れに足をとられ、濁流に呑み込まれた。それは一瞬の出来事だった。

生き残ったのは五人の朝鮮人慰安婦だけなのか。生き残った五人の中に任福順と金連珠の姿が見当らなかった。任福順と金連珠はどうしたのか。逃げ遅れて将校用の壕に閉じ込められて手榴弾を投げ込まれ、爆死したのか。そう思うと淳花は、胸を締めつけられる思いがした。生き延びていてほしいと祈らずにはいられなかった。

五人の慰安婦は岩と石だらけの暗闇の川岸を用心深く歩いた。一歩まちがえば濁流に呑み込まれるおそれがあった。

淳花がお腹を押さえている。先ほどから腹痛に見舞われているのだ。額に冷汗をかいていた。

「大丈夫……？」

金典玉が心配そうに訊いた。

「大丈夫」

淳花はみんなに心配をかけまいとした。

「少し休もうか」

金典玉が言うと、

「こんな場所で休んじゃ駄目。雨が降ってきたら水嵩が増して大変なことになるわ。どこか別の場所で休みましょ」

と淳花は川岸で休むのは危険だと言った。

空を見上げると真っ黒で、いつ雨が降りだしてもおかしくないと思った。雨が降りだす前に、別の場所へ移動しなければ危険だった。だが、川岸に沿っている土手はせり上がっていて登れそうになかった。

みんなは黙々と歩いた。どのくらい歩いたのか、曇っている東の空がかすかに明るくなってきて、あたりの景色が開けてきた。同時にみんなは、水無川の激流が頭上を流れているような錯覚に陥った。岩石に砕けた水無川は白い牙をむいて襲いかかってきそうな感じがした。

15

行けども行けども道らしきものに出会わなかった。川岸にころがっている岩石は、おそらく上流から流されてきたのだろう。

さすがに疲れて、淳花は少し休ませてほしいと頼んだ。みんなは適当な岩に腰を下ろして座った。

川岸を少し登ったところにトウモロコシ畑があった。淳花は夢中でトウモロコシをほおばった。しばらく休んでいると、遠くの方から人が近づいてくるのが見えた。慰安婦たちは驚いて岩蔭に身をひそめて近づいてくる人間を見ていた。三人の中国人と竹の釣竿を持った少年だった。少年はトウモロコシ畑の中にしゃがみこんでいる淳花を見つけて驚いていた。少年は中国軍の食用に魚を釣りにきたのだ。

しかも少年は、拉孟陣地で馬の世話や使い走りをしていた少年だった。慰安婦たちとも顔見知りだったのである。淳花は体ががたがたふるえ、立ち上がることもできなかった。連れの中国兵は、川岸にいた慰安婦をつぎつぎに連れて山を登ってきた。

少年は淳花に、

「歩けるか？」

と訊いた。

淳花は黙ってうなずいた。腰痛は激しくなる一方だった。

「拉孟の日本軍は全滅した。もう安心だ」

少年は片言の日本語でそう言った。

ある程度、意思の疎通はできたが、それでも慰安婦たちは不安だった。軍隊は所詮、自分たちを性の慰みものとしてしかあつかわないだろうと思った。あまりにも多くの殺戮や性暴力を見てきた慰安婦たちは、戦争をくりひろげている軍隊そのものを信じられなかった。

「どこへ連れて行かれるのかしら」

白蓮珠《ペクリョンジュ》は小声で言った。

「わからない。でも逃げるわけにはいかないでしょ」

中国軍の捕虜になると、みな殺されると聞かされていたので、慰安婦たちは恐怖で体を震わせていた。

淳花の足に血が伝わり落ちていた。激しい逃避行の中で流産してしまったのか、出血がはじまっていたのだ。淳花は激痛に耐えきれず、その場にうずくまった。

大量の出血に、

「どうしたんだ！」

と中国兵が驚いて訊いた。

「子宮から出血してるんです」

しゃがみ込んで口もきけない淳花に代って金典玉が言った。

大きなお腹をしている淳花を見て、中国兵も危険を察して淳花をかかえ、急いで山を下り、中国軍の仮兵舎のある拉孟街の病院に淳花を運び込んだ。他の慰安婦たちは中国軍の兵舎に連れていかれた。

軍医と二人の衛生兵がやってきた。軍医は中国兵を部屋から追い出し、さっそく淳花を診察して、

「これはいかん。すぐに手術をしなければ命が持たない」

と言った。

軍医は淳花の腹部を切開していった。そして子宮の中を見ると、血溜りの中に胎児が丸まっていた。胎児は死亡していた。

数百人の負傷兵を治療してきた軍医の手さばきは見事であった。素早く臍《へそ》の緒を切断して出血している血管を縫い、胎児と子宮を取り出すと吸入器で血溜りを除去し、消毒した。それから切開した開口部を縫合した。

淳花の心臓は正常に動いていた。手術を終えた軍医は消毒液で手を洗い、ひと息ついた。

「普通ならもたなかったはずだが、彼女は丈夫な体をしていた」

軍医は顔をしかめて言った。

立ち会っていた二人の衛生兵には、慰安婦を酷使している日本軍を軍医が暗に批判してい

るように聞きとれた。

麻酔から目が醒めた淳花はあたりをぼんやり見回した。誰もいなかった。赤ちゃんはいったいどうなっているのだろう。急に不安がつのり、

「誰かいませんか!」

と声を上げた。

隣の部屋から衛生兵がきた。

「どうした?」

衛生兵はいぶかしげに訊いた。

「赤ちゃんはどうなってるんですか?」

生きていれば自分の腕の中にいるはずであった。

「死産だ」

衛生兵はそっけなく言った。

「えっ、死んでた……」

淳花は涙も出なかった。

淳花は毎日、十数人、ときには数十人の日本兵を相手にしてきた。兵士にはさまざまな人間がいて、中には嗜虐的な兵士もいる。特に前線へ送り出される兵士や前線からもどってき

た兵士は精神状態が不安定で、その不安定な精神状態の兵士を慰安婦は受入れなければならなかった。暴力的で変態的な行為によって子宮が傷つくこともあるのだ。

妊娠八ヶ月の淳花に兵士が、

「産道を作ってやる」

と言って膣に手首まで入れて胎児を引きずり出そうとしたこともあった。

そのときは必死に抵抗して難を逃れたが、はたして健康な子供を出産できるのか危惧した。そして危惧していたことが現実に起ったのである。

死産を知った慰安婦たちは一様に同情してくれた。同情してくれたが、死産だったのはよかったのではないかと金典玉は言った。

「こんな状況で、父親のわからない子供を育てるのは大変よ。国に帰ったら何と言われるか。出産しても、結局、子供を見捨てることになるかもしれない。死産だったら諦めもつくけど、生き別れになったら、諦めきれないじゃない」

冷酷なようだったが、金典玉の言葉は正しかった。

だが、死産だから諦めがつくわけではなかった。以前、出産した赤ちゃんも顔すら見せてもらえず、取り上げられた。出産したわが子を腕に抱けない悲しさは母親でなければわからないのだ。

一方、拉孟守備隊が全滅する前に陣地を脱出した日本兵らは、えんえんと続く山道を、龍陵に向かっていた。一つの山を越えるとつぎの山道を登らなければならなかった。

翌日の昼過ぎ、山道から草原に出た日本軍は横にひろがり、互いに距離をとって行進した。空は晴れ渡り、遠くの山がはっきりと見える。白熱光に輝いている太陽が眩しかった。九月だというのに、真夏のような暑さだった。

偵察に出ていた兵士が走ってもどってきて、

「前方に敵がいます」

と水長中尉に伝えた。

「なんだと、何人くらいいる？」

水長中尉は双眼鏡で前方を見たが敵の姿は確認できなかった。

「三、四十人はいると思います」

水長中尉はもう一度双眼鏡をのぞいた。

すると敵の姿が間近に見えた。手が届きそうな距離だった。

驚いた水長中尉は、

「戦闘用意！」

と声を張り上げた。

日本軍はいっせいに地面に伏せて銃を構えた。

「撃て！」

水長中尉は攻撃を命じた。

日本軍がいっせいに攻撃すると叫び声と悲鳴が聞えた。日本軍は、その叫び声と悲鳴を追って前進した。ところが不思議なことに敵からの反撃はなかった。無抵抗だったのである。蜘蛛《くも》の子を散らすように逃げまどう敵の背後から小銃と機関銃の射撃を浴びせる。攻撃は三十分ほど続き、ほぼ全滅したが、最後の一人と思われる敵が一目散に逃げて行く。その敵を日本兵の一人が狙いを定めて撃った。山に向って全速力で逃げていた敵がばったり倒れた。

あちこちから苦しそうな呻き声と泣き声が聞えた。敵の半数はまた生きていたのである。

「一人も生かすな！」

水長中尉が憎しみのこもった声で命令した。その命令に従って、日本兵は銃剣でまだ生きている敵の胸や腹や首などを突き、とどめを刺した。命乞いをする者もいたが日本兵は容赦しなかった。草原は血の海に染まった。

「日本の軍服では敵に発見されやすい。中国軍の服を着てカムフラージュするんだ」

水長中尉は中国軍の服を着て、中国軍を装うことにした。

さっそく日本兵は、倒れている中国軍の服を脱がせにかかったが、ここで新たなことが判明した。全滅した三十六人の中国軍は全員、十六、七歳の少女だったのである。さすがの日本兵もこれには驚いた。武器を持たない少女を全員殺戮したので、日本兵はあと味の悪い思いをした。虐殺にも等しかった。どこかへ避難するため、中国軍の服を着て、中国軍を装っていたのだろうか。

日本兵は剝ぎ取った服を着てみたが、小さすぎて着られなかった。

日本兵は死体を放置してふたたび行進した。そして三キロほど行進したとき、突然、砲撃され、大地が炸裂した。今度は日本兵が逃げまどう番だった。だが、草原に身を隠す場所はなかった。敵は三、四キロ先から攻撃している。日本兵も応戦したが、砲撃に太刀打ちできるはずもなかった。激しい砲撃に晒され、日本兵は全滅した。

戦闘は一時間ほどで終り、姿を現した中国軍が死亡した日本軍を確認していた。そしてまだ生きている日本兵を銃剣で突き刺し、息の根を止めた。

手術後、二日間は排泄を衛生兵に手伝ってもらっていたが、他人の世話になるのが恥ずかしく、三日目からベッドの側に金盥を置き、自分で排泄するように努めた。もちろんしゃがむと傷口が痛むため中腰状態で行い、二、三回で要領を覚えた。

衛生兵たちは感心していた。

四日目の朝食のあと、淳花は負傷した大勢の中国兵が入院しているのを目にした。右脚のない者、左腕のない者、右目を残して顔を包帯でぐるぐる巻いている者、中には両腕、両脚を切断されている悲惨な兵士もいた。

淳花はこれまで日本兵の多くの死傷者を見てきたが、中国兵にも多くの死傷者がいるのをはじめて知った。消毒液、患者の吐息、呻き声が息苦しかった。

淳花は毎晩、子供の夢を見た。赤ちゃんではなく、二、三歳に成長した子供だった。二年前、南京で出産した赤ちゃんは顔を見せられることも抱くこともなく、どこかへ連れ去られた。その赤ちゃんが生きていれば数えで三歳になっているはずであった。

周囲からはお母さん似ね、と言われ、淳花も自分に似ていると思った。笑顔は淳花の母親に似ていた。

父親は誰なのかわからない。拉孟にきたときはすでに三人目の赤ちゃんを妊娠していた。あまりにも多くの兵士を相手にしていたので、顔を思い出すことさえできなかった。

目を醒ますと、枕が濡れていた。夢の中で泣いていたのだった。子供はいま、どこでどうしているのか？　無事に育てられているのだろうか？　手がかりは何もない。

朝食後、軍医は衛生兵を二人したがえて回診していた。淳花はいつも最後だった。

衛生兵が下着をめくり、傷口を巻いている包帯を取ると、軍医は目で回復具合を調べ、ガーゼに染み込ませたヨードチンキを塗った。治療はそれだけである。要は縫合した肉がどれだけ治っているかであった。

「状態はすこぶるよろしい。三日後に抜糸しよう」

衛生兵が軍医の言葉をメモした。

抜糸された淳花の傷口は包帯をせず、ガーゼを絆創膏《ばんそうこう》で留めるだけの簡単な処置になった。

回診のあと、いつもなら軍医はさっさと引き揚げていたが、今日は少し考えるような表情で淳花を見つめ、

「言いにくいことだが、この先、あなたは子供を産むことはできない」

と言った。

「え？　子供が産めないんですか！」

淳花は強いショックを受けた。

「どうして子供が産めないのですか？」

死産だったことと関係していると思ったが、原因をはっきり知りたかった。

「手術をしたとき、子宮を残せなかった。子宮は腐っていた。だから除去したのだ」

軍医はそう言って去った。

淳花は軍医の言葉が信じられなかった。子宮を失うということは淳花にとって、女としての存在を否定されることであり、母親になれないことであった。どうして自分だけが酷《むご》い仕打ちを受けるのか。淳花は自分の運命を呪い、天を呪った。そしてひとしきり号泣した。

しかし、冷静に考えてみると、慰安婦は自分以外に大勢いるのだった。その中には淳花以上に苦しみと悲しみに身を引き裂かれている慰安婦がいるにちがいなかった。

気がふれて飛び降り自殺を図った慰安婦もいる。出産した赤ちゃんをすぐに連れ去られた慰安婦もいる。将校と基地を脱走して捕まり、処刑された慰安婦もいる。そして子宮を失って子供が産めなくなった淳花も、その一例にすぎないのだった。慰安婦たちは共通の運命を生きていたが、一人ひとりの運命はちがっていた。淳花は自分の運命を生きねばならなかった。淳花は他者の人生を生きることはできないし、他者が淳花の人生を生きることはできないのである。

たとえ子供を産めない体になっても、生きていればいつか、幸せな日がくるだろうか。幸せとはどういうものなのか、淳花には想像できなかった。

術後の経過は良好で、食欲もあり、体力を回復していた。数日後に拉孟街にある中国軍の仮兵舎に移され、拉孟で中国軍から出身地、氏名、家族構成など、簡単な取調べを受けた。

その二日後に慰安婦たちは全員保山《バオシャン》・楚雄《ソーシュン》を経て昆明の捕虜収容所に収監された。

昆明には雲南戦線の米中陸軍最高司令部があり、重慶《チョンチン》につぐ重要な拠点だった。二十三人の慰安婦たちは大きなテントに収容された。十五の二段ベッドがあり、慰安婦たちは、思いおもいのベッドを使うことができた。

テントには二つの窓があった。その二つの窓から外の様子が見られた。

慰安婦たちの近くには八名から十名の日本兵が収容されているテントが二十ほどあった。拉孟陣地での日本軍の監視はきわめて厳しかったが、昆明の収容所は比較的寛容だった。日本兵は収容所内ばかりか、護衛の中国兵がついていれば「保健散歩」という名目で外出を許され、中華飯店でたらふく食事にありつくこともできた。

また日本兵は「PW（戦時捕虜）」の印がついた捕虜服を着せられて病院や倉庫整理などの使役に駆り出されたが、その帰りに米軍のシャツやズボン、タオル、石けんなどを失敬して宿舎にもどり、それらの品を民間人に売って食料品や生活品などを仕入れていた。

収容所は有刺鉄線でかこまれていたが、近くに「精華女学校」があり、土日には女学生がやってきて、日本兵は女学生と有刺鉄線をネット代りにバドミントンやバレーに興じたりしていた。女学生たちは日本兵に煙草やお菓子などを差し入れることもあった。

慰安婦たちは、それらの様子を窓から見ていた。それは奇異な光景だった。なぜ中国の女学生たちは日本兵に興味を示し、煙草やお菓子を差し入れたりするのか理解できなかった。たぶん女学生たちは日本兵の実体を知らないからだろうと淳花は思った。それとも日本兵は、もともと普通の人間だったのだろうか。淳花は無邪気な女学生に嫌悪を覚えた。淳花の目には女学生を見る日本兵の目に嗜虐的な欲望がみなぎっているのが読み取れるのだった。日本兵にとって慰安婦は欲望の対象以外の何ものでもなかった。性と暴力は日本兵の本質であり、いま捕虜となっている日本兵が善良な人間であるとは到底思えないのだった。

「中国の女学生たちが、なぜ日本兵に興味を持つのか、わたしにはわからない。日本軍は中国全土で数えきれないほど中国人を虐殺してるのよ」

淳花は日本兵よりもむしろ無知蒙昧《もうまい》な女学生を嫌悪した。

「あの年頃の女の子は好奇心が強いのよ。それに人間って、実際に経験してみないとわからないものなのよ」

金典玉はどこか達観していた。

「そうね、人間って、経験してみてはじめてわかるのね。でも中には経験してもわからない人間だっていると思う」

淳花は人間に対して強い不信感を持っていた。

そもそも朝鮮人慰安婦が捕虜として収容されていること自体が不満だった。日本兵と日本人慰安婦が捕虜として収容されるのはわかるが、朝鮮人慰安婦は被害者なのである。三十四年間、日本の植民地政策のもとで、朝鮮人の男は、戦争や炭坑・河川工事などの重労働にかり出され、朝鮮人の女は慰安婦として性の奴隷にされたのだ。その朝鮮人慰安婦が、なぜ捕虜として収容されなければならないのか、あまりにも理不尽すぎる。米中連合軍は何もわかっていない、と朝鮮人慰安婦たちは思っていた。

「どうしてわたしたちは捕虜としてあつかわれるのですか」

金典玉が米軍の将校に抗議した。抗議された将校は渋い表情をして、

「おまえたちを捕虜とは思っていない。そんなことはわかっている。だが、日本軍の悪辣《あくらつ》なやり方を暴くためには、おまえたちの尋問が必要なのだ。その間、我慢してくれ」

と言った。

将校からそう言われると、慰安婦たちは協力しないわけにはいかなかった。

慰安婦たちは想像を絶する《恨》を誰かに聞いてもらいたい、誰かに話したい、胸の奥の汚穢を吐き出したい、という思いが強くあった。しかし、尋問という形で慰安婦たちの《恨》を解き放つことは無理だった。《恨》を解き放つことは、とりもなおさず生きて帰ることだった。

鉄条網に囲まれているテントには日本軍兵士と日本人慰安婦と朝鮮人慰安婦のテントがある。彼らは捕虜として収容されているが、監視の目を盗んでテントとテントの間を比較的自由に行ききしていた。

最初に淳花が食べ物をわけてもらおうと日本軍兵士のテントを訪ねたとき、日本兵の一人に、

「歌丸じゃないか」

と声を掛けられた。

淳花は日本兵の間で「歌丸」と呼ばれていた。

声を掛けられた淳花は、

「ノダ（野田上等兵）さん、こんなところにいたの」

と驚いた。

拉孟の激戦で全滅したはずの日本兵が生存していたからだ。

「懐かしいなあ」

拉孟が壊滅したのはついこの前である。

だが、野田上等兵はまるで数年ぶりに再会した戦友のように懐かしむのだった。

他の日本兵たちも淳花に寄ってきて、

「よく生きてたな」

と懐旧の情をあらわして喜ぶのだった。

確かに淳花と日本兵は、拉孟の塹壕で死線をともに戦った戦友ではあった。敵から猛攻撃を受けている塹壕の中で、日本兵のためにご飯を炊き、掌が赤くなるのを我慢しながらおにぎりを作って運んでいた。そのときの日本兵と朝鮮人慰安婦は一体となっていた。

その日から日本兵は監視の目を盗んで朝鮮人慰安婦のテントにきて話し込んでいた。会話のほとんどは拉孟での出来事だった。日本兵と朝鮮人慰安婦との間にあるはずの加害と被害という関係性が不思議な親和力によってなくなっていた。日本兵と慰安婦との話は尽きなかった。ときには深刻な話もあったが、ほとんどは楽しい思い出話となっていた。みんなの笑い声がテントの外に洩れると、誰かが唇に指を当て、「シー」と注意した。

淳花は内心、日本兵と慰安婦が楽しそうに会話していることに、いったい何が楽しいのだろうと嫌悪を覚えた。たとえ拉孟の塹壕で死線をともに戦ってきたとはいえ、日本兵から受けた屈辱と恥辱を忘れてしまったのだろうか。

日本兵が帰ったあと、淳花は口火を切った。

「日本兵と話していて、何が楽しいのかしら。あなたたちは日本兵から受けた屈辱と恥辱を忘れてしまったの。日本兵から受けた暴力を忘れてしまったの。わたしはけっして忘れない。

わたしはいまでも日本兵を見ると背筋がぞっとする」

淳花の話にテント内は静まり返ったが、金善孝《キムソンヒョ》という二十六歳になる慰安婦が反論した。

「いい子ぶるんじゃないわよ。あなた一人が日本兵から受けた屈辱と恥辱を忘れていないって言うの。みんな覚えているわよ。忘れようと思っても忘れられるわけないでしょ。でも忘れたいの。いつまでも覚えているのが耐えられないの。いまさらどうしようもないでしょ。あなたはこれから先も、慰安婦でしたって堂々と言えるわけ？　言えるわけないでしょ。だったら忘れるしかないのよ」

金善孝は少し怒ったような声で言った。

「だから言ってるのよ。日本兵と話していて、何が楽しいのかって。みんなおかしいわよ」

少し怒ったような声で反論する金善孝に淳花はさらに腹立たしくなった。

「他に話すことがないでしょ。それとも虐待された話をするの？　考えてみれば、日本兵も犠牲者なのよ」

金善孝の言葉に、

「あきれた。日本兵に同情するの。彼らは加害者で、わたしたちは被害者なのよ。わたしは三回子供ができたんだけど、一人は生れることなく死に、二人はどこへ連れて行かれたのかわからない。あなたも子供を二人出産してるでしょ。その子供はいま、どうなってるの。自分の子供がどうなっているのかわからないなんて、耐えられない」

淳花は涙声になった。

金善孝はふてくされたように日本兵からもらった煙草をふかしていた。

そのとき、二、三発の銃声が響いた。慰安婦たちは一瞬、緊張した。それから慰安婦たちはいっせいにテントの外へ出た。

暗闇の中で大勢の人間がざわめいていた。

「テントにもどるんだ！　テントから出るんじゃない！」

米軍と中国軍がテントの外へ出てきた者をテントの中へ押しもどそうとしている。

「何があったのですか」

金典玉は一人の日本兵に訊いた。

「脱柵《だっさく》した日本兵が米軍に撃たれたらしい」

日本兵は脱走するために脱柵したのではなく、近くの農家の畑から野菜を盗むために脱柵したのだった。脱柵は二人一組になって頻繁に行われていたが、米軍に撃たれたのはたまたま運が悪かったのだ。

翌日の早朝、マラリアで野戦病院に入院していた慰安婦が死亡した。そこで合同葬儀が行われたが、数人の日本兵捕虜が深い穴を掘り、その穴の中へ二人の遺体が無造作に投げ込まれて土をかぶせられた。墓標も何もない。時が経てば、そこに遺体が埋められていることすらわからなくなるだろう。

「ここで死ねば、ああなるのね」

窓から埋葬の様子を見ていた淳花が寂しそうに言った。

「死ねば終りよ。何もない。塹壕で爆死した友達も野晒しのまま腐るにまかせている」

埋葬されるだけまだしもましだと金典玉は思った。

多くの人間の死を目のあたりにすると、死そのものになんの感慨もいだかなくなるのだった。生と死は背中合わせであり、死は日常的な出来事だった。前線の兵士たちは、腐乱した死体が散乱し腐臭を放っている中で、平気で食事をとっていた。慰安婦たちにとっても死体は見慣れた光景の一つにすぎなかった。すべては何ごともなかったかのように過ぎてゆく。日がな一日、テントの中で過ごしている慰安婦は、ときおり簡単な仕事を手伝わされることがある。野戦病院の傷病兵に食事を運んだり、掃除をさせられたりした。

その日は、木口のり子という日本人慰安婦が米軍の陸軍病院へ使役に出された。ベッドの整理やトイレの掃除をしていた。

そのとき、一人の米兵が入ってきた。小用を足すのだろうと掃除を続けていると、今度は背の高い二人の米兵が入ってきた。そして三人の米兵はにやにやしながら木口のり子を囲む

ように近づいてきた。明らかに意図的な接近だった。木口のり子は危険を察知して接近してくる米兵を避けようとすると、

「ヘイ、カモン・ベイビー」

と米兵の一人が手招きした。

木口のり子が、「ノー」とかぶりを振ると、別の米兵が木口のり子の腕を摑まえた。大きな手で摑まれた木口のり子の腕は痺れた。

「ヘイ、カモン・ベイビー」と声を掛けてきた米兵が木口のり子の両脚を軽々とすくい上げて、その場に倒した。

三人目の米兵が、抵抗し、あがいている木口のり子の両肩を押さえ込むと、両脚を押さえ込んでいた米兵がスカートをまくり上げ、パンティを引きずり下ろした。腕を押さえている米兵が木口のり子のシャツを引き裂き、乳房を握りしめてキスした。キスされた木口のり子は米兵の唇を嚙んだ。

「なにしやがる！」

唇を嚙まれた米兵は木口のり子の頰を思いきり打擲した。

木口のり子は一瞬、気を失いかけた。三人の米兵に襲われた木口のり子はなす術がなかった。木口のり子は抵抗するのを諦め、米兵のなすがままにまかせた。三人目の米兵は射精し

た精液を木口のり子の顔面にふりかけた。そして三人の米兵は立ち去った。

木口のり子はしばらく起き上がれなかった。パンティをはく気力もなく、両脚を開いたまま放心状態になっていた。しかし、いつまでも両脚を開いたまま放心状態になっているわけにはいかなかった。

木口のり子はゆっくり起きてパンティをはき、スカートの汚れを払い、引き裂かれたシャツを両腕でおおい、外に出た。

広場では中国の女学生と日本兵が楽しそうにバレーボールをしている。米軍兵士と中国軍兵士が行き交っている。米軍と中国軍は、四つの机の前に座っている慰安婦からの聞き取り調査をしていた。いま三人の米兵にレイプされた木口のり子は、慰安婦からの聞き取り調査が空しく思えた。

木口のり子は少しガニ股で歩いていた。三人の米兵にレイプされたとき裂傷を負って、そこから血が太股を伝って流れていた。

木口のり子は日本軍の司令部が収容されているテントに入った。

木口のり子の異様な姿を見た糸川中佐は、

「どうした？」

と訊いた。

木口のり子の目から涙が溢れてきた。そしてトイレで三人の米兵にレイプされたことを告げた。

「本当か、許せない！　大和撫子を凌辱するとは！」

米中連合軍の捕虜として恥辱に甘んじてきた糸川中佐は、日頃の忿懣を爆発させた。

糸川中佐は木口のり子の傷をすぐに日本軍医師に診察させた。

「膣の外壁が傷ついている。とりあえず薬を塗っとくが、傷口がおしっこで濡れないよう気をつけるように。菌が付着すると、化膿するおそれがあるから」

軍医は注意事項を述べ、小さな容器に入ったクリーム状の軟膏を木口のり子に手渡した。

糸川中佐は手当てを受けた木口のり子を連れて、米中連合軍司令部のテントに赴いた。そして引き裂かれたシャツと汚れたスカートと太股を伝って流れている血を見せた。

米中連合軍司令部のアーノルド・ミッシェル長官は、糸川中佐の説明に驚き、犯人を逮捕して厳正な裁判にかけることを約束した。それから一週間後、三人の米兵は軍事法廷にかけられ、六ヶ月の重労働を科せられた。

この事件は、米軍の迅速な対応が、慰安婦たちの間で評価された。

だが、評価する一方で、朝鮮人慰安婦の間では別の意見があった。

「もし朝鮮人慰安婦だったら、日本軍は米軍に抗議しなかったと思う」

金典玉が言うと、

「わたしもそう思う」

と玄貞恵《ヒョンジョンへ》が言った。

「日本軍も米軍も、男はみな同じよ。慰安婦を人間と思っていないのよ。男はみな死ねばいいんだわ。だって戦争を起したのは男でしょ。どうして女や子供が犠牲にならなきゃいけないの？　玄貞恵はまだ十八歳よ。わたしも十七歳のとき騙されて南京に連れて行かれ、さんざん日本兵に弄ばれた。それなのに、今度は米兵に強姦されるなんて、みじめすぎる」

三人の米兵に強姦されたのは日本人慰安婦だったが、淳花は自分のことのように悲しみと怒りを覚えた。

日本人慰安婦であれ朝鮮人慰安婦であれ、性の奴隷に変りはないのである。慰安婦の間には、いつ自分が強姦されるかわからないという猜疑心がひろがっていた。


くる日も、くる日も、慰安婦たちは連合軍から聞き取り調査を行われていた。一回につき、二、三時間行われるが、淳花はすでに三回目だった。そして調査官が代るとまた最初からくり返し調べられるのである。慰安婦の証言がはたして正しいのかをくり返し調べることで、その整合性を確認しようとしていた。そのため慰安婦は同じことを話し、前の調査と少しでもちがっていると、なぜちがうのかをしつこく問われるのだった。

また日本兵の調書と慰安婦の調書をすり合わせて、そこに齟齬《そご》があると、何度も修正させられるのだった。それは忍耐のいる作業であった。記憶を掘り起しているうちに、記憶はある種のフィクションと混淆《こんこう》し、現実と非現実との区別ができなくなるのである。悲惨、怒り、憎しみ、家族への想いなどが溢れ、感情的になることもしばしばあった。それらの精神状態や心理状態を調査官は極力排除しようとした。

「同じことを何度も訊かれると、記憶がおかしくなるわ。どうして米軍は、わたしたちの言うことを信じてくれないのかしら」

白蓮珠は口惜しそうに言った。

「慰安婦を軽蔑してるのよ」

下着を着替えている金典玉が素っ裸になって言った。

「わたしたちと、やりたいんじゃない」

康希京が言うと、みんながげらげら笑った。

「あんな鼻の高い、白い肌の大男はごめんだわ」

ハサミで足の爪を切っていた玄貞恵が言った。

「調査はいつまで続くのかしら。早く郷へ帰りたい。それとも郷へ帰してくれないのかしら」

金容植《キムヨンシク》の言葉にみんなの不安がつのった。まさか米軍の相手をさせられるのではないだろうかと思った。

「わたしはもう男はこりごり。結婚もしたくない。こんな体じゃ、結婚できないけど」

張才王《チャンジエワン》は結婚を諦めていた。朝鮮人の結婚観からすれば、処女を失った女は結婚できないといわれている。ましてや大勢の日本兵に凌辱された慰安婦は結婚などできるはずがないと思っていた。

慰安婦たちは沈痛な面持になった。朝鮮の女は結婚が一つの目安になるのだ。結婚していない女は、なぜ結婚しないのか、結婚できないのかと陰口を言われ、どこへ行っても白い目で見られる。

「わたしは郷へ帰りたくない。郷へ帰ったら、みんなからいろいろ訊かれるでしょ。みんなにどう説明すればいいの。みんなが理解してくれるとは思えない。慰安婦にされた者でないと、この苦しみはわからない。一生隠れて暮すしかないのよ」

兪純姫は慰安婦だったことが発覚するのを恐れていた。おおかれ少なかれ、慰安婦たちは兪純姫の気持と同じだった。

慰安婦という苛酷な軛《くびき》から解放されようとしているいまになって、慰安婦であったことがこれから先の人生に暗い影を落としていた。自由になりたいが、その自由はむしろ大きな重圧となってのしかかり、押し潰されるのではないかと怯えていた。

「わたしは隠れて日陰で暮すのはいや。日の当たる場所で暮したい。わたしは何も悪いことしてないのよ。みんなもそうでしょ。何も悪いことをしていない人間が、どうして日陰に隠れて暮らさなきゃならないの。わたしはただ普通に生きたいだけ。結婚して、子供を産んで、わたしのオモニのようになりたいの」

辛令順《シンリョウスク》は普通に幸せになりたいと思う。だが、普通の幸せを摑むのは、慰安婦たちにとって至難の業であった。

「でも、いつか世間の人から後ろ指を指されるようになると思う。あの女は慰安婦だったって。汚らわしい女だ。大勢の日本兵と寝た女だ。ど淫売《いんばい》。そうののしられると思う。わたしには行く場所がないのよ。ここから出られても自由にはなれない」

それは慰安婦に共通している心境だった。

そこへ二人の日本兵が入ってきた。慰安婦たちと話したいためだった。

テントに入ってきた二人の日本兵は、米軍キャンプから盗んできた缶詰を二個持っていた。

その缶詰を受取った金典玉が、

「ねえ、今度アメリカ製の煙草を持ってきてよ。いいことしてあげるから」

と意味ありげな笑みを浮かべた。

「よし、わかった。今度くるときは必ずアメ公の煙草を持ってきてやる」

二人の日本兵は期待をさせるように言った。

16

二人の日本兵がテントを出たあと、白蓮珠が顔を曇らせて、

「二人の日本兵が煙草を持ってきたら、相手になるの？」

と金典玉に訊いた。

「相手になるわけないでしょ。煙草だけ取って、追い出すわよ」

金典玉は愉快そうに笑った。

「そうよ、煙草のひと箱やふた箱、騙し取ったって、罰は当らないわ。これまで日本兵は、わたしたちの体をさんざん弄んできたんだから」

呂美瑛《ヨミオン》が言った。

慰安婦たちは折りたたみ式のベッドで横になったり、座ったりして、リラックスしている。慰安婦たちはそれぞれ、自分の出身地や家族について語り合っていたが、慰安婦にされて東

南アジアや中国各地を転々とした話はあまり語りたがらなかった。思い出すのを避けているようでもあり、記憶が遮断されているようでもあった。同じ屈辱と恥辱と虐待を味わっているはずの慰安婦たちの間でも、内面を語ることにある種の禁忌《きんき》を自ら無意識にかけていた。それは言葉では言い表わせない体験だからだ。肉体的にも精神的にも傷口があまりにも大きすぎるからである。

アメリカ軍のキャンプに収容されてひと安心したとはいえ、後遺症に苦しんでいる慰安婦は何人もいた。

四、五人の慰安婦は体調不良を訴えていた。

二十七歳になる成東春《ソントンチュン》は、昨夜から熱を出し、下腹部から突き上げてくる強い痛みに苦しんでいた。最初は風邪を引いたのかと思い風邪薬を服用していたが、熱はいっこうに下らず、昨夜から悪寒に襲われ、体をぶるぶる震わせていた。そして下腹部から突き上げてくる痛みに耐えられなくなった。

そこで野戦病院に収容されて米軍の軍医に診察してもらったところ、子宮が腐っていたのである。成東春を診察した軍医は強烈な腐臭に顔をしかめた。

「君はいったい何人の日本兵と性交渉したのかね」

米軍医師の質問はきわめて興味本位的なものだったが、成東春の症状は性交渉の摩擦による裂傷が原因であると判断したのだった。

「わかりません。のべ数百、数千人……」

「数千人……」

想像を絶する人数に軍医は絶句した。

いかに頑強な肉体の持ち主といえども、通算数百人を相手にした子宮がボロボロになって腐乱していくのは当然だと思った。それだけで日本軍の残酷さがみてとれた。

成東春の子宮は全部摘出された。慰安婦全員の子宮を検査すれば、おそらく成東春と似たような症状の患者が出るにちがいない。だが、米軍は成東春の症状を例外として、他の慰安婦の検査は無視した。もし成東春と同じような症状の慰安婦が多数出れば、対応できないからであった。もちろん成東春の病状は一切、公表されなかった。したがって慰安婦たちは、自分の体がどういう状態なのか知る由もなかった。

手術後、安静にしていた成東春は助かったと思われていたが、三日後の夜、病状が急変して亡くなった。あっけない最期だった。マラリアに感染していたのである。

慰安婦の中にはマラリアに感染している者が数人いた。突然、高熱にうなされ、汗をかき、嘔吐と激しい下痢に襲われて脱水状態になり、息が苦しくなって喘ぎ、なにか強い力で体のエネルギーが吸い取られ、みるみる痩せ細り、息絶えるのだった。点滴で栄養分を補給するのだが、用をなさなかった。

マラリアに感染した患者は隔離されたが、一週間で四人が死亡したので医師たちも手のほどこしようがなく、患者はまだ生きているにもかかわらず、ついには患者を収容しているテントごと焼却した。ベッドに縛られた患者は断末魔の叫びを上げながら、焼き殺されたのだった。

マラリアの感染はいったん終息したかに思えたが、解決したわけではなかった。この目に見えない自然の脅威は戦争より恐ろしかった。一時、テントは騒然となった。連合軍はすべてのテントを徹底的に消毒した。毒ガスマスクをつけた連合軍の兵士が、慰安婦のテント内を消毒し、頭から消毒液を噴射された慰安婦は気を失って倒れた。まるで害虫を駆除しているようなあつかわれ方だった。

しばらくの間、大気中に消毒液の臭いが漂っていたが、消毒液の臭いが消えると、騒動も収まり、平穏な日がもどってきた。そしてまた聞き取り調査がはじまった。

淳花は四回目の聞き取り調査に応じた。

取調官は若い米軍将校だった。英語と日本語の達者な中国人の学生が通訳していた。驚いたことに通訳の中国人学生は、日本の学生服を着ていた。

若い取調官は淳花を興味深そうに見つめながら、

「君の出生地はどこか」

と訊いた。

「平安南道江西郡D村です」

「何年生れだ」

「一九二二年十二月十日生れです」

「ということは、いま二十三歳か」

韓国式の数え年でいうと二十四歳になるが、淳花は「そうです」と答えた。

「最初の日に、五十人の日本兵にレイプされた……？　本当か？」

若い調査官は信じられないといった表情で淳花を見た。

「本当です」

淳花はこみ上げてくる涙をこらえて唇を噛みしめた。

「どうして抗議しなかった」

若い米軍の調査官は抗議しなかった淳花の意識を疑った。

「抗議ですって？　抗議なんかできるわけありません。そんなことしたら殺されます」

淳花は調査官との意識の大きな落差に失望した。これまでの出来事をありのままに話しても調査官には理解してもらえないだろうと思った。若い米軍の調査官にとって淳花の体験は、あまりにも非現実的すぎるのだった。

淳花は淡々と語った。平日は四、五十人の日本兵を相手にし、日曜・祭日になると百人以上の日本兵が長蛇の列をつくり、待ちきれなくなった日本兵が部屋の中まで入ってきて、ベッドの側で相手をしている同じ兵士に、早くしろ！　と催促していたと言った。

若い調査官はペンを置き、

「あり得ないことだ」

とあきれていた。

どうやら調査官は信じていないらしかった。

集団レイプはあり得るが、数百人の日本兵が行列を作り、セックスをしているベッドの側まできて早く交替しろと催促するような行為は笑い話にもならないというわけである。

若い米軍の調査官は淳花に念を押して訊いた。

「ベッドの側まで来て、早く交替しろと言うのか」

「そうです」

淳花が頷くと、調査官は肩をすくめて、冗談だろうといわんばかりに笑ってしまった。

「そのとき君はどう思ったんだ」

調査官はさらに好奇心をつのらせて訊いた。

「仕方ないと思いました。生きのびるためには慣れるしかなかった」

「慣れる？　まるで見世物じゃないか」

調査官は軽蔑しきった口調で言った。

「ちがいます。男はみな同じです」

淳花は若い調査官を見返すように言った。

「男はみな同じじゃない。欧米ではあり得ないことだ」

調査官は野蛮なアジア人の後進性が、このような慰安婦制度を作ったのだといわんばかりであった。

「先日、三人の米兵が日本人の慰安婦をレイプした事件がありました」

淳花は反論するように言った。

「三人の米兵は裁判にかけられ、六ヶ月の重労働に科せられた。犯した罪に対する罰が科せられている。君たちの問題も、われわれは客観的に公正に分析している。戦争が終ったいま、日本の戦争犯罪については特別法廷で裁かれるはずだ」

調査官の言葉に淳花は驚いた。

「戦争は終ったのですか？」

はじめて聞く言葉だった。

「そうだ、知らなかったのか。日本は戦争に負けたのだ」

日本が戦争に負けたとは信じられなかった。

日本軍を呪い、日本軍に復讐したいと内心ひそかに思い続けてきたが、米軍の調査官から日本の敗戦を知らされた淳花は衝撃を受け、混乱した。

日本は神の国であり、世界一強い国であると周囲の人間から教えられていた淳花は、日本が戦争に負けるとは想像していなかった。

「本当に日本は戦争に負けたんですか。戦争は終ったのですか」

淳花は若い米軍の調査官に念を押して確かめた。

「本当だ。八月十五日に日本は無条件降伏した」

だが、淳花は信じられなかった。日本が戦争に負けたのであれば、拉孟が陥落して昆明の収容所に入れられたとき、慰安婦は解放されていなければならないはずであった。

「どうして日本が戦争に負けたのに、わたしたちは一年近くも収容所に入れられて拘束されているのですか」

淳花は若い米軍の調査官をなじるように詰め寄った。

「われわれは日本軍に戦争が終ったことを通告したが、一部の日本軍は聞き入れなかった。たぶん信じられなかったのだと思う。日本軍は全滅を覚悟していたから、捕虜になるのを恥じていたのだ。人間の命を軽く考えていた日本の軍隊は、戦争に勝てるわけがない」

若い米軍調査官は、ここでも人命を尊重する米軍の優位性を主張した。

日本軍が人命を尊重しなかったのは事実である。ちょっとしたことで中国人を虫けらのように斬殺したり、朝鮮人慰安婦を動物以下にあつかってきた日本軍が戦争に負けたのは必然だと思った。そして人命を尊重した戦争などあり得ないと淳花は若い米軍の調査官に言いたかった。

陽気で楽天的な若い米軍調査官は、

「恋人はいるのか」

と的はずれな質問をするのである。

「いません」

淳花は憮然とした表情で答えた。

慰安婦とは何か、ということをまったく理解していないのだった。

四回目の聞き取り調査が終ってテントに帰る途中、担架で野戦病院に運ばれる白蓮珠を見た。

淳花は『どうしたんだろう……』と思いながら自分のテントに入ると、慰安婦たちが陰鬱な表情をしていた。

「どうしたの？　テントへもどってくる途中、蓮珠が担架で野戦病院へ運ばれて行くのを見たけど」

　淳花は金典玉に訊いた。

「蓮珠が、向うの家の二階から飛び降りて脚の骨を折ったのよ」

　白蓮珠は、テントから百メートルほど離れた倉庫のような建物の二階から飛び降りたのだった。

「自殺しようとしたの？」

　淳花は胸が詰まった。

「二階から飛び降りて自殺できるわけないでしょ」

　言われてみれば、二階から飛び降りて自殺できるはずはないのだ。

　金典玉が無性に腹を立てていた。

　白蓮珠は最近、月のものが止っているのに気付き、軍医に診察してもらったところ、妊娠していると言われた。

　拉孟の日本軍が全滅して連合軍の捕虜としてキャンプに収容され、ようやく解放されて郷へ帰れるかもしれないという矢先に、白蓮珠は妊娠を知らされたのである。それは負の遺産を背負わされることであった。先のことを考えると、子供を出産し、育てることは、悪夢を引きずることに他ならなかった。そこで白蓮珠は米軍の軍医に子供の堕胎を頼んだのだが、アメリカでは子供の堕胎は禁じられていると言われて断られた。

白蓮珠は悩み抜いた末、というより発作的に自分で堕胎しようと倉庫の二階から飛び降りたのだった。

「浅はかな考えよ。蓮珠の気持はわかるけど。女はいつも不利な立場に立たされるのよ」

怒りに満ちた金典玉の目に涙が溜っていた。金典玉自身、妊娠していてもおかしくないのだった。体の中で何が起きているのかわからない慰安婦にとって、妊娠は恐怖だった。

夜の静寂の中で耳を澄ますと遠くから汽笛が聞えてくるような気がする。米軍のキャンプに収容されてから一年が過ぎようとしていた。戦争は終ったはずなのに、なぜ故郷へ帰してくれないのか。慰安婦たちは日ごとに望郷への思いがつのるのだった。だが、いつ故郷へ帰れるのか誰にもわからないのだ。

慰安婦たちは米軍の将校に対して、いつ故郷へ帰してもらえるのか詰め寄ったが、「もう少し待ってくれ」と言うばかりで明確な言質《げんち》はとれなかった。

「どう考えてもおかしいわよ。ここへきて一年になるのよ。どこか別の、とんでもないところへ連れて行かれるんじゃない」

成東春が疑心暗鬼になって言った。

「とんでもないところってどこなの？　拉孟の塹壕以上にとんでもないところがあるの？　わたしはもう、どこへ連れて行かれても平気。どうせ慰安婦は人間あつかいされないんだから」

呂美瑛が開き直って言った。

「これ以上、とんでもないところへ連れて行かれたら、わたしは死んでやる。死のうと思えば、いつだって死ねるんだから」

血走った目の辛令順がいきなりテントの外へ飛び出し、大声でわめいた。

「おまえら、やりたかったらやらせてやる！　やりたい奴は、こっちへきな！」

辛令順は暗闇の中で衣服を脱ぎ、素っ裸になってわめくのだった。

「やめなさい、令順！」

金典玉が辛令順の腕を引っ張ってテントの中へ入れようとしたが、暴れる辛令順を押さえることはできなかった。辛令順は金典玉の腕を振りきって暗闇の中を米軍のテントに向って疾走した。

「みんな、令順を止めなきゃ」

金典玉がみんなに呼び掛けた。

金典玉の呼び掛けに応じて三、四人の慰安婦が辛令順のあとを追った。淳花もいたたまれなくなって辛令順のあとを追った。素っ裸の辛令順は暗闇の中で白く輝き、まるで蝶がひらひらと舞っているようだった。辛令順は卑語を口走りながら暗闇を疾走していく。

暗闇の奥から、

「何者だ！　止れ！」

という鋭い声が響いた。

だが、辛令順は狂ったように卑語を口走り、わめきながらつっ走っていた。

一発の銃声が暗闇をつんざいた。

辛令順を追っていた淳花の腹部に痛みが貫き、背筋に悪寒が走った。辛令順の白い裸体が暗闇から消えた。

あとを追ってきた金典玉が血を流して地面に倒れている辛令順を抱きかかえ、

「アイゴー！　アイゴー！　なぜ撃つのよ。なぜ撃ったのよ。可哀相な令順！　この子になんの罪があるというのよ。地獄を生きてきたこの子に、なんの罪があるというのよ。生きたかったのに。この子は生きたかったのよ。なのに撃ち殺すなんて、ひどすぎる！」

と大地を叩いて慟哭《どうこく》した。

あとから追ってきた慰安婦たちは、血まみれになっている辛令順を抱いて慟哭している金典玉をかこみ、立ちすくんでいた。辛令順の体から流れている血は月明りの中でコールタールのようにどす黒く光っていた。

翌日の早朝、慰安婦たちは広場に集められ、整列させられた。米軍将校が、厳しい表情で慰安婦たちを睨みつけた。

「昨夜のような事件は、あってはならないことである。今後は無断でテントから出ることを禁止する。夜間、無断でテントから外へ出た者は、容赦なく射殺する。肝に銘じておけ！以上」

辛令順が射殺されたのは当然であるかのような言い草だった。

金典玉は腹の底から怒りが込み上げてきた。

「敵か味方かを確かめもせずに、射殺するのはひどすぎます」

金典玉は米軍将校に喰ってかかるように抗議した。

「暗闇の中で、敵か味方かを判別するのは困難だ。われわれはゲリラという姿なき敵に包囲されている。いつなんどき襲撃されるかしれない状況下にある。おまえたちも状況を認識しなければならない」

米軍将校は辛令順の射殺事件をあくまでも正当化しようとした。

その夜、辛令順は米軍が掘った穴に、ゴミでも捨てられるように埋められた。

翌日、慰安婦たちは何ごともなかったかのように働いた。掃除、洗濯、食事の用意に追われた。昨夜、射殺された辛令順の事件について話す者は一人もいなかった。まるで辛令順という慰安婦は存在していなかったかのようだった。

慰安婦たちは、ただひたすら解放される日を待っていた。

夜の深い闇の奥から静寂の息づかいが聞えてくる。それは風や樹木や雑草や天体の星屑が移動していく音である。淳花は眠りにつくまで、それらの音に耳を澄ましていた。辛令順が銃殺された事件が、遠い記憶のように感じられた。時間は鋭利な刃物のように肉体と精神を切り刻んでいく。だが、一瞬に過ぎてゆくため痛みもなければ感覚もない。

しばらくすると淳花は眠りに落ちてゆく。しかし、そこは夢と現実が交差する場所でもある。多くの慰安婦たちは悪夢にうなされ、淳花も例外ではなかった。そして自分の呻き声や泣き声で目を醒ますのだった。目を醒ました淳花は、夢と現実の狭間で茫然とした。夢が現実なのか、現実が夢なのか判然としないからであった。淳花は夢と現実の整合性を確認するまで起きられなかった。

起床ラッパが鳴って淳花はやっと起き上がった。起床すると、なによりも早くトイレに急がねばならないが、トイレの前にはすでに長蛇の列ができていた。慰安婦の中には我慢しきれなくなって、人目につかない道端にしゃがみ込んで小用を足す者もいる。

トイレに行ったあと、慰安婦たちは洗顔し、部屋を掃除して、つぎは炊事場で食事の用意をする。

食事のあとは連合軍のテントの掃除である。掃除が終ると休むいとまもなく聞き取り調査がはじまるのだった。くる日も、くる日も同じ質問と同じ答えに淳花はうんざりした。

今日は六回目の聞き取り調査だった。三十前後の調査員は興味津々の表情をしている。質問の順序はだいたい決っていた。何歳のとき、いつどこで誰に誘われて、どこへ連れて行かれたのか。この質問が終ると、いよいよ核心部分に入るのである。何人の日本兵を相手にしたのか。最初の日、いきなり五十人くらいの日本兵に犯された、と淳花が答えると、「いきなり五十人？」と調査員のアメリカ兵は驚いたように訊き返す。

日曜・祭日は百人くらいの日本兵を相手にさせられたと言うと、

「百人だって！　うわおっ！　まるでセックスマシーンだ。オクラホマの娼婦だって、ぶったまげるぜ！」

と両手を上げて大袈裟なゼスチュアをして目を丸くした。

その驚きぶりが淳花にはおかしかった。

こうして聞き取り調査は終り、あとは解放される日を待つだけとなった。もちろん昼は毎日、雑用を言いつけられて働かされたが、日がな一日、何もしないよりは動いている方がましだと思った。昼間働くことで疲れ、夜は眠れるからであった。

それでもときどき眠れない夜がある。故郷を思い出し、南京へ連れて行かれて五十人の日本兵に犯されたときのことをいや応なしに思い出すのである。それは肉体と記憶の深部に刻印された耐え難い屈辱であり、恐怖であり、絶望であった。絶望的な状態が長く続くと絶望が絶望ではなくなってくる。そして希望への渇望が薄れてくるのである。諦めと自暴自棄が人間的な感情を内に向って凝固していくのだった。なにごとも自分を責めるようになり、自分の殻に閉じこもるようになるのだ。同時に他者との関係が崩れていくのである。同じ境遇にいながら仲間同士で欠点をあげつらい、口論になる。淳花は、それがいやでたまらなかった。

野良犬が道端の陽だまりの中で寝そべって日なたぼっこをしている。ときどき街の物音に耳をそばだて、警戒するように目線を動かしているが、陽だまりの中から動こうとはしなかった。

街路樹の枝から芽を出している葉が色づいていた。いつも空を切っていた風の音が穏やかになり、春の訪れを実感させた。水溜りに張っていた氷が解けだしている。

慰安婦たちはいつものように、あわただしい朝食をとっていた。そこへ一人の韓国光復軍の将校がやってきて、

「食事のあと、みんな広場に集合せよ」

と命じた。

広場に行くと、しばらくして司令官が現れ、ゆっくりとした歩調で台の上に立つと集合している全員を見渡し、

「本日、諸君は韓国光復軍のいる重慶に移される」

司令官の言葉を日本の将校が通訳すると、みんなの間から歓声が湧き上がった。

淳花は両隣にいた慰安婦たちと抱き合い、

「これで生きて故郷に帰れるのね」

と顔を見合わせた。

「連合軍司令官が言ってるのよ。まちがいないと思うわ」

呂美瑛が興奮して顔を紅潮させていた。

長い間、待ちに待った解放だった。しかし、突然の解放に、戸惑っている慰安婦もいた。

解散したあとテントにもどった朝鮮人慰安婦たちは、口々に喜びを語り合い、さっそく手荷物をまとめていた。手荷物といっても風呂敷包み一つでまとめられる量だった。

重慶に移ってしばらくしてからだった。テントに一人の将校と二人の兵士が入ってきた。

一人の兵士が、

「注目！」

と号令した。

その声に、雑談していた慰安婦たちが将校に視線を集中させた。

「これからおまえたち一人につき千五百元の旅費を配る。われわれ韓国光復軍は、おまえたちをソウルまで搬送する。明後日の朝食のあと広場に集合し、午前八時に出発する。それまで身仕度を整えておくように。以上」

二人の兵士が封筒に入った千五百元を慰安婦たちに配った。千五百元の入った封筒を受取った淳花は、その重さに手が震えた。その重さは、夢にまで見た解放が現実となった重さだった。

慰安婦たちはその場で、受取った封筒をおそるおそる開けて中味を確認していた。そして千五百元の現金を確認した慰安婦たちは満面の笑みを浮かべた。声を上げて喜ぶ者や泣く者もいた。

「ソウルに着いたら、まず下着を買うわ。だって下着はボロボロなんだもの」

呂美瑛が洗濯をした下着を見せながら言った。

実際、下着はこの数年、着古したままだった。

「わたしも下着と服を買いたいけど、千五百元で買えるのかしら」

淳花もできることなら下着と服を買いたいと思ったが、故郷を離れて各地を転々としながらあしかけ八年、世間と隔離されてきたので、千五百元がどのくらいの貨幣価値になるのかわからなかった。それでも慰安婦たちの胸は膨らんだ。

二日後の早朝、慰安婦たちは広場に集合した。韓国光復軍の尹《ユン》司令官は、横二列に整列した慰安婦たちに、

「長い間、ご苦労であった。君たちは筆舌に尽くし難い苦難の道を歩んできたことと思う。しかし、それも今日で終る。韓国光復軍は君たちを無事にソウル駅まで搬送する任務を負っている。そしてソウル駅で解散する。あとは君たちの自由だ。いっさいの拘束から解放される。ソウル駅までわたしが指揮をとる。以上」

尹司令官の挨拶が終ると、慰安婦たちは三班に分かれ、幌のついた軍用トラックに乗せられ、やがて列車に乗せられた。

「ソウルまで、どのくらい時間がかかるのかしら」

沈容慈が言った。

笛が鳴り、列車がゆっくり動きだした。

窓際に座っていた金典玉が、

「なんだか、また遠いところへ連れて行かれるみたい」

と隣に座っている淳花に言った。

「昨夜、わたし夢を見たわ。アボジが畑でわたしを迎えてくれる夢だった」

淳花が言うと、

「正夢だといいけどね」

金典玉が言った。

「正夢にきまってるじゃない。今度こそ、故郷に帰れると思う」

向いの席に座ってた李英子が強い意志を込めて言ったが、その強い意志にもかかわらず、顔には不安がよぎっていた。慰安婦にとって故郷は夢の中の遥か彼方に浮かんでいる幻のようなものだった。

列車はスピードを上げて走っている。田園風景だった窓の外の景色は、いつしか山間部を走っていた。

「尹司令官が言ってたけど、中国は七割が山なんだって」

李英子が言うと、

「そんなに山が多いの。中国は広いから平野が多いと思ってた」

道理で列車は山間部を走っていることが多いと淳花はあらためて思った。

列車は三、四時間の間隔で駅に停車した。駅に停車すると中国人の乗客が入れ替り、車窓に中国人が食料品や衣類や果物を売りつけようと群がってきた。

　こうして列車は真夜中も走り続け、三日後の昼頃、大きな駅に着いた。駅の周辺にはビルやバラック小屋などが混在して建っている。重慶だった。重慶には金九《キムグ》を首席代表とした大韓民国臨時政府があり、韓国光復軍総司令部があった。太平洋戦争がはじまると大韓民国臨時政府は、対日、対独宣戦布告文を発表し、韓国光復軍は連合軍の一員として参戦していったのである。

　慰安婦たちは重慶でいったん列車から降ろされた。三日間走り続けてきた列車も機関室やボイラーや車輛を点検し、水と燃料を補給する必要があった。

　三日間、一度も車輛から外に出ず席に座りっぱなしだった慰安婦たちは外で思いっきり手脚を伸ばし、体の筋肉をほぐしていた。

「三日間、座りっぱなしだと、腰と脚が痺れてきて、立てなくなっちゃう」

　李英子は収容所で教えられた体操をしていた。

　同じく体操をしていた兪純姫は、

「ここはどこかしら」

　と駅前の光景を瞥見しながら訊いた。

「どこだっていいじゃない」

李英子は邪険に言ったが、しかし慰安婦たちは、自分がいまどこにいるのかを知りたがっていた。

「あと少し我慢すればソウルに着くのね」

金典玉の瞳が輝いていた。

座席はまだ半分ほど空いていた。その半分ほど空いている座席に、野菜や果物や穀物類を持って中国人が乗り込んできた。そして中国人はすぐに慰安婦たちの席にきて、果物や野菜を売るのだった。断っても強引に売りつけようとする。淳花はつい押しきられて「ウリ」を二個買った。すると中国人は他の慰安婦にも売りつけようとする。他の慰安婦たちは何度も首を振って断ると、中国人は諦めて自分の席にもどった。

汽笛が鳴り、蒸気を噴射する音とともに列車はゆっくり動きだした。すると物売りの中国人たちが、あわてて列車から降りるのだった。

淳花ははずみでウリを二個買ったが、あまり食べる気がしなかった。淳花はぼんやりと車窓の外の景色を眺めていた。変りばえのしない風景である。

淳花は隣に座っている玄貞恵に、

「食べる？」

とウリを差し出した。

「うん」

淳花より四歳年下の玄貞恵はウリを受取り、ほおばった。

淳花の前に座っている慰安婦は二歳くらいの女の子を抱いていた。母親に抱かれている女の子は眠っていた。

その愛らしい寝顔に、

「何歳になるんですか」

と淳花は母親に訊いた。

「二歳です」

母親は憂鬱そうな表情で答えた。

「可愛いですね」

淳花がそう言うと、憂鬱そうな顔をしていた母親の瞳から涙がこぼれた。

淳花は何か気に入らないことでも言ったのだろうか？　と戸惑った。

「すみません。この子は可哀相な子なんです。母親のわたしから愛されていないんですから」

母親は手で涙をぬぐい、眉間に皺をよせた。

「どうして愛されないんですか？」

余計なことは訊くまいと思ったが、つい訊いた。

母親は口をつぐみ、外の風景を眺めていたが、

「この子の父親は日本兵なんです」

と言った。

淳花は訊いてはならないことを訊いたのだった。

「気を悪くしないでね。知らなかったものだから」

淳花は自分の無神経さを謝った。

淳花より年下と思われる若い慰安婦の子供は、日本兵との間に生れた子供である可能性が高いのである。そのことに考えがおよばなかった淳花は自分を責めた。

「いいの。わたしはまだ、この子をどうしようか迷ってるから」

母親の言葉に、

「どうしようか迷ってるって、どういう意味？」

と淳花は訊いた。

「この子を産んだとき、わたしは道端に捨てようかと思いました。手で、眠っているこの子の息を止めようとしたこともあります。わたしは、この子が憎いんです。誰だかわからない日本兵が父親だと思うと、憎しみが湧いてくるんです。成長すると、この子はたぶん、なぜ

産んだのかと、わたしを憎むようになると思います。恐ろしいのです。腹を痛めて産んだこの子を捨てようとする自分が恐ろしいのです。でも愛せない」

子供の寝顔を見ている母親の暗い表情に苦悩がにじんでいた。

「わたしも子供を二人産んだわ。もちろん父親が誰だかわからない日本兵の子供だった。出産した子供は、その場ですぐに取り上げられた。二人目の子供もすぐに取り上げられ、顔さえ見せてくれなかった。一度でいいから子供を抱かせてほしかったけど許されなかった。その後、子供は生きているのか死んでいるのかわからない。ときどき四、五歳くらいに成長した子供の夢を見るの。でも顔はぼんやりしている。父親が誰だかわからないから、顔はぼんやりしてるのね。日本兵にさんざん性的虐待を受けたから、わたしは子供を産めない体になってしまった」

淳花はひとしきり自分の体験を述べて、

「子供は天からの授かり物よ。たとえ父親が日本兵だったとしても、子供を捨てたりしたら駄目。子供になんの罪があるのよ。子供にはなんの罪もないわ。そうでしょ」

と説得するように言った。

「慰安婦はみんな同じような体験をしている。連合軍の収容所にいたとき、妊娠三ヶ月くらいの慰安婦が子供を堕胎しようと建物の二階から飛び降りたけど、脚の骨を折って堕胎はできなかった。子供は胎内で母親の体をしっかり摑まえていたと思う。そのあと、その妊娠はどうなったか知らないけど、連合軍に保護されたと聞いたわ」

淳花は連合軍の収容所での出来事を一例として述べた。

「その事件は私も知っています」

母親はさらに暗い表情になった。

「それならなおさらのこと、子供を捨てるような考えを持っちゃ駄目。この子は強い星の下に生れてきたのよ。どんなことがあっても生きようという強い意志を宿してるんだわ。そうでしょ」

眉間に皺を寄せていた母親の表情が淳花の言葉に少しやわらいでいた。そして外の風景を眺めていた。

列車は規則正しい音を立てて走っている。山の陰に没しようとしている夕陽が空に大きな光の輪を描いていた。

車内に灯りが点き、二人の慰安婦が一人に二個のおにぎりを配っていた。冷たくて硬いおにぎりだった。おにぎりの中に梅干が一つ入っている。おにぎりはてっとり早く作れるのだ。せめてキムチがあればと淳花は思ったが、それは贅沢な話であった。

夕食が終ると、子供を膝に乗せた母親は居眠りしだした。淳花も瞼を閉じてうつらうつらした。思考が暗闇の中を回転している。母親が子供を抱いてゆっくりと席を立った。便所へ用を足しに行くのだろうかと思いながら、淳花はうっすらと瞼を開けて、母親の後ろ姿を見ていたが、なにか不吉な胸騒ぎを覚えた。淳花は席を立ち、母親の後をついて行った。便所へ行くものと思っていた母親は便所を通り過ぎて車輛のドアを開け、デッキに出た。淳花は直感的に『危ない!』と思ってデッキに駆けつけると、母親は子供を抱いたまま列車から飛び降りた。『あー』と淳花は声を上げて目を醒ました。

目の前に、子供を抱いて眠っている母親がいた。一瞬、眠りに落ちて夢を見たのだった。淳花は大きく息を吐き、安堵した。

長い旅は終りに近づいていた。

車輛の出入口に立った尹司令官が大声で、

「あと二時間ほどでソウル駅に到着する。駅に着いても勝手な行動をとらないように。いつものように整列して駅の外に出て、氏名を確認してから解散する。それまでは、われわれの指示に従うように。以上」

と命令した。

「いよいよ、ソウルね。なんだか夢みたい」

金典玉が興奮気味に言った。

「ソウルははじめて。こんな形でソウルにこれるなんて思わなかった」

若い玄貞恵ははしゃいでいた。地方に暮らしている朝鮮人にとってソウルは憧れの都だった。男は一生に一度、ソウルの妓生《キセン》に会ってみたいというのが願望だった。

列車から降りた慰安婦たちは二列に整列した。

「ここで待機するように」

尹司令官は慰安婦たちをしばらく待機させ、駅長室に行って手続きをとり、二十分ほどでもどってきた。

駅構内はかなり混雑している。ソウルに暮らしている人たちは、さぞかしきれいな服装を着てめかし込んでいるだろうと慰安婦たちは思っていたが、むしろみすぼらしい恰好をしている者が多かった。それでも人々は明るい表情で闊達《かったつ》に歩いていた。

改札口を出た慰安婦たちはふたたび二列に整列し、尹司令官が名簿を読み上げた。

「これでわたしの任務は終った。ここで解散する。あとは君たちの自由だ。気をつけて帰るように。ご苦労であった」

尹司令官は慰安婦たちに敬礼して去った。

解放されたものの、尹司令官が立ち去ると、慰安婦たちはとたんに方向感覚を失って、どこに行けばいいのかわからなかった。

「せっかくソウルにきたんだから、少し見物しようよ」

金典玉が淳花に言うと、

「そうね。買いたい物もあるし」

と淳花は応じた。

慰安婦たちは二、三人が一組になってソウルを見物する者もいれば、そのまま故郷へ帰る者もいた。

「元気でね」

「気をつけてね」

「手紙を書くわ」

「わたしも手紙を書く」

あしかけ八年をともに暮らしてきた慰安婦たちは、お互いに励まし合い、別れを惜しんでいた。

下着と服を買いたいと思っていた淳花と玄貞恵はソウルを見物することにした。

駅前の広場は大勢の人でごったがえしている。あちこちに人だかりができていて、大声が響いている。立会い演説をしていた。

木箱の上に立った男が群がっている人々に拳を振り上げ、声を嗄《か》らしながら演説をしていた。

「日本軍は連合軍に敗れて朝鮮を出て行ったが、われわれが勝利したからではない。われわれはいまだ独立していないのだ。二度と過去の過ちをくり返さないようにしなければ。そのためにはまず、国を売った売国奴どもを制裁しなければならない」

その過激な演説に集まっていた群衆が「そうだ！」と呼応してどよめいた。

「なんだかよくわからないけど、凄い熱気ね」

群衆のどよめきに淳花ははじき飛ばされるように抜け出した。

「それより早く下着と服を買おうよ」

貞恵が急かせた。

「そうね」

二人は目的の物を買うため、群衆にもまれながら歩きだした。そして駅の壁にそって作られた小さな花壇の前にきたとき、淳花は足を止めた。白い花が咲いている。その白い花を見ていた淳花の目から不意に涙がこぼれた。

「どうしたの淳花……」

貞恵が訊くと、

「ここは祖国なのね。わたしたちは本当に祖国に帰ってきたのね」

と大粒の涙をこぼしながら言った。

「そうよ、わたしたちは祖国に帰ってきたのよ。周りの人も、みんなウリマル（母国語）を喋ってるわ。ここは祖国なのよ」

涙をこぼしている淳花とは反対に、貞恵は瞳を輝かせていた。淳花はようやく祖国に帰ってきたという実感を味わった。

「家に帰りたい……」

淳花はぽつりと言った。

「そうね、わたしも家に帰りたい」

二人は駅に行き、時刻表を見たが、複雑な時刻表に混乱した。そこで駅員室に行き、駅員に帰郷への行程を教えてもらった。

「E行きの列車は一日に二本しかない。つぎは明日の午前八時十分に出る。E行きの列車は四番線だ」

駅員は親切に教えてくれたが、駅の近くでひと晩過ごすはめになった。

「ちゃんと時刻表を見ておけばよかった」

淳花は自分の不注意を後悔した。

二人は駅前の旅館に投宿したが、客が多くて、十畳ほどの部屋に十二人が雑魚寝《ざこね》することになった。二人は脚を伸ばして寝ることはできなかった。客の中には子供連れの家族も何組かいた。

淳花と貞恵は壁にもたれて膝を曲げ、うつむきかげんになって瞼を閉じた。そのうち二人は眠りについた。

二人は午前六時頃目を醒ました。部屋にいた客が半数ほどに減っている。二人は寝過ごしたのではないかと思い、あわてて起き上がった。

駅には長蛇の列ができている。八時十分発の列車に乗るための客が二時間前から列を作っているのだった。そして列車が入ってくると、われ先にと列車に乗り込むのだった。列車は超満員になり、列車の屋根に乗っている者もいた。

発車のベルが鳴り、列車がゆっくり動きだした。淳花と貞恵は身動きがとれず、ひたすら耐えるしかなかった。
三、四時間もすると乗客が減ってきた。淳花と貞恵はやっと座席に座ることができた。
「遠いなあ、こんなに遠いとは思わなかった」

貞恵は、まるで故郷から遠のいて行くような気がするのだった。

列車はあと一時間で平壌に到着する。貞恵は平壌《ピョンヤン》で別の列車に乗り換えることになっている。

「平壌でお別れね。いろいろお世話になってありがとう。手紙を書くわ。あなたも手紙をちょうだい」

貞恵はそう言って淳花の手を握りしめた。

「わかった、手紙を書く。気をつけて帰ってね」

あとは言葉が続かなかった。語りつくせない言葉が淳花の胸を締めつけた。

列車は平壌駅に着いた。ソウル駅は大勢の人でごったがえしていたが、平壌駅は人がまばらだった。風呂敷包みを一つ持った貞恵は列車から降りて窓際に座っている淳花のところにくると、列車が動きだすまで見守っていた。そして列車が動きだすと、目に涙を浮かべて、

「オンニ、元気でね！」

と叫んだ。

「あなたも元気でね！」

淳花は胸が張り裂けそうになった。そしてもう二度と会うことはないだろうと思った。なぜなら日本軍の性奴隷として中国大陸を転々とした日々を二度と思い出したくないからであった。

列車は走り続ける。故郷が近づくにしたがって淳花は不安になりだした。はたして家族は、村の人々は自分を受入れてくれるだろうか？　誰も知らない深い傷である。誰にも告白でき

ない罪業である。淳花は故郷に帰りたいと思いながら、帰りたくないと思っていた。

やがて列車は淳花が降りる駅に到着した。列車から降りたのは三、四人の乗客だった。淳花は駅前のバス停留所でバスを待った。一時間ほど待って淳花はバスに乗った。バスには十人ほどの乗客しかいなかった。バスは舗装されていないでこぼこ道を走って行く。淳花はバスにゆられながら外の景色を眺めていた。バスは一時間ほどで終点の停留所に着いた。

バスから降りた淳花の目の前に懐かしい風景がひろがっていた。遠くに山が霞んで見える。あの山には虎が棲んでいるといわれていた。淳花は村をめざして歩いた。道の両側には田畑がひろがっている。その田畑で村人たちが野良仕事に精を出していた。途中、二人の村人とすれちがったとき、「いい天気だね」と挨拶された。淳花は胸がどきどきした。

そして家の近くまできたとき、向うから歩いてくる一人の村人に出会った。村人はふと足を止め、十メートルほど先の淳花をじっと見つめていたが、

「もしかして、淳花じゃないの？」

と言った。

継母だった。父と再婚した頃の継母は若くてきれいな人だったが、目の前にいる継母の顔は皺がより、髪には白いものが混じっていた。

「そうよ、淳花よ」

淳花は込み上げてくる涙を抑え、つくり笑いを浮かべようとしたが、顔の筋肉が引きつって笑顔になれなかった。

「いままでどこさ行ってただ。みんな心配して、おまえを探してただ。アボジはおまえを探すため、平壌とソウルまで行っただ。手紙ぐらいよこせばいいものを、ほんとに親不孝な娘だよ」

継母は嬉しさと不平の入り混じった感情で淳花を批難した。

「すみません。連絡しようと思いながら、ついのびのびになってしまって……」

連絡したい気持はやまやまだったが、厳しい監視下に置かれていた慰安婦は手紙一通出せなかったのだ。

「とにかく家に帰って、おまえの話をしておくれ」

継母は優しい声になってともに歩きだした。

「アボジは家にいるのですか」

父に会うのが怖かった。

するとと継母が、

「アボジは三年前に亡くなったよ」

としょんぼりした声で言った。

「えっ、アボジは亡くなったの……」

淳花は絶句した。

父の死に目にも立ち会えなかった淳花は、大きな欠落感を覚えた。

虎が棲んでいるといわれている山に陽が傾きかけている。

あの山の麓で、淳花と弟と妹と一緒に山菜や野花をつんでいた。畑の真ん中に巾《はば》一メートルほどの水路がある。雨が降ると水路の水嵩が増し、流れが速くなるのだが、なぜかナマズがよく獲れた。そのナマズを味噌と唐辛子で煮込み、夕食のおかずにしていたが、実に美味なるものだった。いまでもナマズは獲れるのだろうか、と淳花は思った。夢にまで見た故郷の景色はほとんど変らなかった。変ったのは自分である。弟や妹がいまの自分を見てどう思うだろう。弟と妹に会うのが怖かった。

家に着くと、一人の少年が牛に干し草を食べさせていた。弟だった。弟は十六歳になっていた。継母と一緒に帰ってきた淳花を見た弟は、はじめて会うような顔をしていたが、つぎの瞬間、「お姉さん！」と言って淳花に抱きついた。弟は淳花より身長が高くなっていた。

「泰旭、逞しくなったわね」

淳花は弟を抱きしめた。

その声に、台所で食事の仕度をしていた妹の清心《チョンシム》が外へ出てきて淳花を見ると驚いて、

「お姉さん！」

と言って淳花に抱きついた。

二人の弟妹を両腕にしっかり抱きしめた淳花の瞳から涙がとめどなく溢れてきた。

解説

西野瑠美子

２００７年初夏、週刊金曜日に『めぐりくる春』の連載を始める数ヶ月前、梁石日氏は中国の南京と、標高３０００メートル級の、まだ半世紀以上も前の戦争の記憶が漂う雲南省拉《ら》孟《もう》を取材する旅に出た。それは17歳から7年間という長い歳月、心ならずも日本軍の慰安所で「慰安婦」として過酷な時を過ごした朴永心《パクヨンシム》さんの足跡を辿り、地に埋もれた声を聴くための旅だった。

「こんな高い山にまで、日本軍は慰安婦を連れて来たんだねえ……」

深いため息が、梁さんの口からこぼれた。

梁さんが訪ねた慰安所があった場所は、雲の上に聳《そび》え立つ高い山の頂だった。

「これじゃ、逃げようったって逃げられるわけがない」

その地に立った者だけが抱くことのできる居直りに似た諦め。梁さんが思わず口にしたその言葉は、数十年前に「慰安婦」だった女性たちの口から出た言葉だったのかもしれない。

歴史に姿を残す淳花のモデル

この小説はあくまでもフィクションであるが、主人公の淳花には、モデルとなったある朝鮮人「慰安婦」がいる。その女性の姿が初めて人々の目に触れたのは、1980年に刊行された『1億人の昭和史　日本の戦史　10　太平洋戦争　4』(毎日新聞1980・4・25)に掲載された1枚の写真であった。

米公文書館所蔵

1944年9月3日、援蔣ルート要衝の地である雲南省拉孟（通称松山）で、中国軍（雲南遠征軍）第八軍に包囲された日本軍（拉孟守備隊）は100日にわたる死闘の末、全滅した。全滅後に米中軍により発見された壕には、日本兵に交じって「慰安婦」の死体もあった。「生きて虜囚《りよしゆう》の辱《はずかし》めを受けず」という戦陣訓の教えで敵軍の捕虜になることを恐れ、日本軍は手榴弾や毒薬で自決していったのだが、「慰安婦」もまた、その巻き添えになったのだ。そうして何人かの「慰安婦」は日本兵とともに壕内で絶命したが、辛《かろ》うじてそこを脱出して生き延びた「慰安婦」もいた。写真は、全滅前に壕を脱出して隠れていたところを雲南遠征軍に発見された4人の朝鮮人「慰安婦」である。

日本兵の軍服を身につけ、呆然自失、不安そうな面持ちの女性たちの横で銃を片手に笑顔で写っているのは、おそらく中国軍の将校だろう。妊娠後期と思われるような大きなお腹を抱え、苦しそうに山肌に身をゆだねている痛々しい女性の姿は、彼女が潜《くぐ》ってきたであろう過酷な時間を想像させるに十分なインパクトを放っている。実は、このお腹の大きな女性こそ、この小説のモデルとなった朴永心さんその人であった。

証言を裏付ける数々の戦記と公文書

写真には、「守備隊とともに最前線にあった慰安婦も決死の脱出行　雨期の山中を放浪し

た　彼女らの多くは朝鮮から連行され　中国軍収容所で敗戦を迎え朝鮮人民解放軍に引き取られた（9月3日）」と、解説が付されている。

朴永心さんによると、中国軍に包囲されると食料や武器等の後方支援も途絶え、雨期の山中で空腹とアメーバ赤痢に苛《さいな》まれ、治療の手立てもなく苦しむ負傷兵とともに、「慰安婦」たちも中国軍の砲撃を逃れて陣地の中を逃げまどったという。この頃の朴さんら「慰安婦」の様子は複数の戦記に確認できるが、その1つにビルマ方面軍作戦主任参謀だった辻政信氏が戦後に記した『十五対一』がある。

辻政信氏が全滅直前の朴さんら「慰安婦」の様子を知ったのは、守備隊の最期を伝えるため横股陣地の壕を脱出して軍司令部に辿りついた木下正巳中尉の報告を受けたからであった。辻氏は「慰安婦」の最後の様子をこのように記している。

「慰安婦約二十名が軍服を着て弾丸運びに、看護に、あるひはお握り作りで手の掌に焼傷をする健気さ」「天草娘も朝鮮娘もこの陣内に取り残されていたが、最後の日、……朝鮮娘五名だけが生存者として敵軍に投降したことは傍受電報によってあきらかにされた」

日本兵のために弾丸やお握りを運んだことは、朴さんも記憶していた。横股陣地の壕を逃げ出して中国軍に捕えられたことも、証言とぴったり合致する。朴さんら写真の4名は、傍受電報によって辻氏が知るところとなった中国軍に捕えられた5名の朝鮮人「慰安婦」のうちの4名であることは間違いないだろう。

その写真が撮影された後、彼女たちは拉孟の中国軍の兵舎に連行され、仮尋問を受けた。女性たちが話した内容は、当時、C.B.I（中国・ビルマ・インド）方面に駐屯していた米軍が発行していた週刊新聞『ROUNDUP』に、ウォルター・ランドル特派員が書いた「JAP 'COMFORT GIRLS'」に残されている。

それによると、捕えられた10名は朝鮮人「慰安婦」だけでなく、日本人「慰安婦」もいた。辻氏の手記に出てくる「天草娘」（天草出身の日本人女性）であろう。朝鮮人女性は1942年早春に平壌にやってきた「日本の役人」の募集により集められたという。その募集とは「シンガポールに行き、非戦闘員として後方支援―日本軍の休養キャンプを回ったり、接待や病院の手伝い―をする」というもので、騙《だま》されて連れてこられたことが分かる。また、慰安所での生活は、「日本の大君主に対して彼女たちが持っていた無邪気な信頼を完全に裏切るものだった」という。また、「彼女たちにはお金は全く支払われなかった」とあり、「商売」という関係ではなかったことが分かる。

ここで捕えられた女性が朴永心さんだと確認できたのは、1つには拉孟守備隊の戦記『拉孟』（太田毅著）に、奇跡的にも朴さんの実名が記録されていたからだ。また、戦記には慰安所や昆明の捕虜収容所での朴さんに関するエピソードが残されていた。更に、昆明捕虜収容所の尋問調書に実名が記録されていたことは決定的証拠であった。これほどに本人証言が公文書や戦記など歴史の記録により確認されるのは稀有《けう》なケースといえよう。

逃れるために死を選んだ「慰安婦」

淳花は、上海の紡績工場で働くと騙されて南京の慰安所に連れていかれた。日本兵の行為に抵抗するも体罰を受ける。生きるためには従うしかなかった。連日、日本兵の性の相手を強いられる生活に入り込んでいった淳花は、「これほどまでに凌辱され、蹂躙《じゅうりん》され、動物以下、虫けら以下にあつかわれたわたしは人間ではないのだ」という思いを、一方の頭で打ち消した。「いや、ちがう。これほどまでにわたしを凌辱し、蹂躙した日本兵こそ、人間ではないのだ」と。この強い感情こそ、過酷な運命を生き延びた淳花の生命力ではなかったか。

とはいえ、淳花が死を考えなかったわけではない。が、死ねなかった。しかし、淳花の周りには何人も自死を遂げた「慰安婦」がいた。「終りのない地獄の苦しみから解放される方法は死ぬことしかない」と、窓の金具に帯紐を結んで首を吊って死んだ元清心、便所で着物の紐で首を吊って死んだ洪明恵、飛び降り自殺に失敗した後、食事もとれずに餓死していった文承賢。朴美瑛は無理がたたって病死し、崔文子は難産の結果母子ともに亡くなった。

「慰安婦」にされた多くの女性が、こうして故郷に帰れぬまま慰安所で命を落としたのだ。

淳花は何度か妊娠するが、子どもを産んでもその子を育てることはできず、生まれた子どもはすぐに中国人に預けられた。こうしたエピソードは、在日韓国人の宋神道《ソンシンド》さんも体験している。

妊娠・出産・別離

1990年代の前半頃だったと思う。当時、新聞に度々、親族探しに来日された中国残留孤児の方々の顔写真が掲載されたことがあった。当時、宋さんは手元に残っていた慰安所で産み中国人に預けた我が子の写真を手に、紙面の残留孤児の写真を必死で見つめたという。慰安所にいた時に出産し、中国人に預けたわが子の行方が、年をとるにつれて気になるようになっていたのだ。誰の子かしれぬ、乱暴の果ての望まぬ妊娠だった。複雑な思いはあるものの、宋さんが産んだ我が子であることには変わりなかった。手元に残る写真の赤ん坊に似た顔はいないか、宋さんは中国残留孤児の写真に「我が子」を見つけようとしていたのだ。

我が子へのいとおしさはある。しかし、こうした話には常に愛情にまとわりつく憎しみがある。

淳花らが朝鮮解放軍により捕虜収容所から重慶に引き取られ、故郷に帰る帰途、淳花は列車で小さな女の子を連れた「慰安婦」に出会う。「可愛いですね」と声をかけたが、母親は「この子をどうしようか迷ってるから」と言い放った。「わたしは、この子が憎いんです。誰だかわからない日本兵が父親だと思うと、憎しみが湧いてくるんです」「腹を痛めて産んだこの子を捨てようとする自分が恐ろしいのです。でも愛せない」と、母親は苦悩を吐露した。

この件に、内戦下で性暴力を受け、妊娠・出産した女性の言葉が思い出される。90年代に起きた旧ユーゴスラビアの民族紛争では、「大セルビアという清浄な民族国家樹立」のため、「民族浄化」の名の下でレイプが戦術として使われた。その結果、多くのボスニアのムスリム女性が強制妊娠の被害者となり、多くの女性がレイプチャイルドを産んだのだ。レイプの記憶が張り付く赤子を素直に愛することができず、我が子であるにもかかわらず育てることも抱きしめることもできぬまま捨てたり殺したり、虐待に至るといったケースが跡を絶たなかった。時代は違い、国は違っても、家父長社会の下で、性暴力被害者は拭いようのない大きな痛みと苦悩の闇に突き落とされていく。被害者の沈黙は「計り知れない痛み」の代名詞であるのだ。

春はめぐりくるか

慰安所にいた当時の屈辱感と恐怖は、戦後になっても生き延びた女性たちの心の深部から消え去ることはなかった。朴永心さんも戦後、何度もカーキ色の服を着た日本兵に追いかけられる夢を見てはうなされ、あるいはフラッシュバックに苦しんだ。中国山西省で被害にあった侯巧蓮《コウコウレイ》さんは戦後、人の足音を聞くだけで体が硬直したり、フラッシュバックに襲われ、夜中に村中を走り回ることが何度もあったという。深刻なＰＴＳＤの症状であった。

一方、戦後、中国東北部に暮らしたある朝鮮族の女性の息子は、「シンガポール、シンガポール」と、学校でいじめにあったのだが、それは彼の母親が戦時中にシンガポールの日本軍の慰安所に連行され、「慰安婦」にされたからだった。その噂は地域に広まり、母親への侮蔑が子どもにまで及んでいるのだった。又ある女性は、「慰安婦」であったことを隠して結婚したが夫にばれてしまい、ことあるごとに「日本軍の女だった」と罵《ののし》られ、暴力を受けたという。「慰安婦」被害体験は、ドメスティック・バイオレンスの原因にもなっていた。

こうした女性たちの戦後を聞くたび、半世紀にわたる沈黙の痛みが胸に突き刺さる。「戦争中よりも戦後の方がもっと苦しかった。悪いのは私ではないのに、なぜ、犯罪者のように過去を隠して生きねばならなかったのか」と、ため息をつく女性もいる。

この本を読み進めるのは苦しい。頁をめくってもめくっても性暴力描写の連続だからだ。本を閉じることで、読者はその場面から目をそらすことができる。しかし、淳花ら「慰安婦」にされた女性たちにとって、それは閉じることのできない現実の生活だったのだ。

淳花らに、春はめぐりくるだろうか。彼女たちが本当に手にしたい春は、尊厳が回復される時ではないかと、今、しみじみ思う。

――フリー・ジャーナリスト

参考資料

西野瑠美子著『戦場の「慰安婦」』明石書店
品野実著『異域の鬼　拉孟全滅への道』谷沢書房
西野瑠美子・金富子責任編集『証言　未来への記憶』明石書店
千田夏光著『従軍慰安婦・慶子　死線をさまよった女の証言』クラブハウス
慧眞著・徐勝・金京子訳『ナヌムの家のハルモニたち』人文書院
吉野孝公著『騰越玉砕記』発行者・吉野孝公
西野瑠美子著『なぜ「従軍慰安婦」を記憶にきざむのか　十代へのあなたへのメッセージ』明石書店
鈴木裕子著『従軍慰安婦・内鮮結婚　性の侵略――戦後責任を考える――』未來社
『シンポジウム　ナショナリズムと「慰安婦」問題』青木書店
一ノ瀬俊也著『皇軍兵士の日常生活』講談社現代新書
鈴木裕子著『「従軍慰安婦」問題と性暴力』未來社
石田甚太郎著『野の荊棘』スペース伽耶
太田毅著『拉孟・玉砕戦場の証言』昭和出版

本書は作者の創作です。
人権にかかわる差別的な表現が一部含まれていますが、
作者の意図は差別を助長するものではありません。
ご賢察いただければ幸いです。

この作品は二〇一〇年八月金曜日より刊行されたものです。

幻冬舎文庫

●好評既刊
闇の子供たち
梁石日《ヤン・ソギル》

世界中の富裕層の性的玩具として弄ばれるタイの子供たち。アジアの最底辺で今、何が起こっているのか。モラルや憐憫を破壊する資本主義の現実と人間の飽くなき欲望の恐怖を描く衝撃作！

●好評既刊
血と骨(上)(下)
梁石日《ヤン・ソギル》

一九三〇年頃、大阪の蒲鉾工場で働く金俊平はその巨漢と凶暴さで極道からも恐れられていた。実在の父親をモデルにしたひとりの業深き男の激烈な死闘と数奇な運命を描いた山本周五郎賞受賞作。

●好評既刊
冬の陽炎
梁石日《ヤン・ソギル》

タクシーに置き忘れられた現金2300万円をめぐり、己の欲望に突き動かされた人間達が互いに牽制しあい、欺きあう……。正気と狂気のはざまの快楽を描いた、息もつかせぬ傑作長編。

●好評既刊
夜に目醒めよ
梁石日《ヤン・ソギル》

会えば必ず罵り合うが、誰よりも固い絆で結ばれている在日コリアンのテツとガク。だがガクの突然の思い付きが二人の仲をぎくしゃくさせる。破天荒で無鉄砲な男たちの闘いに胸躍る悪漢小説！

●好評既刊
ニューヨーク地下共和国(上)(下)
梁石日《ヤン・ソギル》

「君に知らせたいことがある。九月十一日は絶対外出しないように」。ゼムはある日、一本の不可解な電話を受けた。9・11にNYで遭遇した著者が真の正義と人間の尊厳を描き切った傑作長編！

幻冬舎文庫

●好評既刊
梁石日《ヤン・ソギル》
海に沈む太陽(上)(下)

イラストレーターになるという夢を抱き渡米した曾我輝雅を待っていたのは、人種差別と苛酷な環境だった。画家・黒田征太郎の青春時代をもとに、自分を信じて生き抜くことの尊さを描いた大長編。

●好評既刊
梁石日《ヤン・ソギル》
カオス

歌舞伎町の抗争に巻き込まれたテツとガクは、麻薬を狙う蛇頭の執拗な追跡にあう。研ぎ澄まされた勘と才覚と腕っ節を頼りに、のし上がろうとする無法者達の真実を描いた傑作大長編。

●好評既刊
梁石日《ヤン・ソギル》
雷鳴

済州島の下級両班の娘・李春玉は、嫁ぎ先の尹家で八歳年下の幼い夫と厳しい姑に虐待される日々を送っていた。そんな春玉の前に、一人の男が現れる……。『血と骨』の原点となった傑作小説。

●好評既刊
梁石日《ヤン・ソギル》
異邦人の夜(上)(下)

夜の街を生きるフィリピン人不法滞在者・マリア。父殺しの罪に怯える在日韓国人実業家・木村。氏変更の裁判闘争に挑む木村の娘・貴子。国境を越えて生きる異邦人の愛と絶望を描く傑作!

●好評既刊
梁石日《ヤン・ソギル》
夢の回廊

五十数年前に友人が殺され解剖されていた場所へ続く路地の夢を何度も見ていた男は、封印していた記憶の奥の奥へ追い詰められていく……。醒めない夢の果てなき暗黒の世界を描く傑作短篇集。

幻冬舎文庫

●好評既刊
逮捕されるまで
空白の2年7カ月の記録
市橋達也

東京→北関東→静岡→東北→四国→沖縄→関西→九州。逃走していた間、どこで何をし何を考えていたのか。英国人女性殺人事件の市橋が逃げて捕まるまで。拘置所からの、懺悔の手記。

●好評既刊
パティシエの秘密推理
お召し上がりは容疑者から
似鳥　鶏

警察を辞めて、兄の喫茶店でパティシエとして働き始めた惣司智。鋭敏な推理力をもつ彼の知恵を借りたい県警本部は、秘書室の直ちゃんを送り込み難解な殺人事件の相談をさせることに――。

●好評既刊
ねこみせ、がやがや
大江戸もののけ横町顚末記
高橋由太

起きてみたら、そこは人の子が一人もいない妖怪の町だった。河童の九助、お茶ばかり飲んでいるぬらりひょんらとともに、「黒猫サジの妖怪飛脚」で働くことになった勝太は、人の世に帰れるのか。

●好評既刊
けがれなき酒のへど
西村賢太自選短篇集
西村賢太

十代半ばにして人生に躓き、三十代では風格さえ漂う底辺人間となった北町貫多。だが、彼が望んでいたのは人並みのささやかな幸せだけだった――。持て余す自意識の蠢動を描く、私小説六篇。

●好評既刊
清須会議
三谷幸喜

日本史上、初めて会議で歴史が動いた「清須会議」。信長の跡目を継ぐのは、勝家か秀吉か？　五日間の攻防を「現代語訳」で綴る、笑いとドラマに満ちた、傑作時代エンタテインメント。

めぐりくる春《はる》

梁石日《ヤン・ソギル》

平成25年10月10日　初版発行

発行人――石原正康
編集人――永島賞二
発行所――株式会社幻冬舎
〒151-0051東京都渋谷区千駄ヶ谷4-9-7
電話　03(5411)6222(営業)
03(5411)6211(編集)
振替00120-8-767643
印刷・製本―中央精版印刷株式会社
装丁者――高橋雅之

検印廃止
万一、落丁乱丁のある場合は送料小社負担で
お取替致します。小社宛にお送り下さい。
本書の一部あるいは全部を無断で複写複製することは、
法律で認められた場合を除き、著作権の侵害となります。
定価はカバーに表示してあります。
Printed in Japan © Yan Sogiru 2013

幻冬舎文庫

ISBN978-4-344-42102-8　C0193　や-3-23

幻冬舎ホームページアドレス　http://www.gentosha.co.jp/
この本に関するご意見・ご感想をメールでお寄せいただく場合は、
comment@gentosha.co.jpまで。